*Entre a ruína
e a paixão*

Série O Clube dos Canalhas - 3

SARAH MACLEAN

*Entre a ruína
e a paixão*

2ª reimpressão

Tradução: A C Reis

GUTENBERG

Copyright © 2013 Sarah Trabucchi

Título original: *No Good Duke Goes Unpunished*

Publicado originalmente nos Estados Unidos pela Avon, um selo da HarperCollins Publishers.

Todos os direitos reservados pela Editora Gutenberg. Nenhuma parte desta publicação poderá ser reproduzida, seja por meios mecânicos, eletrônicos, seja via cópia xerográfica, sem a autorização prévia da Editora.

EDITORA
Silvia Tocci Masini

EDITORES ASSISTENTES
Felipe Castilho
Nilce Xavier

ASSISTENTES EDITORIAIS
Andresa Vidal Branco
Carol Christo

REVISÃO
Cristiane Maruyama

CAPA
Carol Oliveira
(Arte da capa por Alan Ayers)

DIAGRAMAÇÃO
Carol Oliveira

Dados Internacionais de Catalogação na Publicação (CIP)
Câmara Brasileira do Livro, SP, Brasil

MacLean, Sarah

Entre a ruína e a paixão / Sarah MacLean ; tradução A C Reis. – 1. ed.; 2. reimp. – São Paulo : Gutenberg, 2020.

Título original: No Good Duke Goes Unpunished.

ISBN 978-85-8235-342-4

1. Ficção histórica 2. Romance norte-americano I. Título.

15-10772   CDD-813

Índices para catálogo sistemático:

1. Romances históricos : Literatura norte-americana 813

A **GUTENBERG** É UMA EDITORA DO **GRUPO AUTÊNTICA**

São Paulo
Av. Paulista, 2.073,
Conjunto Nacional, Horsa I
23º andar . Conj. 2310-2312
Cerqueira César . 01311-940
São Paulo . SP
Tel.: (55 11) 3034 4468

Belo Horizonte
Rua Carlos Turner, 420
Silveira . 31140-520
Belo Horizonte . MG
Tel.: (55 31) 3465 4500

www.editoragutenberg.com.br

Para Eric, meu próprio gigante gentil, por cuidar tão bem de mim.
À memória de Helen, Lady Lowe.

Ela estava a um metro dele. Trinta centímetros. Quinze, quando ele virou e a agarrou pelos punhos, puxando-a para perto – e a percepção de que estava desarmada veio com uma onda de calor e aroma cítrico.

Ela exclamou de surpresa, ficando absolutamente imóvel... hesitando um pouco antes de virar seu rosto para ele e falar.

"Solte-me."

Havia algo na sua voz, uma honestidade calma, inesperada, que quase fez com que ele obedecesse. Quase fez com que ele a soltasse, que a deixasse desaparecer na noite.

Mas fazia muito tempo que ele não ficava tão intrigado com um oponente.

Ele transferiu os dois braços dela para uma de suas mãos enquanto usava a outra para verificar se a moça não trazia armas sob a capa. Sua mão parou no cabo de uma faca, escondida no fundo do forro da capa. Temple a retirou.

"O que você está querendo? Meus bolsos? Devia ter escolhido um alvo menor." Mas ele não achou ruim que ela o tivesse escolhido. Temple estava gostando daquilo.

E gostou ainda mais da resposta dela.

"Estou querendo você."

Temple

Whitefawn Abbey, Devonshire
Novembro de 1819

Ele acordou com a cabeça latejando e o pau duro. Não era uma situação incomum. Afinal, ele tinha acordado todos os dias, por mais de meia década, com um dos itens em questão, e em mais manhãs do que conseguia se lembrar, com os dois. William Harrow, Marquês de Chapin e herdeiro do ducado de Lamont, era rico, nobre, privilegiado e atraente – e um jovem abençoado com essas características raramente tinha carência de qualquer coisa relacionada a vinho ou a mulheres. Foi por esse motivo que ele nem se preocupou naquela manhã. Sabendo (como sabem os bebedores habilidosos) que a dor de cabeça desapareceria até o meio-dia, ele se pôs em ação para curar a outra aflição e, sem abrir os olhos, estendeu o braço para a mulher que certamente estava ao seu lado. Só que ela não estava... Em vez de um corpo quente e disposto, William encheu a mão com um travesseiro incapaz de satisfazer sua necessidade.

Ele abriu os olhos e a luz brilhante do sol de Devonshire assaltou seus sentidos e intensificou o ribombar em sua cabeça. William praguejou, fechou os olhos e os cobriu com o antebraço para abrandar a luz do sol que queimava por trás das pálpebras vermelhas, e inspirou profundamente. A luz do dia era o modo mais rápido de se arruinar uma bela manhã. Provavelmente, era melhor mesmo que a mulher da noite anterior tivesse desaparecido, embora a lembrança dos lindos seios exuberantes, da cabeleira de cachos ruivos e da boca feita para o pecado trouxesse uma onda de decepção. Ela era deslumbrante. *E na cama...* Na cama ela foi...

Ele congelou. William não conseguia se lembrar. Com certeza ele não tinha bebido tanto assim. Ou tinha? Ela era alta e cheia de curvas, exatamente do jeito que ele gostava das mulheres, pois combinava com sua própria altura e seu tamanho, características que com frequência o atrapalhavam quando se tratava de garotas. Ele não gostava da sensação de que talvez pudesse esmagar uma delas. E ela tinha um sorriso que o fazia pensar em inocência e pecado ao mesmo tempo. Ela se recusou a lhe dizer seu nome... e a ouvir o dele... *Perfeição completa.* E os olhos dela... ele nunca tinha visto olhos como aqueles; um era azul como o mar do verão, e o outro era quase verde. Ele passou muito tempo fitando aqueles olhos, fascinado por eles, grandes e convidativos.

Eles entraram, sorrateiros, pela cozinha, e depois subiram pela escada dos criados, então ela lhe serviu um scotch... E isso era tudo de que William se lembrava. Bom Deus. Ele tinha que parar de beber. E faria isso assim que aquele dia acabasse. Ele precisaria beber para sobreviver ao dia do casamento de seu pai – o dia em que William ganharia sua quarta madrasta. Mais jovem que todas as outras. Mais jovem até que ele. E muito, muito rica.

Não que ele já a tivesse conhecido, aquela maravilha de noiva. Ele a conheceria durante a cerimônia, não antes, assim como tinha feito com as outras três. E então, uma vez que os cofres da família estivessem cheios de novo, ele partiria. De volta a Oxford após cumprir seu dever e interpretar o papel de filho devotado. De volta à vida gloriosa e libidinosa que viviam os herdeiros de ducados, uma vida cheia de bebida, jogatina e mulheres, sem qualquer preocupação no mundo.De volta à vida que ele adorava.

Mas nessa noite ele reverenciaria seu pai, saudaria sua nova madrasta e fingiria que se importava com tudo aquilo, pelo bem das aparências. E, talvez, depois que terminasse de interpretar o papel de herdeiro, ele sairia para procurar aquela coisinha deliciosa nos jardins e faria o seu melhor para relembrar os eventos da noite anterior. Obrigado Senhor pelas propriedades rurais e pelas núpcias com muitos convidados. Não havia uma mulher no mundo que pudesse resistir à atração sexual que uma cerimônia de casamento propiciava, e por causa disso William tinha grande afinidade pelo sagrado matrimônio. Que sorte seu pai gostar tanto disso.

Ele sorriu com gosto e se espreguiçou na cama, esticando um braço por cima dos lençóis frios de algodão. Lençóis *gelados* de algodão. Lençóis de algodão gelados e *molhados. Que diabos?* Ele arregalou os olhos. Foi somente nesse momento que William percebeu que aquele não era seu quarto. Que aquela não era sua cama. E que a mancha vermelha por cima das cobertas, encharcando seus dedos com resíduos grudentos, não era seu sangue.

Antes que ele pudesse falar, ou se mexer, ou compreender, a porta daquele quarto estranho foi aberta e uma criada apareceu, o rosto alegre e ansioso. Dúzias de pensamentos diferentes poderiam ter passado pela cabeça dele naquele momento... centenas. Ainda assim, nos segundos fugazes que se passaram entre o momento em que a jovem criada surgiu e o instante em que ela reparou nele, William só conseguiu pensar em uma única coisa – que ele estava prestes a arruinar a vida da pobre garota. Ele soube, sem sombra de dúvida, que ela nunca mais abriria uma porta despreocupadamente, nem faria uma cama ou se deleitaria sob o sol brilhante de Devonshire em uma manhã de inverno sem lembrar desse momento. Um momento que William não podia mudar.

Ele não falou nada quando a criada reparou nele, nem quando ela ficou paralisada onde estava, tampouco quando ela ficou mortalmente pálida e seus olhos castanhos – engraçado que ele tenha reparado na cor – se arregalaram primeiro com a percepção e depois com o horror. Ele também não disse nenhuma palavra quando ela abriu a boca e gritou. Sem dúvida ele teria feito o mesmo se estivesse no lugar dela. Foi somente quando ela terminou aquele primeiro guincho alto, de furar os tímpanos – guincho que trouxe criados e criadas, convidados do casamento e seu pai, todos correndo –, que ele falou, aproveitando a calmaria antes da tempestade para fazer uma pergunta.

"Onde eu estou?"

A empregada apenas continuou olhando para ele, em choque. Ele começou a se levantar da cama e, quando os lençóis caíram até sua cintura, William parou, percebendo que suas roupas não estavam à vista. Ele estava nu. Em uma cama que não era a sua. E coberto de sangue. Ele se deparou de novo com o olhar horrorizado da criada e, quando falou, as palavras saíram carregadas de imaturidade e algo que mais tarde ele identificaria como medo.

"De quem é esta cama?"

Foi de admirar que a moça tenha conseguido responder sem gaguejar.

"Srta. Lowe."

Srta. Mara Lowe, filha de um rico financista, com um dote grande o suficiente para pegar um duque. Srta. Mara Lowe, que em breve seria a Duquesa de Lamont.

Sua futura madrasta.

Capítulo Um

O Anjo Caído
Londres
Doze anos depois

Há beleza no momento em que a carne encontra o osso. Ela nasce do impacto violento dos nós dos dedos contra o queixo e do baque surdo do punho contra o abdome, e do grunhido rouco que ecoa no peito de um homem na fração de segundo que antecede sua derrota. Aqueles que se deleitam com essa beleza, lutam. Alguns lutam por prazer. Pelo momento em que o oponente desaba no chão, levantando uma nuvem de serragem, sem forças, sem fôlego, sem honra. Alguns lutam pela glória. Pelo momento em que o campeão se agiganta sobre o adversário derrotado e alquebrado, coberto de suor, poeira e sangue. E alguns lutam por poder. Enfatizado pela tensão dos tendões e pela dor dos hematomas que virão, e que anunciam a vitória que chega com a promessa de despojos.

Mas o Duque de Lamont, conhecido pelos cantos mais sombrios de Londres como Temple, lutava por paz. Ele lutava por aquele momento em que não se é nada além de músculos e ossos, movimento e força, destreza e fintas. Pelo modo como a brutalidade bloqueava o mundo ao redor, silenciando o alarido da multidão e as lembranças de sua mente, deixando-o apenas com sua respiração e sua força. Ele lutava porque, ao longo de doze anos, era somente no ringue que ele conhecia a verdade de si mesmo e do mundo. A violência era pura. Todo o restante era maculado. E esse conhecimento fez dele o melhor que havia.

Invicto em toda Londres – e em toda a Europa, alguns apostavam –, era Temple quem permanecia de pé no ringue todas as noites, com as feridas mal cicatrizadas correndo o risco de sangrar outra vez, as articulações das mãos envoltas em longas tiras de tecido. Ali, no ringue, ele confrontava seu próximo oponente – um homem diferente por noite, cada um acreditando que podia superar Temple. Cada um acreditando que seria o homem que reduziria o grande e inabalável Temple a uma maçaroca de carne jogada no chão do maior salão do antro de jogatina mais exclusivo de Londres.

O poder de sedução do Anjo Caído era intenso, construído sobre dezenas de milhares de libras apostadas todas as noites, firmado sobre a promessa de vício e pecado que atraía ao bairro de Mayfair, ao cair da noite, homens nobres de riqueza incomparável, que ficavam lado a lado e assim descobriam suas fraquezas ao som do marfim rodopiando, dos sussurros do feltro verde e dos giros do mogno. E depois que tinham perdido tudo nos reluzentes e brilhantes salões de cima, o último recurso desses cavalheiros era o salão que os aguardava abaixo do cassino – o ringue. O submundo em que Temple reinava.

Os fundadores do Anjo tinham criado um caminho de redenção para esses homens. Havia um meio pelo qual aqueles que perdiam sua fortuna para o cassino podiam recuperá-la. Enfrentar Temple. Derrotá-lo. E tudo seria perdoado. Mas isso nunca aconteceu, é claro. Há doze anos Temple lutava, primeiro em vielas assustadoras repletas de figuras ainda mais medonhas, por sua própria sobrevivência; depois em clubes de má reputação, por dinheiro, poder e influência. Todas as coisas que lhe tinham sido prometidas. Todas as coisas para a qual ele tinha nascido. *Todas as coisas que ele havia perdido em uma noite esquecida.*

Esse pensamento invadiu o ritmo da luta e por um instante fugaz o corpo de Temple ficou pesado, e seu oponente – que tinha metade de seu tamanho e um terço de sua força – acertou um golpe, com força e sorte, no lugar perfeito para fazer sacudir os dentes e aparecer estrelas diante de seus olhos. Temple cambaleou para trás, impulsionado pelo cruzado inesperado, com a dor e o choque interrompendo seus pensamentos quando ele encontrou o olhar triunfante de seu oponente sem nome. *Não sem nome.* É claro que ele tinha um nome. Mas Temple raramente falava os nomes. Aqueles homens eram apenas um meio para seus fins. Assim como ele era um meio para os fins deles.

Um segundo – menos – e ele recuperou o equilíbrio, esquivando-se para a esquerda, depois direita, consciente de que o alcance de seu braço era quinze centímetros maior que o de seu adversário, percebendo a dor nos músculos do oponente, compreendendo como aquele homem mais novo, mais raivoso, caía vítima da fadiga e das emoções. Aquele sujeito tinha muito pelo que lutar: quarenta mil libras e uma propriedade em Essex; uma fazenda no País de Gales que criava os melhores cavalos de corrida da Grã-Bretanha; e meia dúzia de pinturas de um mestre holandês do qual Temple nunca tinha gostado. O dote de sua jovem filha. A educação do filho. Tudo perdido nas mesas do cassino no andar de cima. Tudo isso em disputa no ringue.

Temple fitou os olhos do adversário e viu o desespero estampado ali. O ódio. Ódio pelo clube que se revelou sua perdição, pelos homens que o administravam e principalmente por Temple – o centurião que guardava o tesouro roubado dos bolsos de cavalheiros elegantes e respeitáveis. Essa linha de pensamento ajudava os perdedores a dormir à noite. Como se fosse culpa do Anjo que a liberalidade com o dinheiro e o azar nos dados fossem uma combinação desastrosa. Como se fosse culpa de Temple. Mas era no ódio que eles se perdiam. Uma emoção inútil, nascida da soma do medo com a esperança e o desejo. Eles não sabiam qual era o truque – a verdade de tudo aquilo. Que aqueles que lutavam por alguma coisa estavam destinados a perder. Chegou, então, o momento de acabar com o sofrimento daquele homem.

A cacofonia de gritos ao redor do ringue atingiu uma frequência febril quando Temple atacou, fazendo o adversário recuar através do chão coberto de serragem. Se antes brincava com ele, agora seus punhos despachavam golpes firmes, determinados, engrenados em uma sequência de acertos. Face. Queixo. Tronco. O homem chegou às cordas que delimitavam o ringue, caindo de costas nelas enquanto Temple continuava o ataque e ficava com pena daquela criatura que chegou a sonhar com a vitória. Que sonhou que poderia derrotar Temple. Que poderia derrotar o Anjo. O último golpe roubou a força do oponente, e Temple o observou desmoronar a seus pés, sob a algazarra ensurdecedora da multidão sedenta por sangue. Ele esperou, a respiração ofegante, por algum movimento do adversário. Que ele se levantasse para uma segunda tentativa. Para uma nova chance. O homem permaneceu parado, os braços envolvendo a cabeça. *Inteligente.* Mais inteligente que a maioria dos outros.

Temple virou e olhou para o coletor de apostas ao lado do ringue. E ergueu o queixo em uma pergunta silenciosa. O olhar do homem pairou um instante no amontoado humano aos pés de Temple. Ele ergueu um dedo nodoso e apontou para a bandeira vermelha no *corner* do ringue. O *corner* de Temple. A multidão rugiu. Temple se virou para o enorme espelho que dominava uma parede do salão e encarou seus próprios olhos pretos por um longo momento, meneando a cabeça uma vez antes de dar as costas para o reflexo e passar por entre as cordas.

Abrindo caminho em meio à turba de homens que pagaram um bom dinheiro para assistir à luta, ele ignorou as mãos estendidas da multidão sorridente que aplaudia, cujos dedos clamavam por tocar a pele suada que recobria seus braços – algo de que poderiam se vangloriar durante anos. *Eles tocaram um matador e viveram para contar a história.* Esse ritual o deixava irritado no começo; depois, com o passar do tempo, começou a sentir orgulho. No momento, aquilo o entediava.

Temple escancarou a pesada porta de aço que dava acesso a seus aposentos particulares e deixou que ela se fechasse atrás de si, já desenrolando uma longa tira de tecido de uma das mãos doloridas. Ele não olhou para trás quando a porta bateu, sabendo que ninguém que havia assistido à luta ousaria segui-lo até seu sombrio santuário subterrâneo. Não sem convite... O local era escuro e silencioso, isolado do espaço público além da porta, onde ele sabia, por experiência, que os homens corriam para reclamar seus ganhos, enquanto uns poucos ajudavam o perdedor a se levantar e chamavam um médico para enfaixar as costelas quebradas e avaliar os machucados.

Ele atirou a faixa de tecido no chão e estendeu a mão para uma luminária próxima, que acendeu rapidamente. A luz se espalhou pelo aposento, revelando uma mesa baixa de carvalho, vazia a não ser por uma pilha bem arrumada de papéis e uma caixa entalhada de ébano. Ele começou a desenrolar a bandagem do outro punho e olhou para os papéis, agora desnecessários. Nunca eram necessários.

Juntando a segunda tira de tecido à primeira, Temple cruzou a sala quase vazia e segurou na tira de couro presa ao teto, permitindo que seu peso se reequilibrasse, contraindo os músculos dos braços, ombros e das costas. Ele não pôde evitar o longo suspiro que veio quando relaxou, pontuado por uma batida discreta na outra porta, localizada na extremidade escura da sala.

"Entre", ele disse, sem se virar para olhar quando a porta abriu e fechou.

"Mais um que cai."

"Eles sempre caem", Temple completou o alongamento e se virou para Chase – responsável pela fundação de O Anjo Caído –, que atravessou a sala e se sentou em uma cadeira baixa de madeira.

"Foi uma boa luta."

"Foi?" Elas pareciam todas iguais, ultimamente.

"É incrível como eles continuam a acreditar que podem te derrotar", Chase comentou, recostando-se e estendendo as pernas compridas sobre o chão nu. "Era de se esperar que a essa altura já teriam desistido."

Temple pegou uma garrafa de água no aparador e serviu um copo.

"É difícil rejeitar a possibilidade de vingança. Mesmo que seja uma possibilidade remota." Temple, que nunca teve a possibilidade de se vingar, sabia disso melhor que qualquer um.

"Você quebrou três costelas do Montlake."

Temple virou o copo e um fio de água escorreu por seu queixo. Ele passou as costas da mão pelo rosto antes de falar.

"Costelas saram."

Chase aquiesceu e se mexeu na cadeira.

"Seu estilo de vida espartano não é dos mais confortáveis, sabia?"

"Ninguém convidou você a se sentar", Temple respondeu, devolvendo o copo ao aparador. "Você vai encontrar veludo e estofados em algum lugar lá em cima, tenho certeza."

Chase sorriu enquanto tirava um fiapo de uma perna da calça e colocava uma folha de papel sobre a mesa, perto da pilha que já estava lá. A lista de desafiantes para a próxima noite e para a seguinte. Uma lista interminável de homens que desejavam lutar por suas fortunas.

Temple soltou um suspiro longo e baixo. Não queria pensar na próxima luta. Tudo que ele queria era água quente e uma cama macia. Puxou a corrente da campainha, solicitando que seu banho fosse preparado. Passou os olhos pelo papel, que estava perto o bastante para ele ver que tinha meia dúzia de nomes rabiscados, mas longe o suficiente para que não conseguisse ler os nomes. Ele encarou Chase.

"Lowe desafiou você outra vez."

Temple já devia estar esperando por isso – Christopher Lowe o havia desafiado doze vezes nos últimos doze dias –, mas ainda assim as palavras o atingiram como um golpe.

"Não." A mesma resposta que já tinha dado onze vezes. "E você devia parar de trazê-lo até mim."

"Por quê? O garoto não merece uma chance como todos os outros?"

Temple olhou para Chase.

"Canalha! Você gosta é de sangue."

Chase gargalhou.

"Até gosto de ver o circo pegar fogo, mas de sangue até que não."

"Continua sendo canalha."

"Oras, eu só aprecio uma luta emocionante." Chase deu de ombros. "Ele perdeu milhares de libras."

"Não me importa se ele perdeu as joias da coroa. Não vou lutar com ele."

"Temple..."

"Quando nós fizemos esse acordo... quando eu aceitei vir para o Anjo, nós concordamos que as lutas seriam minhas. Não foi assim?"

Chase hesitou quando viu o rumo que a conversa tomava.

"Não foi assim?", repetiu Temple.

"Foi."

"Eu não vou lutar com Lowe." Temple fez uma pausa, então acrescentou, "Ele nem é um membro."

"Ele é membro do Cavaleiro. Agora tem os mesmos direitos dos membros do Anjo."

Cavaleiro, a mais nova aquisição do Anjo Caído, um cassino de menor estatura que conduzia os prazeres e as dívidas de quatrocentos sujeitos menos que agradáveis. A raiva inflamou Temple.

"Maldição... se não fosse por Cross e suas decisões estúpidas..."

"Ele teve seus motivos", Chase ponderou.

"Que Deus nos proteja dos homens apaixonados."

"Sábias palavras", Chase concordou. "Mas nós temos outro cassino para administrar, de qualquer maneira, e essa espelunca possui a dívida do Lowe. E ele tem direito a uma luta se pedir por isso."

"Como foi que esse garoto perdeu todo esse dinheiro?", Temple perguntou, detestando a frustração que transpareceu em sua voz. "Tudo que o pai dele tocava se transformava em ouro."

Por isso a irmã de Lowe tinha sido uma noiva tão bem-vinda. Ele detestou aquele pensamento. As lembranças que trouxe consigo.

Chase ergueu um dos ombros.

"A sorte vira num piscar de olhos."

A verdade pela qual todos eles viviam. Temple praguejou.

"Não vou lutar com ele. Pode cortá-lo da lista."

Chase olhou para ele.

"Não há prova de que você a matou."

O olhar de Temple não vacilou.

"Não há prova de que não matei."

"Eu apostaria tudo que tenho que você não matou", afirmou Chase.

"Mas não porque você saiba que isso é verdade."

Nem mesmo Temple sabia.

"Eu conheço você."

Ninguém o conhecia. Não de verdade.

"Bem, Lowe não me conhece. Não vou lutar com ele. E não vou mais conversar sobre isso. Se quer dar uma luta para o garoto, lute você."

Ele esperou pela réplica de Chase. Um novo ataque. Mas a réplica não veio.

"Bem, Londres gostaria disso." O fundador do Anjo levantou e pegou a lista de lutadores em potencial com a pilha de papéis que jazia sobre a mesa desde antes da luta. "Posso devolver os registros ao arquivo?"

Temple negou com a cabeça e estendeu a mão para pegar os papéis.

"Eu faço isso."

Fazia parte do ritual.

"Por que pegar os registros, afinal?", Chase perguntou.

Temple olhou para os papéis que descreviam a dívida de Montlake com o Anjo de forma clara e sucinta: cem libras aqui, mil libras ali, cinco hectares. Cem. Uma casa, um cavalo, uma carruagem. *Uma vida...*

Ele ergueu um ombro, apreciando a pontada que sentiu no músculo.

"Ele poderia ter ganhado."

Chase ergueu uma das sobrancelhas loiras.

"Ele poderia."

Mas não ganhou.

Temple devolveu os papéis à mesa de carvalho.

"Eles apostam tudo na luta. Parece que o mínimo que eu posso fazer é compreender a magnitude daquilo por que estão lutando."

"Mas você sempre vence."

Era verdade. Mas ele compreendia o que era perder tudo. A vida inteira de uma pessoa mudando em um instante por causa de uma escolha que não deveria ter sido feita. Uma ação que não deveria ter sido empreendida. Mas havia uma diferença, é claro. Os homens que apareciam para lutar no ringue se lembravam das más escolhas que tinham feito. Das ações que tinham empreendido. *Temple não se lembrava.* Não que isso importasse.

Uma campainha na parede soou, anunciando que seu banho estava pronto, e isso o trouxe de volta ao presente.

"Eu não disse que eles não merecem perder", disse Temple.

Chase riu, o som alto na sala silenciosa.

"Tão seguro de si mesmo. Um dia você pode não ganhar tão fácil."

Temple pegou uma toalha e pendurou o fino algodão turco no pescoço.

"Promessas inglórias", ele disse enquanto se dirigia ao quarto de banhos ao lado, dispensando Chase, a luta e as feridas que havia provocado. "Promessas inglórias e maravilhosas."

As ruas a leste da vizinhança de Temple Bar ganhavam vida à noite com o que havia de pior na cidade – ladrões, prostitutas e assassinos liberados de seus esconderijos diurnos, soltos na escuridão selvagem. Prosperando nela. Eles se deleitavam nas sombras das esquinas e recebiam a escuridão da cidade de braços abertos, a menos de um quilômetro de mansões principescas e de seus riquíssimos habitantes, marcando o território onde os nobres não se arriscariam a andar, temerosos de enfrentar a verdade da cidade – que ela era maior do que eles imaginavam. Ou, talvez, que ela fosse exatamente o que eles imaginavam.

Mas Temple conhecia a cidade inteira. Tudo que ele era, tudo que havia se tornado, tudo que seria... esse lugar, crivado de bêbados e prostitutas, era perfeito para um homem desaparecer. Sem deixar rastros. É claro que ele deixava rastros. Durante muito tempo, desde o momento em que, doze anos atrás, ele chegou, jovem e fedendo a medo e fúria, sem nada além de seus punhos para recomendá-lo àquele admirável mundo novo. Os sussurros o acompanhavam em meio à sujeira e ao pecado, marcando o tempo. A princípio ele fingia não ouvir a palavra, mas conforme os anos se passavam, ele a adotou, e o epíteto se tornou um título honorífico. *Assassino.* Isso mantinha os outros longe dele, mesmo que ainda o observassem. *O Duque Assassino.* Ele sentia a curiosidade em seus olhares – por que um aristocrata como ele, nascido no lado certo da cidade, com uma colher incrustada de diamantes na boca, teria qualquer razão para matar? Que segredos obscuros e devastadores os ricos e privilegiados escondem tão bem por trás de suas sedas, joias e seu dinheiro? Temple deu esperança às almas mais obscuras de Londres. A oportunidade para que acreditassem que sua vida, sem graça e repleta de sujeira e vícios, talvez não fosse tão diferente da vida daqueles que pareciam estar por cima. Tão inatingíveis. *Se o Duque Assassino caiu,* ele ouvia nos olhares furtivos, *então talvez nós possamos subir.* E era naquela esperança fugaz que morava o perigo.

Ele virou uma esquina, deixando para trás as luzes e os sons da rua Long Acre, e sumiu nas ruas obscuras onde passou a maior parte de sua vida adulta. Anos de instinto deixaram seus passos silenciosos, pois ele sabia que era nesse trajeto da cidade – os últimos cem metros até sua casa – que encontravam coragem aqueles que o espreitavam. Por causa disso, não era de surpreender que estivesse sendo seguido. Já tinha acontecido antes – homens desesperados o bastante para querer enfrentá-lo, para empunhar facas e porretes na esperança de que um único e bem colocado golpe pudesse apagá-lo o tempo necessário para roubarem seu dinheiro. E se o ataque o apagasse para sempre, bem, tanto melhor. Era assim que funcionava nas ruas, afinal. Temple já os enfrentou antes, lutou com eles, derramou sangue e dentes ali, nos paralelepípedos de Newgate, com uma ferocidade que não aparecia no ringue do Anjo Caído. Ele já tinha lutado com eles e vencido. Dezenas. Centenas de vezes. Ainda assim, sempre havia algum novo pecador, desesperado, que o seguia, confundindo a elegância do casaco de Temple com fraqueza.

Ele diminuiu o ritmo, prestando atenção nos passos atrás de si, diferentes do habitual. Faltava o peso da bebida e do mau discernimento. Rápidos, concentrados e quase em cima dele antes que Temple reparasse o que diferenciava aqueles passos. Ele devia ter notado antes. Devia ter entendido imediatamente por que havia algo de tão inusitado naquele perseguidor em particular. Tão perturbador. Ele devia ter percebido, se não por outra razão, pelo que aquele perseguidor *não era*. Porque, em todos os anos em que foi seguido por aquelas vielas escuras – em todos os anos em que precisou erguer seus punhos para estranhos –, o agressor nunca foi uma mulher. Os passos dela ficaram cada vez mais hesitantes conforme se aproximava, e ele marcou o tempo com suas próprias passadas, compridas e lentas, sabendo que podia se virar e eliminar aquela ameaça a qualquer momento. Mas não era todo dia que se surpreendia. E a fedelha atrás dele não era outra coisa senão surpreendente. Ela estava perto o bastante para que ele pudesse ouvir sua respiração, apressada e entrecortada – sinais claros de energia e medo. Como se ela fosse novata naquilo. Como se ela fosse a vítima. *E talvez ela fosse.*

Ela estava a um metro dele. Trinta centímetros. Quinze, quando ele virou e a agarrou pelos punhos, puxando-a para perto – e a percepção de que ela estava desarmada veio com uma onda de calor e aroma cítrico. Ela não estava usando luvas. Ele mal teve tempo de registrar esse fato antes que ela soltasse uma exclamação de espanto, ficando absolutamente imóvel por uma fração de segundo antes de tentar puxar os braços e, após perceber que estavam presos pelos punhos fortes dele, começar a lutar para valer. A mulher era mais alta que a média, e mais forte do que ele esperava. Ela não gritou nem xingou, preferindo usar todo seu fôlego, toda sua força, para alimentar a tentativa de se soltar, o que fazia dela mais inteligente do que a maioria dos homens que enfrentou no ringue. Ela não era páreo para ele, contudo, e Temple a segurou. Firme e apertado, até ela desistir. Temple lamentou que ela desistisse. Mas foi o que ela fez, percebendo a futilidade de suas ações após um longo momento... hesitando brevemente antes de virar seu rosto para ele e falar.

"Solte-me."

Havia algo na voz dela, uma honestidade calma, inesperada, que quase fez com que ele obedecesse. Quase fez com que ele a soltasse, que a deixasse desaparecer na noite. *Quase...* Mas fazia muito tempo que ele não ficava tão intrigado com um oponente. Puxando-a para perto de si, ele transferiu os dois braços dela para uma de suas mãos enquanto usava a outra para verificar se a moça trazia armas sob a capa. Sua mão parou no cabo de uma faca, escondida no fundo do forro da capa. Temple a puxou.

"Não, acho que não vou te soltar."

"Isso é meu", a moça protestou, tentando pegar a faca e praguejando quando ele a colocou fora de seu alcance."

"Eu não gosto de encontros noturnos com agressores armados."

"Não estou armada."

Ele ergueu uma sobrancelha.

Ela suspirou alto, irritada.

"Quero dizer, estou armada, é óbvio. É tarde da noite e qualquer pessoa com a inteligência de um peixe estaria. Mas eu não tenho intenção de te esfaquear."

"E eu devo simplesmente aceitar sua palavra?"

As palavras dela soaram francas e verdadeiras.

"Se eu quisesse te esfaquear, já teria esfaqueado."

Ele amaldiçoou a escuridão e seus segredos, querendo ver o rosto dela.

"Você está atrás de quê?", ele perguntou, calmo, guardando a faca em sua bota. "Dos meus bolsos? Devia ter escolhido um alvo menor." Embora ele não tenha achado nada mal que ela o tivesse escolhido. Temple estava gostando daquilo.

E gostou ainda mais da resposta dela.

"Estou atrás de você."

A resposta foi rápida o suficiente para parecer verdadeira, e para deixá-lo de queixo caído. Cautela.

"Você não é uma vagabunda."

Aquilo não foi uma pergunta. Estava evidente que ela não era uma prostituta – a forma como ficou rígida em resposta à sua declaração, mantendo espaço entre eles. Ela não se sentia à vontade com o toque masculino. *Com o toque dele*. Ela redobrou os esforços para se soltar.

"É só isso que as pessoas querem de você? Seu dinheiro ou seu..." Ela se interrompeu, e Temple resistiu ao impulso de rir. Ela, com certeza, não era uma prostituta.

"As duas opções geralmente bastam para as mulheres." Ele encarou o rosto escuro, desejando um pouco de claridade. Um fio de luz de alguma janela próxima. "Tudo bem, querida, se não é meu dinheiro nem meu..." Ele se interrompeu, apreciando o modo como ela prendeu a respiração antes que ele concluísse a frase. Ela era interessante. "...meu vigor que você quer, então o que é?"

Ela inspirou profundamente, e o silêncio pesou entre eles, como se o que ela estava para falar pudesse mudar o mundo dela. Ou o dele. Temple esperou, mal percebendo que também estava prendendo a respiração.

"Estou aqui para desafiar você."

Ele a soltou e lhe deu as costas, afastando-se enquanto era dominado pela irritação e pela frustração, e por uma onda nada pequena de decepção. Ela o queria como um meio para atingir seus fins. Assim como todos os outros.

As botas dela estalaram nos paralelepípedos enquanto corria atrás dele.

"Espere."

Ele não esperou.

"Alteza..." O título atravessou a escuridão. Machucou. *Ela não chegaria a lugar algum com essas boas maneiras.* "Espere um momento. Por favor!"

Pode ter sido a delicadeza do pedido. Pode ter sido o próprio pedido – algo que o Duque Assassino não ouvia com frequência – que o deteve. Ele se virou.

"Eu não luto com mulheres. Não me importa quem é seu homem. Diga-lhe para encontrar sua hombridade e vir ele mesmo atrás de mim."

"Ele não sabe que estou aqui."

"Receio que você deveria ter contado. Assim ele poderia ter impedido que você tomasse a decisão imprudente e precipitada de andar por uma viela escura, no meio da noite, com o homem que é considerado um dos mais perigosos de toda a Grã-Bretanha."

"Eu não acredito nisso."

Alguma coisa o tocou profundamente ao ouvir aquelas palavras. A verdade nelas. E por um brevíssimo momento, Temple considerou tomá-la em seus braços outra vez. E levá-la para sua casa. Fazia muito tempo que uma mulher não o intrigava. Mas a sanidade retornou.

"Você devia acreditar."

"Isso é uma bobagem. Foi desde o início."

Ele estreitou o olhos e a encarou com firmeza.

"Vá para casa e encontre um homem que goste de você o bastante para salvá-la de si mesma."

"Meu irmão perdeu uma grande quantidade de dinheiro", ela explicou, as palavras soando com clareza na escuridão, marcadas ao mesmo tempo pela boa educação e pelo sotaque da zona leste de Londres. Não que ele se importasse com o sotaque. *Ou com ela.*

"Eu não luto com mulheres." Havia conforto na repetição. No lembrete de que ele nunca havia machucado uma mulher. *Outra mulher.* "E seu irmão parece mais inteligente que a maioria. Eu nunca perco para homens."

"Eu desejo reaver o dinheiro, no entanto."

"E eu desejo várias coisas que não posso ter", ele retrucou.

"Eu sei. É por isso que estou aqui. Para dar essas coisas a você." Havia algo a mais naquelas palavras. Força. Verdade. Ele não respondeu, mas a curiosidade o deixou na expectativa do que ela diria a seguir. E as palavras vieram como um golpe. "Estou aqui para propor um negócio."

"Então você é uma vagabunda, afinal?"

Temple quis insultá-la. E falhou. Ela soltou uma meia risada na escuridão – e o som foi mais intrigante do que ele gostaria de admitir.

"Não esse tipo de negócio. Além disso, você não me quer tanto quanto quer o que eu posso lhe dar."

Aquilo era um desafio, e ele teve vontade de aceitá-lo. Porque havia alguma coisa nas palavras daquela mulher tola, corajosa, que o atraía. Que o fazia querer considerar qualquer transação idiota que ela pudesse lhe oferecer. Ele a mediu de cima a baixo, e deu um passo em sua direção, sentindo seu perfume caloroso e acolhedor. Em um instante, ele a tomou em seus braços e a apertou contra o peito.

"Eu confesso: sempre gostei da combinação de beleza com coragem." Temple sussurrou em sua orelha, adorando o modo como ela prendeu a respiração na garganta. "Quem sabe nós possamos chegar a algum acordo."

"Meu corpo não faz parte do negócio."

Era uma pena. Aquela moça era atrevida como o diabo, e uma noite em sua cama podia valer o que quer que ela estivesse querendo.

"E o que te faz pensar que estou interessado em negociar com você?"

Ela hesitou. Um segundo. Menos. Mas ele percebeu.

"Porque você quer o que eu estou oferecendo."

"Sou rico como Creso, querida. Então, se você não está oferecendo sua companhia de boa vontade na minha cama, não há nada que você tenha que eu não possa conseguir sozinho."

Ele se virou para ir embora, e deu vários passos antes que ela falasse:

"Nem mesmo absolvição?"

Ele congelou. *Absolvição.* Quantas vezes Temple tinha ouvido aquela palavra sussurrada por sua mente? Quantas vezes ele a experimentou bem baixinho em sua língua, enquanto jazia na escuridão, somente com a culpa e a raiva como companheiras? Absolvição. Um turbilhão se alastrou por seu corpo, frio e impetuoso, e ele precisou de um momento para compreender. Cuidado. *Ela é perigosa.* Ele devia se afastar. Ainda assim... Ele se adiantou para capturá-la, valendo-se da velocidade pela qual era conhecido, e prendeu o braço dela com a mão forte. Temple ignorou a inspiração forte dela e a puxou pela rua até um trecho iluminado pela luz do poste à porta da sua casa. Ergueu a mão enluvada até o rosto dela, virando-o para a luz e assimilando suas feições – a pele perfeita corando ao contato com o ar frio da noite, o maxilar firme e desafiador. Os olhos grandes e claros, repletos de honestidade. Um azul. Um quase verde. *Estranho demais para ser comum. Memorável demais.*

Ela tentou soltar o queixo. Ele apertou a mão, impossibilitando o movimento. A pergunta veio rápida e rude na escuridão da noite.

"Quem é seu irmão?"

Ela engoliu em seco. Ele sentiu esse movimento na mão. No corpo todo. Uma eternidade se passou enquanto Temple aguardava a resposta.

"Christopher Lowe."

O nome o atingiu como uma facada, e ele a soltou no mesmo instante, recuando um passo da onda de calor que o ameaçava, que engrossava seu sangue e fazia seus ouvidos zunirem com ferocidade. *Absolvição*. Ele balançou a cabeça lentamente, incapaz de se impedir de falar.

"Você é..." Sua voz sumiu e ela fechou os olhos, incapaz de sustentar o olhar de Temple. Não. Ele não aceitaria aquilo. "Olhe para mim."

Ela se endireitou, os ombros para trás, a coluna ereta. E enfrentou o olhar dele sem vergonha. Sem remorso. *Jesus*.

"Diga." Não foi um pedido.

"Eu sou Mara Lowe."

Não podia ser verdade.

"Você está morta."

Ela meneou a cabeça e o cabelo ruivo cintilou sob a luz.

"Eu estou viva."

Tudo nele foi silenciado. Tudo que havia fervido durante tantos anos. Tudo que ele tinha evitado, odiado e temido. Tudo ficou quieto. *Até começar a rugir como o próprio inferno*. Ele se virou para destrancar a porta de sua residência, precisando de algo que o afastasse da raiva que sentia. As trancas de ferro se moveram sob sua força, estalando e deslizando, pontuando sua respiração difícil.

"Alteza?"

A indagação o trouxe de volta ao mundo. *Alteza*. O título para o qual ele tinha nascido. O título que ele havia ignorado durante anos. Dele, mais uma vez. Restaurado pela pessoa que o havia tomado. Sua Graça, o Duque de Lamont. Ele escancarou a porta e se virou para encará-la, a mulher que mudou sua vida. Que arruinou sua vida.

"Mara Lowe." Ele falou e o nome saiu áspero e despedaçado, recoberto de história.

Ela aquiesceu. Ele riu, um ruído solitário ecoando na escuridão. Era tudo que ele podia fazer. Ela franziu a testa, confusa. Ele fez uma reverência rápida e debochada.

"Perdoe-me. Veja, não é todo dia que um assassino reencontra uma vítima do passado."

"Você não me matou", ela ergueu o queixo.

Tais palavras foram ditas com suavidade, mas com determinação, e estavam embebidas de uma coragem que ele devia ter admirado. De uma coragem que ele devia ter odiado. Ele não a matou. As emoções estavam tomando conta dele, impiedosas e ferozes. Alívio. Fúria. Confusão. E mais uma dezena. *Bom Deus. Que diabo tinha acontecido?*

Ele se afastou e indicou o hall de entrada escuro, além da porta.

"Entre." De novo, não foi um pedido.

Ela hesitou, os olhos bem abertos, e por um instante Temple pensou que ela iria fugir. Mas não. Garota estúpida. Deveria ter corrido. A saia dela roçou em suas botas quando passou por ele, e esse toque o lembrou de que ela era de carne e osso. E estava viva. *Viva e era dele.*

Capítulo Dois

Quando a porta fechou e as trancas estalaram, pontuando a escuridão silenciosa daquela casa, ocorreu a Mara que aquele bem poderia ter sido o maior erro de sua vida. O que não era pouca coisa, considerando-se o fato de que, duas semanas após seu aniversário de dezesseis anos, ela fugiu de seu casamento arranjado com um duque, deixando o filho dele enfrentar a falsa acusação de tê-la assassinado. O filho, que sem dúvida estava pensando em transformar aquela acusação falsa em verdadeira. O filho, que tinha todo direito de soltar sua fúria. O filho, com quem ela estava naquele momento em um perturbador hall apertado. Sozinha. No meio da noite. O coração de Mara disparou naquele espaço confinado, e cada centímetro de seu corpo gritava para que ela fugisse. Mas ela não podia. Seu irmão tornou isso impossível. O destino se voltou contra ela. O desespero a levou até ali, e estava na hora de Mara enfrentar seu passado. Estava na hora de Mara enfrentar o *duque.*

Ela reuniu todas as suas forças e se virou para fazer exatamente isso, tentando ignorar o modo como aquela figura enorme – mais alta e mais larga do que qualquer outro homem que ela conhecia – pairava na escuridão, bloqueando sua saída. Então ele passou por ela, seguindo na direção de uma escada. Ela hesitou, lançando um olhar para a porta. Ela podia desaparecer outra vez. Exilar Mara Lowe novamente. Ela já tinha se perdido uma vez, poderia repetir tudo de novo. *Ela podia fugir.* E perder tudo que tinha. Tudo que era. Tudo pelo que havia trabalhado tanto.

"Você não vai conseguir correr dez metros antes que eu te pegue", ele avisou.

Tinha isso também...

Ela ergueu o olhar para ele, que a observava de cima, com o rosto iluminado pela primeira vez naquela noite. Ele mudou nesses doze anos, e não do jeito comum – de um garoto de dezoito em um homem de trinta. A pele lisa e perfeita ganhou ângulos duros e a sombra da barba de vários dias por fazer. Mais do que isso, os olhos dele não tinham mais a marca da alegria que sustentavam naquela noite, uma vida atrás. Eles continuavam pretos como a meia-noite, mas agora continham segredos. É claro que ele a pegaria se ela corresse. Era por isso que ela estava ali, não era? Para ser pega. Para se revelar. *Mara Lowe*. Fazia mais de uma década que ela não dizia o nome em voz alta. Ela foi Margaret MacIntyre desde o momento em que sumiu naquela noite. Mas voltava a ser Mara naquele instante, pois não havia outro modo de salvar a única coisa que importava para ela. Aquilo que lhe dava um sentido. *Sua única escolha era ser Mara.*

Esse pensamento lhe deu ânimo para subir a escada que levava a uma sala que era parte biblioteca, parte escritório, completamente masculina. Quando ele acendeu as velas, um brilho dourado se espalhou sobre os móveis de cores escuras, revestidos de couro. Temple já estava agachado para acender o fogo na lareira quando ela entrou. Aquilo era tão impróprio – o grande duque acendendo o fogo – que ela não conseguiu se segurar.

"Você não tem criados?"

Ele levantou e limpou as mãos nas coxas grossas.

"Uma mulher vem de manhã para limpar."

"Ninguém mais?"

"Não", respondeu ele.

"Por que não?"

"Ninguém quer dormir na mesma casa que o Duque Assassino." Não havia raiva em suas palavras. Nem tristeza. Apenas verdade.

Ele foi se servir de um scotch, mas não ofereceu para ela. Também não a convidou a se sentar quando ele próprio se ajeitou em uma grande poltrona de couro. Temple tomou um grande gole do líquido âmbar e cruzou uma perna sobre a outra, balançando o copo com dois dedos enquanto a observava, os olhos pretos assimilando os detalhes, observando, analisando tudo.

Ela cruzou as mãos para controlar seu tremor e enfrentou o olhar dele. Ela também sabia brincar assim. Doze anos afastada do dinheiro, do poder e da aristocracia tinham lhe rendido uma determinação férrea. *Uma determinação que os dois compartilhavam.* O pensamento passou por sua cabeça com um fio de culpa. Ela escolheu aquela vida. Escolheu mudar tudo. Ele não. Ele foi a vítima do plano tolo e idiota de uma criança. *Sinto muito...* Era verdade. Ela nunca pretendeu que aquele jovem charmoso – todo músculos, graça e sorrisos – se tornasse uma vítima involuntária da sua fuga. *Não que ela tivesse tentado salvá-lo.* Ela ignorou o pensamento. Era tarde demais para pedir desculpas. Ela era a responsável por tudo aquilo e agora tinha de enfrentar as consequências.

Ele bebeu de novo, as pálpebras escondendo seu olhar, como se ela pudesse esquecer o modo como ele a encarava. Como se ela não sentisse aquele olhar até nos ossos. Era uma batalha. Ele não iria falar primeiro, e assim cabia a ela começar a conversa. *Uma ação de fraqueza.* E ela não podia perder para ele. Então Mara esperou, tentando não se inquietar. Tentando não pular de susto a cada estalo da lenha na lareira. Tentando não enlouquecer com o peso do silêncio. Aparentemente, ele também não queria perder.

Sustentou o olhar dele e apertou os olhos. Ela esperou até não aguentar mais, e então falou a verdade.

"Eu não gosto de estar aqui mais do que você gosta de estar comigo."

As palavras o petrificaram por um instante, e ela mordeu a língua, com medo de falar. Com medo de piorar as coisas. Ele riu de novo – a mesma risada que ela ouviu antes, lá fora –, desprovida de humor, um ruído confuso que parecia mais uma manifestação de dor do que de alegria.

"Incrível. Até este momento eu realmente considerei a possibilidade de que você também tinha sido uma vítima do destino."

"Não somos todos vítimas do destino?"

E ela tinha sido. Mara não queria fazer de conta que tinha sido uma participante involuntária em tudo o que aconteceu todos aqueles anos atrás... mas se ela soubesse como aquilo a mudaria... o que aquilo faria com ela... Ela interrompeu a mentira antes de a completar. Ela teria feito o mesmo de qualquer modo. Ela não teve escolha na época. Assim como não tinha escolha nessa noite. Há momentos que mudam a vida de uma pessoa. E caminhos que chegam sem uma bifurcação na estrada.

"Você está viva e bem, Srta. Lowe."

O homem era um duque, rico e poderoso, com toda Londres a seus pés, se assim quisesse. Ela ergueu o queixo ao ouvir o tom de acusação.

"Você também, *Alteza*."

Os olhos dele ficaram sombrios.

"Isso é discutível." Temple se recostou na cadeira. "Parece que meu agressor não foi o destino, afinal. Foi você."

Quando ele a surpreendeu do lado de fora, antes de saber quem ela era e por que estava ali, sua voz era calorosa – com uma nota de gravidade que a atraiu, por mais que ela soubesse que não devia se sentir assim. Esse calor tinha desaparecido àquela altura, substituído por uma calma fria – uma calma que não a enganou. Uma calma que, ela podia apostar, escondia uma tempestade terrível.

"Eu não agredi você."

Fato, embora não fosse totalmente verdade. Ele continuou a encará-la.

"Uma mentirosa rematada, pelo que vejo."

Ela ergueu o queixo.

"Eu nunca menti."

"Não? Você fez o mundo acreditar que estava morta."

"O mundo acreditou no que quis."

Ele estreitou os olhos pretos.

"Você desapareceu e deixou que cada um tirasse suas conclusões."

A mão livre dele – a que não segurava o copo de scotch – traiu sua ira ao contorcer os dedos com energia quase incontida. Ela reparou no movimento, que percebia nos garotos de rua que tinha conhecido. Sempre havia alguma coisa que lhes traía a frustração. A raiva. Os planos. Mas diante dela não estava um garoto. Mara não era boba – doze anos tinham lhe ensinado uma centena de lições de segurança e autopreservação, e por um instante o arrependimento deu lugar ao nervosismo e ela novamente pensou em fugir. Daquele homem, daquele lugar e da escolha que havia feito. A escolha que ao mesmo tempo salvaria a vida que ela tinha construído e a destruiria. A escolha que a obrigaria a encarar seu passado e a colocar seu futuro nas mãos daquele homem.

Ela observou os dedos se mexendo. *Eu nunca quis te prejudicar.* Era o que ela queria dizer, mas ele não acreditaria. Mara sabia que não. E aquilo não dizia respeito a perdão ou compreensão, mas ao futuro dela. E ao fato de que ele tinha a chave para esse futuro.

"Eu desapareci, é verdade. E não posso apagar isso. Mas estou aqui agora."

"E finalmente chegamos a este momento. Por quê?"

Tantos motivos. Ela resistiu a esse pensamento. Só havia um motivo. Só um que importava.

"Dinheiro." Era verdade. E também mentira.

Ele ergueu as sobrancelhas, surpreso.

"Confesso que não esperava tanta sinceridade."

Ela deu de ombros.

"Eu acho que mentiras complicam tudo."

Ele exalou um longo suspiro.

"Você veio aqui pedir pelo seu irmão."

Ela ignorou o surto de raiva que acompanhou as palavras.

"Vim."

"Ele está devendo até o último fio de cabelo."
Com o dinheiro dela.
"Eu soube que você pode mudar isso."
"Poder não é querer."
Ela respirou fundo e resolveu começar a negociação.
"Eu sei que ele não pode vencer você. Eu sei que lutar com o grande Temple é uma ilusão. Você sempre ganha. Por isso, eu deduzi, você não aceitou nenhum dos doze desafios. Francamente, fico feliz que não tenha aceitado. Assim você me deu a chance de negociar."
Era difícil acreditar que os olhos pretos dele pudessem ficar mais escuros do que já estavam.
"Você mantém contato com ele."
Ela ficou paralisada, refletindo sobre a revelação mal calculada. Ele não lhe deu tempo.
"Há quanto tempo você mantém contato com ele?"
Ela hesitou por um instante longo demais. Apenas um segundo. Mas o bastante para ele se levantar da poltrona e atravessar a sala, confrontando-a, fazendo-a recuar, fazendo-a tropeçar em suas saias.
Um braço imenso avançou na direção dela. E a pegou – um feixe de músculos duros como aço em suas costas. Ele a puxou para si; ela ficou presa junto a ele.
"Há quanto tempo?" Temple fez uma pausa, mas antes que ela pudesse responder, ele acrescentou: "Não precisa me dizer. Posso sentir o cheiro da culpa em você".
Mara pôs as mãos no peito dele e sentiu a parede de ferro que havia ali. Empurrou. O esforço foi inútil. Ele só se moveria quando quisesse.
"Você e seu irmão imbecil armaram um plano idiota e você desapareceu." Ele estava perto. Perto demais. "Talvez não idiota. Talvez genial. Afinal, todo mundo pensou que você estava morta. *Eu pensei que você tinha morrido.*" As palavras carregavam fúria e algo mais. Algo que ela esperava poder amenizar.
"Esse nunca foi o plano."
Ele ignorou suas palavras.
"Mas aqui está você, doze anos depois, em carne e osso. Firme e forte." A voz dele estava baixa, um sussurro na orelha dela. "Eu deveria fazer valer o nosso passado. A minha reputação."
Ela sentiu a raiva na voz dele. Sentiu-a em seu toque. Mais tarde ela sentiria orgulho de sua própria coragem quando ergueu o rosto e falou:
"Talvez você devesse mesmo fazer isso. Mas não vai."
Ele a soltou, tão rápido que ela cambaleou para trás quando Temple

se afastou e começou a andar de um lado para outro da sala, o que a fez se lembrar de um tigre que certa vez viu em uma exposição, enjaulado e frustrado. Naquele momento, ela pensou que trocaria de bom grado o Duque de Lamont pela fera. Ele próprio era indomado.

"Eu não teria tanta certeza", ele respondeu, quando se virou. "Doze anos marcado como assassino fazem um homem mudar."

Ela balançou a cabeça, sustentando o olhar negro dele.

"Você não é um assassino."

"*Você é a única que sabe disso.*"

A voz dele saiu baixa e carregada de emoções. Mara reconheceu raiva, choque e surpresa, mas foi o tom de acusação que a perturbou. Não era possível que ele próprio pensasse que a tinha matado. Não era possível que ele tivesse acreditado nas fofocas. Nas especulações. *Ou era?* Ela devia falar alguma coisa. Mas o quê? O que se deve dizer para um homem falsamente acusado de assassinato?

"Ajudaria se eu pedisse desculpas?"

Ele endureceu o olhar.

"Você sente remorso?"

Ela não faria nada diferente. Por nada deste mundo.

"Sinto muito que você tenha sido envolvido dessa forma."

"Você se arrepende de suas ações?"

Ela o encarou.

"Você quer a verdade? Ou um lugar-comum?"

"Você nem imagina as coisas que eu quero."

Ela não podia mesmo imaginar.

"Eu entendo que você esteja com raiva."

Aquilo pareceu provocá-lo, e ele avançou na direção dela, ainda segurando o copo e fazendo Mara recuar pela sala que era pequena demais.

"Você *entende*, é mesmo?"

Ela disse a coisa errada. Desviou de um divã e ergueu as mãos, como se pudesse detê-lo, procurando a coisa certa para dizer. Ele não esperou que ela encontrasse.

"Você *entende* o que é perder tudo?"

Sim.

"Você *entende* o que foi perder meu nome?"

Ela entendia, na verdade. Mas sabia que não devia responder.

Ele continuou.

"Perder meu título, minha terra, minha *vida*?"

"Mas você não perdeu nada disso... você ainda é um duque. O Duque de Lamont", ela rebateu, as palavras – que ela repetiu para si mesma ao longo dos anos – saindo rápidas e defensivas. "A terra ainda é sua. O dinheiro. Você triplicou as posses do ducado."

Ele arregalou os olhos.

"Como você sabe disso?"

"Eu presto atenção."

"Por quê?"

"Por que você nunca voltou à propriedade?"

"De que adiantaria eu voltar?"

"Isso talvez faria você se lembrar de que não perdeu tanta coisa." As palavras saíram antes que ela pudesse se conter. Antes que ela percebesse como eram provocadoras. Ela correu para trás, colocando uma cadeira alta entre eles e olhando ao redor. "Eu não quis dizer..."

"É claro que quis." Ele começou a rodear a cadeira e a investir na direção dela.

Ela se foi andando em sentido contrário, mantendo o móvel entre eles. E tentou acalmar a fera.

"Você está bravo."

Temple meneou a cabeça.

"Bravo nem começa a descrever tudo que estou sentindo."

Ela aquiesceu, atravessando a sala de costas mais uma vez.

"Tem razão. Furioso."

"Quase isso", ele avançou.

"Exaltado."

"Isso também."

Ela olhou para trás e viu o aparador se aproximando. Aquela definitivamente não era uma sala muito grande.

"Indignado", ela completou.

"E isso."

Ela sentiu o carvalho duro às suas costas. *Encurralada de novo.*

"Não posso desfazer", ela argumentou, desesperada para reequilibrar a situação. "O que está feito." Ele parou, e por um instante ela conseguiu sua atenção. "Se eu não estou morta, você não é..." – *um assassino* – "...o que dizem." Ele não respondeu, e ela se apressou para preencher o silêncio. "É por isso que estou aqui. Eu vou me apresentar. Vou me mostrar para a Sociedade. Vou provar que você não é o que dizem."

Ele colocou o copo no aparador.

"Você vai fazer isso."

Ela soltou a respiração que não percebeu que estava prendendo. *Ele não era tão rancoroso quanto ela tinha imaginado.* Mara aquiesceu.

"Sim, eu vou. Vou contar para todo mundo..."

"Você vai contar a verdade para todo mundo."

Ela hesitou ao ouvir aquelas palavras, e as odiou, e o modo como representavam uma ameaça. Ainda assim ela concordou.

"Vou contar a verdade." Seria a coisa mais difícil que ela faria na vida, mas tinha que fazer.

Ela não tinha escolha. Aquilo a arruinaria, mas talvez pudesse salvar o que era importante. Ela só tinha uma chance de negociar com Temple. E tinha que fazê-lo corretamente.

"Com uma condição..."

Ele riu. Uma gargalhada forte e estrondosa. Ela franziu a testa. Mara não gostou daquele som, principalmente quando terminou com um sorriso perverso, sem humor.

"Você quer barganhar comigo?" Ele estava ao alcance de um toque. "Você acha que esta noite me deixou com vontade de negociar?"

"Eu desapareci uma vez. Posso desaparecer de novo." A ameaça não melhorou a disposição dele.

"Eu encontro você." As palavras foram tão sérias, tão honestas, que Mara não duvidou dele.

Ainda assim, ela resistiu.

"Talvez, mas eu me escondi durante doze anos e me tornei boa nisso. E mesmo que você me ache, a aristocracia não vai, simplesmente, aceitar sua palavra de que estou viva. Você precisa que eu queira participar disso de boa vontade."

Ele apertou os olhos e um músculo na sua mandíbula se contorceu. Quando ele falou, as palavras saíram como gelo.

"Posso lhe garantir que eu nunca vou precisar de você."

Ela o ignorou e continuou.

"Eu vou contar a verdade. Vou apresentar uma prova de quem sou. E você vai perdoar a dívida do meu irmão."

Houve um momento de silêncio em que as palavras pairaram entre eles e, durante esses segundos fugazes, Mara chegou a pensar que tivera sucesso ao negociar com ele.

"Não."

Pânico. Ele não podia recusar. Ela ergueu o queixo.

"Eu acredito que é uma troca justa."

"Uma troca justa por *destruir a minha vida*?"

Ela não pôde mais conter a irritação. Ele era um dos homens mais ricos de Londres. Da Grã-Bretanha, pelo amor de Deus! Com mulheres se jogando nos braços dele e homens desesperados para conquistar sua confiança. Ele manteve o título, a propriedade e agora tinha um verdadeiro império. O que ele sabia de vidas arruinadas?

"E quantas vidas você destruiu?", ela perguntou, sabendo que não devia, mas incapaz de se controlar. "Você não é nenhum santo, meu lorde."

"O que quer que eu tenha feito...", ele começou, então parou, mudando de abordagem com outro suspiro de incredulidade. "Chega. Você é tão idiota agora quanto era aos dezesseis anos se acha que está em condições de negociar os termos de um acordo entre nós."

Ela pensou que sim no início, é claro, mas bastava olhar para os olhos furiosos e frios daquele homem para perceber que ela tinha calculado mal. Aquele homem não queria absolvição. Ele queria vingança. E ela era o caminho para ele conseguir isso.

"Não está vendo, Mara?", ele se inclinou e sussurrou. "Você é minha agora."

Aquilo foi desconcertante, mas ela se recusou a demonstrar. *Ele não era um assassino. Ela sabia disso melhor do que qualquer um. Ele pode não ter te matado... mas você não tem ideia do que ele fez desde então.* Bobagem. Ele não era um assassino. Temple só estava bravo. Que era o que ela estava esperando, não é mesmo? Ela não tinha se preparado para isso? Ela não tinha considerado todas as opções antes de vestir sua capa e sair para as ruas para encontrá-lo? Ela ficou sozinha durante doze anos. E tinha aprendido a tomar conta de si mesma. Ela aprendeu a ser forte.

Temple se afastou dela e foi até uma poltrona perto da lareira.

"Você pode se sentar. Não vai a lugar algum mesmo."

Ela se sentiu incomodada ao ouvir aquilo.

"O que isso quer dizer?"

"Quer dizer que você apareceu na minha porta, Srta. Lowe. E eu não tenho a menor intenção de deixar você escapar outra vez."

O coração dela acelerou.

"Vou ser sua prisioneira, então?"

Temple não respondeu, mas o que disse antes ecoou nela. *Você é minha agora.* Maldição. Ela tinha cometido um erro de cálculo assustador. Ele a deixava sem opções.

Ignorando o aceno dele para se sentar junto à lareira, ela foi até a garrafa na outra extremidade do aparador; servindo um copo e depois outro, medindo cuidadosamente o líquido. Ela se virou para encará-lo, reparando na sobrancelha acusadora erguida.

"Posso tomar uma bebida, não posso? Ou me deixar com sede faz parte da vingança?"

Ele pareceu refletir a respeito antes de responder.

"Fique à vontade."

Ela atravessou a sala e lhe ofereceu o segundo copo, esperando que ele não percebesse que sua mão estava tremendo.

"Obrigada."

"Você acha que boa educação vai lhe fazer ganhar pontos?"

Ela sentou na beira da poltrona de frente para ele.

"Mal não pode fazer." Ele bebeu e ela soltou a respiração, olhando fixamente para o líquido, esperando antes de falar. "Eu não queria fazer isso."

"Eu imagino que não", ele concordou, irônico. "Imagino que você desfrutou muito bem de doze anos de liberdade."

Não foi isso que ela quis dizer, mas Mara sabia que não devia tentar corrigi-lo.

"E se eu lhe disser que não foi sempre que desfrutei dessa liberdade? Que não foi sempre fácil?"

"Eu a aconselharia a não me dizer essas coisas. Percebi que perdi minha vontade de ser compreensivo."

"Você é um homem difícil", ela apertou os olhos para ele.

Ele bebeu novamente.

"Um sintoma de doze anos de solidão."

"Eu não queria que acontecesse desse jeito", ela disse, percebendo enquanto falava que estava revelando mais do que pretendia. "Nós não reconhecemos você."

"Nós?", ele congelou.

Ela não respondeu.

"Nós?" Ele se inclinou para frente. "Seu irmão. Eu deveria ter aceitado lutar com ele, quando pediu. Ele merece uma surra. Ele..." Temple hesitou. Mara prendeu a respiração. "Ele te ajudou a fugir. Ele ajudou você..." Ele levou a mão à cabeça. "...*a me drogar.*"

Ele arregalou os olhos pretos, chocado ao se dar conta, e Mara se levantou da poltrona, o coração disparado. Temple fez o mesmo, atingindo sua altura máxima – mais de um metro e oitenta, alto, largo e maior do que qualquer homem que ela conhecia. Quando eram mais novos, o tamanho dele a encantou. Intrigou. *Atraiu.*

Ele interrompeu os pensamentos dela.

"Você me drogou!"

Ela se colocou atrás da poltrona, deixando-a entre os dois.

"Nós éramos crianças", ela se defendeu.

Qual é sua desculpa agora? Ele não lhe deixou alternativa. *Mentirosa.*

"Maldição!", Temple praguejou, o copo caiu da sua mão quando ele mergulhou na direção dela, errando o alvo, segurando-se na beira da poltrona. "Você fez isso... de novo..."

E ele despencou no chão.

Uma coisa era drogar um homem uma vez... mas duas vezes parecia demais. Mesmo ao longo de uma vida. Afinal, ela não era um monstro. Não que ele fosse acreditar nisso quando acordasse. Mara ficou olhando para o Duque de Lamont, agora caído como um grande carvalho em seu próprio escritório, e pensou no que fazer. Temple não lhe tinha dado escolha. Talvez se ela continuasse repetindo isso para si mesma, terminaria por acreditar. E então pararia de se sentir culpada por tudo isso. Ele ameaçou mantê-la prisioneira, como se ela *fosse* um monstro. *Qual dos dois era o monstro?*

Bom Deus, ele era enorme. E intimidante, de algum modo, mesmo inconsciente. E bonito, embora não de um modo clássico. Ele era pura força e tamanho, mesmo imóvel. Mara o mediu de cima a baixo, observando as pernas e os braços longos em roupas perfeitas, sob medida; os músculos do pescoço sobressaindo do colarinho da camisa sem gravata, a curva até o maxilar forte e o queixo com uma covinha... e as cicatrizes. Mesmo com as cicatrizes, os ângulos do rosto dele revelavam a linhagem aristocrática, com ângulos agudos e linhas inclinadas – o tipo de rosto que faz as mulheres perderem o juízo por ele. Mara não podia culpá-las por isso. Ela mesmo quase tinha perdido o juízo uma vez. Quase, não. Ela *perdeu.*

Quando jovem, ele tinha um sorriso fácil e mostrava os dentes brancos e alinhados com uma expressão que prometia muito mais que brincadeiras. Prometia prazer. Seu tamanho, combinado àquela tranquilidade, uma calma tão natural, fez Mara pensar que ele era qualquer coisa, menos um aristocrata. Um cavalariço. Ou criado. Ou talvez um membro da burguesia, convidado pelo pai para o enorme casamento que faria de sua filha uma duquesa.

Ele parecia alguém que não precisava se preocupar com as aparências. Não tinha ocorrido a Mara que o herdeiro de um dos ducados mais poderosos do país era o cavalheiro mais despreocupado da região. Mas é claro que ela devia ter percebido, no momento em que se encontraram naquele jardim frio, e ele sorriu para ela como se Mara fosse a única mulher da Grã-Bretanha, e ele o único homem, que ele era um aristocrata. Mas ela não percebeu. E nem passou pela cabeça dela que ele era o Marquês de Chapin. Herdeiro do ducado do qual ela em breve seria duquesa. Seu futuro enteado. O homem que jazia naquele momento esparramado sobre o piso de mogno não se parecia em nada com um enteado. Mas Mara não iria pensar nisso.

Ela se agachou para verificar a respiração dele, e ficou bastante aliviada quando viu o peito largo subindo e descendo em ritmo regular por baixo do paletó. O coração dela acelerou, sem dúvida de medo – afinal, se ele acordasse, não estaria nem um pouco feliz. Ela soltou uma risadinha ao pensar nisso. Feliz não era bem a palavra. Ele não estaria *humano.* Então, sentindo a vertigem do pânico percorrer seu corpo, Mara fez algo que nunca imaginou que seria capaz de fazer. Ou melhor, ela até se imaginava fazendo, mas nunca pensou que teria coragem para fazê-lo de fato. Ela o tocou... Sua mão já estava em movimento antes que ela pudesse se conter. Antes mesmo que ela soubesse por que estava fazendo aquilo. Mas seus dedos tocaram a pele dele – macia, quente e viva. E muito tentadora. Contornou as linhas do rosto com as pontas dos dedos, encontrando as bordas suaves da cicatriz de quase três centímetros ao longo do osso na base do olho esquerdo, depois desceu pelas saliências discretas do nariz que já tinha sido perfeito, e então Mara sentiu um aperto no peito ao imaginar as batalhas que produziram aquelas fraturas. E na dor que teriam causado. A vida que ele levou para obter aquelas cicatrizes. A vida que ela impôs a ele.

"O que aconteceu com você?"

A pergunta saiu em um suspiro. Ele não respondeu, e Mara deslizou seu toque até a última cicatriz, na curva do lábio inferior. Ela sabia que não devia... que não bastaria... mas seus dedos alcançaram a linha fina e branca, quase sem tocar a pele, traçando a elevação daquela boca. E então ela acariciou os lábios dele, acompanhando as reentrâncias e as curvas, deleitando-se com a maciez. Lembrando da sensação que produziram na sua boca. Desejando... *Não.*

Mara puxou a mão como se a tivesse queimado, e voltou sua atenção para o resto do duque, para o modo como estava caído com um braço aberto casualmente sobre o carpete, vítima do láudano. Ele parecia desconfortável, e ela se debruçou sobre seu corpo, com a intenção de endireitar aquele braço, posicionando-o alinhado ao corpo. Mas quando Mara pegou a mão dele, não pôde deixar de examiná-la ao ver os pelos pretos no dorso, a maneira como as veias se espalhavam como rios cortando uma paisagem, o modo como os nós dos dedos se pronunciavam e afundavam, calejados pelos anos de lutas. Marcados pela experiência.

"Por que você faz isso consigo mesmo?"

Ela passou o polegar por aqueles nós, incapaz de resistir, incapaz de permanecer indiferente à presença dele. À lembrança dele – jovem, charmoso e belo, com o mundo a seus pés –, tentando-a como nenhuma outra coisa jamais a tentou. *Nenhuma outra coisa a não ser liberdade.* Ela estremeceu na sala fria e olhou para a lareira, onde as chamas que ele alimentou morriam, transformando-se em brasa. Ela levantou e foi alimentar a lareira com mais lenha, remexendo as brasas para atiçar o fogo. Depois que as chamas douradas voltaram a dançar, ela voltou para perto dele e apoiou as mãos nos quadris, tomando coragem para falar com ele, percebendo que isso era mais fácil quando aqueles olhos acusadores estavam fechados.

"Se você não tivesse me ameaçado, não estaríamos nesta situação. Se tivesse simplesmente concordado com minha proposta, você estaria consciente. E eu não estaria me sentindo tão culpada."

Ele não respondeu.

"Sim, eu deixei você receber a culpa pela minha morte."

Ele continuou quieto.

"Mas eu juro que não era para isso acontecer do jeito que aconteceu. A coisa toda fugiu do meu controle."

Ainda assim, ela fugiu.

"Se você soubesse por que eu fiz isso..."

O peito dele subiu em uma longa inspiração.

"Por que eu voltei..."

E desceu. Se ele soubesse, continuaria furioso. Ela suspirou.

"Bem. Aqui estamos. E eu estou cansada de fugir."

Sem resposta.

"Não vou fugir agora."

Parecia importante dizer aquilo. Talvez porque houvesse uma parte dela – uma parte muito lúcida e inteligente – que desejava fugir. Que desejava deixá-lo naquele chão duro e frio, para fugir do mesmo jeito que havia fugido há tantos anos. Mas havia outra parte dela – não tão lúcida e não tão inteligente – que sabia que tinha chegado a hora de sua penitência. E se ela jogasse bem com o que tinha, talvez pudesse conseguir o que queria.

"Supondo que você queira negociar."

Mara se virou para o aparador, onde jazia o jornal do dia, intocado. Ela se perguntou se ele era o tipo de homem que lia as notícias todos os dias. Se era o tipo de homem que se importava com o mundo. Ela sentiu a culpa aflorar novamente, mas tentou não dar importância. Então rasgou metade da folha de jornal, depois vasculhou as gavetas da sala até encontrar o que procurava – um frasco de tinta e uma pena. Escreveu um bilhete e abanou casualmente a tinta úmida enquanto voltava até ele, que continuava imóvel como um cadáver. Tirou um grampo do cabelo e se agachou novamente ao lado dele.

"Nada de sangue desta vez", ela sussurrou para Temple. "Espero que você repare nisso."

Imóvel, ele dormia. Mara prendeu o bilhete no peito do duque, recuperou a faca que estava na bota dele e se levantou para ir embora. Só que não conseguiu. Já na porta, olhou para trás, notando como o ambiente estava frio. Não podia deixá-lo daquele jeito. Ele pegaria um resfriado de matar. Sobre uma cadeira no canto, havia uma manta verde e preta. Era o mínimo que ela podia fazer. Afinal, ela tinha drogado aquele homem.

Mara atravessou a sala e, antes que mudasse de ideia, pegou o cobertor e o estendeu sobre Temple, ajeitando-o com cuidado ao redor do corpo, tentando não dar atenção ao tamanho dele. Ao calor que ele transpirava com um aroma tentador de cravo e tomilho. À lembrança dele. Ao agora dele. Não conseguiu.

"Me desculpe", ela sussurrou.

E então foi embora.

Capítulo Três

Ele sonhou com o salão de festas de Whitefawn Abbey, reluzente como o sol sob a luz de mais de mil velas e com o resplendor de sedas e cetins em miríades de cores. O salão contradizia a escuridão que assomava às enormes janelas com vista para os imensos jardins da propriedade em Devonshire – a sede rural do Duque de Lamont. *Sua propriedade.*

Ele desceu a escadaria de mármore até o salão, onde uma aglomeração de corpos bailava ao ritmo da orquestra, situada atrás de uma parede de plantas na extremidade do salão. O calor dos convivas o sufocava enquanto ele atravessava a multidão, pressionado pelos corpos que pulsavam com risadas e suspiros, e mãos vinham na direção dele, tocando-o, segurando-o. Sorrisos amplos e palavras incompreensíveis o atraíam para o centro da massa de gente – que o acolhia em seu centro. *Lar.*

Ele trazia um copo na mão e o levou até os lábios. O champanhe frio saciou a sede que ele nem reparou que sentia antes, mas que agora era insuportável. Ele baixou o copo, deixando-o cair no nada enquanto uma linda mulher se virava e caminhava até seus braços.

"Alteza." O título reverberou nele, provocando uma onda de prazer.

Eles dançaram. Os passos vinham de uma lembrança distante, uma eternidade lenta e revolta, uma habilidade há muito esquecida. A mulher em seus braços era toda calor, e alta o bastante para combinar com ele, repleta de curvas que se encaixavam com perfeição em seus braços longos. A música cresceu, e os dois continuaram dançando, rodopiando sem parar, o mar de rostos no salão se dissolvendo na escuridão – as paredes do ambiente desaparecendo quando ele foi distraído por um peso repentino em sua manga. Ele voltou sua atenção para o antebraço, envolto em lã preta impecável, a não ser por uma manchinha branca do tamanho de uma moeda. Cera, que pingou do lustre acima deles.

Enquanto observava, a mancha se liquefez e escorreu pela manga do paletó, como se fosse um fio de mel derretido. A mulher em seus braços levou a mão ao líquido – seus dedos longos e delicados deslizaram pelo tecido, e seu toque deixava um rastro de calor à medida que se aproximavam da mancha, a cera quente cobrindo a ponta dos seus dedos antes que ela os virasse para ele. Ela tinha mãos lindas. Uma pele linda. E não usava luvas. Ele acompanhou a linha de seu braço comprido, do pulso ao ombro, admirando a perfeição em cada detalhe – as curvas e os vales da clavícula; a longa elevação do pescoço; o maxilar anguloso; a boca larga e acolhedora; o nariz longo e elegante; e olhos incomparáveis. Um azul, outro verde.

Os lábios dela se curvaram ao pronunciar as palavras que ele desejou e temeu ouvir por tanto tempo. "Alteza." E assim ela entrou em foco. *Mara Lowe.*

Ele acordou no chão de seu escritório, e se pôs de pé de repente, soltando um palavrão sob a luz tênue da alvorada. Uma manta xadrez verde e preta caiu aos seus pés quando ele levantou, e o fato daquela mulher ter se preocupado em cobri-lo depois de drogá-lo não serviu de consolo. Temple a imaginou de pé sobre ele, em seu momento de maior vulnerabilidade, e quis rugir de raiva. Ela o drogou e fugiu. *De novo.* No encalço desse pensamento, veio outro: *Graças a Deus. Ela está viva.* Temple não a matou. O alívio irrompeu e encheu seus pulmões, lutando contra a frustração e a raiva. *Ele não era um assassino.*

Ele passou a mão pelo rosto para aliviar a tensão dessa emoção, e notou que ela não tinha apenas fugido dele. Ela também deixou um bilhete, rabiscado no jornal do dia anterior e preso ao seu peito com um grampo de cabelo, como se ele fosse um pacote para ser entregue pelo correio. Tirou o recado da camisa sabendo que aquilo de pouco serviria para amenizar sua raiva. *Eu esperava que não precisássemos chegar a isto, mas não aceito intimidação nem violência.* Ele resistiu ao impulso de amassar o bilhete e jogá-lo no fogo. Então ela achava que ele estava usando de violência? Quando *ele* foi drogado e largado no chão de seu próprio escritório? *A oferta é uma troca, nada mais. Quando estiver disposto a negociar, aceitarei sua visita para uma discussão entre iguais.*

Aquilo era impossível. Ele ainda não estava louco o suficiente para se igualar a ela. *Você pode me encontrar na Rua Cursitor, 9.* Ela lhe deixou seu endereço. Um erro. Ela deveria ter fugido. Não que Temple não conseguiria encontrá-la; ele dedicaria o resto da vida a persegui-la se ela tivesse fugido. Ele merecia sua vingança, afinal. E Mara lhe daria isso. Quem era aquela mulher estúpida e corajosa? Mara Lowe. Viva. Encontrada. *Forte como aço.* A lembrança veio, rápida como um raio, e ele colocou a mão dentro da bota, sabendo o que descobriria. Aquela harpia tinha levado a faca.

Em menos de uma hora ele se lavou e se colocou a caminho do número 9 da rua Cursitor, sem saber o que esperar. Era possível que a mulher tivesse fugido, no fim das contas, e enquanto se embrenhava cada vez mais no bairro de Holborn, Temple se perguntou se ela teria feito isso mesmo, deixando-lhe o endereço de seus assassinos particulares para que eles terminassem o serviço iniciado por ela na noite anterior.

A vizinhança era menos que agradável, mesmo às sete da manhã. Bêbados caídos, aninhados nas portas de tavernas repugnantes com garrafas vazias jogadas a seu lado, entregues ao estupor matinal. Uma prostituta macilenta apareceu, cambaleante, saindo de uma travessa, com os olhos vermelhos e pesados enquanto se arrastava na direção dele.

Seus olhos se encontraram, e Temple reconheceu aquele olhar distante.

"O que um tipão elegante como você está fazendo por aqui?"

Caçando fantasmas. Como um imbecil. As mãos da prostituta começaram a alisar o corpo dele, e Temple as segurou enquanto ela vasculhava o casaco à procura da carteira.

"Não teve sorte hoje, querida", ele disse, extraindo a mão vazia do seu bolso.

Ela não demorou para se encostar, e ele ficou rígido ao sentir o hálito azedo dela.

"Oh, então vamos fazer um negocinho? Eu nunca peguei alguém do seu tamanho."

"Obrigado", ele respondeu, erguendo a moça e a colocando de lado. "Mas receio já ter outro compromisso."

Ela arreganhou a boca numa espécie de sorriso e Temple viu que lhe faltavam dois dentes.

"Fala pra mim, amor. Você é *todo* grande?"

Qualquer outro homem teria ignorado a pergunta, mas Temple já tinha vivido bastante tempo nessas ruas e ficava à vontade com as prostitutas. Durante anos, elas foram as únicas mulheres dispostas a lhe fazer companhia – felizmente, ele nunca precisou ficar com prostitutas tão... usadas como aquela. O destino havia deixado aquela mulher em uma situação infeliz. Essa era uma verdade que Temple compreendia melhor que a maioria. Ela não merecia escárnio pela forma como se virava.

"Nunca reclamaram", ele piscou.

Ela gargalhou.

"Quando quiser, amor. Uma barganha, é o que eu sou."

"Vou me lembrar disso", ele tocou a aba do chapéu.

E Temple foi adiante, descendo a rua Cursitor, contando as portas até chegar ao número nove. Aquele prédio parecia deslocado – mais limpo que a maioria, com floreiras nas janelas, cada uma ostentando uma massa de crisântemos de cores brilhantes. Enquanto ficou ali, observando a fachada, Temple teve certeza de que havia encontrado o lugar. E que ela não tinha fugido. Mas por que morar ali, em uma rua imunda de Holborn?

Ele ergueu a aldrava e a deixou cair, com uma batida firme.

"Acho que não vou ser a primeira a provar o material."

Temple se virou para a rua, de onde a prostituta o observava. Ela se aproximou e seu olhar, de repente, mostrou reconhecimento.

"Eu conheço você."

Ele olhou para o outro lado.

"Você é o Duque Assassino."

Ele começou a olhar fixamente para a porta, sentindo a frustração crescer dentro de si. Nunca ia embora, aquela mistura cortante de raiva com algo pior. Algo muito mais devastador.

"Não que eu me importe, meu amor. Uma garota como eu não pode ser muito seletiva."

Mas ele sentiu a mudança no tom de voz dela. A ironia. Cautela e reconhecimento com um toque de igualdade. Afinal, os dois viviam nas sombras, não é?

Ele a ignorou, mas ela continuou.

"Você tem um garoto para a MacIntyre?"

Ele deu uma última olhada na porta, então se virou para a mulher na rua.

"Um garoto?"

"Você não é o primeiro, sabe", ela ergueu uma sobrancelha. "E não vai ser o último. As coisas são assim. Os *homens* são assim. As garotas têm que ter cuidado nos dias de hoje. Principalmente perto de tipos como você."

Era evidente que aquela mulher falava assim porque não conhecia Mara Lowe.

A porta foi aberta, encerrando o sermão da mulher e revelando uma jovem com rosto de querubim dentro da casa. Ela não podia ter mais de dezesseis anos e olhava para ele com olhos arregalados e surpresos.

"Bom dia", ele tocou o chapéu. "Eu vim ver a Mara."

A garota franziu a testa.

"O senhor quer dizer a Sra. MacIntyre?"

Ele já devia saber que ela não estaria ali. Devia saber que ela tinha mentido. Será que aquela mulher já havia dito alguma verdade em sua vida?

"Eu não..."

Temple não conseguiu terminar a frase, contudo, pois o inferno escolheu aquele exato momento para irromper dentro da casa. Uma cacofonia de gritos espocou em uma sala fora de seu campo de visão, e meia dúzia de criaturinhas apareceu no vestíbulo, perseguida por um punhado de criaturas um pouco maiores, uma das quais brandindo... uma perna de mesa?

Três das criaturas menores pareceram prever sua destruição iminente e fizeram o que qualquer ser inteligente faria numa situação dessas – correram para a saída. Eles cometeram um erro tático, no entanto, pois não contavam com Temple e a garota parados na entrada, então em vez de fuga em disparada pela rua, eles se viram capturados tal qual moscas em uma teia de pernas e saias. Os três gritaram de frustração. A jovem empregada soltou um grito que Temple avaliou como de terror, o que não era totalmente inadequado. E a criatura que brandia a perna de mesa soltou um grito de triunfo e pulou sobre uma mesinha na entrada, levantando seu porrete acima da cabeça, pronto para entrar na confusão. Por um momento fugaz, Temple admirou tanto a coragem daquela criança quanto seu comportamento em batalha.

A garota na porta não teve a menor chance. Ela desabou como um álamo, e os meninos tentaram fugir da armadilha que ela representava – cambaleando, chutando, guinchando e lutando. E foi somente quando os guinchos começaram a emanar dessa pilha de gente que Temple se deu conta de que não poderia se afastar da porta e deixar que aquela insanidade continuasse sem sua interferência. Se aquelas crianças escapassem, elas espalhariam o caos por Londres. E ele era a única pessoa qualificada para contê-las. Era óbvio.

Sem pedir permissão, Temple entrou na casa e fechou a porta atrás de si com um estrondo, enquanto ajudava a criada a se levantar. Depois de conferir que todas as extremidades dela estavam em perfeita ordem, ele se virou outra vez para a confusão a seus pés... a pilha de garotos que se contorciam no centro do vestíbulo. E então fez o que fazia de melhor. Ele entrou na briga.

Temple foi puxando os garotos da pilha, um a um, colocando-os de pé, confiscando espadas de madeira, sacos de pedras e outras armas improvisadas de suas mãozinhas e de seus bolsos antes de libertá-los e colocar cada um deles no chão com um firme "Agora chega", para em seguida extrair mais um da confusão. Ele tinha pegado os dois últimos meninos nas mãos – o que carregava a perna de mesa e outro muito pequeno – e levantado ambos do chão quando viu aquilo, algo pequeno, rosa e imóvel. Temple se aproximou, ainda erguendo os garotos.

"Ahnn..." reclamou o menino com a perna de mesa, parecendo não se importar que seus pés estivessem pendurados meio metro acima do chão. "Ela vai escapar."

Aquilo era uma... A leitoa ganhou vida, soltou um guincho de estourar os tímpanos e correu para a sala mais próxima, assustando Temple, que deu um pulo para trás.

"Jesus Cristo!", ele exclamou.

E, pela primeira vez desde que tinha batido naquela porta, houve silêncio no número 9 da Rua Cursitor. Ele se virou para os garotos, que o encaravam com olhos arregalados.

"O que foi?", Temple perguntou.

Nenhum deles respondeu. Simplesmente olharam para o líder, que continuava segurando sua arma, mas felizmente não parecia estar inclinado a usá-la.

"Você usou o nome do Senhor em vão", o menino explicou, transparecendo acusação e algo parecido com admiração na voz.

"Sua leitoa me assustou."

O garoto balançou a cabeça em reprovação.

"A Sra. MacIntyre não gosta de blasfêmia."

Pelo que Temple tinha visto, a Sra. MacIntyre faria melhor ao se preocupar menos com a linguagem dos meninos e mais com a vida deles, mas não deu voz àquele pensamento.

"Muito bem", ele respondeu. "Então não vamos contar para ela."

"Tarde demais", disse o pequenino em sua mão, e Temple olhou para o garoto, que apontou para alguma coisa atrás dele.

"Receio já ter ouvido."

Temple se virou para a voz feminina e suave. E conhecida. Colocou os garotos no chão. *Ela não fugiu.*

"Sra. MacIntyre, eu suponho?"

Mara não respondeu e apenas se dirigiu aos meninos.

"O que eu disse sobre caçar a Lavanda?"

"Nós não estávamos caçando!", exclamaram vários garotos ao mesmo tempo.

"Ela era nosso butim!", outro explicou.

"Roubada do *nosso* tesouro!", disse o líder da turma. Ele olhou para Mara. "Nós estávamos *resgatando* a Lavanda."

Temple franziu a testa.

"O nome da porca é Lavanda?"

Mara não lhe deu atenção e continuou fixando seu olhar nos garotos, encarando um por um com uma expressão que Temple percebeu ser muito familiar – uma expressão que ele viu milhões de vezes no rosto da governanta em sua infância. Decepção.

"Daniel? O que eu disse?", Mara perguntou, encarando o líder da turminha barulhenta. "Qual é a regra?"

O garoto desviou o olhar, mas respondeu:

"Lavanda não é nosso tesouro."

Ela voltou a atenção para o garoto do outro lado de Temple.

"E o que mais? Matthew?"

"Nada de caçar a Lavanda."

"Exatamente! Mesmo se...? George?"

George se remexeu no lugar.

"Mesmo se ela começar."

Mara assentiu

"Ótimo! Agora que todos nos lembramos das regras com relação à Lavanda, vão se arrumar e guardem suas armas, por favor. Está na hora do café da manhã."

Uma onda de hesitação tomou conta dos garotos, e cada um dos cerca de doze rostos encarou Temple para avaliá-lo.

"Jovens", disse Mara, chamando a atenção deles. "Creio que falei claramente, ou será que não?"

Daniel deu um passo à frente, projetando o queixo pequenino e pontudo na direção de Temple.

"Quem é ele?"

"Ninguém com quem você precise se preocupar", garantiu-lhe Mara.

Os garotos estavam céticos. *Garotos espertos.*

Matthew inclinou a cabeça, avaliando Temple.

"Ele é muito grande."

"E forte, também", outro deles completou.

Daniel concordou e Temple reparou que o garoto olhava para a cicatriz no alto de seu rosto.

"Ele veio pra levar a gente? Pra trabalhar?"

Anos de prática permitiram que Temple não revelasse sua surpresa com a pergunta do garoto, uma fração de segundo antes de compreender tudo. O prédio era um orfanato. Ele devia ter percebido antes, mas orfanatos costumavam evocar imagens de garotos miseráveis em longas filas para pegar tigelas fumegantes de grude cinzento. Não batalhões de guerreiros ensandecidos perseguindo porcos.

"É claro que não. Ninguém vai levar vocês."

Daniel voltou sua atenção para ela.

"Quem é ele, então?"

Temple ergueu uma sobrancelha, perguntando-se como ela responderia àquilo. Com certeza ela não iria lhes contar a verdade. Mas ela encarou Temple, firme e decidida.

"Ele está aqui para se vingar."

Uma dúzia de boquinhas foram abertas. Temple resistiu ao impulso de imitá-los.

"Se vingar do quê?", Daniel perguntou.

"De uma mentira que eu contei."

Jesus! Ela era destemida.

"Mentir é pecado", lembrou o pequeno George.

Mara deu um sorrisinho, bem discreto.

"E é mesmo. Se vocês mentirem, um homem como ele virá punir vocês."

Simples assim, ela o transformou em vilão de novo. Temple fez uma expressão irônica quando todos os olhinhos arregalados daquele aposento se voltaram para ele.

"Como estão vendo, garotos", ele falou, "tenho negócios a tratar com a Sra. MacIntyre."

"Ela não teve intenção de mentir", Daniel a defendeu.

Temple tinha certeza de que a Sra. MacIntyre teve toda intenção de mentir.

"Ainda assim ela mentiu", foi só o que conseguiu responder quando olhou para o garoto.

"Ela deve ter tido um bom motivo. Não foi?", um mar de rostinhos jovens preocupados com Mara.

Alguma coisa brilhou no olhar dela. Humor? Ela achava aquela situação engraçada?

"Eu tive mesmo, Henry, e é por isso que pretendo fazer um acordo com nosso convidado."

Só se fosse sobre o cadáver putrefato de Temple. Não haveria acordo.

"Talvez nós devêssemos discutir seus motivos, *Sra. MacIntyre*."

Ela inclinou a cabeça, recusando-se a ser intimidada.

"Talvez", ela concordou, mas soando como se quisesse dizer exatamente o contrário.

Aquilo pareceu ser o suficiente para a maioria dos garotos, mas Daniel estreitou os olhos.

"Nós deveríamos ficar. Só por segurança", e, por um momento, Temple identificou algo assustadoramente familiar no garoto.

Desconfiança. Suspeita. *Força*.

"É muito gentil da sua parte, Daniel", Mara agradeceu, encaminhando a saída dos garotos por uma porta na lateral do vestíbulo, "mas posso lhe garantir que vou ficar bem."

E ela ficaria mesmo. Temple não tinha dúvida. E a maioria dos garotos, ao que parecia, também não tinha, pois todos saíram como se não tivesse havido caça à porca, luta, saltos no ar ou qualquer outra coisa – todos exceto Daniel, que não parecia muito seguro, mas ainda assim deixou que o colocassem para fora da sala, embora tenha ficado olhando por cima do ombro o tempo todo, avaliando Temple com olhos escuros e sérios. Fazia muito tempo que alguém não o encarava assim, com tanta valentia. *O garoto era leal a Mara*. Temple quase ficou impressionado, até se lembrar que a mulher em questão era um demônio e não merecia lealdade. Depois que ela fechou a porta firmemente atrás do grupo de garotos, ele se equilibrou sobre os calcanhares.

"Sra. *MacIntyre*?"

Mas ao ouvir o chamado, Mara voltou sua atenção para a criada de olhos arregalados, que continuava petrificada junto à porta.

"Obrigada por enquanto, Alice. Por favor, diga à cozinheira que os garotos vão tomar café da manhã. E leve chá para nosso convidado na sala de estar."

Temple ficou surpreso.

"Mesmo se eu fosse homem de tomar chá, aprendi que não devo ingerir nada que você me oferecer. Nunca mais." Temple olhou rapidamente para Alice. "Sem querer ofender, Alice."

Mara ficou com as faces vermelhas. Ótimo. Ela merecia sentir vergonha. Ela poderia tê-lo matado com seu comportamento irresponsável.

"Obrigada, Alice."

A garota ficou mais do que satisfeita por sair da sala. Depois que ela se foi, Temple insistiu:

"Sra. MacIntyre?"

"Isso mesmo", Mara respondeu concordando com a cabeça.

"O que aconteceu com o Sr. MacIntyre?"

"Ele era soldado", ela respondeu com tranquilidade. "Morreu em combate."

"Onde?", Temple perguntou ironicamente.

Mara estreitou os olhos.

"A maioria das pessoas tem educação suficiente para não perguntar."

"Eu não tenho berço."

Mara fez uma careta de deboche.

"Na Batalha de Nsamankow, já que você quer tanto saber."

"Muito bem! Obscura o bastante para que ninguém consiga localizá-lo", ele olhou ao redor. "E respeitável o bastante para colocar você aqui."

Ela mudou de assunto.

"Não esperava que você viesse tão cedo."

"Faltou arsênico no scotch?"

"Não era arsênico", ela retrucou e depois baixou a voz. "Era láudano."

"Então você admite que me drogou."

"Admito", ela confirmou depois de hesitar.

"E, só para ter certeza, não foi a primeira vez?"

Mara demorou para responder, e Temple acrescentou:

"Não foi a primeira vez que você me drogou e fugiu, eu quero dizer."

Ela bufou de irritação antes de dar um passo à frente e pegar o braço dele, para depois conduzi-lo até a sala para a qual a leitoa tinha fugido. O toque dela era firme e até quente, mesmo sobre o tecido do casaco, e ele teve uma lembrança fugaz do sonho – dos dedos dela passando pela cera derretida em sua manga. Aquela mulher era perturbadora. Sem dúvida porque representava um perigo à sua vida. Literal e figurativamente.

Ela fechou a porta, encerrando-os em uma sala de estar limpa e despretensiosa. No canto mais distante, um pequeno fogão de ferro estava aceso e aquecia a leitoa que havia escapado da morte certa há poucos minutos e agora parecia dormir. Sobre uma almofada. *Aquela mulher tinha uma leitoa que dormia sobre uma almofada. E que se chamava Lavanda.* Se ele não tivesse passado as últimas horas em que estava consciente em um estado de surpresa, teria estranhado aquele animal. Mas ele só olhou para o rosto da dona da porca, encostada na porta da sala.

"Eu não *fugi*; não exatamente", ela tentou explicar. "Eu te deixei meu endereço. Eu praticamente... não. Eu *definitivamente* te convidei a vir atrás de mim."

Temple fingiu espanto.

"Oh, que magnânimo da sua parte."

"Se você não estivesse tão bravo...", ela começou.

Ele não conseguiu se conter e a interrompeu.

"E você acha que me deixar inconsciente, caído no chão do meu escritório ajudou a amenizar minha raiva?"

"Eu te cobri com uma manta", ela tentou se defender.

"Como eu sou besta! É claro que isso resolve tudo!"

Mara suspirou e o fitou com aquele olhar estranho, envolvente.

"Eu não queria que tivesse acontecido dessa forma."

"Mesmo assim você saiu de casa com um monte de láudano para ir me procurar."

"Bem, você é um pouco maior que a maioria dos homens – eu tinha que estar preparada com uma boa dose. E você tomou a minha faca!"

Temple fulminou Mara como o olhar.

"Sua língua afiada não me atrai nem um pouco."

Ela imitou a expressão dele.

"Ah, que pena! Eu estava indo tão bem antes."

Ele conteve a vontade de rir. Temple não podia permitir que ela o divertisse. Ela era nociva. E pessoas nocivas não são divertidas.

"Não nego que eu mereça um pouco da sua raiva, mas não aceito ser intimidada", Mara continuou.

"É a segunda vez que você fala assim comigo. Preciso te lembrar que, desde que nos conhecemos, apenas um de nós drogou o outro? Duas vezes?"

O rubor cobriu as faces dela. Culpa? Impossível.

"De qualquer modo, não parece improvável que você queira se comportar assim comigo, Alteza."

Temple queria que ela parasse de chamá-lo assim. Ele odiava o honorífico – o modo como aquilo lhe causava um arrepio na espinha, lembrando-o de todos os anos que desejou usar o título. Os anos que não pode tê-lo, embora fosse seu por direito. *Embora ele o merecesse.* Mas, é claro, ele não sabia disso na ocasião. *Ele não a tinha matado.* Essa revelação ainda era um choque. Ele não sabia. Todos aqueles anos ele foi consumido pela ideia de que poderia ser um assassino. Todos aqueles anos. *Ela os roubou dele.* Uma onda de raiva invadiu Temple, espalhando calor e desconforto. O desejo de vingança nunca foi o seu combustível, mas naquele momento, por mais que tentasse resistir, sentia a amargura da vingança em sua língua. Ele voltou sua atenção para ela.

"O que aconteceu?"

"Desculpe, não entendi", ela arregalou os olhos.

"Doze anos atrás, em Whitefawn. Na véspera do seu casamento. O que aconteceu?"

"Você não lembra?", Mara perguntou desconfiada.

"Eu estava muito drogado. Então, não, na verdade eu não me lembro."

Não que ele não tivesse tentado se lembrar. Ele repassou os eventos daquela noite inúmeras vezes em sua cabeça. Ele se lembrava do uísque. Ele se lembrava de querer uma mulher. De ir atrás de uma. Não conseguia evocar um rosto, mas lembrava de olhos estranhos, cachos ruivos, belas curvas e uma risada que era meio inocência, meio pecado. E aqueles olhos. Ninguém poderia se esquecer daqueles olhos.

"Eu lembro que você estava comigo."

Mara aquiesceu e o rubor voltou às suas faces. Ele sabia! Essa era uma das coisas de que nunca duvidou. Ele era jovem, estava bêbado e nunca tinha encontrado uma mulher que não conseguisse seduzir. É claro que ela esteve com ele. E, de repente, Temple quis saber tudo. Aproximou-se dela, percebendo que Mara ficou rígida e pressionou as costas na porta.

"E antes de você armar sua arapuca para mim, antes de você simular sua própria morte e fugir como uma covarde... nós ficamos sozinhos?"

Ela engoliu em seco, e Temple não pôde deixar de reparar nos músculos da garganta dela, no modo como eles traíram seus nervos. Sua culpa.

"Ficamos."

Ela baixou os olhos e alisou a saia. Ele reparou que Mara não usava luvas – como na noite anterior. Como no seu sonho. Mas naquele momento, à luz do dia, ele notou as marcas de trabalho em suas mãos: unhas curtas e limpas; pele bronzeada; e a lembrança de uma cicatriz na mão esquerda, clara o bastante para ser bem antiga. Ele não gostou da cicatriz. E também não gostou de ter reparado nela.

"Por quanto tempo?"

"Não muito."

Ele deu uma risada sem graça ao ouvir aquilo.

"Tempo suficiente."

Mara o olhou no fundo dos olhos, um olhar franco e cheio de... alguma coisa.

"Tempo suficiente para o quê?"

"Para você me incapacitar."

Mara suspirou alto, e Temple percebeu que ela escondia alguma coisa. Ele a estudou durante um bom tempo, desejando que estivessem no ringue. Lá ele conseguia ver claramente os pontos vulneráveis de seus oponentes. Lá ele sabia exatamente onde atacar. Mas ali, naquela casa estranha, naquela batalha estranha com aquela mulher estranha, as coisas não eram tão fáceis.

"Me diga uma coisa. Você sabia quem eu era?," por algum motivo, aquilo tinha importância.

Ela o encarou e, para variar, havia sinceridade em seus olhos.

"Não", ela respondeu.

É claro que não sabia. O que ela tinha feito, então? O que havia acontecido naquele belo quarto amarelo tantos anos atrás? *Maldição*. Ele entendia muito bem de combates para saber que ela não lhe contaria. E também sabia que se demonstrasse interesse, ela ficaria em uma posição de força. E com certeza ele não a fortaleceria nem mais um pouco. O dia era dele. Temple mudou de assunto.

"Você não devia ter voltado. Mas já que voltou, seu erro será minha recompensa. E o mundo todo vai saber a verdade sobre nós."

Mara nunca se sentiu tão grata como no momento em que ele mudou o rumo da conversa, daquela noite tão distante para o presente. Ela podia lidar com ele ali. No agora. Com raiva. Mas no instante em que o presente se misturava ao passado, ela perdia a confiança, insegura sobre como lidar com aquele homem enorme e com os anos que se passaram desde a última vez em que o viu. Ela afastou o pensamento e voltou sua atenção para a questão atual.

"Então você está pronto para negociar?" Fingindo não se sentir oprimida por Temple, Mara foi até a escrivaninha e se sentou. "Vou redigir hoje o rascunho de uma carta para o jornal, desde que você esteja pronto para esquecer a dívida em questão."

Ele riu.

"Ah, não me diga que você achou mesmo que seria assim tão fácil."

"Eu não diria que é fácil."

Não seria fácil. Ela escreveu aquela carta uma centena de vezes em sua cabeça. Uma dúzia no papel. Durante anos. E nunca foi fácil.

"Mas diria que pode ser rápido, contudo. Creio que isso seja do seu interesse."

"Esperei doze anos por isto. Nem facilidade nem rapidez são importantes agora."

Ela fez a pergunta embora já soubesse a resposta.

"Então o que é importante?"

"Vingança."

Ela deu uma risadinha abafada para encobrir como aquela palavra a pôs nervosa.

"E o que você planeja fazer? Um desfile comigo pelas ruas de Londres? Coberta de piche e penas?"

"Essa imagem não é de todo desinteressante." Então ele sorriu com gosto, e ela supôs que ele tivesse sorrido assim centenas de vezes em seu clube. Em seu ringue. "Eu planejo, sim, desfilar com você por toda Londres. Embora não coberta de piche e penas."

Ela se surpreendeu.

"Como, então?"

"Maquiada. E enfeitada."

Ela balançou a cabeça negativamente.

"Não vão me aceitar."

"Não como a herdeira rica que você era, não."

Mesmo naquela época, ela mal era tolerada na sociedade. Mara foi uma ameaça a tudo que a aristocracia representava. A tudo que eles tinham. A filha jovem e bonita de um trabalhador que enriqueceu. Ela podia ser muito rica, mas nunca foi considerada boa o bastante para eles.

"Eles não vão aceitar minha presença."

"Eles vão fazer o que eu quiser. Sabe, eu sou um duque. E, se me lembro bem, embora duques assassinos não sejam apreciados pelas decanas da sociedade, aqueles que não mataram ninguém são bem recebidos." Temple se aproximou dela. "As mulheres gostam de duques." As palavras eram mais respiração do que sons, e Mara resistiu ao impulso de tocar a pele exposta de seu próprio pescoço para, ao mesmo tempo, tirar aquelas palavras de si e mantê-las ali. "E você é minha para eu fazer o que quiser."

Ela franziu o cenho ao ouvir aquelas palavras. Ao sentir a forma como lhe atingiram – quentes e ameaçadoras.

"E isso seria exatamente o quê?"

"Exatamente o que eu desejar."

Ela ficou rígida.

"Não vou ser sua amante."

"Primeiro, você não está em posição de fazer exigências. E segundo, não me lembro de ter me oferecido para te possuir."

Ela sentiu o rosto quente de vergonha.

"O que você quer, então?"

Ele deu de ombros, e Mara o odiou naquele instante.

"Não confio em você para ficar perto de mim enquanto durmo... mas as pessoas não precisam saber disso."

Aquilo machucou.

"Amante apenas no nome?"

Temple chegou ainda mais perto, o bastante para ela sentir o calor que emanava dele.

"Doze anos mentindo em meu detrimento fizeram de você, sem dúvida, uma atriz convincente. É hora de usar toda essa experiência em meu benefício. Como eu quiser."

Ela endireitou os ombros e ergueu o rosto para enfrentar o olhar dele. Temple estava tão perto – perto o bastante para que, em outra época, em outro lugar, como outra mulher, ela pudesse ficar na ponta dos pés e colar seus lábios nos dele. *De onde veio essa ideia?* Ela não queria saber de beijar aquele homem. Ele não servia para ser beijado. Não mais. Mara mordeu os lábios.

"Então você deseja me arruinar."

"Você arruinou minha vida", ele comentou, casualmente. "Acho que é justo, não?"

Ela estava arruinada há doze anos – desde o momento em que ensanguentou os lençóis e fugiu daquele quarto. *Ela estava arruinada antes disso.* Mas Mara tinha escondido tudo muito bem, e ela tinha uma casa cheia de garotos com que se preocupar. Talvez sua ruína fosse direito dele. E talvez ela a merecesse. Mas Mara não admitiria que ele arruinasse o Lar MacIntyre e o porto seguro que havia construído para aqueles meninos.

"Depois vou ter que ir embora. Recomeçar."

"Você já fez isso antes", ele disse.

Ele também. Vingança era uma beleza, não era? Mara endireitou os ombros e respondeu:

"Eu aceito." Por meio segundo, ele arregalou os olhos, e ela gostou de vê-lo chocado. Era evidente que ele tinha subestimado sua força e sua determinação. "Mas tenho uma condição."

Diga-lhe. Aquele pensamento veio do nada. *Diga-lhe que a dívida de Christopher inclui os fundos do orfanato.* Ela enfrentou o olhar dele. Frio. Inflexível. Insensível. Como os olhos dos pais dos garotos. *Diga-lhe que o que ele quer ameaça os garotos.*

"Não vejo motivo para ceder a qualquer uma de suas condições", ele argumentou.

"Porque você não tem escolha. Eu desapareci uma vez. Posso desaparecer de novo."

Temple a observou por um longo momento, o tom de ameaça pairando entre eles, o olhar ficando cada vez mais sombrio de irritação. Com algo pior. Algo mais perto do ódio. E talvez ele devesse odiá-la. Ela o moldou com a habilidade de um mestre escultor, não de mármore, mas de carne, osso e fúria.

"Se você fugir, eu vou te encontrar. E não vai ser pra te fazer prisioneira."

Aquela promessa estava carregada de raiva e sinceridade. Nada o impediria de ter a vingança que queria. Ela corria risco, assim como tudo o que amava. Mas ela não colocaria os meninos em perigo. Mara entrou naquela batalha já pensando nos próximos passos... em como ela protegeria os garotos, a casa e seu legado se Temple cumprisse sua promessa. Ela endireitou os ombros e entrou no jogo.

"Se você vai me tratar como prostituta, então vai me pagar como uma."

As palavras o atingiram. Ela percebeu, um golpe que o atingiu de súbito, como se estivessem no ringue em que ele reinava. Como ele não retaliou, ela deu o próximo golpe.

"Eu vou fazer o que você me pede. Do jeito que pedir. Vou participar desse jogo bobo que você quer até que decida me revelar para o mundo. Até você decidir me mandar embora. E quando o fizer, eu irei."

"Pela dívida do seu irmão."

"Pelo que eu quiser."

Um canto da boca dele se ergueu ligeiramente em um meio sorriso e, por um instante, Mara pensou que, em outro lugar, em outra época, como outra mulher, ela poderia ter gostado de fazê-lo sorrir. Mas naquele instante, ela odiou.

"Ele não vale seu esforço", Temple sentenciou.

"Ele não é da sua conta."

"Por quê? Algum tipo de amor fraterno?" Os olhos dele escureceram e ela deixou que ele acreditasse nisso. Qualquer coisa que o mantivesse longe do orfanato. "A cara dele está precisando desesperadamente de um soco."

Vingança.

"Ainda assim, você não quer lutar com ele", ela provocou, sentindo-se mais furiosa do que imaginava possível. "Está com medo de dar uma chance a ele?"

Temple se impressionou, mas não mordeu a isca.

"Nunca fui superado."

Ela sorriu.

"E eu não te superei na noite passada?"

Ele ficou imóvel com aquelas palavras, então a encarou com firmeza. Mara viu a surpresa nos olhos dele, na forma como se arregalaram só um pouco, só por um instante. Ela resistiu ao impulso de sorrir seu triunfo.

"Você se gaba por ter me drogado?"

Ela negou com a cabeça.

"Eu me gabo por ter *derrubado* você. Esse é o objetivo, não? Você me deve dinheiro."

"No ringue, Srta. Lowe. É lá que conta."

Ela continuou sorrindo, sabendo que isso o irritaria. *Esperando* que o irritasse.

"Semântica. Você está com vergonha de admitir que eu te derrotei."

"Com a ajuda de narcóticos suficientes para derrubar um touro."

"Bobagem. Um cavalo, talvez. Mas não um touro. E você está com vergonha, sim. Eu trabalho com meninos, Meu Senhor. Preciso lembrá-lo de que sei reconhecer um garoto envergonhado quando vejo um?"

O olhar de Temple ficou sombrio e sério de novo, e ele se debruçou sobre Mara, ficando perigosamente perto. Perto o bastante para cobri-la, mais de um metro e oitenta de músculos e ossos, poder e força, cicatrizes e tendões. Ele cheirava a cravo e tomilho. Não que ela estivesse reparando nisso. E quando ele sussurrou, tão perto de sua orelha que ela mais sentiu do que ouviu, as palavras fizeram um arrepio percorrer sua coluna.

"Não sou nenhum garoto."

Isso era verdade. Ela abriu a boca para responder, mas nenhuma palavra saiu. Foi a vez de ele sorrir.

"Se você quiser me derrubar, Srta. Lowe, eu te encorajo a me encontrar no ringue."

"Você vai ter que me pagar para isso."

"E se eu não concordar?", Temple perguntou. "Você não tem escolha."

Verdade.

"Eu também não tenho nada a perder", ela rebateu.

Mentira.

"Bobagem", ele disse. "Sempre existe algo para se perder. Posso lhe garantir. Eu encontraria algo."

Ele a tinha em sua armadilha. Mara não podia fugir. Não sem garantir que os garotos ficariam bem. Não sem recuperar o dinheiro que Kit perdeu. Ela enfrentou os olhos pretos do Temple, mesmo ele demonstrando que parecia ler seus pensamentos.

"Você até pode tentar fugir", ele sussurrou, "mas eu vou te encontrar. E você não vai gostar do que vai te acontecer."

Maldito. Ele não iria concordar. Ela queria gritar. E quase gritou, mas então ele falou:

"Você não vai ser a primeira mulher que pago para fazer o que eu quero..."

Um vislumbre passou pela cabeça dela – braços e pernas enrolados em lençóis muito brancos, cabelo castanho e olhos pretos, e mais músculos do que um homem deveria ter.

"...mas eu lhe garanto, Srta. Lowe, você será a última."

As palavras pairaram entre eles, e Mara precisou de um instante para reorganizar seus pensamentos. Para perceber que Temple tinha concordado. Que o orfanato seria salvo. O preço seria sua ruína. Sua vida. Seu futuro. Mas os garotos seriam salvos. O alívio foi passageiro, interrompido pela promessa feita em voz baixa.

"Nós começamos esta noite."

Capítulo Quatro

"E quem sabe me dizer o que aconteceu com Napoleão depois de Waterloo?"

Um mar de mãozinhas se agitou dentro da pequena, mas bem arrumada, sala de aula do Lar MacIntyre para Meninos. Daniel esperou ser chamado.

"Ele morreu!"

Mara preferiu ignorar a satisfação que transbordava do jovenzinho por anunciar a morte do imperador.

"Ele, de fato, morreu. Mas eu queria saber o que aconteceu um pouco antes disso."

Daniel pensou por um instante.

"Ele fugiu do Wellington chorando e soluçando... e morreu!"

Mara meneou a cabeça.

"Não foi bem isso. Matthew?"

"Ele cavalgou até uma trincheira francesa... e morreu!"

Ela retorceu os lábios.

"Infelizmente, não." Ela escolheu outra mão que apontava para o teto. "Charles?"

Charles pensou nas opções. Depois declarou:

"Ele atirou no próprio pé, que ficou verde e caiu, e *então* ele morreu?"

Mara sorriu.

"Sabem, cavalheiros, não tenho certeza de que sou uma professora lá muito eficiente."

As mãos foram baixadas e um gemido coletivo ecoou na sala, pois eles sabiam que teriam de estudar mais uma hora de história naquele dia. Os garotos foram salvos, contudo, quando uma batida soou e Alice apareceu na porta da sala de aula.

"Perdão, Sra. MacIntyre."

Mara baixou o livro que segurava.

"Sim?"

"Tem..." Alice abriu a boca, fechou, então abriu novamente. "Tem... alguém para ver a senhora."

Temple. Ele tinha voltado. Mara olhou para o relógio na parede da sala. Ele disse *esta noite*. Como ainda era *este dia*, ela só podia concluir que ele era um canalha trapaceiro. E era isso que iria dizer para ele. Assim que seu coração voltasse ao ritmo normal. O ar pareceu sumir da sala quando ela olhou para o mar de rostinhos que a rodeava e percebeu que ainda não estava pronta para contar a verdade ao mundo. Ela não estava pronta para voltar a ser Mara Lowe. Ela queria continuar sendo a Sra. MacIntyre, nascida em lugar algum, vinda do nada, agora governanta e tutora de um bando de garotos. A Sra. MacIntyre tinha um objetivo. A Sra. MacIntyre tinha um sentido. A Sra. MacIntyre tinha uma vida. Mara não tinha nada. Nada a não ser a verdade.

Ela obrigou suas pernas a se movimentarem, a carregá-la em meio ao grupo de meninos para encontrar Alice. Para então encarar o homem que voltava à sua casa, sem dúvida com um plano para mudar a vida dos dois. Quando chegou à porta, ela se virou para os alunos.

"Se eu..."

Não. Pigarreou e começou de novo.

"*Quando* eu voltar, quero ouvir o que aconteceu com Napoleão."

Ela ouviu o resmungo coletivo enquanto fechava a porta com um estalido. Alice parecia saber que não devia dizer nada durante o percurso pelo corredor estreito e escuro. Mara admirou a intuição da jovem criada – ela não tinha certeza de que teria condições de sustentar uma conversa com seu coração martelando e os pensamentos se atropelando. Ele estava lá embaixo. Juiz, júri e carrasco, tudo junto. Ela desceu as escadas lentamente, sabendo que nunca fugiria ao seu passado, e que não poderia evitar seu futuro.

A porta do pequeno escritório, onde tinham conversado naquela manhã, estava entreaberta, e ocorreu a Mara que aquela fresta de cinco centímetros entre a porta e o batente era uma coisa curiosa – e inspirava empolgação ou pavor, dependendo da situação. Ela ignorou o fato de que, naquele momento, inspirava as duas coisas. Ele não era nem um pouco empolgante; Temple era totalmente pavoroso. Mara inspirou fundo, desejando que o coração parasse de martelar em seu peito, e dispensou Alice com um sorriso desanimado – o melhor que ela conseguiu naquelas circunstâncias – antes de abrir a porta para encarar o homem lá dentro.

"Você falou com ele."

Ela entrou e fechou a porta com firmeza.

"O que você está fazendo aqui?"

Seu irmão se aproximou.

"O que estava pensando pela sua cabeça ao se aproximar daquele homem?"

"Eu perguntei primeiro", ela devolveu, indo ao encontro dele no centro da sala com dois passos largos. "Nós concordamos que você nunca viria aqui. Você devia ter enviado um bilhete."

Era assim que eles se falaram ao longo dos últimos doze anos. Nunca naquela casa, e nunca em qualquer lugar onde ela pudesse ser reconhecida.

"Nós também concordamos que nunca diríamos àquele homem que você estava viva e morando bem debaixo do nariz dele."

"Ele tem um nome, Kit."

"Não um nome que ele use."

"Ele tem um que usa."

Temple. Não era difícil pensar nele como um templo. Grande como um, e frio. Será que ele sempre foi assim? Mara não o conhecia quando os dois eram jovens, mas a reputação o precedia – e ninguém nunca o chamara de frio. Libertino, devasso e canalha com certeza. Mas nunca frio. Nunca furioso. *Ela* fez isso com ele.

Kit passou a mão pelos cachos já desgrenhados, que eram de um castanho bem claro, e Mara reconheceu o cansaço nele. Dois anos mais novo, seu irmão era cheio de vida quando criança, sedento de adrenalina e cheio de planos. E então ela fugiu, arruinando a vida de Temple e deixando Kit para recolher os pedaços daquela noite insuportavelmente estúpida. E ele mudou. Eles trocaram cartas em segredo durante anos, até ela reaparecer, escondida à vista de todos. Sra. MacIntyre, a viúva proprietária do Lar MacIntyre para Meninos. Mas ele estava muito diferente. Mais frio. Mais duro. E jamais falou da vida que ela deixou para ele viver. Do homem com quem ela o deixou. E então ele se perdeu e perdeu também todo o dinheiro deles. Ela reparou nos ombros caídos e nas faces encovadas, além da sujeira nas botas pretas normalmente imaculadas, e reconheceu que Kit, pelo menos, compreendia o problema deles. O problema *dela*. Mara soltou um suspiro curto.

"Kit..."

"Eu gostaria que você não me chamasse assim", ele retrucou. "Não sou mais um garoto."

"Eu sei." Foi tudo que ela conseguiu dizer.

"Você não deveria ter ido procurar esse homem. Sabe como o chamam?"

Ela ergueu as sobrancelhas.

"Ele só é chamado assim por minha causa."

"Isso não significa que ele não fez por merecer o apelido desde então. Eu não quero você perto dele outra vez."

Tarde demais.

"Você não quer?", ela disse, irritada de repente. "Você não tem escolha. O homem está com todo nosso dinheiro e tem todas as cartas na mão. E eu fiz o que é preciso para salvar o lar."

"Sempre o lar. Sempre os meninos", Kit respondeu com uma careta de deboche.

É claro que sim. Eles eram o mais importante. Eles eram o que ela tinha acertado. Eles eram o que ela tinha de bom. Mas não valia a pena brigar com Kit.

"Como você ficou sabendo que ele veio até aqui?"

Ele apertou os olhos para ela.

"Você acha que sou um idiota? Eu pago um bom dinheiro para a prostituta da rua cuidar de você."

"Cuidar de mim? Ou ficar de olho em mim?"

"Ela viu o Duque Assassino e me avisou."

Ela sentiu a raiva aflorar ao constatar que o irmão a espionava.

"Não preciso da sua proteção."

"É claro que precisa. Sempre precisou."

Mara engoliu a resposta – que ela tinha enfrentado mais demônios que ele ao longo dos anos. Sozinha. E voltou para o assunto em pauta.

"Kit..." Ela se interrompeu. Reformulou. "Christopher, eu fui procurá-lo porque nós precisamos. Você..." Ela hesitou, sem saber direito como falar aquilo. Abrindo os braços, ela tentou de novo. "Você perdeu *tudo*."

Christopher passou os dedos pelo cabelo mais uma vez, com um movimento violento e perturbado.

"Você acha que eu não *sei isso*? Por Deus, Mara!"

Christopher ergueu a voz e ela imediatamente se preocupou com o local em que estavam – e com o nome que ele usou. Mara olhou para a porta, confirmando que estava fechada. Ele não se importou.

"É claro que eu sei! Eu perdi tudo o que ele me deixou."

E também o que o pai deixou para Mara, que reuniu tudo e, estupidamente, confiou aos cuidados dele. Mas tudo isso não era nada comparado aos fundos que foram reservados para manter o orfanato. Cada centavo que os homens deixaram com seus filhos. O irmão lhe disse que o banco protegeria esses recursos. E os faria crescer, até. Mas ela era mulher, e não tinha prova de seu casamento ou da morte do marido e, sendo assim, seu irmão precisou fazer os depósitos. Seu irmão, que não conseguia parar de jogar. Ela sentia raiva, mesmo desejando não sentir. Mesmo desejando ter dezesseis anos de novo, de ser capaz de reconfortar o irmão mais novo, que era gentil e doce, sem odiar o homem que ele havia se tornado. Sem criticar seus erros.

"Você não sabe o que é viver à sombra dele", Christopher continuou.

O pai deles. O homem que, sem querer, colocou todos nesse caminho.

Rico como Creso e nunca satisfeito. Ele sempre queria mais. Sempre queria o melhor. Ele queria um filho mais elegante, mais corajoso, mais inteligente. Ele queria que a filha fosse uma duquesa. E não conseguiu nenhuma dessas coisas.

Christopher sorriu com amargura.

"Sem dúvida ele está assistindo a isso tudo de seu lugar no inferno, profundamente decepcionado."

Ela balançou a cabeça em negação.

"Ele não é mais nosso dono."

O irmão a encarou.

"É claro que é. Sem ele, nada disso teria acontecido. Você não teria fugido. Eu não teria jogado. Não teria perdido." Ele ergueu o braço comprido, que apontou na direção da rua. "Você não estaria morando entre crianças abandonadas e prostitutas..." Ele parou. Inspirou. "Por que você foi procurá-lo?"

"Ele é o dono da nossa dívida."

Mara ficou reticente. Christopher não gostou.

"Com o que você concordou?", ele insistiu. Ela sentiu a irritação na voz dele. A frustração.

"Com o que você acha que eu concordei?"

"Você se vendeu."

Se fosse tão simples.

"Eu disse para ele que iria me mostrar. E devolvê-lo à sociedade."

Christopher refletiu sobre as palavras e, por um instante, Mara pensou que ele fosse protestar. Mas ela tinha esquecido que homens desesperados viram mercenários.

"E eu recupero meu dinheiro?"

Ela reparou nos pronomes. E os odiou.

"O dinheiro não é só seu."

"A sua parte era mínima", ele debochou.

"A parte do orfanato era suficiente para fazê-lo funcionar por um ano. Talvez mais."

"Eu tenho muito com que me preocupar. Não posso ficar pensando nos seus cachorrinhos também."

"São crianças! Eles dependem de mim para tudo!"

Ele suspirou, claramente farto da irmã.

"Você conseguiu meu dinheiro de volta ou não?"

Ele não se importava que ela pudesse perder tudo. A vida que Mara tinha construído. Aquele lugar que a manteve em segurança e que lhe deu um objetivo na vida. Ele não se importava, desde que recuperasse o dinheiro.

Então ela fez aquilo em que era boa. Ela mentiu.

"Não."

A fúria estampou o belo rosto do irmão.

"Você fez um acordo com o diabo e não conseguiu nada em troca? Para que isso serviu? Para que você serve?" Ele retorceu os lábios de irritação enquanto andava de um lado para outro. "Você arruinou tudo!"

Ela estreitou os olhos no irmão.

"Eu fiz o que tinha que ser feito. Ele não vai lutar com você, Kit. Agora, pelo menos, ele vai te deixar em paz."

Kit se virou e jogou longe uma cadeira que estava no caminho. A peça se chocou contra a parede e se espatifou em uma dúzia de pedaços. Mara ficou petrificada. Aquela raiva era familiar. Em todos os sentidos da palavra. Ela se colocou atrás da escrivaninha, apertando os nós dos dedos no tampo, escondendo que suas mãos tremiam. *Ela estava perdendo o controle da situação.* Talvez ela merecesse. Talvez fosse isso que acontecia com mulheres que tentavam tomar o destino em suas próprias mãos. Ela tinha feito isso, mudado seu futuro. Mudado sua vida. E a viveu durante doze anos. Mas era hora de deixar Kit viver a dele.

"Esse é o acordo que fizemos. Sua única chance de manter a honra é se eu concordar em admitir o que fiz. Eu levei o homem para o meu quarto. Eu o droguei. Eu joguei sangue nos malditos lençóis." Ela balançou a cabeça. *"Eu* fugi. Sou *eu* que preciso de perdão. É de mim que ele quer se vingar. E ele sabe disso."

"E quanto a mim?"

"Ele não está interessado em você."

Christopher foi até a janela e observou a tarde fria de novembro. Ele ficou quieto por um bom tempo antes de sussurrar.

"Mas deveria se interessar. Ele não sabe do que eu sou capaz."

O sol, que se punha a oeste no céu, refletiu em seus cachos que ficaram com reflexos dourados, e Mara lembrou de uma tarde distante na casa de sua infância, em Bristol, quando Kit ria e corria à beira de um laguinho perto da casa, puxando um barco de brinquedo atrás dele. Ele tropeçou na raiz de uma árvore e caiu, acabou soltando o barbante preso ao barco para se segurar, e o vento forte levou o barquinho para o meio do lago, onde virou e afundou. Os dois apanharam por seus erros e depois foram mandados para cama sem jantar – Kit porque não tentou resgatar o barco, que havia custado dinheiro a seu pai, e Mara porque teve a ousadia de lembrar ao pai que nenhum de seus dois filhos sabia nadar. Não foi a primeira vez que Kit teve azar, nem a primeira em que Mara tentou proteger o irmão da ira do pai. Também não foi a última. Mas hoje ela não estava protegendo o irmão. Hoje ela estava protegendo algo muito mais importante. E ela não confiava nele o bastante para torná-lo parte do plano.

"Você se livrou disso."

"E se eu não quiser?"

Ela abriu a porta da sala com um movimento rápido, indicando que tinha terminado a conversa.

"Você não tem escolha."

Ele se virou para encará-la e, por um instante, a luz a confundiu. Por um instante, ele se pareceu com o pai.

"Você nas mãos do Duque Assassino? Ele e aquele cassino têm tudo que é meu. Devo simplesmente aceitar isso? E o meu dinheiro?"

Nada de *e você*? Nada de *e a minha irmã*? Essa omissão não deveria tê-la surpreendido, mas surpreendeu. Ela conteve a surpresa e ergueu o queixo.

"Dinheiro não é tudo."

"Oh, Mara", ele disse, parecendo mais velho e sábio do que ela jamais tinha visto. "É claro que é."

A lição que o pai deixou gravada nos dois.

Ele a encarou.

"Eu não me livrei disso. E agora, nem você."

A verdade, finalmente.

Horas mais tarde, com Lavanda sobre uma almofada a seus pés, Mara tentava se concentrar no trabalho quando Lydia Baker entrou no pequeno escritório.

"Estou cansada de fingir que não notei", Lydia desabafou.

Mara tentou demonstrar surpresa, arregalando os olhos para sua melhor amiga.

"Perdão?"

"Não finja que não entendeu", disse Lydia, sentando-se em uma pequena cadeira de madeira do outro lado da escrivaninha de Mara e batendo no colo para chamar a atenção de Lavanda. A leitoa levantou a cabeça, analisou a humana e decidiu continuar na almofada. "Essa porca não gosta de mim."

Mara aproveitou a mudança de assunto.

"Essa porca passou metade da manhã fugindo de uma dúzia de garotos endiabrados."

"Melhor do que fugir de um fazendeiro com um machado." Lydia firmou o olhar no animal.

Lavanda suspirou. Mara riu. Lydia voltou ao assunto com Mara.

"Durante sete anos nós trabalhamos lado a lado, e nem uma vez eu te perguntei sobre o seu passado."

Mara se recostou no espaldar da cadeira.

"Algo pelo que lhe sou grata."

Lydia ergueu uma sobrancelha loira e abanou uma mão pretensiosamente delicada.

"Se tivesse sido apenas o homem que a visitou esta tarde, eu poderia ignorar. Mas combinado ao visitante da *manhã*, não posso deixar de perguntar. Duques mudam tudo."

Sem dúvida, *esse* era o eufemismo do século.

Lydia se inclinou para frente, tamborilando com ritmo perfeito a borda da carta que tinha em mãos no tampo da escrivaninha.

"Eu posso trabalhar em um orfanato, Margaret, mas não sou completamente ignorante do mundo além da nossa porta. O homem enorme que apareceu aqui no raiar do dia era o Duque de Lamont." Ela fez uma pausa, então acrescentou o adjetivo. "O Duque *Assassino* de Lamont."

Deus, ela estava começando a odiar aquele apelido.

"Ele não é assassino." As palavras saíram antes que Mara conseguisse se conter – antes que se desse conta de que eram uma admissão tácita de que ela conhecia o homem em questão. Ela apertou os lábios, formando uma linha fina, enquanto Lydia arregalava os olhos, interessada.

"Não é?"

Mara refletiu com cuidado sobre as próximas palavras que diria.

"Não", foi a que ela escolheu.

Lydia esperou por um bom tempo que Mara continuasse, seus cachos dourados desobedientes e revoltos, mal contidos pelas duas dúzias de grampos enfiados na rede. Quando ficou claro que Mara não diria mais nada, sua principal criada e a coisa mais próxima de amiga que ela tinha, cruzou as pernas e descansou as mãos sobre as coxas.

"Ele não veio deixar uma criança", Lydia constatou.

Não era incomum que homens da aristocracia aparecessem trazendo seus filhos ilegítimos.

"Não."

Lydia aquiesceu.

"Ele não veio *pegar* um menino."

Mara colocou a caneta no suporte.

"Não."

"E ele não esteve aqui para fazer uma doação generosa, exorbitante, para o orfanato."

"Não", Mara contorceu o canto da boca.

"Você acha que consegue convencê-lo a fazer uma?", Lydia inclinou a cabeça.

Mara riu.

"Ele não tem uma disposição muito generosa quando estou por perto, infelizmente."

"Ah. Então ele não esteve aqui por nada relacionado ao orfanato."

"Não."

"O que significa que ele esteve aqui por causa do seu segundo visitante do dia."

Mara ficou alarmada e fitou a amiga nos olhos.

"Não entendi."

"Mentira", Lydia respondeu. "Seu segundo visitante foi o Sr. Christopher Lowe. Muito rico, pelo que sei, herdou uma fortuna gloriosa de seu falecido pai."

"Não é mais rico", Mara apertou ainda mais os lábios.

"Não." Lydia inclinou a cabeça para o lado. "Ouvi dizer que ele perdeu tudo para o homem que matou *a irmã dele*."

"Ele não matou..."

Mara se deteve. *Lydia sabia*.

"Humm..." Lydia removeu um fiapo de sua saia. "Você parece ter muita certeza disso."

"Eu tenho."

Lydia aquiesceu.

"Há quanto tempo você conhece o Duque de Lamont?"

Lá estava, a pergunta que mudaria tudo. A pergunta que a tiraria do esconderijo e a revelaria ao mundo. Mara teria que começar a contar a verdade em algum momento. Devia considerar uma espécie de sorte poder começar com Lydia. Só que revelar para sua amiga mais próxima, que confiou nela ao longo de sete anos, que tinha mentido esse tempo todo seria a coisa mais difícil que ela já tinha feito. Mara inspirou fundo. E soltou.

"Doze anos."

Lydia assentiu de novo, lentamente.

"Desde que ele matou a irmã do Lowe?"

Desde que ele supostamente me matou. Deveria ter sido fácil falar. Lydia sabia mais sobre Mara do que qualquer outra pessoa no mundo. Ela conhecia a vida de Mara, seu trabalho, seus pensamentos, seus planos. Ela foi trabalhar para Mara como uma governanta jovem e sem experiência, para cuidar de um bando de garotos, vinda de uma grande propriedade rural em Yorkshire – o lugar em que Mara se escondeu durante os primeiros anos de sua "morte".

Lydia baixou a voz e usou um tom gentil. De aceitação. Carregado de amizade.

"Todas temos segredos, Margaret."

"Esse não é meu nome", Mara sussurrou.

"É claro que não", Lydia concordou, e essas palavras tão simples acabaram

com Mara. Lágrimas afloraram aos seus olhos e Lydia sorriu, inclinando-se para frente. "Nem você nem Lavanda cresceram numa fazenda em Shropshire."

Mara soltou uma risada abafada na direção da porca, que roncava enquanto dormia.

"Uma fazenda em Shropshire seria um bom lugar para ela", disse ela.

Lydia sorriu.

"Bobagem. Ela é uma leitoa mimada que dorme em uma almofada macia e ganha comida da mesa. Ela não iria gostar do clima nem da lama." Os olhos de Lydia transbordavam simpatia. "De onde, então, já que não é de Shropshire?"

Mara olhou para a escrivaninha em que trabalhou nos últimos sete anos, esperando, todos os dias, que essas perguntas nunca viessem. Ela respondeu sem tirar os olhos dos papéis sobre a mesa.

"Bristol."

"Seu sotaque não é de alguém que cresceu nas docas de Bristol", Lydia duvidou.

Uma visão da casa enorme em que viveu sua infância passou pela cabeça de Mara. Seu pai costumava dizer que poderia comprar a Grã--Bretanha se quisesse, e construiu uma casa para provar isso para o resto do mundo. A casa foi pintada e folheada a ouro, e era cheia de esculturas que fariam os Mármores de Elgin parecerem minúsculos. Seu pai gostava especialmente de retratos, e preencheu cada centímetro das paredes com rostos de estranhos. *Um dia vou substituir todos eles por retratos da minha própria família*, ele costumava dizer toda vez que pendurava um novo. A casa era excessiva, na melhor das hipóteses. Uma afronta, na pior. E foi a única coisa que ela amou.

"Eu não cresci nas docas."

"E o duque?" Lydia sabia. Sem dúvida.

"Eu...", Mara hesitou e escolheu com cuidado as próximas palavras. "Eu o encontrei... uma vez."

Não era mentira, mas de algum modo também não era verdade. *Encontrar* não era o verbo mais preciso que ela devia usar para descrever suas interações para com o duque. O encontro foi tarde da noite e sua situação era desesperadora. Ela tirou vantagem dele. Por um breve momento. *Mas longo o suficiente*.

"Na véspera do seu casamento."

Ela receou esse momento por doze anos – temeu que pudesse destruí-la. Ainda assim, enquanto se equilibrava na borda do precipício que era admitir a verdade pela primeira vez em doze anos – e ser honesta com sua amiga e, de algum modo, com o universo, ela não hesitou.

"Sim."

Lydia aquiesceu.

"Ele não matou você."

"Não."

Lydia esperou.

Mara balançou a cabeça enquanto massageava, distraída, seu antebraço.

"Eu não queria que tudo parecesse tão... horrível!"

Ela queria pôr sangue nos lençóis para parecer que tinha sido arruinada. Que tinha fugido com outro homem. Era para ele ter escapado antes que alguém visse o que aconteceu. Mas ela exagerou no láudano. E no sangue.

Lydia refletiu por um longo momento sobre o que devia dizer. Ela revirou várias vezes o envelope que tinha em mãos, e Mara não pôde deixar de assistir ao pequeno retângulo virar nas mãos dela.

"Não consigo me lembrar do seu nome", Lydia disse enfim.

"Mara."

"Mara." Lydia repetiu, testando o nome. "*Mara*."

Mara balançou a cabeça em aprovação, sentindo prazer ao ouvir o som de seu nome nos lábios de outra pessoa. Prazer e nenhum medo. *Não tinha volta agora.*

Finalmente, Lydia sorriu, alegre e franca.

"É *muito* bom conhecer você", ela declarou.

Mara prendeu a respiração ao ouvir aquilo, palavras que a inundaram de alívio.

"Quando ele conseguir o que quer, eu vou ser revelada."

Lydia olhou para ela com carinho, sabendo o que aquilo significava. Sabendo que Mara seria expulsa de Londres. Que o orfanato perderia tudo se ela fosse ligada ao caso. Sabendo que ela teria que partir.

"E ele vai conseguir o que quer?"

Vingança. Aquele homem não iria parar até conseguir. Mas ela também tinha seus planos. A vida que ela construiu poderia acabar, mas Mara não partiria sem garantir a segurança dos meninos.

"Não sem que eu também consiga o que quero."

"Era o que eu esperava", os cantos dos lábios de Lydia subiram, em um sorriso irônico.

"Eu vou entender se você quiser se afastar disso tudo. Se quiser ir embora."

"Eu não quero ir embora", Lydia negou com a cabeça.

Mara sorriu.

"Ótimo. Este lugar vai precisar de você, depois que eu for embora."

"Vou estar aqui", Lydia aquiesceu.

O relógio no vestíbulo badalou, como se estivesse marcando a importância daquele momento. O som as despertou.

"Agora que tiramos isso da frente", disse Lydia, estendendo os envelopes que segurava para Mara, "talvez você possa me dizer por que está recebendo cartas de um cassino?"

Mara arregalou os olhos enquanto pegava o envelope que Lydia lhe estendia, e o virou em suas mãos. Na frente, em um garrancho quase ilegível em tinta preta, seu nome e endereço. No verso, um impressionante lacre prateado, timbrado com um delicado anjo feminino, esguio e encantador, com asas que abrangiam toda cera. O lacre era desconhecido.

Mara aproximou o envelope do rosto, para examiná-lo.

"O lacre é do Anjo Caído", disse Lydia.

Mara ergueu o rosto e seu coração disparou subitamente.

"O clube do duque."

Os olhos azuis de Lydia se acenderam de empolgação.

"O cassino mais exclusivo de Londres, onde metade da aristocracia aposta uma fortuna obscena todas as noites." Lydia baixou a voz. "Ouvi dizer que os membros só precisam pedir o que querem – qualquer coisa extravagante, lasciva ou impossível de adquirir –, e o clube providencia."

Mara revirou os olhos.

"Se é impossível de adquirir, como o clube consegue?"

"Imagino que eles sejam homens muito poderosos", Lydia deu de ombros.

Mara pensou nos ombros largos e no nariz quebrado de Temple, no modo como ele a fez entrar em sua casa. No modo como ele negociou os termos do acordo com ela.

"Creio que sim", ela concordou, deslizando o dedo por sob a cera prateada e assim abrindo o envelope.

Duas palavras estavam rabiscadas no bilhete – duas palavras, rodeadas por uma quantidade enorme de espaço desperdiçado. Mara nunca tinha pensado em usar papel de forma tão extravagante. Aparentemente, economia não era uma das principais preocupações de Temple – a não ser, talvez, a economia de palavras.

Nove horas.

Só isso. Sem assinatura. Não que ela precisasse de uma. Fazia doze anos que alguém tinha exibido um controle tão imperioso sobre ela.

"Eu acho que não gosto muito do seu duque." Lydia estava debruçada sobre a escrivaninha, com o pescoço esticado para espiar o bilhete.

"Como ele não é o *meu* duque, isso não me incomoda."

"Você pretende ir?"

Ela tinha feito um acordo. Esse era o castigo dela. Sua penitência. *Sua única chance.*

Ignorando a pergunta, ela pôs o papel de lado, deixando o olhar cair no segundo envelope.

"Esse é menos interessante", disse Lydia.

Era uma conta, Mara sabia sem precisar abrir.

"Quanto?"

"Duas libras e dezesseis. Carvão."

Mais do que elas tinham em caixa. E se novembro era um sinal do que vinha por aí, o inverno seria muito frio. Raiva, frustração e pânico borbulharam, mas Mara engoliu suas emoções. Ela recuperaria o controle. Pegou o bilhete lacônico do duque, virou o papel e pegou sua caneta, molhando a pena com cuidado na tinta antes de responder.

£10.

Mara devolveu o papel ao envelope, com o coração na garganta, cheia de energia. Ele podia ditar os termos, mas ela ditava o preço. E dez libras manteriam os meninos do Lar MacIntyre aquecidos por um ano. Ela riscou seu nome no envelope e escreveu o dele antes de entregá-lo para Lydia.

"Amanhã nós discutimos a conta."

Capítulo Cinco

Uma modista. Ele a levou até uma modista. No meio da noite, como se fosse crime comprar vestidos novos. É claro que esgueirar-se pela porta dos fundos de uma das modistas mais legendárias da Rua Bond, no meio da noite, dava uma sensação meio criminosa. Tão criminosa quanto o arrepio de prazer que Mara sentiu ao roçar nele enquanto entrava na sala de costura da loja, incapaz de evitar o contato com ele, que era grande como um touro. Não que ela tivesse reparado. Não que ela tivesse reparado em como Temple era ágil para seu tamanho, subia e descia rapidamente da carruagem, abria as portas – e as segurava com tranquilidade e delicadeza para que ela passasse – como se ele fosse um bailarino e não um boxeador. Como se a graciosidade lhe tivesse sido transmitida no ventre da mãe. Mara, no entanto, se recusou a reparar nisso tudo, até mesmo quando seu coração disparou ao ouvir a porta se fechar atrás de Temple, e quando a presença daquele corpo maciço fez com que ela se sentisse compelida a adentrar a sala, cujas seis luminárias pouco faziam além de lançar sombras pelo local.

"Por que estamos aqui?"

"Você não precisa sussurrar. Hebert está nos esperando."

"Ela sabe o motivo?", Mara olhou de lado para ele.

Temple não olhou para ela, apenas continuou a atravessar a loja, transitando entre as máquinas de costura vazias.

"Creio que ela pense que eu quero vestir uma mulher e que gostaria de manter isso em segredo."

Ela o seguiu.

"Você faz isso com frequência?"

Ele parou e Mara quase trombou nas costas dele. Temple olhou por sobre o ombro.

"Tenho poucos motivos para manter mulheres em segredo."

Ela se lembrou do jovem e atraente Temple, cheio de sorrisos ousados e de mãos ainda mais atrevidas, tentando-a com aqueles ombros largos e olhos pretos. Ele não precisava mantê-las em segredo. Sem dúvida, as mulheres se atropelavam para lhe fazer companhia. Ela afastou aquele pensamento.

"Imagino que sim."

"Em grande parte graças a você", ele completou, e passou por uma cortina pesada que dava acesso a um provador, e ela o seguiu.

Mara já devia esperar o lembrete de que a vida dele era diferente antes dela. Temple era filho e herdeiro de um dos duques mais ricos e reverenciados da Grã-Bretanha. E embora continuasse rico, gastava seu dinheiro nas sombras. O duque havia perdido a reverência dos outros. *Por causa dela.*

Mara engoliu a pontada de culpa que sentiu ao pensar nisso e se colocou perto da saída.

"Quando vou receber meus fundos?"

"Quando cumprir o acordo."

"Como eu vou saber que você manterá sua palavra?"

Ele a estudou durante um bom tempo, e Mara teve a sensação de que não devia ter questionado a honra dele.

"Você vai ter que confiar em mim."

Ela fez uma careta de deboche.

"Eu jamais conheci um aristocrata que merecesse confiança." Ela conheceu aristocratas desesperados, furiosos, abusados, lascivos e desgostosos. Mas nunca honrados.

"Então sinta-se feliz porque eu raramente sou considerado aristocrático", ele respondeu e se afastou dela, concluindo a conversa.

Mara o seguiu até a sala de provas de Madame Hebert, onde a proprietária já os esperava, como se não tivesse nada melhor para fazer no mundo do que ficar ali esperando pelo Duque de Lamont. As palavras dele, ainda ecoando em suas orelhas, mostraram-se verdadeiras dentro do salão. Ela não estava ali esperando o Duque de Lamont. Madame Hebert aguardava um dos poderosos donos do cassino mais lendário de Londres.

"Temple!", Madame Hebert o cumprimentou, dando um passo à frente para pregar dois beijos no rosto dele. "Seu bárbaro gigante e lindo! Se fosse qualquer outra pessoa, eu teria negado o pedido." Ela sorriu, o prazer em sua expressão combinando com seu forte sotaque francês. "Mas não consigo resistir a você."

Mara resistiu ao impulso de franzir o nariz quando uma risada sacudiu o peito de Temple e ele respondeu:

"Você não consegue resistir ao Chase!"

Hebert gargalhou, e o som parecia o mais fino cristal.

"Bem, uma mulher de negócios precisa saber – como dizem vocês, ingleses – de onde vem a manteiga de seu pão."

Mara mordeu a língua para não perguntar se o próprio Temple tinha enviado um bom número de clientes para a costureira. Ela não queria saber. E então Mara não conseguiu falar, porque o olhar escuro da modista recaiu sobre ela, demonstrando admiração.

"Esta aqui é lindíssima!"

Ninguém nunca a descreveu assim. Bem, talvez uma pessoa... uma vida inteira atrás... mas ninguém desde a noite em que fugiu. Outra coisa que tinha mudado. A costureira estava enganada. Mara tinha vinte e oito anos, mãos marcadas pelo trabalho e mais linhas de expressão em torno dos olhos do que gostaria de admitir. Ela não estava maquiada nem produzida como certamente andavam as mulheres com quem Temple estava acostumado, nem era *petite* como a moda exigia, tampouco falava suavemente como deviam falar as mulheres. E ela, com certeza, não era linda.

Mara abriu a boca, pronta para recusar o adjetivo, mas Temple já estava falando, e dispensou o elogio ao não lhe dar atenção.

"Ela precisa de roupas."

"Eu não preciso de roupas", Mara balançou a cabeça.

A francesa começou a acender uma série de velas que rodeavam uma pequena plataforma no centro da sala de provas, como se Mara não tivesse falado nada.

"Tire sua capa, por favor." A costureira olhou para Temple. "Um enxoval completo?"

"Meia dúzia de vestidos de noite. Mais meia dúzia para o dia."

"Eu não...", Mara começou, mas Madame Hebert a interrompeu.

"Isso não chega para duas semanas."

"Ela não vai precisar de mais do que duas semanas."

"*Ela* continua presente, não continua? Nesta sala?", Mara interveio, estreitando o olhar.

A costureira ergueu as sobrancelhas, surpresa.

"*Oui*, Srta..."

"Você ainda não precisa saber o nome dela", Temple cortou.

Ainda. Aquela pequena palavra continha tanto significado. Algum dia a costureira saberia seu nome e sua história. Mas não nessa noite, nem no dia seguinte, enquanto cortava e costurava os vestidos que seriam a ruína de Mara.

Hebert terminou de acender as velas, cada nova chama contribuindo para a encantadora aura dourada em que, Mara imaginou, devia entrar. Enfiando a mão em um bolso fundo, a costureira pegou uma medida e se virou para Mara.

"Srta. O casaco. Precisa tirar."

Mara não se mexeu.

"Tire-o", Temple ordenou, as palavras soaram ameaçadoras na escuridão enquanto ele próprio tirava seu sobretudo e relaxava em um divã próximo, cruzando as pernas e depositando o imenso casaco cinzento sobre o colo. O rosto dele ficou imerso nas sombras daquela sala.

Mara riu, soltando um som curto e sem graça.

"Sério mesmo que você acredita que é assim tão fácil? Você ordena e as mulheres correm para obedecer?"

"Quando se trata de tirar as roupas das mulheres, sim, geralmente funciona desse jeito." As palavras emanaram dele, e Mara quis bater o pé.

Mas, em vez disso, ela respirou fundo e tentou recuperar o controle. Pegou um caderninho preto e um lápis do bolso fundo de sua saia.

"Quanto custa para você, normalmente, fazer uma mulher tirar a roupa?"

Temple fez uma cara de quem tinha engolido um inseto enorme. Ela teria rido, se não estivesse tão furiosa.

"Menos de dez libras", ele respondeu, depois que se recompôs.

Mara sorriu.

"Ah, acho que não fui clara. Esse era o preço para começar a noite."

Ela abriu o caderninho e fingiu estudar a página em branco.

"Imagino que provas de roupa custem mais... cinco, vamos dizer?"

Ele soltou uma gargalhada.

"Você vai ganhar uma coleção dos vestidos mais desejados de Londres e ainda tenho que te pagar?"

"Ninguém come vestidos, Alteza", ela observou, usando sua melhor voz de governanta.

Deu certo!

"Uma libra."

Ela sorriu.

"Quatro."

"Duas."

"Três e dez."

"*Duas* e dez."

"Duas e dezesseis."

"Você é uma profissional em extorsão."

Ela sorriu e se voltou para a caderneta, empolgada. Mara não esperava conseguir mais do que duas.

"Duas e dezesseis, então." A conta de carvão estava paga.

"Adiante, então", ele disse. "Tire o casaco."

Ela voltou a guardar a caderneta no bolso.

"Você é um verdadeiro príncipe." Ela retirou o casaco, foi até onde Temple estava sentado e o colocou sobre o braço do divã. "Devo retirar o vestido, também?"

"Sim." A resposta veio da costureira, alguns metros atrás deles, e Mara podia jurar que viu um lampejo de surpresa nos olhos de Temple antes de se transformar em humor.

Ela apontou um dedo à frente do nariz dele.

"Não ouse rir!"

"E se eu rir?", ele ergueu uma sobrancelha em desafio.

"Para que eu possa tirar suas medidas, senhorita, preciso que esteja vestindo o mínimo possível. Talvez se estivéssemos no verão, e seu vestido fosse de algodão, mas agora..."

A modista não precisou terminar. Era fim de novembro e tanto a roupa de baixo quanto o vestido que Mara usava eram de lã. Ela pôs as mãos nos quadris e encarou Temple.

"Vire para lá."

"Não", ele sacudiu a cabeça.

"Eu não lhe dei permissão para me humilhar."

"Ainda assim, eu comprei a permissão", ele sentenciou, ajeitando-se no divã. "Relaxe! Hebert tem um gosto impecável. Ela vai te vestir com sedas e cetins e eu vou pagar por isso."

"Você acha que três libras bastam para me tornar flexível?"

"Eu não acho que algum dia você possa ser flexível. Mas espero que honre nosso acordo. Sua palavra." Ele fez uma pausa. "E pense bem... depois que tudo estiver terminado, você terá uma dúzia de vestidos novos."

"Um cavalheiro permitiria que eu conservasse meu pudor."

"Pena que sou mais conhecido como um canalha."

Foi a vez dela erguer a sobrancelha, com ar de desafio.

"Acredito firmemente que, ao longo do nosso relacionamento, irei chamá-lo de coisas bem piores."

E então ele deu uma gargalhada. Uma promessa calorosa e cheia de significado sob a luz fraca. Um som do qual ela não deveria ter gostado tanto.

"Sem dúvida", ele baixou a voz. "Com certeza você é forte o bastante para aguentar minha presença enquanto está com sua roupa de baixo. Você tem até uma acompanhante."

Aquele homem a tirava do sério. Completa e absolutamente! Mara queria bater nele. Não! Isso seria fácil demais. Ela queria confundi-lo, vencê-lo nessa batalha intelectual... nesse jogo de palavras que ele, sem dúvida, sempre ganhava quando competia. Porque não bastava que Temple fosse forte no ringue. Não, ele também tinha que ser forte fora dele. Além de ágil com seus músculos e ossos, ele precisava ser rápido com as ideias e palavras. Mara passou a vida toda sob o controle de homens. Quando era criança, seu pai a impediu de viver como queria, ditando cada um de seus passos com um exército de criados-espiões, babás enjoativas e governantas traiçoeiras. Ele não pensou duas vezes antes de vendê-la a um homem com o triplo da sua idade e que, ela não tinha dúvida, seria tão dominador quanto o pai, e então teve de fugir.

Mas mesmo depois de fugir, mesmo depois de recomeçar sua vida no interior de Yorkshire e depois nas ruas mais sujas de Londres, ela nunca escapou ao fantasma desses homens. Ela nunca foi capaz de se livrar do controle deles – e eles a controlavam, mesmo sem saber. Eles a dominavam pelo medo – medo de ser descoberta e forçada a viver aquela vida da qual quis tão desesperadamente fugir. Medo de se perder. Medo de perder tudo pelo que tinha trabalhado. Tudo pelo que tinha lutado. Tudo que tinha arriscado.

E naquele instante, mesmo que tivesse prometido a si mesma que conseguiria o que queria, ela não conseguia afastar a sensação de que aquele era mais um, em uma longa linhagem de homens, que usava o poder como arma. Sim, ele queria vingança e talvez a merecesse. E sim, ela podia ter concordado com as exigências e se colocado às ordens dele, e ela honraria sua palavra e o acordo, mas Mara teria de se encarar no espelho quando tudo estivesse terminado. E maldita fosse ela se, além disso tudo, ainda fosse ter medo dele. Ele era convencido e presunçoso, e Mara queria muito lhe passar uma descompostura. Embora fosse ela que em breve estaria descomposta – apenas com a roupa de baixo.

Mara, talvez, não devia ter falado. Talvez devia ter se segurado. Talvez, se ela não estivesse tão irritada com ele, poderia ter se contido. Talvez se ela soubesse o que viria depois que Temple ouvisse aquelas palavras... ela teria segurado sua língua. Mas ela não se importou. Porque em vez de não as pronunciar, Mara se virou, marchou até a aura dourada de luz, assumiu seu lugar na plataforma e o encarou mais uma vez, permitindo que a modista começasse a soltar os botões e as presilhas do seu vestido. Ela encarou a escuridão sem piscar, olhando fixamente para o ponto onde imaginava que um olhar de triunfo arrogante irradiasse do rosto dele, e então falou.

"Bem, creio que isso não tenha muita importância... Afinal, não é a primeira vez que você me vê com roupa de baixo."

Tudo parou. Mara não podia ter dito o que ele estava pensando que ela tinha falado. Ela não estava sugerindo o que ele pensou que ela sugeria. Só que foi exatamente o que ela fez, com aquele olhar presunçoso no rosto, o brilho dançando no olhar, como se ela tivesse esperado a vida inteira para deixá-lo desconcertado. *E talvez tivesse mesmo.*

Temple sentou-se na beirada do divã de um salto, com os dois pés firmes no chão, o brilho residual das velas iluminando seu rosto.

"O que você disse?"

Mara ergueu a sobrancelha e Temple percebeu que ela estava debochando dele.

"Algum problema com sua audição, Alteza?"

Ela era a mulher mais chocante, irritante e difícil que ele conhecia. Ela o fazia ter vontade de revirar toda a mobília de veludo daquele lugar completamente feminino e arrancar as roupas do próprio corpo de tanta irritação. Ele estava prestes a se levantar e intimidá-la a se repetir – a se explicar – quando os fechos do vestido foram soltos e o traje caiu aos pés dela com um movimento memorável e fluido, deixando-a ali só com a roupa de baixo clara, o espartilho simples, e pouca coisa mais. E então ele não se mexeu mais. *Maldição.*

A francesa rodeou Mara, estudando-a por um bom tempo enquanto Temple tentava reencontrar sua voz. Hebert falou primeiro.

"Ela vai precisar de lingerie, também."

Temple discordou. Mara não precisava de roupa de baixo. Na verdade, ele preferia que ela nunca mais vestisse nem um centímetro de lingerie. Ou de qualquer outra coisa. Meu Deus... Ela era perfeita. Mas estava mentindo. Pois se ele a tivesse visto em suas roupas de baixo – em qualquer coisa parecida com o que ela vestia naquele momento –, Temple se lembraria. Ele se lembraria da curva dos seios, das sardas salpicadas entre eles, do modo como se curvavam em belíssimos montes, encimados por... ele não conseguia vê-los, mas sabia que seus mamilos eram, muito provavelmente, tão gloriosos quanto o resto dos seios dela. Ele se lembraria daqueles seios. Ou não? *Não é a primeira vez que você me vê com roupa de baixo.*

Ele fechou os olhos para conter a frustração – a lembrança que não veio. Houve uma mulher, uma que ele pensou ser mais devaneio que lembrança. Mais imaginação que realidade. *Sorriso amplo. Olhos estranhos, inebriantes.*

"É vermelho?"

A voz da modista soou como disparos na sala escura e silenciosa. Ela assustou Mara.

"Perdão?"

"Seu cabelo", Hebert respondeu. "A luz das velas engana o olho. Mas é vermelho, não é?"

Mara sacudiu a cabeça.

"É castanho."

Uma cascata sedosa de cachos ruivos.

"É castanho-avermelhado, quase ruivo", Temple corrigiu.

"Você não parece ser o tipo de homem que repara nisso", Mara comentou, recusando-se a encará-lo, preferindo observar a francesa esguia, que estava ajoelhada a seus pés.

"Eu reparo em mais coisas do que você pode imaginar."

Aquele cabelo esvoaçou em sua lembrança por doze anos. Houve momentos em que ele decidiu que não era real. Em seus momentos mais sombrios, ele achou que tivesse imaginado o cabelo. E a mulher. Algo de bom para lembrar daquela noite. *Mas ela era real.* Ele sabia que Mara era a chave para entender aquela noite. Que ela lembrava de mais coisas que ele. Que ela era sua única chance de montar o quebra-cabeça da sua queda. Mas nunca tinha lhe ocorrido que ela esteve com ele por mais tempo do que o necessário para destruí-lo.

Talvez não. Talvez fosse uma mentira. Talvez ela o tivesse drogado e deixado para distrair todo mundo enquanto ela fugia de Deus sabe o quê para Deus sabe onde, e aquelas palavras provocadoras eram sua mais recente tentativa de torturar Temple. Não era mentira. Ele sabia disso tão bem quanto sabia de tudo. Mas, de algum modo, saber a verdade piorava tudo. Porque ela não lhe deixou nenhuma lembrança dessa noite. *Mara o deixou sem nenhuma lembrança dela.* Temple precisava se recompor. Recuperar a posição de força. Ele se obrigou a se recostar no divã, e assim não deixar Mara perceber que o havia abalado.

"Por exemplo, eu reparei que você nunca usa luvas."

Como se movidas por fios, as mãos delas se juntaram com firmeza à frente do corpo.

"Quem trabalha para viver... não consegue."

Mas não teria sido necessário que ela trabalhasse. Ela poderia ter sido uma duquesa. Ele queria respostas. Estava ansioso para obtê-las.

"Todas as governantas que eu conheci usavam."

Temple acompanhou o movimento das mãos de Mara, sabendo que eram

calejadas, que tinham a pele áspera em algumas áreas, as juntas vermelhas de frio. Eram mãos que sabiam o que era trabalho. Ele sabia porque suas mãos tinham a mesma aparência. Como se pudesse ouvir os pensamentos dele, Mara soltou as mãos, mantendo-as paradas e alinhadas ao lado do corpo.

"Eu não sou uma simples governanta."

Sem dúvida.

"Eu nunca pensei que você fosse qualquer coisa simples."

Madame Hebert se levantou, pediu licença e deixou os dois sozinhos na sala. Mara ficou um bom tempo em silêncio antes de falar.

"Eu me sinto como se estivesse em um altar para ser sacrificada."

Ele entendia o porquê. A plataforma estava envolta em um brilho dourado, enquanto o resto da sala permanecia mergulhada na escuridão. Em suas roupas de baixo claras e desajeitadas, Mara podia facilmente desempenhar o papel da virgem inocente que está prestes a ser jogada no vulcão. *Virgem.* A palavra fez Temple se perguntar. Será que eles... A dúvida se dissolveu em uma imagem de Mara deitada sobre lençóis brancos de algodão, perfeita e nua, com os braços estendidos com displicência e as pernas longilíneas convidativamente afastadas. Sua boca ficou seca com esse pensamento, com a imagem de Mara completamente receptiva diante dele, e então se encheu de água quando ele pensou por onde começaria nela... a linha comprida e delicada do pescoço, a elevação dos seios, as curvas da cintura, os segredos aninhados entre o que ele sabia que seriam coxas perfeitas. *Ele começaria ali.*

Temple levantou e foi até ela, incapaz de se conter, como se fosse puxado por uma linha de pesca comprida e resistente. Mara cruzou os braços ao redor do tronco conforme ele se aproximava, e Temple reparou que ela estava com a pele arrepiada. *Ele poderia aquecê-la.*

"Está com frio?", ele perguntou.

"Sim", ela respondeu, atrevida. "Estou seminua."

Era mentira. Ela não estava com frio. Estava nervosa.

"Acho que não", ele provocou

Ela olhou atravessado para ele.

"Por que você não tira suas roupas para ver como se sente?"

As palavras saíram antes que ela pudesse pensar direito. Antes que ela – ou ele, se Temple quisesse ser honesto – percebesse o que podiam evocar. Curiosidade. Frustração. E mais. Ele parou um pouco antes de adentrar a aura de luz onde Mara aguardava, incapaz de esconder seu rosto.

"Eu já fiz isso antes?", ele perguntou, as palavras pronunciadas com mais dureza do que ele pretendia. Com mais significado do que ele esperava.

Mara olhou para os próprios pés. Temple acompanhou o olhar dela, e admirou os pés revestidos pela meia fina. Como ela não respondeu, ele insistiu.

"Eu acordei nu naquela manhã. Nu e coberto com o sangue de alguém. Um monte de sangue", ele disse, embora o sangue fosse o menos importante naquele momento. Ele entrou no círculo de luz. "Não era seu sangue."

Ela negou com a cabeça e finalmente olhou para ele.

"Não era meu."

"De quem era?"

"De porco."

"Por quê?"

"Eu não queria..."

Droga. Ele não queria desculpas. Ele queria a verdade.

"Chega! Onde ficaram minhas roupas?"

Ela balançou a cabeça outra vez.

"Eu não sei. Eu as entreguei para o meu..."

"Para o seu irmão, é claro. Mas por quê?"

"Nós... eu...", ela hesitou. "Eu pensei que se você estivesse nu, demoraria a sair para me procurar. Isso me daria mais tempo para escapar."

"É só isso?"

Temple ficou horrorizado ao perceber que a explicação o decepcionou. O que ele esperava? Que ela confessasse uma atração profunda e irresistível por ele? *Talvez.* Não. Maldição. Essa mulher era encrenca pura. Ele não sabia mais o que queria dela.

"Eu estava nu, Mara! Eu lembro do seu cabelo caindo sobre mim. Seu corpo em cima do meu..."

Ela corou sob a luz das velas e ele soube exatamente o que queria saber. Temple subiu na plataforma, encurralando-a no espaço diminuto da pequenina plataforma redonda, mas de algum modo – pela graça de algo mais divino que nenhum dos dois merecia – não encostou nela.

"Nós fizemos..."

"*Excusez moi*, Alteza."

Ele não hesitou nem se mexeu. Tampouco olhou para trás.

"Um instante, Hebert."

A francesa sabia que não devia permanecer.

Temple envolveu a cintura de Mara com os braços, odiando a si mesmo pela fraqueza do gesto. Ele a puxou para bem perto de si, pressionando os seios dela contra seu peito quando os troncos se encontraram. Quando as coxas deles se tocaram. Ela gemeu, mas não havia medo no som. Meu Deus, ela não tinha medo dele. Quando foi a última vez que ele abraçou uma mulher que não o temia? *A última vez que ele a abraçou.*

"Fizemos, Mara?" Ele perguntou sussurrando baixinho na orelha dela, os lábios perto o bastante para roçarem a curva suave, a pele quente. Ele não

resistiu a tomar aquele lóbulo com a boca, e a massageá-lo com os dentes até ela estremecer de prazer.

Mas não de medo.

"Nós trepamos?"

Ela enrijeceu ao ouvir a palavra, quente e imoral, junto à pele sensível de seu pescoço, e um fio de culpa o percorreu, por mais que Temple se recusasse a reconhecer o sentimento. Por mais que se recusasse a sentir remorso por ofendê-la. Não que ele precisasse sentir. Mas aquela mulher lutava suas próprias batalhas. Então ela virou a cabeça e o imitou em tudo, pressionando seus lábios macios à orelha dele, beijando uma, duas vezes, passando a língua suavemente, antes de morder o lóbulo e assim fazer um rio de desejo inundá-lo. Meu Deus do Céu! Ele queria aquela mulher como nunca quis nada na vida. Mesmo sabendo que ela era venenosa. Mesmo quando ela provou que era puro veneno ao tirar os lábios dele, deixando-o desesperado para tê-los de volta, e perguntar:

"Se eu lhe contar, você perdoa a dívida?"

Ela era o adversário mais habilidoso que ele já tinha enfrentado. Porque naquele momento ele realmente considerou a ideia. Perdoar tudo e deixá-la fugir. E talvez tivesse perdoado se ela pudesse lhe restaurar a memória. Mas ela tinha lhe tirado isso também.

"Ah, Mara...", ele disse, soltando-a com um movimento lento, e com fúria e algo muito próximo de decepção chispando em seus olhos. Ele abraçou um dos sentimentos e ignorou o outro. "Nada que você disser vai me fazer perdoar."

Ele saltou da pequena plataforma e chamou Madame Hebert enquanto se recolhia à escuridão. A modista entrou novamente, com um fardo de cetim e renda nas mãos, e se aproximou de Mara.

"*Mademoiselle, s'il vous plaît*", ela pediu, gesticulando para Mara vestir o traje. Mara hesitou, mas Temple reparou no modo como ela olhava para o vestido – como se não comesse há dias e ali, nas mãos da francesa, houvesse comida.

Depois que Mara enfiou a cabeça, e enquanto abanava os braços dentro do tecido, Temple inspirou fundo para manter a calma e olhou para a costureira.

"Eu não quero vê-la com as roupas de outra pessoa. Quero tudo novo. Feito por você."

Madame Hebert olhou rapidamente para Temple.

"É claro. O vestido é para conferir o estilo. Você manifestou o desejo de aprovar a coleção."

Ao ouvir isso, Mara soltou um ganido de discordância e colocou a cabeça na luz.

"Não basta que você me humilhe ficando na sala enquanto eu provo a roupa? Precisa escolher o vestido também?"

Hebert logo começou a ajustar o caimento do vestido e a fechá-lo nas costas, permitindo que Temple visse Mara trajando o modelo cor de malva, um pouco apertado demais no corpete e solto na cintura, mas dava para ter uma ideia. Ele nunca tinha dado muito crédito à ideia de que vestidos podem tornar uma mulher mais bonita. Mulheres são mulheres; aquelas que são atraentes, o são vestindo qualquer coisa. As que não são, bem... o tecido não faz mágicas. Mas aquele vestido parecia ser mágico com suas linhas elegantes e o modo como cintilava sob a luz das velas e contrastava com a linda pele clara dela, brincando com os vermelhos do cabelo e o azul e o verde dos olhos. Inferno! Ele estava pensando como uma maldita mulher.

A questão era que ele nunca tinha conhecido essa Mara – a mulher a quem ele nunca fora apresentado formalmente, a que foi criada em meio a uma riqueza obscena, com toda Londres a seus pés. A mulher que foi escolhida para ser a Duquesa de Lamont. E maldito fosse quem dissesse que ela não parecia uma duquesa com aquele vestido. Parecida demais com uma duquesa. Parecida demais com uma lady. Parecida demais com algo que Temple queria tocar e... *Não.*

"O decote do corpete precisa ficar mais baixo."

"*Mais non*, Alteza", protestou a costureira. "O corpete está perfeito. Veja como ele revela sem revelar."

Ela tinha razão, claro. O corpete era a parte mais perfeita do vestido, com um desenho maravilhoso, baixo o bastante para enfeitiçar sem ser óbvio demais. Ele reparou nisso no instante em que Mara o vestiu – no modo como valorizava aqueles seios divinos e sardentos. No modo como instigava sua vontade de catalogar cada uma daquelas pintinhas. Era perfeito. Mas ele não queria perfeito. Ele queria escandaloso.

"Mais baixo."

A costureira então olhou para Mara, e Temple desejou que ela protestasse. Que se opusesse à ordem. Que insistisse que o decote do vestido fosse deixado como estava. Isso o teria feito se sentir melhor quanto à sua decisão. Era como se ela soubesse disso, claro. Como se soubesse que ele desejava que ela lutasse. Porque, em vez disso, ela ficou ereta, com a cabeça curvada em um gesto de obediência que ele sabia ser insincero, e não disse nada. Fazendo com que ele se sentisse vinte vezes mais canalha.

"Quanto tempo?", ele rosnou a pergunta para a costureira.

"Três dias."

Temple aquiesceu. Três era um bom prazo.

"Ela também precisa de uma máscara."

"Por quê? O objetivo não é me desmascarar?", Mara respondeu no lugar

da costureira, e seu tom de voz revelou a contrariedade por ser deixada de fora da conversa. "Por que me esconder?"

Ele a fitou bem no fundo dos olhos. Ela era uma árvore, e ele uma tempestade. Mara não se vergaria. Temple sentiu admiração por ela, mas escondeu o sentimento. Ela o arruinara. Ela o vilipendiara.

"Você vai ficar escondida até eu decidir que deve ser revelada."

Ela aprumou a postura.

"Muito bem." Mara fez uma pausa quando a costureira soltou o vestido, e Temple rilhou os dentes quando ela apertou o traje junto ao peito, para que não caísse, evitando se mostrar para ele mais uma vez. "Diga-me, Alteza, de agora em diante sempre devo me despir na sua presença?"

O ambiente era quente e sufocante, e Temple estava louco por uma briga. Mas achou que não suportaria vê-la novamente só com as roupas de baixo.

Ele fez uma mesura com a cabeça.

"Vou lhe dar privacidade, com prazer." E se dirigiu para a frente da loja, mas parou antes de passar pelas cortinas. "No entanto, quando eu voltar, é melhor você estar preparada para me contar a verdade sobre aquela noite. Não vou deixar você sair da minha frente até que o faça. E isso não é negociável."

Temple não esperou pela resposta de Mara antes de passar para a loja, que tinha paredes repletas de bobinas de tecido e outras quinquilharias. Ele respirou fundo no ambiente mal iluminado e escorregou a mão pela borda de uma comprida prateleira de vidro, esperando o aviso de que podia voltar. De que ela estava vestida. De que a caixa de Pandora tinha sido fechada.

Enfiou a mão em um cesto que jazia sobre o vidro e tirou dali uma pena longa e escura, e deslizou os dedos por ela, admirando a maciez. Ele imaginou como ficaria no cabelo dela. Na pele dela. *Nos dedos dela deslizando na pele dele.* Ele deixou a pena cair como se o tivesse queimado, e deu meia-volta para retornar ao provador, encontrando Madame Hebert parada na entrada.

"Verde", ela anunciou.

Ele não se importava com a cor que Mara vestiria. Temple não planejava lhe dar atenção suficiente para que isso importasse.

"Eu quero o cor de malva, também", ele disse mesmo assim. "O que ela experimentou."

Anos de prática ensinaram Madame Hebert a não revelar seus pensamentos.

"A moça deve usar verde mais do que qualquer outra cor."

Por um instante ele pensou nisso, e imaginou Mara de verde. Com cetim, renda e lingerie – com camisolas finas e espartilhos apertados e longas meias de seda. Ele pagaria um bom dinheiro para ver as pernas dela. *Talvez já tivesse visto.* Com esse pensamento, a frustração cresceu mais uma vez.

Temple ficou irritado com a ideia de Mara guardar segredos dele. Segredos que era tanto dele quanto dela.

"Vista-a com a cor que você quiser. Eu não ligo!", ele passou pela francesa. "Mas mande também o cor de malva."

"Temple", o nome nos lábios de Hebert o detiveram, e quando ele se virou, segurando as cortinas com a mão, ela disse: "Já vesti dezenas das suas mulheres".

"As mulheres do Anjo."

Por algum motivo, o esclarecimento pareceu necessário. Hebert não discutiu.

"Esta não é como as outras."

Aquilo era um eufemismo colossal.

"Não é."

"Roupas", continuou a francesa, "têm um poder inegável. Elas podem mudar tudo."

Aquilo era bobagem, mas ele não se sentia disposto a discutir com uma modista sobre sua especialidade, então permitiu que ela continuasse.

"Tenha certeza de que você realmente deseja o que está pedindo."

Era só o que faltava. Uma costureira francesa enigmática. Ele afastou as cortinas e seu olhar foi direto para a plataforma onde Mara esteve, altiva e digna, com aquele lindo vestido. Plataforma agora vazia. Na sala agora vazia. *Merda.*

Ela tinha fugido.

Capítulo Seis

Três minutos. Talvez menos. Era o tempo que ela tinha para se esconder antes que Temple saísse atrás dela. Se ele a pegasse, a noite daria uma reviravolta. Não que isso não tivesse acabado de acontecer.

Mara apertou o casaco em volta do corpo, e agradeceu mentalmente a Lydia por convencê-la a comprar um sobretudo de inverno para suas excursões com os meninos, enquanto corria pela viela atrás do ateliê de costura, desesperada para encontrar alguma reentrância onde pudesse se esconder bem e esperar que Temple saísse. Ela fugiu enquanto o condutor da carruagem dele não estava olhando – o universo conspirando a seu favor para variar. Agora, ela precisava se esconder. Quanto mais perto do ateliê, melhor. Temple pensaria que ela saiu correndo. Ele iria calcular o tempo que teve e a distância que poderia ter percorrido, e verificaria esse raio. Ela só precisava ficar em silêncio e esperar que Temple passasse por ela. Ele jamais imaginaria que ela estaria por perto.

Mara tinha aprendido a se esconder bem nos últimos doze anos. Na verdade, ela aprendeu a se esconder nas primeiras doze horas após sua fuga. Mas no momento ela não dispunha de uma carruagem com um condutor bem pago e uma legião de pessoas dispostas a ajudar. Ela estava em Mayfair no meio da noite. E enfrentava um dos homens mais poderosos de Londres. Se fosse pega, Mara tinha certeza de que ele a forçaria a contar a verdade. E a verdade sobre aquela noite – sobre sua vida – era seu único trunfo. E maldita fosse ela se Temple a arrancasse dela com tanta facilidade. Contudo, não foi por isso que ela fugiu. Ela fugiu porque ficou preocupada ao constatar que talvez não conseguisse resistir a ele como pensava que conseguiria. O coração dela disparou.

Graças a Deus pela arquitetura estranha de Mayfair. Ela não demorou para se perder em um labirinto de alcovas e vielas, e se escondeu atrás de uma pilha enorme de sabe-se-lá-o-quê, tentando não respirar muito fundo por causa do fedor. *Até a aristocracia produz lixo.* Ela tinha aprendido, na verdade, que a aristocracia produzia mais lixo que todo mundo. E algumas coisas que jogavam fora até que não estavam tão ruins. Afinal, o alimento de um é o veneno de outro.

Passos. Passos pesados, masculinos. Ela pressionou a testa contra os joelhos, desejando ser menor, mantendo-se absolutamente quieta, impedindo-se de se mexer ou até de respirar. Esperando que ele passasse. Quando os passos sumiram, ela se pôs de pé, sabendo que esse era o momento mais importante. Ela tinha que correr. Para longe e rápido. Na direção oposta. *Não iria dar certo. Eles estavam irremediavelmente interligados, agora.* Daria certo naquela noite. E quando estivesse distante ela poderia pensar. Organizar-se. Traçar uma estratégia. Travar guerra. Ela respirou fundo, estabilizando a respiração, e saiu correndo da viela, mas não percorreu nem dois metros antes de trombar com um homem imenso.

Temple. Só que não era ele. Mara sabia porque, dentre todas as emoções que Temple lhe despertava – fúria, frustração e irritação –, não constava o medo. Que era o sentimento que provocava aquele homem que exalava um odor fétido e que a segurava com mãos pesadas, que machucavam.

"Oba, oba, *oquequi* a gente tem aqui?"

Mara ficou petrificada, como um coelho preso em uma armadilha. O homem a jogou para o seu parceiro, que também a segurou com punhos de ferro, enquanto o outro a examinava dos pés à cabeça. Quando ele terminou, a admiração se transformou em um olhar lascivo, e seus lábios se abriram em um sorriso que revelou os dentes podres.

"Ah, mas olha só se a gente não é os caras mais sortudos de Londres? Uma belezinha dessa acabou de cair no colo da gente?"

O homem se aproximou, e falou na orelha dela, as palavras formulando uma ameaça horrível, que chegou em uma onda de hálito azedo.

"E é no colo da gente que você vai sentar logo, logo."

Aquilo a tirou do estado de torpor, e Mara começou a lutar, chutando e se contorcendo até que o bruto a agarrou bem perto de si e o fedor dele – um misto de bebida, suor e roupa há dias sem lavar – a dominou. Ele se inclinou sobre ela e sussurrou em sua orelha.

"A gente gosta é de mulher quietinha."

"Bem", ela disse, "temos um probleminha, porque não estou disposta a ficar quieta."

Ele a empurrou de volta para a viela, e a jogou contra a parede de pedra, com força o bastante para o choque expelir o ar de seus pulmões. Medo e pânico cresceram, e Mara se contorceu na mão dele, sem condições de gritar. Ela não tinha ar suficiente nos pulmões. *Ela não conseguia respirar.* Mara sabia que o choque não tinha sido forte o bastante para matá-la. Ele só queria deixá-la sem fôlego. Mas foi o bastante para aterrorizá-la. O terror virou raiva.

Lágrimas afloraram aos seus olhos, e ela lutou mais, disposta a fazer qualquer coisa para se livrar dele. Mara se debateu e empurrou, mas o homem ainda a segurava, e usou a mão livre para abrir o casaco dela com um puxão, fazendo os botões voarem, então agarrou suas saias e as levantou, e Mara sentiu o ar gélido da noite envolver seus tornozelos, suas pernas, seus joelhos.

"Segura ela", o primeiro homem disse a seu parceiro, enquanto abria a calça; Mara recuperou milagrosamente o fôlego, e seu medo da morte virou medo de algo pior. Muito pior.

Ela enfiou as garras em seu agressor, deu socos e bateu nos braços dele, mas o homem era forte demais para ela. Mara, então, mudou de tática, e procurou a faca no forro do casaco, tentando permanecer calma. Tentando se concentrar. Mara encontrou a arma quando sentiu as mãos do homem agarrando com violência a sua coxa afastando suas pernas, e ela fechou os olhos, incapaz de tolerar a visão daquela mão imunda em sua pele. Ela tirou a faca de onde estava. Mas o agressor a viu antes que Mara pudesse usá-la. E a pegou. Ele era forte demais para ela. O homem arrancou a faca de sua mão e a colocou contra a garganta dela.

"Vagabunda burra! *Issaqui* é perigoso demais *prum* tipo *quinem* você."

O medo deu lugar ao horror. E então o homem se foi, ao som da lâmina se estatelando nos paralelepípedos. Mara viu seu agressor ser atingido acompanhado por um rugido ensurdecedor que deveria ter aumentado seu medo, mas que lhe trouxe um alívio como nunca tinha sentido. *Temple...* Ela estava livre; o outro agressor a soltou no momento em que o duque chegou, e a princípio tentou ajudar o amigo, mas agora recuava, sem poder tirar os olhos da luta. Ela também recuou, e se encolheu e abraçou os joelhos junto ao peito, também assistindo. Temple espancava o agressor, que agora estava pressionado contra a mesma parede em que ela também esteve, sem dúvida sentindo um medo semelhante ao dela enquanto o melhor boxeador da Inglaterra usava toda sua habilidade e força para fazer justiça. Mas aquele não era um lutador profissional que seguia as regras e os regulamentos que de algum modo aliavam o esporte à luta. Temple, naquele momento, estava sedento por sangue. Os movimentos eram precisos e econômicos, sem dúvida resultado de anos de treinamento e prática, mas cada golpe carregava todo o peso de sua fúria; e ele desferia um murro atrás do outro, até chegar ao ponto em que era a força de seus punhos que mantinha o agressor de Mara em pé, e nada mais. Ele era mais forte que a gravidade. O segundo homem na viela pareceu perceber a mesma coisa, e decidiu que ajudar seu amigo era muito menos importante do que salvar a si mesmo. Ele empurrou Temple e saiu correndo, tentando escapar. Mas a sorte não estava do seu lado. Temple soltou seu oponente, que caiu formando um amontoado de carne inconsciente a seus pés, e se virou e esticou o braço para puxar o colarinho do segundo homem, que perdeu o equilíbrio e foi jogando ao chão. Mara viu o brilho metálico na mão do vilão. Sua faca. Ele a encontrou na escuridão.

"Faca!", ela gritou. Mara se pôs de cócoras, pronta para entrar na luta. Para proteger Temple assim como ele a protegera. Antes que ela pudesse se mexer, contudo, Temple se desviou para a lateral do homem e se apoiou sobre um dos joelhos, e então voltou ao combate. Como se armas não pudessem feri-lo. Como se fosse imune às ameaças.

O homem arremessou a faca e ela encontrou seu alvo quando Temple a desviou com o braço; a lâmina tilintou nos paralelepípedos, parando a poucos centímetros dos pés de Mara, que a pegou e segurou firme nas mãos, sem parar de observar Temple. Dessa vez ele falou, pontuando com seus golpes as palavras que passavam por entre os dentes cerrados.

"Você. Nunca. Mais. Vai. Machucar. Outra. Mulher."

O homem ganiu. Temple se debruçou sobre ele.

"O que foi que você falou?"

Ele ganiu outra vez. Temple o levantou do chão pelas lapelas, então o soltou, deixando que a cabeça batesse nos paralelepípedos.

"Não consigo ouvir!"

O homem balançou a cabeça, os olhos fechados.

"Não... não vou."

Temple deu mais um soco, então se aproximou ainda mais.

"Não vai o quê?"

"Machucar outra."

"Outra o quê?"

"Outra mulher."

Temple então recuou, apoiando-se nos calcanhares, as coxas imensas firmes e grossas, a respiração apressada e forçada.

"Levante-se!"

O homem fez o que lhe foi ordenado, e cambaleou para ficar de pé.

"Leve o desgraçado do seu amigo com você se quiser que ele viva."

O homem fez o que Temple mandou, ajudando o agressor de Mara a ficar de pé e os dois foram embora pela viela o mais rápido que conseguiram.

Ela ficou observando os dois se afastarem, e precisou de vários segundos antes de conseguir olhar para Temple, que olhava para ela de onde estava, a dois metros, imóvel como pedra. Quando seus olhos se encontraram, tudo mudou. Ele praguejou baixinho e se abaixou ao se aproximar dela, lentamente.

"Mara?"

O som do seu nome nos lábios dele, suave e arrastado, a despertou, e ela começou a tremer na escuridão daquela rua suja de Londres. Ele logo estava ao lado dela e estendeu a mão, que permaneceu, hesitante, no espaço entre eles, pairando a poucos centímetros dela. Menos. Mas sem tocá-la. Sem querer assustá-la, Mara percebeu. Sem querer forçar nada. O movimento foi tão gentil, tão delicado, que era difícil imaginar que ele fosse qualquer outra coisa que não um amigo. *Você veio*, era o que ela queria dizer. *Obrigada*. Mas não conseguia encontrar as palavras. No entanto não foi necessário, porque ele praguejava em voz baixa e a puxou para seus enormes braços. E ela se sentiu segura pela primeira vez em anos. Talvez em toda vida.

Mara se apoiou nele, deleitando-se com a força, o calor, o tamanho dele. Temple a abraçou, puxando-a apertado contra si, e inclinou a cabeça sobre a dela, envolvendo-a, protegendo-a com o corpo inteiro.

"Você está a salvo agora", ele sussurrou, apoiando a própria cabeça no alto da cabeça dela. "Você está em segurança." Ele balançava para frente e para trás. "Eles não vão voltar", ele a tranquilizou, roçando a testa dela com os lábios enquanto falava.

Ela acreditou nele. Acreditou na maneira como ele falou, com cuidado, no modo como suas mãos, instrumentos da justiça aplicada aos agressores, agora passavam com delicadeza por suas costas e pernas, ajeitando as saias em volta dela, espalhando calor pelas partes dela que ficaram frias de medo.

"Você ganhou deles. Eles eram dois, e você só um."

"Eu falei para você que não perco." O tom era leve, mas ela sabia que não era assim que ele realmente se sentia.

De qualquer modo, ela sorriu ao ouvi-lo.

"Quanta arrogância", Mara brincou.

"Não é arrogância. É verdade."

Ela não soube o que responder, então disse apenas:

"Você está sem o seu sobretudo."

Ele hesitou, só um pouco.

"Não havia tempo", respondeu Temple, afinal. "Eu tinha que encontrar você."

E ele encontrou.

"Obrigada", ela agradeceu, e sentiu que as palavras soaram estranhas, sufocadas e desconhecidas.

Ele a puxou mais para perto.

"Não me agradeça", ele sussurrou. "Eu estava furioso."

Ela sorriu com o rosto enfiado no paletó dele.

"Imagino que sim."

"Pode ser que eu continue bravo, mas você vai ter que esperar até que eu supere o terror."

Ela levantou a cabeça e lamentou a escuridão na viela, pois queria ver os olhos dele.

"Terror?"

Ele desviou o rosto.

"Não importa. Você está bem agora."

E ela estava. Porque o tinha a seu lado. Incrível.

"Como foi que você..."

Ele deu um pequeno sorriso.

"Eu disse que te encontraria se você fugisse."

Ela balançou a cabeça, sentindo que lágrimas se aproximavam. Ele já tinha passado. Ela o ouviu. *Ainda assim, ele a encontrou.*

Ele afastou o cabelo do rosto dela.

"Eu voltei correndo."

"Se você não tivesse voltado..."

Ele balançou a cabeça e a apertou contra si outra vez.

"Mas eu voltei", Temple disse, com firmeza.

Ele tinha voltado, e ela estava em segurança.

"Obrigada", Mara disse, encostada no peito dele. Ela deslizou a mão para o braço dele, e Temple ficou rígido e sibilou de dor. Ela se endireitou imediatamente, deixando a mão cair na coxa dele.

"Seu braço."

Ele balançou a cabeça.

"Isso não é nada."

"Claro que é." Havia um corte fundo na manga do paletó; Mara puxou o tecido para descobrir um corte semelhante na camisa abaixo e também na pele.

"Ele te machucou." Os botões do paletó tinham arrebentado durante a luta, e jaziam sem dúvida espalhados pelos paralelepípedos. Ela afastou uma das lapelas. "Tire isso", ela pediu, e começou a afrouxar a gravata dele para chegar ao colarinho da camisa. "Você precisa de cuidados."

Ele pegou a mão dela.

"Está tudo bem."

"Não está, não", ela protestou, sentindo-se tomada pela culpa. "Eu não deveria ter fugido."

Temple parou de se mexer, e eles se olharam nos olhos.

"O quê?", perguntou Temple.

"Se eu não tivesse fugido..."

Ela o tinha machucado. *De novo.*

"Não", Temple disse, mas ela o ignorou, soltando suas mãos e voltando a trabalhar na gravata dele.

Ele a interrompeu outra vez, e levou a mão quente e firme ao rosto dela, tocando-o com delicadeza.

"Não diga. Não pense isso. Não foi sua culpa."

Ela fitou seus olhos pretos.

"Você está ferido."

Ele sorriu com o canto da boca.

"Eu estava doido por uma luta."

Mara meneou a cabeça.

"Isso não foi uma luta."

"Eu não teria tanta certeza", ele brincou, antes de ficar sério. "Aqueles homens eram uns animais. E você..." Ele se interrompeu, mas não antes que suas palavras lembrassem aos dois quem ele era. Quem eles eram, juntos.

Mas era a vez de Mara cuidar dele.

"Precisamos levar você para dentro", ela disse, levantando-se e estendendo a mão para ajudá-lo a se levantar.

Ele ignorou a mão dela e se pôs de pé com um movimento suave. Quando estava ereto, ele parou por um instante, e Mara imaginou que estivesse se sentindo fraco por causa da dor do ferimento. Ela se colocou debaixo do braço bom dele.

"Apoie-se em mim."

Ele riu alto na escuridão.

"Não."

"Por quê?"

"Além da possibilidade de eu te esmagar?"

Ela sorriu.

"Sou mais forte do que parece."

Ele baixou os olhos para ela.

"Acho que essa é a primeira verdade que você me conta."

Aquelas palavras fizeram algo indefinível percorrer o corpo de Mara. Algo empolgante, perturbador e mais meia dúzia de outras coisas.

"Vou aceitar isso como um elogio."

"Isso mesmo."

Não. Ela não queria gostar dele. *Tarde demais.*

"Então por que não se apoia em mim?"

"Não preciso de ajuda."

Mara olhou para ele e viu algo na firmeza de seu maxilar, na linha formada pelos lábios. Algo familiar. Quantas vezes ela tinha dito a mesma coisa para pessoas que lhe ofereceram ajuda? Ela tinha passado tanto tempo sozinha que resistia automaticamente à ideia de que alguém pudesse lhe oferecer ajuda sem esperar algum tipo de pagamento. Ou, pior, sem querer se tornar parte da sua vida.

"Entendo", ela respondeu em voz baixa.

Passou-se um longo momento, enquanto aquela palavra se ajustava entre eles, até que Temple falou.

"Às vezes eu tenho a impressão de que você realmente me entende."

Ele pegou a mão dela, e Mara ficou petrificada com o toque.

"Tenho que pagar por isto também?", Temple perguntou enquanto olhava para ela.

As palavras eram um lembrete do acordo, de qual era a situação deles. Mas o toque dele não lembrava em nada um acordo. A pele áspera e quente deslizando pela sua lembrava prazer. Prazer que ela não queria sentir, mas que não podia negar.

"Não", ela respondeu, e o vento frio a fez estremecer. "Sem cobrança por isto."

Ele não falou mais nada e os dois voltaram para a carruagem. Eles haviam descoberto uma camaradagem silenciosa na escuridão – que sem dúvida seria afugentada pela luz do dia, quando ambos se lembrassem do passado e do presente. E pensassem no futuro, claramente gravado em pedra. E assim ela também não falou mais. Nem quando os dois emergiram da viela, virando na direção da carruagem, nem quando o condutor pulou de seu assento e veio ao encontro deles, nem quando ficaram fechados no espaço silencioso e escuro, apertado demais para que não se tocassem – joelhos roçando joelhos –, embora os dois fossem orgulhosos demais para reconhecer o toque. Ela também não falou nada quando eles chegaram à casa dele e Temple se adiantou pela rua fria e escura de Londres e disse:

"Entre."

E palavras não foram necessárias enquanto ela o seguia.

"A história do nosso relacionamento está manchada demais pela violência, Alteza", Mara disse quando os dois estavam no escritório em que ela se revelou e contou o motivo de seu reaparecimento. Onde ela o drogou pela segunda vez.

Ele tirou o paletó, revelando a camisa manchada de sangue.

"E de quem é a culpa?", ele perguntou, num tom mais delicado do que ela imaginava possível.

Delicado. Era estranho que essa palavra de repente definisse o homem que era conhecido na maior parte de Londres como uma força bruta, feito de músculos inflexíveis e ossos indestrutíveis. Mas com ela, Temple se transformava, de algum modo, em ângulos pronunciados e toques suaves. Ele gemeu de incômodo quando puxou a camisa do braço e a tirou pela cabeça, arremessando-a para o outro lado da sala, o que revelou o corte reto sobre uma parte escura da pele – com um desenho geométrico preto. Mara observou aquele desenho. E depois seu gêmeo no outro braço. Tinta. Ela já tinha visto antes, mas não em alguém como ele. Nunca em um aristocrata.

Ele pegou água quente e bandagens com uma prática que sugeria não ser aquela a primeira vez em que voltava para sua casa vazia para se remendar. Então sentou-se na cadeira junto ao fogo, que acendeu quando entrou no escritório, e jogou as bandagens dentro da água fervente. A movimentação dele chamou a atenção de Mara, que foi ficar perto dele junto ao fogo.

"Pode deixar", ela disse suavemente, mergulhando uma extensão de bandagem na água enquanto ele se ajeitava na cadeira. Ela tirou o excesso de líquido escaldante do tecido antes de começar a tarefa de limpar o machucado. Ele permitiu que ela continuasse, o que deveria tê-la surpreendido. Deveria ter surpreendido os dois.

Temple ficou quieto por longos minutos, e ela se forçou a olhar apenas para o ferimento, para o corte reto de carne rasgada que serviu para lembrar Mara da violência medonha que ela poderia ter sofrido. Da qual ele a resgatou. Com os pensamentos acelerados, Mara estava obcecada com a ideia de não o tocar em nenhum lugar que não ali, na área logo acima da faixa de pele preta – como se a escuridão dentro dele tivesse transbordado para a superfície, formando lindos padrões, incompatíveis com seu passado. Com o duque que ele deveria ter sido. A escuridão que ela ajudou a formar.

Mara tentou não respirar muito fundo, mesmo com a pungência do aroma que emanava dele – cravo e tomilho misturados a algo indefinível, mas totalmente característico de Temple – e que provocava seus sentidos, desafiando-a a inspirá-lo. Em vez disso, ela se concentrou em cuidar dele com toques suaves, limpando o sangue seco do braço e detendo a hemorragia. Mara observava o tecido da bandagem indo da pele dele para a água da tigela, agora tingida de rosa, e voltando, recusando-se a olhar para qualquer outra coisa. Recusando-se a enumerar as outras cicatrizes que riscavam o tronco. Os perturbadores vales e montes daquele peito musculoso. As espirais de pelo preto que atiçavam seus dedos a tocá-lo de uma forma diferente, e muito mais perigosa.

"Você não precisa cuidar de mim", ele disse em voz baixa na sala silenciosa e escura.

"É claro que preciso", ela respondeu, sem olhar para ele. Mas sabendo que ele olhava para ela. "Se não fosse por mim..."

Temple pegou a mão dela e a pressionou contra seu peito, e ela sentiu a pulsação do coração dele em seu punho.

"Mara", ele disse, e o nome pareceu estranho, como se fosse de outra pessoa.

Aquele homem, aquele lugar, não eram para ela. Ela torceu a mão e ele a soltou, permitindo que ela continuasse a cuidar dele como se nunca a tivesse segurado.

"Cuide de mim, então."

"Você precisa de pontos", ela disse.

Ele ergueu as sobrancelhas, surpreso.

"Você conhece o tipo de ferimento que precisa de pontos?"

Ela tinha costurado dezenas de ferimentos em sua vida. Mais do que conseguia se lembrar. Muitos quando ainda era criança. Mas não falou nada disso.

"Conheço. E este aqui precisa."

"Imagino que isso vai ter um preço?"

Tais palavras foram uma surpresa. Uma lembrança do acordo entre eles. Por um instante, ela tinha se permitido imaginar que eram pessoas diferentes. Em um lugar diferente. Que tolice a dela. Nada tinha mudado naquela noite. Ele continuava atrás de vingança e ela continuava atrás de dinheiro. E quanto mais eles se lembrassem disso, melhor!

Ela inspirou e tentou ganhar tempo.

"Vou lhe oferecer uma barganha."

Ele olhou desconfiado.

"Diga seu preço."

"Duas libras." Ela detestou aquelas palavras em seus lábios.

Alguma coisa faiscou nos olhos dele. Tédio? Não. Mas sumiu antes que ela tivesse tempo de identificar, e ele já estava abrindo uma pequena gaveta na mesa sob seu cotovelo, de onde tirou agulha e linha.

"Costure, então."

Ocorreu a Mara que somente um homem que se machucava com regularidade teria agulha e linha ao alcance da mão. Ela passeou o olhar pelo peito de Temple, reparando nas várias marcas em diferentes estágios de cicatrização. Quanto sofrimento esse homem tinha aguentado ao longo dos últimos doze anos? Ela deixou essa questão de lado e foi até o aparador, onde serviu dois dedos de uísque em um copo. Temple balançou a cabeça quando Mara voltou para perto dele.

"Não vou beber isso", ele anunciou.

Mara revirou os olhos.

"Eu não droguei a bebida."

"Ainda assim, prefiro não me descuidar", ele disse inclinando a cabeça.

"Não era para você, de qualquer modo", ela rebateu e mergulhou a agulha no líquido antes de cortar uma longa extensão de linha.

"É um desperdício de bom uísque."

"Vai tornar os pontos menos doloridos."

"Bobagem."

Ela deu de ombros.

"A mulher que me ensinou a suturar um ferimento aprendeu com homens em combate. Parece razoável", Mara explicou.

"Não há dúvida de que homens em combate queiram uma garrafa por perto."

Ela ignorou a provocação e passou a linha pela agulha com cuidado antes de voltar sua atenção para o ferimento. Ajoelhou-se ao lado dele e avisou:

"Vai doer."

"Apesar da adição do meu excelente scotch?"

Ela inseriu a agulha.

"Diga-me você."

"Droga!", ele sibilou com a picada.

Ela ergueu uma sobrancelha para ele.

"Posso te servir uma bebida agora?"

"Não. Prefiro lidar com a arma visível."

Mara retorceu os lábios. Não iria se divertir. Não iria gostar dele. Temple era inimigo, não amigo. Ela completou a sutura sem demora, com a precisão adquirida com anos de muita experiência. Enquanto ela cortava o restante da linha, Temple enfiou a mão na gaveta outra vez e tirou um pote de linimento. Mara o abriu e sentiu o aroma de tomilho e cravo – tão familiar.

"É por isso que você tem esse cheiro."

Ele ergueu uma sobrancelha irônica.

"Você reparou no meu cheiro?"

As faces dela ficaram quentes com o comentário, para seu grande desalento.
"É impossível não reparar", ela se defendeu.

Mesmo assim, ela levou o pote ao nariz, inalou, e o aroma despertou um fio de consciência nela. Mara mergulhou um dedo no pote e espalhou o linimento sobre a pele inflamada ao redor da ferida, tomando cuidado para não machucá-lo, e depois envolveu o sobre o ferimento com um pedaço de pano limpo, que segurou com uma bandagem comprida. Ao terminar, ela pigarreou e disse a primeira coisa que lhe veio à cabeça.

"Você vai ficar com uma cicatriz feia."

"Não é a primeira, não vai ser a última", ele comentou.

"Mas eu sou responsável por esta", ela respondeu. Ele riu disso, e Mara não conseguiu evitar de levantar a cabeça e encarar os olhos pretos dele. "Você acha engraçado?"

Ele encolheu um ombro.

"Acho interessante que você reivindique a única cicatriz que não tem nada a ver com você."

Ela arregalou os olhos.

"E as outras têm?"

Ele inclinou a cabeça e a observou com cuidado.

"Cada uma delas foi recebida em uma luta. Contendas que eu não teria lutado se eu não tivesse..."

Ele hesitou, e ela se perguntou como ele terminaria a frase. *Se eu não tivesse sido arruinado. Se eu não tivesse sido destruído. Se eu não tivesse sido renegado.*

"...virado Temple", ele concluiu simplesmente.

Temple. O nome que ele assumiu depois que ela fugiu. Depois que ele foi exorcizado da família, da Sociedade e Deus sabe mais do quê. O nome que não tinha relação com sua vida anterior. A vida em que ele foi William Harrow, Marquês de Chapin. Herdeiro do ducado de Lamont. Todo-poderoso. Até que Mara o alijou desse poder. Ela o observou, então, catalogando as cicatrizes. O mapa que se estendia em linhas brancas, linhas rosadas, e que terminavam em hematomas de uma semana, os marcos de sua profissão. Só que não era uma profissão. Ele era rico e nobre, e com ou sem a morte dela pesando em sua cabeça, ele não precisava lutar. Mas era o que fazia. *Temple. O lutador.* Ela o transformou nisso. Talvez por isso parecesse certo cuidar dele agora. *Quem cuidou dele das outras vezes?*

Como Mara não se permitiu fazer essa pergunta, ela fez uma mais simples.

"Por que Temple?"

Ele respirou fundo ao ouvir o questionamento, e fechou a mão do braço bom em um punho, que depois abriu.

"O que você quer dizer?"

"Por que escolheu esse nome?"
Ele sorriu com o canto da boca.
"Por que minha constituição lembra a de um templo."
Era uma resposta pronta, superficial. Após anos separando verdades de mentiras, ela sabia que ele não tinha sido sincero, mas não o pressionou a falar mais. Em vez disso, ela desceu o olhar pelo braço forte até o local em que a faixa larga e preta de tinta se destacava sobre a pele.
"E a tinta?"
"Tatuagens."
A mão dela se moveu instintivamente, os dedos indo na direção dele antes de Mara se dar conta de que estava ultrapassando os limites. Ela parou a um fio de cabelo do braço dele.
"Pode tocar", ele permitiu, a voz baixa.
Mara levantou o rosto para ele, mas Temple olhava para a tatuagem. Para os dedos dela.
"Eu não devo", ela disse, e as palavras a despertaram da espécie de transe em que estava. Ela recolheu a mão.
"Você quer tocar." Ele contraiu o braço e o músculo fez a tatuagem se mexer, como se respirasse. "Não vai doer."
A sala não estava quente – o fogo na lareira ainda era novo, e além das paredes da casa era inverno –, mas ainda assim o braço dele ardia de calor. Mara passou a ponta dos dedos pelas marcas elaboradas, linhas curvas e espaço escuro, espantada com a suavidade da pele.
"Como é feito?", ela perguntou.
"Com uma agulha pequena e um grande frasco de tinta", ele explicou.
"Quem fez?", ela o fitou nos olhos.
Temple desviou o olhar para onde os dedos dela deslizavam sobre sua pele – já à vontade agora.
"Uma das garotas do clube."
Os dedos dela interromperam o movimento.
"Ela é muito habilidosa."
Temple se remexeu com o toque dela.
"Ela é. E tem uma mão firme, ainda bem."
Ela é sua amante?, Mara queria perguntar. Só que ela não queria a resposta. Não queria querer a resposta. Ela não queria pensar em uma mulher linda debruçada sobre ele, com sensibilidade artística aguçada e habilidade com uma agulha na mão. Não queria pensar no que aconteceu mais tarde, depois que a agulha penetrou na pele dele mil vezes. Ou mais.
"Doeu?"
"Não mais que uma de minhas lutas."

A dor era sua moeda de troca, no fim das contas. Mara também não gostava disso.

"É minha vez", ele disse, e Mara voltou sua atenção para ele, que explicou: "De fazer perguntas".

As palavras quebraram o encanto entre eles, e Mara deixou que sua mão se afastasse do braço dele.

"Que tipo de pergunta?"

Como se ela não soubesse. Como se ela não soubesse, há anos, que chegaria o momento em que teria de responder a essas perguntas. Ah, como ela queria que ele vestisse uma camisa. *Não, ela não queria.* Se bem que, já que ele iria pressionar Mara a contar a verdade sobre aquela noite, séculos atrás, quando ela cometeu uma série de erros que mudaram a vida dos dois para sempre, talvez fosse melhor que ele estivesse completamente vestido. E que não estivesse tão perto. E que ele não se tornasse, repentinamente, tão cativante. *Só que isso não era repentino.*

"Como é que você sabe cuidar de ferimentos tão bem?"

Não era a pergunta que Mara esperava, e ela se surpreendeu com as imagens que lhe vieram à mente como resposta. Sangue e gritos. Facas e pilhas de tecido manchado de vermelho. O último suspiro de sua mãe, as lágrimas de Kit e o rosto frio e selvagem do seu pai, imperturbável. Nada de emoção. Nada de culpa. E, com certeza, nada de remorso. Mara olhou para as próprias mãos, os dedos entrelaçados, um emaranhado de pele fria, e ela pensou no que diria, até finalmente escolher as palavras:

"Doze anos me apresentaram muitas oportunidades para cuidar de vários tipos de ferimentos."

Temple não respondeu, e o silêncio se estendeu por uma eternidade antes que ele deslizasse um dedo por baixo do queixo dela e a obrigasse a enfrentar seu olhar escuro.

"Agora a verdade."

Mara tentou ignorar o modo como aquele simples toque abalou sua concentração.

"Você acha que me conhece tão bem para saber quando estou mentindo?"

Temple demorou a falar, e continuou deslizando a ponta de seus dedos pelo rosto dela, passeando da bochecha à têmpora, até contornar a curva da orelha, fazendo Mara se lembrar de como ele tinha sussurrado bem ali naquele lugar e do beijo no ateliê da modista. Ela prendeu a respiração quando aqueles dedos perigosos deslizaram pela linha do seu pescoço e pararam bem no ponto em que ela sentia sua pulsação prestes a romper a pele. E durante toda essa tortura, ela manteve o olhar pregado no dele, recusando-se a ser a primeira a desviar os olhos. Recusando-se a deixar Temple ganhar, mesmo quando ele se aproximou ainda mais, ergueu seu rosto de leve e o inclinou para o lado, mesmo quando ela percebeu que entreabriu os lábios com a ameaça da carícia que ele prometia. Carícia que Mara percebeu querer mais do que qualquer coisa. Carícia que ele quase lhe deu quando seus lábios tocaram uma, duas vezes, de leve, nos dela, até cada centímetro de Mara ansiar para que o toque fosse mais firme. Que cumprisse a promessa tênue que fazia.

Ela suspirou de encontro aos lábios dele, e um som perigoso, sombrio, resvalou da garganta de Temple, e fez seu corpo inteiro se arrepiar. Ele tinha gemido? Que escandaloso. Que maravilhoso! Mas ele não a beijou de verdade. Em vez de beijá-la, o malvado falou:

"Eu passei minha vida observando os homens mentir, Mara. Cavalheiros e canalhas. Eu me tornei um excelente juiz da verdade."

Ela engoliu em seco, sentindo o toque dos dedos dele em sua garganta.

"E eu deveria supor que você nunca mente?"

Temple a observou demoradamente.

"Eu minto o tempo todo. Sou um canalha do pior tipo."

Então, enquanto tentava se manter no limite da carícia com que ele a provocava, Mara acreditou. Temple era um canalha. Ou algo pior. Mas isso não a impediu de imaginar como seria contar a verdade para ele. Despejá-la, como um pedreiro, em uma formidável pilha aos seus pés. Toda a verdade. E se ela o fizesse? Se ela lhe contasse tudo – tudo que fez e seus motivos? E se ela se expusesse diante dele e o deixasse julgá-la por suas boas ações e por seus pecados?

"Diga-me a verdade." As palavras eram uma carícia. Uma tentação. "De quem você cuidou, Mara?", e o eco de paciência nelas – como se ele pudesse esperar uma eternidade pela resposta – foi suficiente para deixar Mara com muita vontade de lhe contar.

Nada que você disser vai me fazer perdoar. As palavras dele, ditas mais cedo, ecoaram dentro de Mara, soando ao mesmo tempo como ameaça e como promessa. Um alerta para que ela não se entregasse. Temple queria vingança, e Mara era o meio para esse fim. Era melhor que ela se lembrasse disso. A verdade era uma coisa estranha e etérea – tão poucas pessoas a usavam, e com frequência ela era notada apenas nas mentiras que alguém contava.

"Ninguém importante", ela respondeu. "Eu também sou boa com uma agulha, só isso."

"Eu lhe pagaria pela verdade", ele provocou, e mesmo que as palavras soassem gentis como uma carícia, elas machucaram, duras e desagradáveis. Mas esse era o jogo que estavam jogando.

Ela meneou a cabeça.

"Não está à venda."

Temple não tinha terminado. Ela podia ver no olhar dele. E então Mara fez a única coisa que podia para distraí-lo. Ela se ergueu sobre os joelhos e o beijou.

Capítulo Sete

Se tivessem pedido a Temple que apostasse tudo que possuía no que iria acontecer em seu escritório naquela noite, ele teria apostado que beijaria Mara. Ele queria beijá-la desde o momento em que a abraçou naquela viela. *Desde antes disso.* Desde o momento em que ela o deixou abalado com a sugestão de que podia ter acontecido algo mais entre eles naquela noite, doze anos atrás. *Desde antes disso.*

Durante uma luta, mesmo quando um dos oponentes parece levar vantagem, sempre fica uma tensão no ar até que um dos dois consiga encaixar um golpe firme, decisivo. Essa teoria também é verdadeira se o adversário for uma mulher e o golpe for uma tacada do mais puro prazer. Temple ignorou o desejo, certo de que não era mais que a necessidade de aliviar a tensão contínua da luta. Ele tinha experiência suficiente com aquela sensação para saber que diminuiria. Só que não estava diminuindo. Ele sentiu a tensão começar a fervilhar em seu corpo quando as mãos de Mara tocaram seu braço naquela viela escura, quando ela descobriu seu ferimento e ele sentiu a dor latejante do machucado. E quase o consumiu enquanto eles iam de carruagem até sua casa – tanto que ele não conseguiu se impedir de convidar Mara a entrar.

O pedido foi o mesmo que jogar sal na ferida, pois Temple sabia que, se ela entrasse, ele a desejaria ainda mais. Aquelas pernas longas, o rosto lindo e aquele cabelo que ele estava louco para soltar das presilhas para criar uma cascata de seda ruiva. E tudo isso não era nada se comparado à força que movia aquela mulher. O modo como suas respostas afiadas e suas palavras inteligentes o deixavam tenso. O modo como ela era uma adversária forte e valorosa. O desejo chegou ao ponto máximo enquanto ela costurava a ferida e não revelava seus segredos. E quando ele finalmente a tocou, o desejo tomou conta de seu corpo, inegável e perigoso. Então, sim. Ele teria apostado tudo que a beijaria. Mas não teria arriscado nem um centavo que ela o beijaria. E ele teria perdido, pois parecia que Mara Lowe era cheia de segredos e estava disposta a qualquer coisa para mantê-los secretos.

Até mesmo beijar o Duque Assassino. E por Cristo!, como ela o beijou – Mara ergueu a mão forte e macia e puxou a cabeça de Temple para baixo, por mais que tivesse se esticado para alcançá-lo, e colou seus lábios nos dele, deixando-o sem fôlego com a carícia hesitante, mas devastadora. Provocando-o com seus lábios que roçavam os dele, testando sua reação. Questionando-o. Temple queria ficar imóvel, recusando-se a tocá-la, recusando-se a assumir o controle. Com medo de que se pusesse suas mãos gigantescas e animalescas nela, poderia assustá-la. Incitá-la fugir outra vez. Mas então Mara abriu a boca, inexperiente e perfeita, e passou a ponta da língua pelo lábio inferior dele, uma carícia suave e molhada. Um homem tem seus limites. E ele perdeu o controle.

Temple a pegou nos braços enquanto soltava um gemido grave, o som baixo e provavelmente assustador para ela, mas ele não conseguiu evitar. Temple não conseguiu evitar mais nada quando a ergueu, inclinou sua cabeça e puxou Mara para bem perto de si, descobrindo o ângulo perfeito para beijá-la como ela deveria ser beijada. Como ele sonhava em beijá-la. Tomando-a para si. E ao diabo se ela não retribuiu! Ela abraçou o pescoço dele e afundou os dedos em seu cabelo, enquanto Temple atacava a boca de Mara, penetrando fundo com a língua até ela suspirar de prazer, soltando um gemido que invadiu e percorreu o corpo dele, até chegar ao centro do seu desejo, onde ele parecia estar latejante e duro há dias – sempre que estava perto dela.

Temple acariciou o lábio inferior de Mara com os dentes, adorando o modo como ela estremeceu em seus braços, e então ele deixou que suas mãos encontrassem o cabelo dela e tirassem os grampos, liberando um mar de cachos. Ele percorreu as madeixas sedosas com seu toque uma, duas vezes, até não aguentar mais ficar sem admirá-la. Então se afastou, adorando a forma como Mara se agarrou a ele, como resistiu à separação.

"Temple", ela gemeu, com uma ponta de irritação na voz.

"Espere", ele sussurrou. "Quero olhar para você."

Ela era a coisa mais linda que ele já tinha visto. Temple a devorou com o olhar, observando o cabelo avermelhado caído sobre os ombros, com mechas mais claras reluzindo à luz das velas, e aqueles olhos extraordinários e maravilhosos, cheios de frustração e desejo. Os lábios inchados pelo beijo dele... Ele tomou aqueles lábios outra vez, incapaz de resistir. E a beijou profunda e completamente, memorizando os sons de seus suspiros, seu sabor, a sensação de tê-la contra si, diferente de tudo que ele já havia sentido antes... *Exceto...*

Temple levantou a cabeça e Mara piscou antes de abrir os olhos.

"Você realmente devia parar de ficar *parando*", ela repreendeu com um sorriso.

Ele meneou a cabeça.

"Na modista", ele começou, detestando o modo como o olhar dela perdia a sensualidade enquanto ele falava. "O que você disse..."

Não é a primeira vez que você me vê com roupa de baixo.

"Nós já fizemos isso", ele disse.

Mara desviou o olhar para o braço dele, para a tatuagem.

"Fizemos."

Não. Não podia ser verdade. Ele se lembraria disso... da sensação que a boca de Mara produzia na sua. O desejo que o corpo dela despertava no seu. Temple a beijou novamente, dessa vez um teste. Uma experiência. Ele se lembraria dela. Com certeza ele lembraria do gosto dela. Dos sons que ela fazia. Do modo como ela conseguia conduzir a carícia e se entregar a ela. Ele se lembraria dela.

Temple soltou os lábios de Mara e começou a beijar o pescoço, descendo para a depressão da clavícula, saboreando a pele dela com a língua. Saboreando o gemido rouco que ela deixou escapar quando ele deslizou as mãos para o laço na frente do corpete e liberou a tensão ali, enfiando a mão pelo tecido para acariciar o bico rígido do seio. Para desnudá-lo diante do fogo. Meu Deus! Ele se lembraria dela.

Ele a fitou nos olhos, vidrado de desejo.

"Nós já fizemos isso."

Mara hesitou e Temple se sentiu ligeiramente frustrado. Ele baixou as camadas de tecido, observando como o vestido escuro e a roupa de baixo clara davam lugar à pele ainda mais clara. À pele perfeita, ao bico rosado que à luz do fogo ficava cor de mel. Temple ficou com água na boca e baixou os lábios na direção daquele seio que clamava pela língua dele. E pelo qual ele também ansiava.

Ele precisou de toda sua força para conseguir parar ali, a um fio de distância da pele de Mara, e sussurrar:

"Nós já fizemos isso antes."

"William...", ela ofegou seu nome diante da lareira.

Seu nome verdadeiro. Temple congelou. Assim como Mara.

"Do que você me chamou?"

Ela ficou sem palavras.

"Eu..."

Ninguém o chamava assim há uma década. Há mais tempo que isso. Mesmo antes, poucos se dirigiam a ele assim – mas Temple sempre gostou que as mulheres o chamassem pelo primeiro nome. Ele gostava da intimidade e da aproximação que o nome criava, tornando as garotas mais amáveis. Era um modo fácil de fazer com que elas amassem sua antiga personalidade ingênua e idiota.

"Diga!" Aquela ordem não podia ser desobedecida.

"William", ela repetiu, com aqueles olhos lindos cheios de fogo, a curva das sílabas ditas por seus lábios sensuais, deixando-o ao mesmo tempo furioso e ardendo de desejo.

Por Deus! Isso tinha acontecido. *Ele se lembraria dela.* Só que ele não lembrava. Porque ela garantiu que ele não se lembraria. Mara tinha roubado aquela noite dele. Aquele momento dele. Temple a soltou como se ela o tivesse queimado, e talvez tivesse mesmo. Roubar-lhe a lembrança daquela noite talvez fosse a mais séria das infrações dela, agora que ele sabia do que não conseguia se lembrar.

Ele se endireitou e sentiu o sangue ferver, deixando sua cabeça a mil e a frustração ainda mais intensa. Aquela mulher era demais para ele. Temple se virou e se afastou de Mara, querendo deixá-la, embora ainda sentisse a atração que ela exercia sobre ele. Ele ficou andando de um lado a outro da sala, antes de se virar para ela.

"O que mais aconteceu naquela noite?"

Mara continuou em silêncio. Maldição. O que tinha acontecido? Ele a deixou nua? Ele a beijou em meia dúzia de lugares proibidos? Ela retribuiu? Eles proporcionaram prazer um ao outro naquela noite, a última antes de ele acordar como o Duque Assassino, sem jamais conseguir tocar outra mulher sem ser confrontado por um olhar de temor? *Ou será que apenas tinha sido usado por Mara?*

A raiva o dominou como uma febre.

"Nós nos beijamos. Eu te vi só com a roupa de baixo. Nós também...?"

Mara ficou tensa com a pergunta, e esperou que Temple a concluísse com a palavra grosseira e fria que tinha usado no ateliê da modista. Contudo, a espera foi tão forte quanto a palavra. Ela não respondeu. E ele detestou não conseguir suportar o silêncio quase tanto quanto detestou o maldito som de sua própria voz quando acrescentou:

"Nós também?"

Eu jamais conheci um aristocrata que merecesse confiança. Jesus. Será que ele a tinha machucado? Temple não conseguia se lembrar. Se ela fosse virgem, ele a teria machucado. Ele não teria sido cuidadoso o suficiente para não machucar. Ele passou a mão pelo cabelo. Nunca tinha dormido com uma virgem antes. *Ou será que tinha?* E se... ele congelou. O orfanato. Os meninos. *E se um deles fosse seu?* Temple sentiu o coração disparar. Não. Era impossível. Ela não teria fugido dessa forma. Ela não teria levado o filho dele. *Teria?*

Mara ajeitou o corpete e se manteve calma e composta, como se os dois estivessem discutindo o clima. Ou a política. Recusando-se a ser insultada.

Temple foi até ela e parou a poucos centímetros, resistindo ao impulso de sacudi-la.

"Você me deve a verdade."

Por um instante, algo passou pelo olhar dela. Por um instante, ela considerou essa possibilidade. *Ele a viu pensar na possibilidade.* E então, ela

parou. E ele viu a mente dela trabalhando. Tramando. Planejando. Quando falou, Mara não se intimidou. Ela não estava com medo.

"Nós negociamos os termos do nosso acordo, Meu Senhor. Você fica com sua vingança, e eu com meu dinheiro. Se deseja saber a verdade, ficarei feliz em discutir o custo disso."

Ele nunca havia conhecido alguém como ela. E maldito fosse se negasse que a admirava tanto quanto queria amarrá-la e gritar suas perguntas até ela responder.

"No fim das contas, você parece bem familiarizada com uma canalhice."

"Você ficaria surpreso com o que doze anos de solidão fazem com uma pessoa", ela redarguiu, os olhos incomuns e deslumbrantes cheios de fogo.

Eles ficaram frente a frente, e Temple se sentiu mais igual àquela mulher do que a qualquer pessoa que já havia conhecido. Talvez porque ambos fossem grandes pecadores. Talvez porque confiança era algo em que nenhum dos dois tinha muita fé.

"Eu não ficaria nem um pouco surpreso", ele respondeu.

Mara recuou um passo.

"Então você está disposto a discutir novos termos?"

Por um instante, Temple quase concordou. Quase devolveu a dívida inteira, as casas, os cavalos, tudo. Mara quase venceu. Porque ele queria as lembranças daquela noite mais do que já quis qualquer outra coisa na vida. Mais do que seu nome. Mais do que seu título. Mais do que todas as suas vitórias e seu dinheiro e tudo o mais. Mas ela não podia lhe devolver aquela lembrança, assim como não podia lhe devolver os anos perdidos. Tudo que ela podia lhe dar era a verdade. E isso ele conseguiria.

Havia um homem em frente ao orfanato. Mara já devia esperar por isso, claro, desde o momento em que se despediu, na noite anterior, e foi enviada de volta para o orfanato em uma carruagem fria, que parecia imensa e vazia na ausência dele. Ela deveria ter previsto que Temple mandaria alguém para vigiá-la no momento em que mandou a cautela às favas e lhe ofereceu a verdade sobre a noite em que fugiu – por um preço. É claro que ele a vigiaria. Mara agora era mais valiosa do que nunca. O passado era o bem mais valioso de todos.

A carruagem esperou Mara entrar em casa e ficou de vigia até que ela subisse as escadas e estivesse debaixo das cobertas. Ela adormeceu com as lanternas do transporte balançando ao vento, projetando sombras no teto de seu quartinho, perturbando seu santuário. A neve caiu durante a noite e sua cobertura branca marcou o primeiro dia de dezembro. Quando Mara olhou através da janela do quarto para a luz cinzenta da alvorada, qual não foi a sua surpresa ao constatar que a carruagem tinha ido embora, sim, inclusive seus rastros já tinham sido encobertos pelo branco gelado, mas fora substituída por um homem enorme envolto por um pesado sobretudo de lã que, com o chapéu enterrado na cabeça e um lenço enrolado na face, deixava à mostra apenas uma faixa de pele escura e os olhos atentos. Ele acabaria morrendo de frio ali fora.

Ela disse a si mesma que não deveria ficar surpresa, pois sem dúvida ele foi colocado de guarda ali por Temple, devido a uma total falta de confiança da parte dele de que ela continuaria em Londres para receber a punição que ele planejava lhe administrar. Ela disse a si mesma que não deveria se importar, enquanto se lavava, vestia e se preparava mentalmente para as aulas do dia que começava, jurando manter Temple longe de seus pensamentos. Longe, também, a lembrança do embate constante com ele. E a lembrança do beijo. *O beijo já estava muito longe de sua cabeça.*

Mara veio a descida toda, desde o andar superior da casa até o térreo, esquecendo-se do beijo. E encontrou Lydia no vestíbulo, com uma pilha de envelopes nas mãos e uma ruga de preocupação entre as sobrancelhas.

"Nós temos um problema."

"Eu vou mandá-lo embora", Mara se adiantou, já se encaminhando para a porta.

Lydia revirou os olhos.

"Seja lá do que for que você acha que estou falando, não é esse tipo de problema." Ela mostrou a pilha de envelopes e Mara ficou preocupada. Parecia que o sentinela de Temple seria a menor de suas preocupações naquele dia.

Mara gesticulou para Lydia entrar em seu escritório e sentou na cadeira da escrivaninha. Lydia também se sentou.

"Não é bem *um* problema. É um grande problema feito de problemas menores." Mara aguardou, sabendo o que viria a seguir. "Nós perdemos nosso crédito."

Isso era esperado. Elas não pagavam as contas há meses. Não havia dinheiro para isso.

"Com quem?", Mara perguntou.

Lydia consultou os envelopes.

"O alfaiate. O livreiro. O sapateiro. O armarinho. O leiteiro. O açougueiro..."

"Meu Deus, todos eles participaram de alguma reunião municipal e decidiram cobrar suas dívidas ao mesmo tempo?"

"Parece que sim. Mas essa não é a pior parte..."

"Os meninos não vão ter o que comer e essa não é a pior parte?"

Mara estava tremendo de frio e se aproximou do fogo, abrindo a lata de carvão só para constatar que estava vazia. Então fechou a lata. Lydia mostrou apenas um envelope.

"*Esta* é a pior parte."

Mara olhou para a lata. Carvão. De novo. Os invernos de Londres eram longos, frios e úmidos, e o orfanato precisava de carvão para conservar a saúde dos garotos. Diabos! Para conservar os garotos *vivos*.

"Duas libras e dezesseis", Mara suspirou, e Lydia concordou. Mara, então, disse o que qualquer pessoa na mesma situação diria. "Maldição!"

"Exatamente o que eu pensei", Lydia não se abalou.

Malditas contas! Malditos cobradores de contas! Maldito seu pai, por obrigá-la a fugir! Maldito seu irmão, por perder tudo! E maldito Temple e seu cassino, por tomar todo o dinheiro de Kit!

"Nós temos uma casa cheia de garotos que são filhos de alguns dos homens mais ricos da Inglaterra", Lydia argumentou. "Será que ninguém pode nos ajudar?"

"Ninguém que não espere receber nossa lista em troca." A lista dos descendentes, duas dúzias de nomes que escandalizariam Londres e ainda por cima arruinariam os meninos. Para não falar da reputação do orfanato, que era de extrema importância.

"E os pais dos garotos?"

Homens que apareciam na calada da noite para abandonar suas crias indesejadas. Homens que faziam ameaças indizíveis para manter sua identidade em segredo. Homens que Mara nunca mais queria ver. E que também nunca mais queriam vê-la.

"Eles lavaram as mãos com relação aos garotos." Mara balançou a cabeça negativamente. "Eu não vou procurá-los."

As duas fizeram uma longa pausa na conversa.

"E o duque?"

Mara não fingiu que não entendeu. O Duque de Lamont. Rico como Creso e ainda mais poderoso. E furioso com Mara.

"O que tem ele?"

Lydia ficou reticente e Mara percebeu que sua amiga estava escolhendo as palavras certas. Como se ainda não tivesse pensado nelas.

"Se você lhe contar a verdade, que os fundos de que seu irmão dispunha não eram totalmente dele para que pudesse apostá-los como bem quisesse..."

Nada que você disser vai me fazer perdoar. As palavras do duque ecoaram nos pensamentos de Mara, uma promessa sombria que lhe provocou um frio na espinha. Temple estava tão bravo com ela na noite anterior. E foi ela que provocou sua ira – contando-lhe histórias pela metade, meias verdades, e depois exigindo que ele pagasse por suas lembranças. Não. O duque não iria ajudar. Ela estava sozinha nisso. Os garotos eram responsabilidade dela. Era ela quem devia cuidar deles.

Então, Mara se levantou e foi até a estante de livros, de onde puxou um exemplar bem grosso. Ela segurou o livro em suas mãos, com a respiração rápida e difícil, sentindo cada centímetro do seu ser resistindo ao que ela estava prestes a fazer. O livro era o porto-seguro dela. Seu futuro. Sua promessa para si mesma de que nunca mais ficaria pobre ou passaria fome. Que nunca mais necessitaria da ajuda dos outros. Aquela era sua proteção, resultado de doze anos de trabalho e economia. Tudo que a manteria longe das ruas. Tudo que ela planejava usar depois que Temple a arruinasse. Mas os meninos eram mais importantes.

Mara colocou o livro sobre a escrivaninha e o abriu, revelando um grande espaço vazio, preenchido por um saco de tecido que tilintou quando ela o ergueu. Lydia soltou uma exclamação.

"De onde veio isso?"

De anos de trabalho. E economia. De um xelim aqui e outro acolá. Doze libras, quatro xelins e dez penes. *Tudo que ela tinha.* Mara ignorou a pergunta e pegou algumas moedas.

"Pague o carvão, o leiteiro e o açougueiro. Pegue seu salário, o da Alice e o da cozinheira. E faça o que puder para adiar as outras contas... até o mais velho precisar de roupas e sapatos novos."

Lydia avaliou o dinheiro e meneou a cabeça.

"Mesmo com isso..."

Ela não precisou terminar a frase. O dinheiro não seria suficiente para que aguentassem todo o inverno. Mal daria para chegarem ao Ano Novo. *Só havia um modo.* Mais tempo com o Duque de Lamont.

Mara se levantou e se dirigiu ao vestíbulo, agora lotado de meninos. Eles estavam nas duas janelas frontais da casa, equilibrando-se nos braços das poltronas, pendurados nas vidraças, olhos fixos no homem do outro lado da rua. Lavanda estava a alguns metros deles, só observando, e Mara a pegou no colo, por segurança, para que a leitoa não fosse esmagada se algum dos meninos caísse de seu posto.

"Ele está ali há pelo menos uma hora!", Henry disse.

"Ele nem parece estar com frio!"

"Impossível! Está nevando!", respondeu Henry, como se os outros não tivessem olhos.

"Ele é quase tão grande quanto o homem que veio visitar a Sra. MacIntyre", Daniel observou, deixando claro o espanto em sua voz.

O homem era grande, mas Temple era maior.

"É mesmo! Aquele lá era do tamanho de uma casa!"

Maior e sem dúvida mais forte. E mais bonito. Mara se repreendeu mentalmente ao pensar nisso. Ela não tinha o menor interesse na beleza dele. Nenhum. Ela nem tinha notado. Assim como não tinha notado que os beijos dele a deixavam sem forças. Ele era irritante. E impossível. E o pior tipo de controlador. E mais atraente que o homem do outro lado da rua. Não que ela tivesse reparado.

"Vocês acham que ele veio por nossa causa?"

O temor na voz do pequeno George trouxe Mara de volta à realidade.

"Cavalheiros..."

Os garotos estremeceram, soltaram as cortinas e desequilibraram uns aos outros, até que a estrutura que tinham improvisado desabou, deixando meia dúzia de garotos empilhados no chão. Mara resistiu ao impulso de rir das trapalhadas dos meninos enquanto eles se apressavam para levantar, ajeitando as roupas e afastando o cabelo dos olhos. Daniel foi o primeiro a falar.

"Sra. MacIntyre! A senhora voltou!"

"É claro que voltei", Mara forçou um sorriso.

"A senhora não participou do jantar, noite passada. Pensamos que tinha ido embora", Henry explicou.

"Para sempre", acrescentou George.

Mara sentiu o coração apertar ao ouvir aquilo. Embora gostassem de mostrar valentia, os garotos do Lar MacIntyre tinham pavor de ser abandonados. Isso era consequência de terem sido marcados como órfãos, é claro, e Mara passava boa parte do seu tempo convencendo os meninos de que não os abandonaria. Que, na verdade, seriam eles que um dia a deixariam. Só que isso agora era mentira. Ela teria de abandoná-los. Mara ia escrever uma carta para os jornais e mostraria seu rosto para Londres. Depois, não teria escolha a não ser deixá-los. Era assim que ela os protegeria. Que manteria a vida deles nos trilhos. Que garantiria os fundos para o orfanato, e a certeza de que eles nunca seriam marcados por seu escândalo. Uma tristeza profunda tomou conta dela, e Mara se agachou, com Lavanda lutando para se libertar de seu colo, e deu um beijo na cabecinha loira de George para depois sorrir para Henry.

"Nunca."

Os garotos acreditavam em suas mentiras.

"Aonde você foi, então?", Daniel perguntou, sempre indo ao cerne da questão.

Ela hesitou, e ficou revirando por uma resposta em sua cabeça. Afinal, ela não podia contar para os garotos que ficou perambulando por Londres na calada da noite enquanto experimentava roupas dignas de uma prostituta e era perseguida por marginais. *E beijada por um deles.*

"Eu tive que... cuidar de um... negócio."

Henry voltou a se virar para a janela.

"Agora tem *dois* homens lá fora! Com uma carruagem preta enorme! Nossa! Cabemos todos nós lá dentro! E ainda sobra lugar!"

O anúncio chamou a atenção do resto dos garotos e – apesar da tentativa de resistir – a de Mara. Ela sabia antes mesmo de olhar pela janela, através de um emaranhado de braços jovens e magros, quem estaria na rua nevada. É claro que seria ele.

Sem pensar, Mara se dirigiu à porta do orfanato, que abriu com tudo, e foi diretamente para a carruagem. Temple estava de costas para ela enquanto conversava, concentrado, com seu capanga, mas Mara não chegou a dar meia dúzia de passos antes que ele olhasse para ela por cima do ombro.

"Volte para dentro. Você vai morrer de frio aqui fora."

Ela iria *morrer* de frio? Mara ergueu a cabeça, sem vacilar.

"O que você está fazendo aqui?"

Temple olhou para seu acompanhante, disse algo que fez o outro homem sorrir, e então se virou para ela.

"Esta é uma rua comercial, Sra. MacIntyre", ele começou. "Eu posso ter um milhão de motivos para estar aqui." Deu um passo na direção dela. "Agora faça o que estou dizendo e entre. Agora."

"Eu estou bem aquecida", ela rebateu, estreitando o olhar. "E a menos que esteja procurando uma mulher para esquentar a sua cama, Meu Senhor, você não pode ter nenhum motivo para estar aqui. E, na sua condição, acredito que qualquer esforço seja desaconselhável."

"Acredita mesmo?"

"Eu costurei seu braço há menos de doze horas."

Ele deu de ombros.

"Pois estou muito bem hoje. Bem o bastante para carregar você para dentro e enfiá-la em um casaco."

Ela titubeou ao visualizar a imagem que aquela declaração evocava, ao pensar no modo como ele transbordava força por baixo do sobretudo – que o fazia parecer mais largo e maior do que já era normalmente. Sim, ele parecia estar muito bem. Sensual e poderosamente bem. Mara resistiu ao impulso de identificar a emoção que se apoderou dela ao encará-lo.

"Você não devia estar saltitando por Londres com uma ferida recente", ela preferiu dizer. "Vai acabar abrindo."

"É preocupação que estou percebendo?", ele inclinou a cabeça para o lado.

"Não!", ela emendou rapidamente, a palavra saindo por instinto.

"Eu acho que é..."

"Talvez o machucado tenha danificado o seu cérebro." Ela bufou de irritação. "Eu só não quero ter que repetir meu trabalho!"

"Por que não? Você poderia me arrancar mais duas libras. Eu pesquisei o preço, sabia? Um roubo! Um médico faz a mesma coisa por um xelim. Três, no máximo."

"Então foi uma pena que você não tivesse um médico por perto. Eu cobrei o que o mercado podia pagar. E vai lhe custar o dobro se você abrir o ferimento e eu tiver que fazer a sutura de novo!"

Ele a ignorou.

"Se não quer voltar para dentro por seu próprio bem, faça isso pela porca. Ela vai pegar um resfriado."

Mara olhou para Lavanda, adormecida em seus braços.

"De fato, ela parece estar pouco à vontade", ela ironizou.

Temple olhou para além dela, por cima de seu ombro, fazendo Mara se sentir pequena, mesmo que ela fosse pelo menos uma cabeça mais alta do que a maioria dos homens que conhecia.

"Bom dia, cavalheiros!", Temple cumprimentou.

Ao ouvir isso, Mara virou a cabeça para descobrir os residentes do Lar MacIntyre para Meninos reunidos, de olhos arregalados, na soleira da porta, quase saindo para os degraus nevados do orfanato.

"Garotos", ela disse, usando sua melhor voz de governanta. "Entrem e vão tomar café."

Os meninos não se mexeram.

"Será que todos os machos da espécie são irritantes assim?", ela murmurou.

"Parece que sim", Temple respondeu.

"A pergunta foi retórica", ela retrucou.

"Estou vendo que vocês gostaram da carruagem, garotos", Temple continuou. "Podem ver de perto, se quiserem."

Aquelas palavras destravaram os garotos, que desceram correndo os degraus como se estivessem sendo arrastados por uma correnteza fortíssima na direção do grande veículo preto. Temple fez um sinal com a cabeça para o cocheiro, que saiu de seu posto para abrir a porta e descer a escadinha, permitindo que os garotos acessassem o interior da carruagem. Mara se distraiu com as exclamações de alegria e espanto emitidas pelo amontoado de garotos que faziam uma algazarra junto à carruagem. Ela se virou para Temple.

"Você não precisava fazer isso."

Ela não queria que ele fosse bondoso com os meninos. Não queria que os garotos confiassem nele – não quando Temple detinha os meios para encher a barriga deles e aquecer seus quartos. Ele deu de ombros enquanto observava os meninos.

"Fico feliz em proporcionar isso para eles. Imagino que eles não tenham muitas oportunidades de andar de carruagem."

"Eles não têm. E não conhecem muita coisa além de Holborn, eu receio."
"Entendo..."

Só que ele não entendia. Não mesmo. Temple havia crescido em uma das famílias mais ricas da Inglaterra, herdeiro de um dos maiores ducados da Grã-Bretanha. Ele tinha o mundo aos seus pés – clubes, escolas, cultura e política – e meia dúzia de carruagens. Mais, até. Mas, ainda assim, ela percebeu a sinceridade das palavras dele, enquanto Temple observava os garotos explorando seu meio de transporte. Ele sabia o que era estar sozinho. Estar limitado por circunstâncias além de seu próprio controle.

Mara soltou um longo suspiro. Nisso, pelo menos, eles eram iguais.

"Alteza..."

"Temple", ele a corrigiu. "Ninguém mais usa o título."

"Mas vão usar", ela insistiu, lembrando do acordo que tinham. De sua dívida. "Em breve."

Algo brilhou no olhar negro dele.

"Sim. Vão usar."

As palavras saíram pontuadas por prazer e algo mais. Algo mais frio. Mais assustador. Algo que a lembrava da promessa que ele fez na noite em que firmaram o acordo. Quando ele lhe garantiu que ela seria a última mulher à qual ele pagaria por companhia. E talvez fosse o frio ou a falta de sono, mas ela fez a pergunta sem que se desse conta.

"E o que vai acontecer?"

Ela queria poder retirar a pergunta quando Temple virou seus olhos surpresos para ela. Mara não queria ter demonstrado como estava interessada no mundo dele.

Temple esperou um bom tempo, e Mara pensou que ele não responderia. Mas ele respondeu, ao seu próprio modo. Com a verdade. Como sempre.

"Vai ser diferente."

Temple voltou sua atenção para os meninos, e apontou para Daniel.

"Quantos anos ele tem?"

Ela seguiu o olhar dele para o garoto de cabelo escuro que liderava a turma que atacava a carruagem.

"Onze", Mara respondeu.

O olhar sério de Temple encontrou o dela.

"Há quanto tempo ele está com você?"

"Desde o começo", ela respondeu, observando o garoto.

Os olhos pretos dele ficaram ainda mais escuros.

"Diga-me", ele falou, e Mara percebeu a amargura em sua voz. "Você sempre teve planos de usar aquela noite contra mim? Você reapareceu sabendo que a usaria para recuperar o dinheiro do seu irmão? Você me costurou sabendo que isso me amoleceria? Você me beijou com esse objetivo? Este é seu grande plano para recuperar tudo o que ele perdeu?"

Uma risada cacofônica a salvou de ter que responder – e lhe deu um momento para se recuperar da ideia de que ele acreditava que ela era capaz de tudo aquilo. Do desejo instantâneo de se defender. De lhe contar tudo. *Nada que você disser pode me fazer perdoar.*

Mara desviou o olhar enquanto lembrava dessas palavras, e o fixou na carruagem, onde quase vinte garotos tentavam entrar.

"Dezesseis!", alguém gritou, enquanto Henry estendia as mãos e tentava entrar na bagunça, auxiliado por Daniel que o empurrava por trás.

Mara fez menção de ir até eles. Temple a deteve com sua mão. "Deixe os garotos. Eles merecem um pouco de diversão."

"Eles vão acabar com seu estofamento", Mara avisou, virando-se para ele.

"Isso pode ser consertado."

É claro que sim. Ele era rico além da conta. Então, ela retomou a conversa.

"Eu não planejei nada disso."

Temple olhou para o céu cinzento, e sua respiração saía em pequenas nuvens de vapor.

"Ainda assim, você oferece uma troca em vez da verdade."

Ela não tinha escolha. Mas ele não sabia disso. Um vento gelado varreu a Rua Cursitor e Mara virou o corpo para se proteger. Seu vestido de lã não era páreo para o frio. Lavanda acordou, reclamando com uma fungada, e então Temple puxou Mara pelo braço, com gentileza mas com a firmeza característica de suas mãos fortes, e a protegeu do vento com seu corpo enorme. Ela resistiu ao impulso de se aninhar ao peito dele. Como ele conseguia ser tão quente?

Ele praguejou baixinho e disse:

"Sua porca vai pegar um resfriado.".

Assim que Mara estava protegida do vento, Temple a soltou, mas sua mão continuou entre eles. Mara observou aqueles dedos longos começarem a fazer carinho na bochecha macia de Lavanda, e viu a leitoa se aconchegar na carícia. Por um instante fugaz, ela imaginou a sensação que aqueles dedos provocariam em seu próprio rosto. E então percebeu que estava com ciúmes da porca. O que era inaceitável.

Mara se endireitou e o encarou com firmeza, obrigando-se a não reparar no modo como ele torcia os lábios, divertindo-se com a entrega da porca ao seu carinho.

"Por quanto tempo você vai me vigiar?"

Temple estava olhando para os garotos novamente.

"Pelo tempo que for necessário; até eu terminar com você."

As palavras foram frias e desagradáveis. Mas facilitaram a resposta dela.

"E o que eu propus?"

Temple parou de acariciar Lavanda e voltou sua atenção para Mara.

"Creio que posso extrair a informação de outro modo."

Um arrepio a estremeceu. Agitação. Medo. Outra coisa que ela não quis identificar.

"Sem dúvida que você pode. Mas eu sou mais forte do que você pensa."

"Você é exatamente tão forte quanto eu penso."

Aquela declaração pareceu encontrar eco no vento frio que açoitava as saias de Mara contra suas pernas.

"E até você conseguir o que quer", Mara redarguiu, "eu vou ser o felizardo alvo de seu olhar vigilante."

Ele sorriu com o cantinho dos lábios, mas era um sorriso desprovido de humor.

"É ótimo que você consiga ver o lado bom disso tudo."

"Se esse é o lado bom...", ela começou, e depois inspirou fundo. "Quanto essa vigilância vale para você?"

"Nada."

"O acordo não foi esse."

"Não, o acordo é que eu te pagaria pelo seu tempo. Este tempo é meu. E dos meus homens."

"E vocês vão ficar nos vigiando, como vilões."

"Você se sente melhor me colocando no papel de vilão? Isso te ajuda a se absolver de seus erros?"

As palavras foram suaves, perturbadoras e astutas demais. Mara desviou o olhar.

"Eu simplesmente prefiro que você e seus homens não assustem as crianças."

Temple olhou para a carruagem.

"É, parece que eles estão mesmo aterrorizados."

Mara acompanhou o olhar dele e notou que os meninos tinham cansado da brincadeira anterior e agora tentavam conquistar o enorme transporte. Havia sete ou oito de pé no teto da carruagem, enquanto os outros escalavam as laterais com a ajuda do vigilante sombrio e do cocheiro. Então era assim? Ele aparecia ali com seus capangas, entrava na vida dela e conquistava seus protegidos com nada além de uma bela carruagem e algumas palavras gentis. Temple mudou sua vida em apenas alguns dias – ameaçando tudo que lhe é mais caro. Tomando-lhe o controle de tudo. Mara não aceitaria isso. Ela apertou Lavanda junto ao peito e tirou a caderneta preta do bolso.

"Você já teve bastante de meu tempo por hoje, Alteza", ela disse, abrindo o caderninho. "Que tal uma coroa por esse tempo todo?"

Ele foi pego de surpresa.

"Não pedi que você viesse aqui fora."

Ela sorriu com falsidade.

"Mas ainda assim eu vim. Olha só como você tem sorte!"

"Ah, sim", ele respondeu, afastando-se dela. "Eu sempre tenho muita sorte na sua presença."

Ela bufou.

"Uma coroa, então!" Mara anotou o valor na caderneta, depois se virou para a carruagem. "Garotos!", ela chamou. "Está na hora de entrarmos."

Eles não a ouviram. Era como se ela não existisse.

"Rapazes", Temple chamou, e os meninos pararam, interrompendo imediatamente sua brincadeira. "Chega por hoje."

Os meninos desceram como se estivessem esperando exatamente aquelas palavras. É claro que sim. É claro que eles o ouviriam. Mara queria gritar. Mas preferiu voltar para casa, chegando à metade do caminho antes de perceber que Temple a seguia, como se a escolta dele fosse algo totalmente normal. Ela parou. Ele também.

"Você não foi convidado a entrar."

Ele retorceu os lábios.

"A verdade vai aparecer, Mara."

Ela fez uma careta de deboche.

"Mas não hoje."

Ele ergueu as sobrancelhas.

"Amanhã, então."

"Isso depende."

"Do quê?"

"Do quanto você vai trazer na sua carteira."

Ele riu disso, uma risada rápida, zombeteira, e ela se detestou por ter apreciado aquele som.

"Eu preciso de você amanhã à noite", Temple avisou em voz baixa. "Imagino que sejam mais dez libras pelo privilégio?"

Aquilo a perturbou – que as conversas sobre dinheiro parecessem poderosas em sua boca e insultantes na dele. Mas Mara se recusou a reconhecer como aquilo a fazia se sentir.

"É um bom começo."

Temple a observou demoradamente, com alguma inquietação em seu semblante.

Algo que ela ignorou.

Capítulo Oito

Quando Mara entrou em seu escritório, na manhã seguinte, foi para descobrir que Lydia era uma traidora. Lydia estava encarapitada na beirada de uma cadeira em frente à mesa de Mara, e travava uma conversa casual com o Duque de Lamont, como se fosse algo corriqueiro, para um homem do tamanho e da posição dele, passar seu tempo em um orfanato, e para uma governanta lhe fazer companhia. Lydia ria de tudo que ele falava, absolutamente encantada, quando Mara fechou a porta atrás de si com um baque.

Temple se levantou e Mara ignorou o calor que se espalhou por seu corpo. Era dezembro, estava horrivelmente frio e o carvão ainda não tinha sido entregue. Aquele homem não iria aquecê-la. Mara se dirigiu a Lydia.

"Estamos aceitando qualquer um, hoje em dia?"

Lydia trabalhava com Mara há tempo suficiente para não se intimidar.

"O duque observou que vocês tinham um compromisso."

"Não temos." Ela rodeou sua mesa e sentou. "Pode ir embora, Alteza. Estou bastante ocupada."

Ele não saiu. Ao contrário; Temple voltou a sentar-se em sua cadeira, transbordando na pequena peça de mobília.

"Talvez você não se lembre. Nós concordamos que eu voltaria hoje."

"Nós concordamos que você iria voltar *à noite*."

"A Srta. Baker me convidou para entrar."

"Ele estava lá fora quando eu acordei", explicou Lydia. "Está frio demais, e eu pensei que ele talvez gostaria de um chá."

Estava claro que Temple tinha afetado o cérebro de Lydia.

"Ele não quer chá."

"Que adorável, Srta. Baker! Eu aceito", Temple atalhou. Talvez nenhuma outra palavra soasse mais estranha na boca daquele homem do que *adorável*.

"Você não bebe chá", lembrou Mara.

"Estou pensando em começar."

"Vou mandar trazer", Lydia anunciou já se levantando.

"Não precisa, Srta. Baker, eu não posso beber."

"Por que não?", Lydia pareceu desconsolada.

Mara respondeu por ele.

"Porque ele receia que eu possa envená-lo."

"Ah", exclamou a garota. "Sim, eu imagino que isso seja um tanto quanto preocupante." Então ela se inclinou na direção de Temple. "Mas eu não o envenenaria, Alteza."

"Eu acredito em você", Temple respondeu com um belo sorriso.

Mara bufou seu descontentamento, encarando Lydia.

"Isso é traição!"

Lydia parecia estar se divertindo demais.

"É justo, já que nós estamos fazendo Sua Graça trabalhar hoje."

"Como é que é?", Mara não conseguiu conter a exclamação. Nem o ímpeto com que se levantou.

Temple também se pôs de pé.

"Ele se ofereceu para ajudar com os garotos."

Mara se sentou.

"Ele não pode."

Temple se sentou.

Mara olhou para ele.

"O que você está fazendo?"

Ele deu de ombros e disse:

"Um cavalheiro não fica sentando quando uma dama se levanta."

"Então agora você é um cavalheiro? Ontem mesmo você era um canalha confesso."

"Talvez eu esteja virando uma página." Ele deu um sorrisinho irônico de canto de boca. "Como a questão do chá."

Um sorriso que atraiu a atenção dela para aqueles lábios. Aqueles lábios odiosos, nos quais ela não tinha a menor intenção de pensar. *Meu Deus! Ela o beijou.* Não! Ela não iria pensar nisso. Então ela fez pouco caso dele.

"Eu duvido muito disso."

Como ele era irritante. Mara se levantou de novo. Ele também, com a paciência de sempre. Mara se sentou, sabendo que estava agindo por pura teimosia, mas não se importou.

Temple permaneceu em pé.

"Você não deveria se sentar, como cavalheiro?", ela disparou.

"A regra sobre sentar e levantar não se aplica ao contrário. Eu acho que é melhor eu ficar em pé enquanto você está... frustrada."

Mara o fulminou com o olhar.

"Posso lhe garantir, Alteza, que se você for esperar eu parar de me sentir *frustrada*, talvez nunca mais se sente."

Os olhos azuis de Lydia cintilaram com a risada que ela não soltou. Mara a fuzilou com o olhar.

"Se você rir, vou soltar Lavanda no seu quarto no meio da noite. Você vai acordar com um focinho de porco na sua cara."

A ameaça funcionou, pois Lydia se recompôs.

"Acontece que o cavalheiro ofereceu, e me ocorreu que os meninos poderiam se beneficiar da tutela de um homem."

Mara arregalou os olhos.

"Você só pode estar brincando!"

"Nem um pouco", Lydia argumentou. "Existem coisas que os garotos precisam aprender e nós não temos... conhecimento prático."

"Bobagem! Somos excelentes professoras."

Lydia pigarreou e entregou um pedaço de papel para Mara, por cima da mesa.

"Eu confisquei isto do material de leitura de Daniel, ontem à noite."

Mara desdobrou o papel para descobrir um desenho de...

"O que é...", ela virou o papel e inclinou a cabeça. Temple se debruçou sobre a mesa, perigosamente próximo dela, e virou a folha mais uma vez. E nesse momento tudo se esclareceu.

Mara dobrou o papel com eficiência militar, e sentiu um calor se espalhando pelo rosto.

"Ele é uma criança!"

"Parece que garotos de onze anos são bastante curiosos...", Lydia inclinou a cabeça.

"Bem, é completamente inadequado que *ele* satisfaça a curiosidade dos meninos." Mara apontou para Temple, recusando-se a olhar para ele. *Incapaz* de olhar para ele. "Não que ele não seja bem qualificado para servir de especialista, eu imagino."

"Vou aceitar isso como um cumprimento", Temple agradeceu, perto demais dela.

Mara se remexeu na cadeira e olhou para ele.

"Não foi essa a intenção. Eu estava apenas chamando atenção para seu comportamento libidinoso."

"Libidinoso?", ele repetiu, erguendo as sobrancelhas.

"Malandro. Devasso. Libertinoso. Canalha."

"Tenho certeza de que pelo menos uma dessas palavras não existe."

"Agora você quer o emprego de governanta?"

"Se os garotos estão aprendendo palavras como *libertinoso*, talvez seja uma boa ideia."

Mara se voltou para Lydia.

"Ele está de saída."

"Mara", Lydia intercedeu. "Ele é ideal. É um duque e, creio, recebeu educação de cavalheiro."

"Ele é um lutador, pelo amor de Deus! É dono de um antro de jogatina.

Ele não é nenhum modelo para jovens impressionáveis que precisam se tornar exemplos de cavalheirismo."

"Eu já fui muito bom nas artes cavalheirescas."

Mara olhou de atravessado para ele.

"Você, rapaz, pode até ter me enganado."

As palavras saíram antes que Mara pudesse se segurar, sabendo, no mesmo instante, que elas iriam relembrar Temple da noite que provocou toda aquela dificuldade, a noite que os encaminhou para esse momento em que ele apareceu obstinado a dominar cada aspecto de sua vida. O olhar dele ficou sombrio.

"Devo lembrá-la de que eu fui o enganado naquela noite, *Sra. MacIntyre*." A ênfase no nome falso fez com que Mara mordesse os lábios enquanto ele se dirigia a Lydia. "Estou livre hoje e fico feliz de poder orientar seus jovens protegidos em qualquer aspecto do cavalheirismo que seja necessário."

A situação estava inteiramente fora de controle. Mara não o queria ali. Tão próximo. Em qualquer lugar perto dela. Aquele homem planejava sua destruição. Ela não o queria perto de seus meninos, de sua amiga ou de sua vida. Ela não o queria. Ponto final. Não importava que ela tivesse passado boa parte da noite se revirando na cama, pensando no beijo que haviam trocado. E no modo como ele soube lidar com os garotos, permitindo que eles brincassem em sua carruagem no dia anterior.

"Como é que vocês dois não se lembram de que eu sou a diretora deste orfanato? E que eu não tenho intenção de permitir que este homem passe o dia aqui?"

"Bobagem", disse Lydia. "Você não limitaria o acesso dos garotos a um duque."

"Não é exatamente o duque mais solicitado da sociedade." As palavras saíram antes que ela se desse conta. Temple se retesou. Lydia abriu a boca, depois fechou. Então abriu de novo. E Mara se sentiu uma cretina. "Eu não quis dizer que..."

Ele a fitou no fundo dos olhos.

"É claro que não."

"Eu sei melhor que ninguém que..."

Temple não disse uma palavra. Mara virou para Lydia, procurando ajuda, mas a governanta simplesmente balançou a cabeça, com os olhos arregalados. E o sentimento de culpa se espalhou por Mara, numa onda de calor desagradável. Ela tinha de consertar o estrago. Então, se dirigiu a Temple.

"Quer dizer que você conhece as artes cavalheirescas?"

Temple a fitou por um bom tempo antes de executar uma reverência perfeita, parecendo mais ducal do que Mara jamais tinha visto.

"Eu conheço."

Uma trégua.

"E conversação adequada com senhoras?", Lydia sentia-se grata pelo fim das hostilidades, e seu olhar indicou o papel que Mara segurava. "Nós vamos precisar de um pouco disso."

"Tive poucas reclamações."

Ele era excelente em conversas, Mara não tinha dúvida. Mas Lydia continuou.

"E esporte? Acho que os esportes têm sido negligenciados na educação dos meninos há tempo demais."

Mara bufou ao ouvir isso.

"Esse homem tem o corpo de um deus grego! Acho que esporte é a única coisa que ele pode realmente ensinar."

As palavras ricochetearam pela sala, deixando todos chocados. Lydia arregalou os olhos. Temple ficou imóvel. O queixo de Mara caiu e ela ficou boquiaberta. Ela não tinha dito isso. *Um deus grego?* Era culpa dele! Temple tinha embaralhado seus pensamentos. E estava se intrometendo em todos os aspectos de sua vida – cada parte pela qual ela havia trabalhado tanto e lutado por tanto tempo. Com certeza foi isso que a fez dizer o que disse. *Um deus grego??*

Mara fechou os olhos e desejou que ele perdesse o dom da fala. Imediata e irreversivelmente.

"É óbvio que eu não quis dizer..."

"Ora... Muito obrigado!"

Em toda história da humanidade, simplesmente desejar alguma coisa já funcionou?

Ela se endireitou e continuou.

"Eu não tomaria isso como um elogio. Os deuses gregos eram uma turma bem estranha. Sempre se transformando em animais e raptando virgens."

Por Deus! Será que ela não conseguia manter a boca fechada?

"Esse não é um destino tão terrível", ele ponderou.

Lydia soltou uma risadinha. Mara a fuzilou com o olhar.

"Você acabou de lhe pedir que ensine os meninos a ser cavalheiros."

Lydia virou seus olhos enormes para Temple.

"Alteza, o senhor sabe que não pode falar com os garotos de modo tão... insinuante."

"É claro", ele concordou. "Mas você sabe que foi sua patroa que começou."

Mara quis pisar no pé dele. Mas como Temple era um gigante enorme, ela duvidou que ele sentiria alguma coisa.

"Muito bem. Então está decidido!", disse Lydia, como se estivesse mesmo. E parecia estar, apesar de Mara ser contra a coisa toda. "Você passará a manhã com os garotos, e eles vão aprender muito, não tenho dúvida." Ela se voltou para Mara, com os olhos cheios de segundas intenções, e concluiu: "E talvez, depois de passar o dia com os meninos, o senhor possa discutir com a Sra. MacIntyre uma doação caridosa para o bom trabalho que desenvolvemos aqui".

Lydia com certeza era esperta. Enquanto Mara via em Temple um inimigo perigoso, Lydia enxergava um aliado em potencial muito rico. Um homem que poderia pagar todas as contas do orfanato. Temple olhou para Lydia impressionado.

"Sua sagacidade nos negócios rivaliza com a da sua patroa."

Lydia sorriu.

"Vou aceitar isso como um cumprimento."

Ela não devia, é claro! Temple não faria uma simples doação para o orfanato. Ele também era sagaz. E a melhor chance de elas conseguirem pagar as contas era Mara continuar o que estava fazendo. Uma sensação desconfortável se apossou dela com aquele pensamento mercenário. Mas Mara ignorou esse sentimento. Aquilo era pelo bem do orfanato e pela segurança dos meninos. Aquele fim justificaria seus meios.

Lydia se levantou.

"Bem, que maravilha! Não é todo dia que um duque deixa seu título de lado para encarar o trabalho."

"Ouvi dizer que acontece com frequência nos romances", Temple comentou.

"Isto não é bem um romance", Mara retrucou. Em um romance, ela seria uma donzela perfeita e linda, com um passado tão imaculado quanto sua pele alva. E ele seria um belo duque atormentado. Bem, essa última parte até parecia com a vida real.

"Sério?", ele provocou. "Confesso que os eventos da semana passada foram estranhos o bastante para me convencer do contrário."

"É mesmo", Lydia riu.

Mara apontou para ela.

"Não comece a gostar dele."

A risada se transformou em sorriso.

"Isso vai ser difícil!"

Temple fez uma reverência. Os dois estavam flertando, e então ocorreu a Mara que se aquilo fosse um romance, ela não seria a heroína. Lydia seria. A governanta loira, bonita e gentil, com risadas vivas e belos olhos grandes – exatamente o que o duque atormentado precisava para se transformar. Mara fez uma careta. Aquilo não era um romance.

"Lydia, prepare os meninos para uma aula especial com Sua Graça", ela mandou, fitando Temple nos olhos. "Você fica aqui."

A curiosidade tomou conta da expressão de Lydia, mas ela sabia que não devia continuar ali, e saiu no mesmo instante para reunir os garotos. Depois que a porta foi fechada, Mara deu a volta na mesa para encará-lo.

"Você não precisava fazer isso."

"É muito gentil da sua parte pensar no meu bem-estar."

"Não quis sugerir que estava fazendo isso."

Ele deu um sorriso irônico.

"É o que vou inferir, mesmo assim."

Temple era perturbador. Mara podia sentir o aroma de cravo e tomilho nele – a pomada que ela passou sobre a ferida enquanto ele esperava pacientemente, enquanto ela deslizava seus dedos pela pele quente e lisa. Dali foi um pulo para a lembrança dos lábios dele sobre os seus. Mara não podia acreditar que tinha beijado Temple. E podia acreditar menos ainda que ele tinha retribuído o beijo. E ela também não podia pensar no fato de que tinha gostado. Ou que *gostar* não parecia ser uma palavra forte o suficiente para descrever como aquela carícia a fez se sentir.

Naquele momento, Temple tinha uma expressão irônica, como se pudesse ler os pensamentos que corriam pela cabeça dela. Mara pigarreou e endireitou os ombros.

"Os meninos não passam muito tempo com cavalheiros. Eles vão ficar interessados em você."

"Faz sentido", ele concordou.

"Não...", ela hesitou, à procura das palavras certas. "Não faça com que eles gostem de você."

Temple fez uma cara de quem não entendeu.

"Isso vai tornar difícil, para eles, quando você for embora e não voltar mais. Não deixe que eles se apeguem muito a você." De repente, a possibilidade de se apegar a Temple parecia bem realista.

Ele hesitou bastante antes de falar.

"É só uma manhã, Mara."

Ela aquiesceu, ignorando o modo como as palavras pairaram entre eles.

"Vou aceitar a sua palavra."

Ele bufou baixinho. Graça? Frustração?

"Como cavalheiro?", Temple perguntou finalmente. "Ou como canalha?"

"Os dois."

"Minha palavra, como cavalheiro e canalha", ele declarou.

Mara abriu a porta e se virou para Temple, indicando a saída, tentando ignorar como ele era atraente. E tentador.

"Espero que pelo uma delas funcione."

Ele saiu e Mara fechou a porta. Após vários segundos querendo ir atrás dele, ela finalmente girou a tranca e voltou para sua mesa.

Uma hora. Foi o tempo que Mara conseguiu dominar sua curiosidade antes de ser vencida e sair à procura dele. Ela encontrou Lydia de guarda no salão principal do orfanato.

"Onde eles estão?"

Lydia indicou a porta bem fechada da sala de jantar com um aceno de cabeça.

"Ele está ali com os meninos há quarenta e cinco minutos."

"Fazendo o quê?"

"Não tenho ideia."

Mara se aproximou da amiga e baixou a voz.

"Não acredito que você pediu isso a ele", sussurrou.

"Ele parece ser um homem decente", Lydia deu de ombros.

Ele era.

"Você não sabe."

Os olhos azuis de Lydia brilharam com sabedoria.

"Eu conheço homens indecentes. E você mesma disse que ele não fez o que o mundo pensa que fez." Ela hesitou, e então acrescentou: "E ele é rico o bastante para nos salvar."

Se ele soubesse que o orfanato corria perigo. *Nada que você disser pode me fazer perdoar.* Nada que ela dissesse o faria perdoar a dívida.

"...mas eles parecem estar gostando da experiência", Lydia continuava falando.

Risadas e conversa animada fluíram da sala de jantar, trazendo Mara de volta ao presente. Ela bateu na porta e a abriu, e os risos pararam no mesmo instante. Temple olhou para ela de onde estava, na cabeceira da mesa, e imediatamente se levantou quando Mara entrou. Os garotos o imitaram.

"Ah", ele disse, "Sra. MacIntyre. Estávamos terminando nossa conversa."

Ela observou cada um dos garotos, um mais sério que o outro, todos com a aparência de que tinham aprendido uma série de artes misteriosas.

"E então, está tudo bem?", ela perguntou quando seu olhar recaiu novamente em Temple.

Ele anuiu, circunspecto.

"Acredito que está sendo um sucesso."

Ela saiu da sala, prometendo deixá-los à vontade. *Essa* promessa durou duas horas inteiras, até que Mara não conseguiu mais se segurar e saiu do escritório com o pretexto de verificar a preparação do almoço, o que a conduziu através do saguão principal do orfanato, onde ela não pôde deixar de reparar na fila de meninos sérios e concentrados, junto às paredes, todos observando Temple atentamente, que estava de pé no meio do aposento, com Lavanda nos braços, e Daniel e George ao seu lado.

Mara hesitou ao chegar ao pé da escada, e no mesmo instante recuou para observar.

"Ele me deixou bravo!", George acusava. Não era a primeira vez que ele e Daniel se enfrentavam. Não seria a última.

Temple assentiu, com a atenção focada no garoto.

"E então?"

"Então eu bati nele!"

Mara ficou chocada. Agressão física não era tolerada dentro do Lar MacIntyre. Era óbvio que permitir a entrada de um pugilista no orfanato tinha sido uma péssima ideia. Ela estava entrando no saguão quando Temple perguntou:

"Por quê?"

Mara parou ao ouvir aquela pergunta estranha, que ela mesma não teria pensado em fazer. Uma pergunta que George teve dificuldade para responder. Ele encolheu os ombros e olhou para seus pés inquietos.

"Um cavalheiro olha nos olhos das pessoas com quem conversa."

George olhou para Temple.

"Porque eu queria que ele também ficasse bravo."

Temple anuiu.

"Você queria vingança."

Mesmo que o prédio desabasse naquele instante, Mara não deixaria de assistir àquela cena.

"Isso", George concordou.

"E você Daniel, aceitou isso?"

O outro garoto não hesitou.

"Não", ele respondeu, aprumando a postura.

Mara percebeu que Temple queria rir da valentia de Daniel. Mas em vez disso, ele se virou para observá-lo.

"Tem certeza? Você parece ter ficado bem nervoso depois que George te bateu."

"É claro que eu fiquei!", Daniel retrucou, como se Temple estivesse louco. "Ele me bateu! Eu estava me defendendo!"

"É o seu direito", Temple concordou. "Mas você se sente melhor agora, depois que devolveu a agressão?"

"Não...", Daniel fez uma careta.

Temple se virou para George.

"E você, se sente vingado pelo que Daniel fez antes?"

George pensou na pergunta, a cabeça inclinada enquanto observava Daniel por um bom tempo até perceber a verdade.

"Não."

Temple concordou com a cabeça.

"Por que não?"

"Porque eu continuo bravo."

"Isso mesmo. E o que mais?"

"E agora Daniel também está bravo."

"Exatamente. E Lavanda?"

Os meninos olharam para Lavanda.

"Nós não a vimos!", Daniel explicou.

"Ela apareceu do nada!", George exclamou.

"E ela quase foi vítima da briga de vocês. O que poderia ter sido muito doloroso para ela. Ou coisa pior." Os meninos estavam horrorizados. "Que essa seja a lição. Não estou dizendo para vocês não lutarem. Estou dizendo, simplesmente, que quando o fizerem, que seja por uma boa razão."

"Vingança não é uma boa razão?"

Temple ficou quieto por um bom tempo, e Mara prendeu a respiração à espera da resposta, sabendo que ele pensava em algo maior do que o motivo que tinha iniciado a luta entre os dois meninos.

"Pela experiência que eu tenho", ele disse, afinal, "a vingança nem sempre se desenvolve como esperado."

O que isso quer dizer?

Outra pausa.

"E às vezes ela termina com uma leitoa em perigo", Temple acrescentou. Os garotos sorriram e George estendeu a mão para acariciar a cabeça rosa de Lavanda, enquanto Temple continuava falando. "Agora, o mais importante! Imagino que seus punhos estejam doendo bastante."

George sacudiu a mão.

"Como você sabe disso?"

Temple mostrou a própria mão, quase do tamanho da cabeça dos garotos. Ele fechou o punho.

"Vocês deixaram o polegar por dentro." Ele abriu a mão e a fechou de novo. "Se vocês o deixarem por fora, o soco dói menos."

"Você pode nos ensinar a lutar?"

Então ele sorriu, e ela observou cada movimentos dos lábios que se abriam num riso sincero. Deus, como ele era bonito! E dali, escondida atrás da escada, ela podia olhar à vontade. Ninguém jamais saberia.

"Posso, sim. Ficaria feliz com isso".

Mara deveria detê-lo antes que tivesse de lidar com um batalhão de pugilistas bem treinados. E talvez o tivesse detido, se Temple não tivesse se virado na direção dela, encontrando imediatamente o seu olhar, o que fez o coração de Mara querer sair pela boca.

"Sra. MacIntyre", ele chamou. "Por que não se junta a nós?"

Ela ficou espiando durante uma eternidade, quieta e parada no canto. Se fosse outra mulher, talvez ele não tivesse reparado. Mas ela era Mara Lowe, e Temple tinha se conformado com a ideia de que sempre repararia nela. Que estava tomado por um sentido de percepção específico da presença dela, mesmo que desejasse o contrário. Mesmo que desconfiasse dela, que duvidasse e tivesse raiva daquela mulher. Mesmo que estivesse no local de trabalho dela, querendo que Mara lhe contasse a verdade. E assim, quando os protegidos dela lhe deram a oportunidade de trazê-la para perto, ele aproveitou, divertindo-se com o olhar de surpresa estampado no rosto de Mara quando ela percebeu que tinha sido flagrada. Ela se adiantou, esforçando-se para não mostrar que estava escutando a conversa.

"Boa tarde, cavalheiros!"

Eles olharam para ela como pequenos soldados de brinquedo e executaram uma reverência perfeita.

"Boa tarde, Sra. MacIntyre", eles entoaram em uníssono.

Mara se aproximou.

"Minha nossa! Que belo cumprimento!"

Ela amava os meninos; isso era mais do que evidente. Uma visão invadiu os pensamentos de Temple: Mara, sorrindo para uma fileira de garotos nos amplos jardins de Whitefawn Abbey. Uma fila de garotos de olhos pretos e cabelos escuros, cada um mais feliz que o outro. Garotos dele. A *Mara dele.*

Temple balançou a cabeça e voltou a se concentrar na situação em mãos.

"Sra. MacIntyre, os meninos pediram uma aula de luta, e eu me perguntei se você não gostaria de ajudar."

Ela arregalou os olhos.

"Eu não saberia por onde começar."

A mulher carregava uma faca para se proteger. Temple era capaz de apostar tudo o que possuía que ela sabia muito bem por onde começar.

"Mais um motivo para você aprender", ele insistiu.

Os garotos, que permaneceram quietos até esse momento, começaram a protestar.

"Ela não pode aprender; é uma garota!", exclamou um deles.

"Isso!", outro chiou, "Garotas aprendem coisas como dança. E costura."

A ideia de Mara Lowe costurando qualquer coisa que não um ferimento de faca era risível.

"Ela pode aprender", George ponderou, "mas não precisa. Garotas não têm que lutar."

Temple não gostou da lembrança que lhe assaltou, rápida e forte, de Mara encurralada em uma rua de Mayfair por dois animais muito mais fortes que ela. Ele a queria em segurança. Protegida. E poderia lhe fornecer as ferramentas que a manteriam assim.

"Em primeiro lugar, cavalheiros não se referem a damas como garotas", observou Temple. "Em segundo, vocês todos vão aprender a dançar logo, logo, eu imagino." Isso extraiu um coro de gemidos dos alunos. "E terceiro, todo mundo, homem ou mulher, deve estar preparado para se defender." Ele se virou para Mara, estendendo a mão. "Sra. MacIntyre?"

Ela hesitou, estudando a mão dele demoradamente antes de tomar sua decisão e se aproximar, deslizando seus dedos pelos dele. De novo, ela não usava luvas, e nesse instante ela desejou que Temple também estivesse sem as suas. Talvez aquilo não fosse uma boa ideia. Temple queria perturbá-la, expô-la. Mas não esperava que seria ele a ficar perturbado. Mas assim eram as coisas com Mara Lowe.

Ele a virou de frente para os meninos e envolveu a mão dela com a sua, ajustando a a posição dos dedos, até formar um punho perfeito. Enquanto demonstrava, ele também falava, tentando ignorar a proximidade dela.

"Procurem manter os músculos relaxados ao fechar a mão. Não é o fato de estar muito apertado que vai machucar o oponente, mas a força. Quanto mais vocês apertarem, mais o soco vai machucar vocês."

Os garotos concordavam com a cabeça, olhavam, fechavam as mãos em punhos e agitavam os braços. Mara, não. Ela mantinha os punhos erguidos como uma lutadora – perto do rosto, como se alguém pudesse atacá-la a qualquer instante. Ela o encarou, concentrada nele. Fazendo a temperatura subir. Temple se virou para os garotos.

"Lembrem-se disso, rapazes: quanto mais bravos estiverem, tanto mais provável que vocês serão derrotados."

Daniel parou de lutar com sua sombra e franziu o cenho, confuso.

"Se eu não devo lutar quando estou bravo, por que lutar, então?"

Uma excelente pergunta.

"Defesa."

"Se alguém te bater primeiro", um dos outros garotos arriscou.

"Mas por que alguém bateria em você primeiro?", retrucou George. "A não ser que a pessoa esteja brava e desobedeça as regras."

"Talvez a pessoa não tenha educação", sugeriu Daniel, e todos riram.

"Ou pode ser que não tenha um bom treinamento", Temple acrescentou, sorrindo.

"Ou pode estar machucando alguém de quem você goste", Henry sugeriu. "Eu bateria em alguém que machucasse a Lavanda."

Os garotos concordaram.

"Proteção." Os nós dos dedos de Temple ainda doíam da noite em que Mara foi atacada. Ele olhou para ela, grato por Mara estar bem. "Essa é a melhor razão para se lutar."

Ele percebeu que as faces dela ficaram coradas, e gostou do que viu.

"Ou, talvez, a pessoa tenha cometido um erro", ela disse.

O que isso queria dizer? Havia algo ali, naqueles olhos lindos e estranhos. Arrependimento? Seria possível?

"Que mais, Alteza?" Os garotos recuperaram sua atenção.

Temple fechou as mãos e manteve os punhos na altura do rosto.

"Protejam sempre a cabeça. Mesmo quando estiverem desferindo um soco." Ele adiantou a perna esquerda. "O braço esquerdo e a perna esquerda devem ficar à frente. Joelhos flexionados."

Os garotos se puseram em posição e ele começou a inspecionar um por um, ajeitando um ombro aqui, um punho ali. Lembrando-os de manter os joelhos flexionados e os pés a postos. Depois que terminou com o último dos garotos, Temple se voltou para Mara, que permanecia com os punhos elevados, esperando por ele. Como se estivessem em constante combate. E estavam.

"É mais difícil com as mulheres", ele disse ao se aproximar dela, com a voz suave, "porque não posso ver suas pernas." E o que ele não daria para ver as pernas de Mara. Ele se a rodeou e pôs as mãos perto dos ombros dela.

"Posso?"

Ela concordou com a cabeça.

"Pode."

Havia duas dúzias de garotos atentos a eles, todos bancando os protetores de Mara. Tocá-la, naquela situação, não deveria parecer ilícito, e ainda assim o contato fez seu sangue ferver. Temple a balançou para frente e para trás, deslizou um joelho para frente, para testar a extensão do passo de Mara, e o vestido dela roçando na perna de sua calça foi suficiente para deixá-lo com a boca seca. Ele estava perto o bastante para ouvir a respiração apressada dela, para sentir seu perfume – um leve aroma cítrico, mesmo em dezembro, quando só os londrinos mais ricos tinham limões. Se ela fosse dele, Temple encheria a casa com limoeiros. *Se ela fosse dele?* Que bobagem! Ela era alta, esguia e linda, e ele desejaria qualquer mulher igual a ela que estivesse tão próxima. *Mentira.*

Ele se afastou.

"Mantenha os punhos altos e a cabeça baixa. Lembre que um homem luta a partir dos ombros."

"E a mulher?", ela perguntou. "Luta de algum outro lugar?"

Temple a encarou e viu aqueles olhos acesos com bom humor. Ela estava gracejando? A ideia era estranha e não combinava com o passado deles, mas aqueles olhos, um azul e o outro verde, cintilavam. Ela estava *mesmo* gracejando com ele.

"A minha experiência diz que as mulheres lutam sujo."

Ela sorriu.

"Bobagem. Nós apenas lutamos com o coração."

Ele acreditou nisso a respeito de Mara. Sem dúvida. Aquela era uma mulher que lutava pelo que queria, e por aqueles em quem ela acreditava. Ela lutaria por aqueles meninos e – ao que tudo indicava – por seu irmão, apesar do sujeito ser absolutamente desprezível. Mas ela lutava com firmeza, e havia honra nisso. Temple se perguntou como seria ter Mara lutando por ele. *Seria incomparável.*

Ele afastou o pensamento e voltou sua atenção para os garotos, mesmo sem conseguir parar de tocá-la. Ele ajustou a posição da cabeça de Mara, fazendo parecer algo estritamente profissional, mesmo que o toque o deixasse completamente arrepiado.

"Mantenha a cabeça inclinada para frente." O cabelo dela foi sempre assim tão macio?

"Não levante o queixo, ou correrá o risco de ser acertada aqui..." Ele roçou os nós dos dedos sob o queixo dela, onde a pele macia o tentou como um delicioso doce. "E aqui." Os dedos fechados desceram pelo pescoço de Mara, chegando onde o pulso dela batia forte e firme sob seu toque.

Ela inspirou fundo, e Temple percebeu que ela sentia o mesmo. O prazer. A vontade. Quem era aquela mulher? O que eles estavam fazendo um com o outro?

Com dificuldade, Temple se afastou dela. Ergueu a voz. Falou com os meninos.

"O golpe não vem do braço. Ele vem do corpo. Das suas pernas. Seus braços são meros mensageiros." Ele deu um soco no ar e os meninos exclamaram:

"Nossa! Isso foi rápido!"

"Você deve ser o homem mais forte do mundo!"

"Agora experimentem vocês", Temple propôs.

Os garotos ficaram empolgados de socar o ar, enquanto saltavam para frente e para trás em seus pés agora ágeis. Temple observou os meninos durante um bom tempo, demorando-se no mais velho – Daniel. O garoto sério, de cabelo escuro, estava concentrado em seus *jabs*, ansioso para obter a aprovação de Temple, e havia algo de familiar nele. Algo que Temple reconhecia como parecido com si próprio. Cabelo escuro. Olhos intensos. Onze anos de idade. O garoto tinha olhos azuis, mas fora isso ele era a cara de Temple. *Os olhos eram azuis como o de Mara.* Ela disse que o menino estava com ela desde sempre. Temple entendeu que isso significava desde o nascimento. Desde que Mara deu à luz? Será que aquele garoto era seu filho? Se fosse, por que ela o escondeu de Temple por tanto tempo? Ela não sabia que ele os teria acolhido? Protegido? Ele teria casado com ela. No mesmo instante. *Eles teriam formado uma família.* O pensamento tinha mais poder do que Temple podia imaginar, e veio com imagens de cafés da manhã e jantares e ocasiões felizes cheias de risos e alegria. E Daniel não estava sozinho. Ele tinha irmãos e irmãs, todos com cabelos escuros e olhos da cor do verão. Verdes e azuis. E eles eram felizes. *Felicidade era uma coisa estranha e fugaz.* Mas, naquele momento, sua família misteriosa e perdida estava feliz.

O som dos garotos praticando boxe fez sua atenção voltar ao presente. Ele conseguiria suas respostas de Mara Lowe. Mas aquele não era o momento.

"Vocês estão se saindo muito bem, cavalheiros."

Ele e Mara ficaram lado a lado por longos minutos, observando seus protegidos, antes de ela dizer, em voz baixa:

"Não é de admirar que você nunca tenha sido derrotado."

Ele ergueu um ombro. Em seguida o encolheu.

"Isso é o que eu faço. É quem eu sou." Foi a única coisa que ele fez bem durante doze anos.

"Eu não acredito nisso, você sabe."

Temple se virou para ela, procurando seu olhar, gostando do modo como ela olhava para ele. Do modo como ela se concentrava nele. Desejou que estivessem a sós. Queria dizer uma dúzia de coisas. Fazer perguntas. Mas ele se conformou com:

"Experimente você."

Ela ergueu os punhos e fez os movimentos no espaço entre eles.

Temple balançou a cabeça.

"Não." Ele bateu no peito. "Em mim."

Ela arregalou os olhos.

"Você quer que eu te acerte?"

Ele aquiesceu.

"É o único modo de saber se você está fazendo corretamente."

Foi a vez dela balançar a cabeça.

"Não." Ela baixou os punhos. "Não."

"Por que não?"

Mara baixou os olhos e ele admirou as delicadas sardas espalhadas por seu rosto. Como não tinha reparado nelas ainda? Ele tentou usar o bom humor.

"Tenho certeza que você gosta da ideia de me machucar um pouco."

Ela ficou quieta por um bom tempo, e a mão dele coçou, com vontade de segurar o rosto dela e o virar para si. Em vez disso, ele se conformou em sussurrar.

"Sra. MacIntyre?"

Ela balançou a cabeça, mas não olhou para ele quando falou.

"Eu não desejo te machucar."

De todas as palavras que ela poderia ter dito, aquelas eram as mais chocantes. Eram mentira. Tinham de ser. Afinal, eles eram inimigos, reunidos por um interesse mútuo. Vingança em troca de dinheiro. É claro que ela queria machucá-lo. Se não, por que esconder tanto dele? A mentira deveria ter deixado Temple bravo. Mas, de algum modo, ela despertou algo parecido com esperança. Ele também não gostou disso.

"Olhe para mim."

Mara olhou, e ele enxergou sinceridade ali. Se ela não queria machucá-lo, o que eles estavam fazendo? Qual era o jogo que estavam jogando?

Temple deu um passo na direção dela, pegou seu punho e o puxou em sua própria direção, até parar, leve como pena, em seu peito, um pouco à esquerda do centro. Ela tentou puxar a mão, mas ele não deixou, e ela terminou o soco falso do único modo que podia: aproximando-se, abrindo a mão e a apoiando, espalmada, sobre o peito dele.

Mara balançou a cabeça e repetiu:

"Não...".

O toque foi escandaloso naquela sala, em plena vista de todos aqueles meninos, mas Temple não se importou. Ele não pensou em mais nada além do calor daquela mão. Da maciez daquele toque. Da honestidade que trazia. Quando foi a última vez que uma mulher tocou nele com tanta honestidade? Aquela mulher estava acabando com ele. Temple quase a puxou para seus braços e a beijou até que lhe contasse tudo. A verdade sobre aquela noite doze anos atrás, o que ela provocou e como tinham chegado àquela situação. Àquele momento. Àquele lugar. E para onde estavam indo. Ele baixou a cabeça. Mara estava a poucos centímetros de distância. Menos.

Ela pigarreou.

"Alteza, tenho certeza de que não se importará se eu mandar os garotos se arrumarem. Está quase na hora do almoço."

Ele a soltou como se Mara estivesse em chamas. Meu Deus! Ele quase a... na frente de duas dúzias de crianças.

"De modo algum, nós terminamos por hoje, eu acredito."

Ela se virou para os meninos.

"Espero que todos se lembrem da lição do duque. Cavalheiros não começam lutas."

"Nós apenas as terminamos!", George anunciou e os garotos se dispersaram no mesmo instante, cada um para seu lado – menos o pequeno Henry, que foi até Lavanda, aos pés de Temple. Grato pela distração, Temple se abaixou e pegou a porca.

"Receio que não. Lavanda continua comigo."

Henry apertou os lábios ao ouvir isso.

"Nenhum de nós pode ficar com a Lavanda", ele observou. "A Sra. MacIntyre não gosta."

Temple olhou para Mara por sobre a cabeça loira de Henry.

"Bem, a Sra. MacIntyre pode ralhar comigo, então."

Henry pareceu aprovar esse plano e correu na direção do almoço. Temple se endireitou e encarou Mara, que parecia tão agitada quanto ele se sentia.

"Ele está certo, sabe. A regra é: nada de usar Lavanda como prêmio ou recompensa."

"Quem fez a regra?"

"Eu", Mara respondeu, estendendo as mãos para pegar a leitoa.

Temple recuou um passo, saindo de alcance.

"Bem, pelas minhas regras, eu a resgatei. Portanto, ela é minha."

"Ah! As regras dos canalhas."

"Você não vê problema em usá-las quando lhe é conveniente", ele observou.

Ela sorriu.

"Sou absolutamente legalista no que diz respeito a Lavanda."

Ele se aproximou, então, e baixou a voz.

"Então você é do pior tipo de canalha."

"Como?" Mara ergueu uma sobrancelha.

"Você veste a carapuça só quando lhe convém. Falta convicção a você."

Ele estava muito perto e pairava sobre ela.

"Você está querendo me intimidar, para que eu concorde com você?"

"Está funcionando?"

Mara engoliu em seco e ele resistiu ao impulso de tocar-lhe o pescoço.

"Não."

"Os homens tremem à mera menção do meu nome, sabia?"

Ela riu.

"Se te vissem agora, embalando uma porquinha, talvez perdessem o medo."

Ele olhou para Lavanda dormindo em seus braços e não conseguiu segurar uma risada suave. Aquele som fez Mara se retesar, e então ela pigarreou. Temple a fitou nos olhos. Ela estava totalmente alerta à presença dele. Assim como ele estava atento a ela.

"Você falou sério quando disse que vingança não valia a pena?"

Ele ergueu uma sobrancelha.

"Eu não disse isso."

"Você disse que raramente ela se desenvolve conforme esperado."

"O que é verdade", ele concordou, "mas isso não significa que ela nunca se desenvolva como o esperado." Ele tinha de acreditar nisso.

Mara olhou para frente, detendo-se na covinha do queixo dele.

"Onde esta vingança termina?"

Eu não sei. Ele não admitiria isso.

"Ela termina quando eu virar um duque novamente. Com direito a tudo o que me foi prometido quando eu era criança. Com a vida para a qual fui criado. Com uma esposa." Ele ignorou que pensava em um par de olhos peculiares. "Um filho." Com cabelo escuro. "Um legado."

Mara olhou para ele, então.

"E o que acontece comigo?"

Temple refletiu por um bom tempo e imaginou os dois como pessoas diferentes. Ele um homem diferente, ela uma mulher diferente. Imaginou que os dois tivessem se conhecido em circunstâncias diferentes. Ela possuía tantas qualidades – era corajosa, forte e profundamente leal a seus meninos. Àquela vida que tinha construído. *Ela não era problema dele* – Temple desejou que isso não estivesse se tornando tão difícil de acreditar. Ele levou a mão ao rosto dela e o inclinou para si.

"Eu não sei", ele disse a verdade. "Eu não deveria ter vindo aqui hoje."

"E por que veio?"

"Porque eu queria ver você no seu espaço. Eu queria conhecer seus garotos."

"Com que finalidade?"

Ele não tinha resposta para isso. Ele não deveria querer conhecê-la melhor. Compreendê-la. Mas Temple não conseguia evitar. Talvez porque estivessem ligados para sempre. Talvez porque ela tinha moldado a vida dele, de certo modo. Talvez porque ele desejasse compreendê-la. Mas ele não esperava começar a gostar dela. E, definitivamente, ele não esperava desejá-la tanto. Sabendo que não conseguiria dizer nada disso para ela, Temple escolheu outro caminho – distraí-la – e encurtou a distância entre eles e a beijou.

Mara se rendeu ao beijo, os lábios dela eram uma promessa tênue, tão leves e doces que Temple se perguntou se aquilo podia mesmo ser chamado de beijo. Era mais uma provocação. Uma tentação que o surpreendeu com seu poder. Com o modo como ele a queria. O mesmo modo que ela também o queria. Mara suspirou de encontro a seus lábios, e era exatamente isso que ele estava esperando. Ela lhe ofereceu passagem; ele aceitou. No momento em que os lábios dela se entreabriram, ele os capturou, aprofundando o carinho, e sua mão deslizou da face dela para o pescoço, e depois desceu pelas costas para envolvê-la pela cintura e puxá-la para perto. O suspiro dela foi a satisfação dele, um gemido profundo e primitivo que o surpreendeu. Ela testou o controle dele mais de uma vez. E ele gostou. Então, Temple passou a língua pelo lábio inferior de Mara enquanto ela enfiava as mãos nos seus cabelo, colando seu corpo ao dele, como se não houvesse mais nada no mundo que ela quisesse, a não ser estar ali. Como se ela não tivesse medo dele. Temple a apertou ainda mais contra seu corpo, querendo imergir na coragem dela, querendo bloquear tudo que os dois tinham sido e ainda seriam, vivendo apenas aquele momento. Com aquela mulher que parecia querer o mesmo.

Foi quando Lavanda reclamou. A leitoa soltou um guincho desesperado e começou a se debater no espaço que ocupava entre eles, querendo ser solta ou devolvida ao seu estado anterior de soneca despreocupada. Mara e Temple se afastaram, e ela levou a mão à garganta, enquanto ele tentava evitar que Lavanda saltasse para sua morte. Ele colocou a porca no chão e ela saiu correndo, deixando os dois a sós no vestíbulo, sem fôlego, entreolhando-se sem saber se fugiam ou se jogavam-se nos braços um do outro. Ele não iria fugir.

Em vez disso, Temple se aproximou dela de novo com dois passos largos e a ergueu – adorando sentir o peso dela em seus braços, o modo como seus músculos se agrupavam e se contraíam para levantá-la. O modo como serviam a um novo propósito, infinitamente mais valioso. Ele tomou aquela boca outra vez, rápido e decidido, e sentiu ali uma frustração – que ele reconheceu porque refletia a sua própria. Jesus! Ele não podia ficar.

Ele a colocou no chão tão rápido quanto a ergueu, deixando-a desequilibrada, e então pegou o rosto dela entre as mãos e a encarou no fundo dos olhos.

"Você é um problema", ele disse antes de pontuar essa declaração com mais um beijo firme e se afastar dela.

Mara levou a mão aos lábios, e Temple assistiu ao movimento com desespero, adorando o modo como aqueles belos dedos pressionaram a carne inchada. Desejando que eles dois fossem outras pessoas, em qualquer outro lugar. Mas querer não é poder.

Temple se virou para sair. Sabendo que tinha de fazê-lo, pois não confiava em si mesmo para permanecer. Ela falou às suas costas.

"Você nos acompanha no almoço?"

"Não, obrigado", ele respondeu. "Minha manhã está completa." Completa demais. Ele não deveria ter tocado nela. Mara era sua ruína. Sua vingança.
Por que ele não conseguia se lembrar disso?
"Você parece faminto."
Ele quase riu. Ele nunca esteve tão faminto em sua vida.
"Estou bem."
"Ainda tem medo de que eu possa te envenenar?"
Ele inclinou a cabeça e aproveitou a desculpa.
"O seguro morreu de velho."
Ela sorriu. E ele gostou do sorriso. Demais.
Ele precisava parar com aquilo. E então disse a única coisa que sabia ter esse poder.
"Mara."
Ela o fitou, tentando não notar como ele era atraente. Tentador.
"Sim?"
"Naquela noite. Nós fizemos amor?"
Ela arregalou os olhos. Chocada. Mara estava esperando dezenas de perguntas, mas não isso. Não um lembrete do passado. Ou do acordo.
Ela se recuperou rapidamente – o bastante para que ele a admirasse.
"Você decidiu perdoar a dívida do meu irmão?"
E assim eles estavam em terreno sólido mais uma vez. Ainda bem.
"Não."
"Então eu receio não conseguir me lembrar."
"Bem", ele se voltou para a porta e pegou o sobretudo no gancho ao lado. "Eu sei bem como é isso."
Temple já estava com a mão na maçaneta quando ela falou.
"Mais duas libras, mesmo assim."
Ele olhou para trás, sentindo como se tivessem lhe jogado um balde de água fria.
"Pelo quê?"
Ela se empertigou onde estava.
"Pelo beijo."
Temple não estava pensando no acordo quando a beijou, e apostaria tudo o que possuía que ela também não. A discussão monetária tornou o momento vulgar e desagradável, e ele odiou que Mara os tivesse rebaixado novamente a esse nível.
"Duas libras parecem de bom tamanho." Ela não precisava saber que ele pagaria duzentas por outro momento como aquele. Duas mil. "Vejo você à noite." Ele abriu a porta e acrescentou: "Vista o que vier hoje de Madame Hebert".

Capítulo Nove

"Você não devia lutar com ele."

Temple estava amarrando as botas e nem ergueu os olhos.

"É um pouco tarde para isso, não acha? Metade do clube está em volta do ringue."

O Marquês de Bourne, o amigo mais antigo de Temple e coproprietário do Anjo Caído, encostou-se na parede ao lado da porta que dava acesso ao ringue de boxe, enquanto observava Temple se preparar para a luta.

"Não foi o que eu quis dizer e você sabe disso. Você pode lutar o quanto quiser hoje à noite – e se eu gostasse de apostar, arriscaria vinte libras no nocaute de Drake no primeiro minuto." Bourne apontou para a mesa de centro da sala. "Mas você não devia aceitar o desafio de Lowe."

Temple olhou para a lista de nomes ali. *Christopher Lowe* estava no topo, onde permanecia há semanas. Chamando-o. Tentando-o. Desafiando-o a aceitar. Era evidente que Mara não havia contado ao irmão que tinha um acordo com o Duque Assassino, que ela estava providenciando a restituição do dinheiro deles. Era isso ou então Christopher queria salvar a irmã da ruína – mas Temple não conseguia imaginar que a reputação da irmã tivesse algo a ver com os planos do jovem. Que o diabo o carregasse se ele dissesse que não queria aquela luta mais do que qualquer outra. Christopher merecia uma boa surra.

"Seria a luta do ano", Temple redarguiu. "O Anjo ganharia uma montanha indecorosa de dinheiro."

"Não me importa se o Rei e sua guarda real viessem até aqui, e ele apostasse as joias da coroa na luta. Você não deve lutar com Christopher Lowe."

Temple se alongou com a tira de couro que pendia do teto de seu escritório, deixando o peso de seu corpo relaxar a musculatura de seus ombros, preparando-se para o que viria. Em meia hora ele entraria no ringue para lutar, e cada homem na plateia lutaria junto. Alguns lutariam ao seu lado, enxergando-se no duque caído que, apesar da vergonha, da ruína e do ódio, era o rei ali. Mas a maioria lutaria ao lado de seu oponente – Davi contra o Temple Golias. Eles, também, sabiam como era perder para o Anjo. E por mais que paguem suas apostas e se deleitem no brilho das mesas no andar de cima, uma pequena parte deles deseja a ruína do clube.

"É o jogo", Temple disse, fingindo não se importar com o que dizia. "É para isso que eles vêm. É o que concordamos em oferecer a eles."

"Bobagem", Bourne rebateu. "Nós concordamos em tomar o dinheiro desses vagabundos em troca de uma luta para eles assistirem. Nós não concordamos em colocar nossa vida no espetáculo. E seria isso que você estaria fazendo." Ele se desencostou da parede e se aproximou de Temple, pegando o arquivo de Lowe sobre a mesa. "Não seria uma luta. Seria um tiro no pé. Todos pensariam que Lowe está finalmente tendo uma chance de se vingar pela morte da irmã. Se você estiver mesmo pensando em lutar com ele, pelo menos espere até que a vagabunda seja revelada. Então todos vão ficar do seu lado."

Temple apertou o maxilar ao ouvir a referência indesejável a Mara.

"Não me importa do lado de quem eles estejam."

"Que mentira!" Bourne deu uma risada forçada e passou a mão pelo cabelo. "Eu sei melhor do que ninguém o que você quer que eles pensem de você."

Como Temple não respondeu, Bourne continuou.

"Hoje eu dei uma olhada no arquivo do Lowe. Ele perdeu tudo que não estava preso por nascimento, e uma boa quantia de dinheiro que ele ganhou não sei como. Estou surpreso que Chase não tenha mandado Bruno ir tirar a roupa do corpo dele. Casas, cavalos, carruagens, empresas. Um maldito aparelho de chá de prata! Para que nós precisamos disso?"

Temple sorriu, irônico, enquanto enrolava outra faixa comprida em sua mão.

"Algumas pessoas gostam de chá."

Bourne olhou com desdém e jogou o arquivo sobre a mesa.

"Christopher Lowe é o homem mais azarado da Inglaterra, e ou ele não percebe isso ou não dá a mínima. Seja como for, seu falecido pai deve estar se revirando no túmulo e tentando fazer um pacto com o diabo para poder se levantar e matar ele mesmo esse garoto estúpido."

"Você incomodado porque um homem perdeu tudo nas mesas? É irônico."

Os olhos de Bourne faiscaram de irritação.

"Eu posso ter perdido tudo, mas recuperei. Dez vezes. Mais, até."

"A vingança funcionou bem para você."

Bourne respondeu com uma expressão nada amistosa.

"Eu passei uma década sonhando com vingança, me convencendo de que não havia nada no mundo que me traria mais satisfação do que destruir o homem que roubou minha herança."

Temple olhou surpreso para o amigo.

"E foi exatamente o que você fez!"

Bourne respondeu com suavidade, mas bem sério.

"E eu quase perdi a única coisa que realmente importava."

Temple resmungou e estendeu as mãos para a tira de couro pendurada no teto da sala, que usou para se alongar.

"Se os homens no salão ao lado soubessem como você e Cross ficam moles toda vez que falam das esposas, o Anjo perderia todo o poder."

"Enquanto nós conversamos, minha mulher me espera, terna e afetuosa. Por mim, os homens no salão podem se enforcar." Ele fez uma pausa, então acrescentou, "Vingança era meu objetivo, Temple. Nunca foi o seu."

Temple sustentou o olhar do amigo.

"Os objetivos mudam", retrucou.

"Sem dúvida. Mas esteja preparado. A vingança é fria e calculista. Faz do homem um canalha. Eu sei o que digo."

"Eu já sou um canalha", Temple fez pouco caso.

Bourne sorriu, com um ar zombeteiro.

"Ah, você é um gatinho mimado!"

"Acha mesmo? Venha me dizer isso no ringue."

Bourne ignorou a ameaça.

"Isso não vai terminar do jeito que você pensa."

Iria terminar exatamente do jeito que Temple pensava. Mara podia ter sido a arquiteta da sua ruína, mas o irmão a ajudou – chorando e se lamentando e inventando acusações para fazer o mundo todo, incluindo ele próprio, acreditar em sua culpa, que o duque realmente era um assassino. Temple lembrou-se de um episódio: estava na rua, cinco anos atrás, em plena luz do dia, com toda Londres lhe dando passagem. Ninguém queria topar com o Duque Assassino. Ninguém desejava incitar sua fúria. Christopher Lowe saía de um pub com seus amigos debochados e na calçada trombou com Temple que, depois de tanto sem ter contato físico com algo que não fosse suscitado pela violência e pelo medo, estremeceu com o contato.

Lowe olhou para ele, bêbado e arrastando as palavras, falando alto para entreter os amigos.

"O assassino da minha irmã à luz do dia! Que surpresa", Lowe falou então.

O bando de idiotas bêbados riu, e Temple ficou paralisado, acreditando na ira de Lowe. Acreditando que a merecia. *Acreditando que era mesmo um assassino.*

Então olhou para Bourne.

"*Ela* me roubou doze anos, mas *ele* ajudou."

"E os dois devem sofrer. Deus sabe que ele merece uma surra e, sim, você vai sentir que teve sua vingança. E depois vai desfilar a mulher por toda Londres na segunda parte de seu plano maligno, e ela será arruinada e você será recebido de braços abertos e perseguido por mães à procura de casamento para suas filhas. Mas vai continuar com raiva."

Vingança nem sempre se desenvolve como esperado. A lição que ele ensinou aos garotos. E que ele sabia ser verdadeira. Ele sabia que a vingança não poderia ser desfeita. Que ela o marcaria para sempre. Que ela o mudaria para sempre.

Bourne se sentou em uma cadeira baixa de couro.

"Só estou dizendo que você tem tudo o que quer. Dinheiro, poder, um título – que está ficando empoeirado pela falta de uso, mas que é seu de qualquer modo. E não vamos nos esquecer de Whitefawn. Você pode não ir até lá, mas só essa propriedade já te rendeu uma fortuna. Você tem sido um administrador melhor do que seu pai jamais foi. Você pode ter tudo isso. Volte à Sociedade. Encontre uma moça tímida. As tímidas adoram os canalhas."

Bourne tinha razão. Temple poderia reaver tudo. Fortuna e um título manchado eram mais do que a maioria dos homens tinha. Alguém o aceitaria. Mas a raiva era uma senhora ardilosa.

"Eu não quero uma moça tímida."

"O que você quer, então?"

Ele queria alguém que tivesse paixão. Orgulho.

Temple fitou o amigo nos olhos.

"Eu quero meu nome."

"Lowe não pode lhe dar isso. E perder para você no ringue só vai fazer dele um mártir." Temple ficou quieto por um longo momento antes de concordar. Ele queria encerrar a conversa. Bourne acrescentou: "E a garota?"

Ele viu a imagem de Mara, cabelo ruivo solto, aqueles olhos exóticos e atraentes faiscando. Sem nunca usar luvas. Por que ele reparou nisso? *Por que ele se importava?* Não se importava.

"Nós temos uma dívida para acertar."

"Sem dúvida."

"Ela me drogou."

Bourne não entendeu.

"Mas isso foi muito tempo atrás."

Temple balançou a cabeça negativamente.

"E também na noite em que se revelou para mim."

Uma fração de segundo transcorreu enquanto Bourne assimilava as palavras. Temple rilhou os dentes, sabendo o que viria. Desejando não ter dito nada. Bourne soltou uma gargalhada.

"Não!"

Temple saltitou na ponta dos pés e saltou uma, duas vezes, se balançando no ar. Fingindo não estar furioso com a verdade.

"Sim."

A gargalhada virou uma trovoada.

"Ah, espere até os outros ouvirem isso! O grande e invencível Temple... drogado por uma governanta. Onde?"

"Na minha casa." Onde ela o beijou. Onde ele quase quis mais.
"Em sua própria casa?!", Bourne exultou.
Maldição. Temple armou uma carranca.
"Saia!"
Bourne cruzou os braços sobre o peito.
"Ah, não! Ainda não terminei de me divertir com isso."
Uma batida forte na porta chamou a atenção deles, e os dois olharam para o relógio. Ainda era cedo para começar a luta.
"Entre", Temple exclamou.
A porta foi aberta, revelando Asriel, funcionário de Temple e segundo em comando na segurança do Anjo. Ele não deu atenção a Bourne, e olhou diretamente para Temple.
"A mulher que você convidou."
Mara. Temple se sentiu incomodado com a emoção que percorreu seu corpo quando pensou nela.
"Traga-a." Ele esperou que Asriel saísse e então se dirigiu a Bourne. "Pensei que você estivesse de saída."
Bourne se levantou, mas em seguida se sentou em uma cadeira mais próxima, estendendo as pernas e cruzando os tornozelos.
"Acho que vou ficar para assistir o próximo ato", ele disse, divertindo-se. "Afinal, eu não quero que a mulher tente te matar de novo. Você pode precisar de proteção."
"Se não tomar cuidado, é você quem logo, logo vai precisar de proteção."
A porta se abriu antes que Bourne pudesse retrucar, e Mara entrou nos aposentos de Temple. Ela vestia uma enorme capa preta, com o capuz sobre a cabeça, cobrindo-lhe até a testa, mas ele a reconheceu assim mesmo. Ela era alta e muito bem feita – toda de curvas suaves e belas. Uma mulher pela qual Temple se sentiria naturalmente atraído se ela não fosse a encarnação do diabo. E aquela boca... carnuda, tentadora e feita para o pecado. Ele não deveria ter provado daquele encanto. Isso só serviu para fazer com que ele quisesse mais.
Mara empurrou o capuz para trás, mostrando-se, e seus olhos grandes imediatamente buscaram os dele. Temple registrou o nervosismo no olhar dela – a incerteza – e odiou tudo isso quando ela se aproximou de onde Bourne estava, a cerca de dois metros. De repente, fosse por causa da ansiedade pela luta que se aproximava, ou outra emoção muito mais perigosa, Temple sentiu vontade de bater em Bourne. Com força. Tinha de ser a proximidade da luta, porque não podia ser por causa de Mara. Ele não ligava para quem ela olhava. Quem olhava para ela. Na verdade, seu plano consistia justamente em fazer toda Londres olhar para ela.

Bourne não se levantou – uma mostra deliberada de desrespeito que enfureceu Temple.

"Eu sou..."

"Eu sei quem você é", Mara o interrompeu, sem usar o título de Bourne nem o honorífico que lhe era devido. Uma mostra equivalente de desrespeito. "Toda Londres sabe quem você é." Então se virou para Temple. "O que é isso? Você me pediu para vir e assistir enquanto brutaliza algum pobre coitado?"

As palavras não foram agradáveis. Ela estava de volta, forte como aço, mas ele não recuou, sabendo que ela falava assim para esconder seu mal-estar. Ele conhecia bem aquela tática, pois a tinha empregado muitas vezes.

"E aqui estava eu, esperando que você me daria um amuleto para usar na batalha."

Ela estreitou os olhos.

"Eu deveria é sabotar o seu sabre."

Temple ergueu a sobrancelha.

"Sabotar o sabre – é assim que vocês se referem a isso no Lar MacIntyre para Meninos?"

Bourne deu uma risadinha e Mara olhou de atravessado para ele.

"Você é um marquês, correto?"

"Sou."

"Então diga-me, você costuma se comportar como tal? Eu só pergunto porque não parece que seu amigo aqui goste de se comportar como um duque. Eu pensei que talvez a imaturidade fosse contagiosa. Como a gripe."

Admiração brilhou nos olhos de Bourne. Ele se virou para Temple.

"Encantadora!"

"E ela está armada com láudano."

Bourne aquiesceu.

"Não vou beber nada que ela me oferecer, então."

"E uma faca", ela acrescentou, seca.

Ele arregalou os olhos.

"E vou ficar de olho."

"É uma boa ideia", comentou Temple.

Mara bufou de desgosto, algo que ela devia fazer muito com seus pequenos protegidos.

"Você está para destroçar um homem e fica aqui fazendo *piadas*?"

"Não é interessante que ela se arvore em defensora da moral?", perguntou Bourne de sua cadeira.

Mara se virou para o marquês.

"Eu gostaria que você fosse embora, meu lorde."

Bourne levantou o indicador.

"É melhor ter cuidado com seu tom, querida."

Os olhos de Mara faiscaram de raiva.

"Imagino que você queira que eu me desculpe?", perguntou ela.

Bourne se levantou, ajeitando o paletó perfeito. E inclinou a cabeça na direção de Temple.

"Peça desculpas para ele. Temple não é tão clemente quanto eu." Bourne tirou o relógio do bolso e verificou a hora antes de se virar para o amigo. "Dez minutos. Você precisa de alguma coisa antes da luta?"

Temple não respondeu. Nem tirou seu olhar de Mara.

"Até depois, então."

"Até depois."

O marquês saiu, fechando a porta atrás de si. Mara olhou para Temple.

"Ele nem lhe desejou boa sorte."

"Nós não dizemos *boa sorte*." Ele foi até a mesa de centro e abriu a caixa de mogno, de onde tirou um bastão de cera maleável.

"Por que não?"

Temple pegou dois pedaços grandes e os colocou sobre a mesa, fingindo não estar ciente da presença dela no canto mais escuro da sala. Ele queria vê-la. *Não devia.*

"*Boa sorte* dá azar."

"Isso é ridículo."

"Isso é lutar no Anjo."

Ela não retrucou, e apenas cruzou os braços em frente ao peito.

"Por que eu estou aqui?"

Ele pegou uma faixa comprida de tecido limpo da mesinha de madeira, prendeu uma ponta na palma e começou a enrolar a faixa ao redor da mão, tomando cuidado para não torcer nem dobrar. Esse ritual de todas as noites não servia apenas para proteger músculos e ossos, embora não houvesse dúvida que, no calor do combate, alguns dedos pudessem ser quebrados. O movimento tranquilo também ajudava Temple a se lembrar do ritmo do esporte, do modo como os homens se comportavam há séculos nesse momento, minutos antes da batalha, acalmando coração, mente e nervos. Mas seus nervos não tinham nada de calmos com Mara Lowe na mesma sala que ele. Temple olhou para ela, apreciando o modo como o olhar dela estava fixo no movimento.

"Venha aqui."

Ela o encarou.

"Por quê?"

"Quanto para enrolar para mim?", ele indicou a mão com a cabeça.

Ela observou o movimento.

"Vinte libras", ela disse.

Ele negou com a cabeça.

"Tente outra vez."

"Cinco."

Temple a queria perto, apesar de que não devia querer isso. E ele podia pagar.

"Feito."

Mara se aproximou e tirou a capa, revelando o vestido cor de malva que Madame Hebert havia lhe prometido. Ela estava linda nele, com a pele como porcelana. O coração de Temple acelerou quando Mara se aproximou e parou à distância de um braço, pegando a caderneta preta que ela sempre carregava consigo.

"Cinco", ela repetiu, marcando a quantia em seus registros. "E dez pela noite. Como sempre."

E assim ela o lembrava de que tinha seus próprios motivos para estar ali. Ela devolveu o livreto ao seu lugar e pegou a mão dele. Sem luvas. De novo. Pele contra pele dessa vez. Calor contra calor. *Ele estava pagando por isso.* Talvez se Temple se lembrasse disso, conseguiria tirá-la da cabeça. O toque dela. O cheiro dela, limões na água. O gosto dela.

Mara continuou o ritual dele, com cuidado para enrolar a faixa de tecido ao redor do pulso e do polegar, mantendo as longas tiras firmes em contato com a pele dele.

"Você é muito boa nisso", ele elogiou, e sua própria voz lhe soou estranha. Ela fazia isso com ele. Ela o fazia se sentir estranho.

"Eu já enfaixei ossos quebrados. Imagino que o princípio seja parecido."

De novo, mais um fragmento sobre Mara, sobre o que ela fez. De quem ela foi. O bastante para Temple querer lhe fazer dezenas de perguntas que ela não responderia.

"É sim", foi o que ele se conformou em responder.

Os dedos dela eram macios e firmes em suas mãos, despertando-lhe o desejo de senti-los apalpando outros lugares. Mara inclinou a cabeça sobre o trabalho que fazia e ele fitou o alto de sua cabeça, os cachos ruivos que ele ansiava tocar. Ele imaginou como ficaria o cabelo dela espalhado em ondas sobre seu travesseiro. No chão de seu quarto. Sobre seu peito nu. Sobre os seios dela. Ele desceu o olhar para os ombros dela, observando o modo como subiam e desciam a cada respiração, como se ela estivesse fazendo muito mais esforço do que realmente fazia. Ele reconheceu aquela respiração. Ele havia passado por isso. *Ela também o queria.* Mara prendeu delicadamente a extremidade da tira no próprio tecido. Ele testou a firmeza e ficou impressionado. Outra coisa que ela fazia bem.

Ele se virou para o lado e pegou outra faixa de tecido, que passou para ela, e estendeu a mão livre. Temple a observou repetir em silêncio o procedimento, enquanto seus músculos doíam sob o toque dela, desesperados por mais. Desesperados para retribuir o toque. Jesus, ele precisava de outro alongamento. *Não era só disso que ele precisava.* Mas era tudo que ele teria. Temple pegou uma máscara na gaveta ao lado.

"Coloque isso."

Ela hesitou.

"Por quê?"

"Você aparecerá diante de Londres pela primeira vez esta noite."

Mara ficou imóvel e Temple não gostou da sensação que essa atitude despertou nele.

"Mascarada?", ela perguntou.

"Eu ainda não quero que você seja identificada."

Eu ainda não quero que isto acabe.

"Esta noite", ela repetiu.

"Depois da luta."

"Se você não perder, quer dizer."

"Mesmo se eu perder, Mara."

"Se você não for brutalizado e ficar quase morto. Esse é o objetivo, não é?"

Não era, mas ele não a corrigiu.

"Tudo bem; se eu não perder." Temple inclinou a cabeça. "Mas eu não vou perder."

"Qual é o seu plano?", Mara perguntou.

"Você vai ver o Anjo Caído. Muitas mulheres matariam por essa oportunidade."

Ela ergueu o queixo, orgulhosa.

"Eu não."

"Você vai gostar."

"Duvido."

A obstinação dela o fez sorrir, e para esconder o sorriso ele tirou a camisa, puxando-a pela cabeça, desnudando o peito para Mara. Ela imediatamente olhou para o outro lado, bancando perfeitamente a senhorita pura e casta. Temple riu.

"Eu não estou nu", ele disse, alisando o cós de sua calça e fingindo examinar uma ferida há muito cicatrizada em um dos braços enquanto olhava para ela. "Você já me viu antes, não viu?"

Mara olhou para ele, depois voltou a atenção à parede.

"Foi diferente. Você estava machucado!"

Os olhos dele ficaram sombrios.

"Antes disso", ele provocou, sabendo que acertou em cheio quando o rosto dela ficou vermelho. Temple daria sua fortuna inteira para saber o que aconteceu naquela noite. Mas ele não iria simplesmente dar o que ela queria. Por uma questão de princípios.

E esse era o desafio que aquela mulher lhe apresentava. Que ficava entre os dois. Emocionante e ao mesmo tempo enlouquecedor.

"Você não administra um lar para garotos?"

Mara soltou uma exclamação de frustração e olhou para o teto.

"Não é a mesma coisa."

"É exatamente a mesma coisa."

"Eles têm de três a onze anos!", ela insistiu.

"E daí? Eles só são um pouco menores", Temple fez pouco caso.

Ela ergueu as mãos, fazendo o sinal universal de frustração. Mara ficou em silêncio por um bom tempo.

"Eu não lhe agradeci por você ter dedicado seu tempo a eles, hoje", ela disse, depois de refletir.

Um fio de prazer percorreu o corpo de Temple ao ouvir essas palavras – algo parecido com orgulho, mas ele ignorou.

"Você não precisa me agradecer."

"De qualquer modo", ela olhou para o chão, mas manteve os ombros eretos, "eles apreciaram imensamente os momentos que passaram com você."

Aquele pequeno reconhecimento era uma concessão enorme na batalha que os dois travavam. Temple não resistiu à vontade de se aproximar dela, fazendo-a recuar pelo aposento. Ele sabia que isso a perturbaria, mas pareceu não se importar. Quando estava a cerca de trinta centímetros dela, Temple baixou a voz.

"E quanto a você? Também gostou?"

As bochechas dela pegaram fogo.

"Não."

Ele sorriu ao ouvir a mentira.

"Nem mesmo quando eu beijei você?"

"Claro que não!"

Atraído pelo calor dela, Temple se aproximou ainda mais, fazendo-a recuar mais alguns passos. Ele finalmente a puxou pela cintura, adorando vê-la suspirar com seu toque, adorando o contato da seda do vestido dela, quente do seu corpo, contra seu peito nu. Ele deslizou a outra mão pelo braço de Mara, encontrou a mão dela e a ergueu até a tira de couro pendurada no teto. Mara sabia exatamente o que fazer e agarrou a tira enquanto Temple fazia o mesmo com sua outra mão. E então ela ficou, estendida e exuberante, com os braços acima da cabeça, como um sacrifício. Como um presente. Ela podia se soltar a qualquer momento. Negar-lhe aquele momento. Mas ela não fez isso. Ela simplesmente ergueu o rosto para ele, desafiando Temple, com seu lindo olhar, a chegar mais perto. A tocá-la. A tentá-la. Ele aceitou o desafio e pousou a mão no rosto dela, passeando com o polegar pelo arco da face. Deleitando-se com a maciez da pele por mais que dissesse a si mesmo que não estava reparando.

"Não?"

"Não", ela exalou, e o som da respiração dela o deixou duro como pedra.

Temple admirou Mara dos pés à cabeça, detendo-se no decote escandalosamente baixo do vestido, onde os seios se apertavam contra o tecido por causa da posição, e ele ao mesmo tempo agradeceu e amaldiçoou Hebert por fazer o que ele havia pedido. Mara Lowe era a coisa mais tentadora que ele já tinha visto. No entanto, o mais estranho é que não foi o rosto, nem o corpo, nem aqueles seios perfeitos que subiam e desciam em um ritmo incerto que o convenceram disso. Foi o modo como ela o encarava, de cabeça erguida. Foi o modo como ela se recusou a se sentir intimidada diante dele. O modo como ela se recusou a ter medo dele. O modo como ela o enxergava de igual para igual. *O modo como ela olhava para ele.* Temple não era um assassino, e ela era a única pessoa no mundo que sempre acreditou nisso. A única pessoa que sempre soube da verdade. Ele ergueu o queixo dela, expondo o pescoço delicado, e colou um beijo prolongado na artéria que pulsava sob o maxilar, depois outro na curva suave entre o pescoço e o ombro.

"Tem certeza de que não gostou?"

As palavras provocavam a pele quente, e ela meneou a cabeça com um movimento inseguro, balançando-se na tira de couro, segurando com firmeza para enfrentar o impacto que a carícia tinha nela.

"Absoluta!", ela teimou, com a respiração entrecortada, enquanto Temple continuava descendo pelo colo até chegar à elevação dos seios, beijando uma vez, duas, e uma terceira... até chegar ao limite do decote, por onde enfiou um dedo entre a seda e a pele, mal conseguindo deslizar pelo tecido justo, até encontrar o bico enrijecido que ansiava por ele. E pelo qual ele também ansiava.

Ele puxou a seda para baixo e falou:

"Nem mesmo agora?"

Mara soltou uma das mãos da tira de couro e a descansou nos ombros dele. A pele nua dela contra a dele. Temple sentia o desejo ardendo nos dois corpos.

"Nem mesmo agora."

Era uma provocação. Um desafio. Um que ele não recusou. Temple deitou seus lábios no seio dela, e amou a exclamação que escapou dos lábios de Mara quando ele acariciou aquela pele sagrada com a língua, chupando-a lenta e delicadamente até a exclamação virar um gemido de prazer no quarto escuro. Ele não conseguiu se impedir de a puxar mais para perto, erguendo-a do chão e passando as pernas dela ao redor de sua cintura, venerando-a naquela sala que raramente testemunhava prazer, e com frequência testemunhava dor.

Então Mara soltou a outra tira de uma vez, deixando-se sustentar apenas pelos braços fortes de Temple e enfiou os dedos no cabelo dele, segurando-o apertado contra ela, encorajando aquelas carícias, implorando por mais, desejando que ele lhe desse tudo que podia.

Temple estava duro e dolorido, cada vez mais excitado com o modo como ela o direcionava. Amando vê-la receber prazer com tanto abandono. Ele queria dar tudo que ela estava pedindo. Ele a pressionou contra a parede da sala, sustentando-a com seu tronco e enfiou as mãos por baixo da saia dela, deslizando as mãos pelas coxas, erguendo-a, mais e mais alto, sentindo o contato da meia fina na ponta dos dedos a até chegar à pele desnuda e deliciosa, acompanhando a curva da coxa até... até sentir o calor de Mara. Um calor fascinante, promissor, guardado por pelos perfeitos e macios. Uma promessa que ele não podia esperar para descobrir. Para explorar. Ele parou ali, erguendo os lábios para encontrar os olhos dela.

"Sim", ela arfou.

Ele nunca tinha ouvido, em toda sua vida, palavra tão magnífica. Nunca tinha recebido permissão mais cobiçada.

"Diga de novo", ele pediu. Para ter certeza.

"Sim", a palavra o estremeceu; os dedos dela firmes em seu cabelo.

Ele daria qualquer coisa por uma noite com aquela mulher. *Mas eles já tinham feito aquilo?* Tal pensamento foi como um balde de água fria, e ele se afastou dela. Sentindo o ódio despontar novamente, embora o que sentia pulsar em seu corpo não era ódio nem de perto . Nada tão frio.

"Diga para mim", ele passou os dedos no próprio cabelo, tentando apagar o rastro dos dedos dela. "Nós já fizemos isso? Nós fomos..."

Amantes. Por um instante, Temple pensou que Mara lhe responderia. Ele acreditou ter visto algo em seus olhos. Compaixão? Pior! Piedade. *Merda!* Ele não queria a piedade dela. Ela havia roubado aquela noite dele e se recusava a devolvê-la. Então a euforia foi se esvaindo do olhar dela, e ele soube o que Mara estava para dizer. Mas ele ergueu a voz antes que ela falasse.

"Conte-me!"

"Você sabe o preço dessa informação."

Por uma fração de segundo, ele pensou que em outro lugar, em outra ocasião, ele teria achado que aquela mulher era perfeita em todos os sentidos. Ela tinha um caráter forte, firme e destemido. O mesmo caráter que o drogou em seu primeiro encontro. E no segundo. O mesmo caráter que a fez fugir para a escuridão na outra noite. O mesmo caráter que o definiu como um assassino há doze anos. O mesmo caráter que, sem dúvida, tentaria amolecê-lo outra vez. Mas aquele era o lugar dele. O momento dele. E ele nunca se sentiu tão furioso como naquele instante.

"Vou lhe dizer uma coisa, Sra. MacIntyre, se o orfanato não der certo, você vai fazer muito sucesso como prostituta!"

Mara ficou petrificada, por meio segundo, como um cervo diante do caçador, mas em seguida sua mão voou rápida e certeira até esbofetear com precisão admirável o rosto de Temple, que ardeu com a raiva dela e a vergonha dele.

Temple não se esquivou nem se abaixou. Ele aceitou o tapa como uma obrigação, sentindo-se o pior dos cafajestes. Ele não deveria ter dito aquilo. Ele nunca disse algo tão insultante para uma mulher. O pedido de desculpas estava na ponta de sua língua quando soou a campainha sobre a porta que dava acesso ao ringue. Mara baixou a mão, e o único sinal do golpe foi a ligeira aceleração de sua respiração e o modo como as palavras tremeram na garganta dela.

"O que é isso?"

O que eles estavam fazendo?

Temple se virou, recusando-se a tocar o lugar onde, sem dúvida, uma mancha vermelha estaria despontando.

"Meu adversário está pronto. Vamos continuar isso depois da luta."

Ela respirou fundo e ele odiou como aquele som delicado preencheu a sala – quase tanto quanto odiou quando ela falou:

"Espero que ele vença!"

Ele voltou à mesa, pegou a cera e a moldou em duas faixas compridas.

"Eu tenho certeza que sim. Mas ele não vai ganhar." Temple inseriu uma faixa e depois outra em sua boca, e não escondeu a forma como moldou a cera em volta dos dentes, desafiando-a a desviar o olhar. Mara observou os movimentos grosseiros por um momento antes de disparar seu golpe de despedida.

"*Boa sorte*, Alteza."

Capítulo Dez

Um completo idiota. Um completo cafajeste. *Ele a chamou de prostituta.* Com a arrogância insidiosa que acompanhava o fato de ele ser rico e sem compromissos. *Um duque.* Temple sugeriu que se ela cobrasse um preço pela informação que ele queria, isso fazia dela uma vagabunda. Se ela fosse homem, Temple não pensaria assim. Se ela fosse homem, ele não diria isso. *Se você vai me tratar como prostituta, então vai me pagar como uma.* Bem, ela usou a palavra primeiro. Mas isso era diferente. Ele a virou do avesso com seu toque. Ele a seduziu. Ele a fez gostar dele. E então a chamou de prostituta. Ele merecia uma surra imensa. O grande e invencível Temple merecia apanhar. Dela.

Fervendo de raiva, uma Mara mascarada seguiu o guarda que havia lhe sido designado através de um corredor tortuoso, que a mantinha oculta dos membros do clube. Ela estava furiosa demais para se preocupar aonde estavam indo ou o que aconteceria a seguir – perdida demais na evisceração mental de Temple. Até que seu guia gesticulou, sinalizando que ela entrasse em um novo local, cuja porta fechou atrás de Mara, deixando-a sozinha em meio a uma multidão. *De mulheres.* A surpresa a fez estremecer. Mulheres não tinham lugar em um clube para cavalheiros. Em um cassino.

Ela passou os olhos pela sala, pela coleção de mulheres que tagarelavam. E reconheceu várias. Uma marquesa. Duas condessas. Uma duquesa italiana conhecida por seus escândalos. Surpresa e curiosidade se debatiam dentro de Mara enquanto ela observava o restante das mulheres – todas vestindo sedas e cetins deslumbrantes, algumas mascaradas, a maioria conversando como se estivessem reunidas para um chá de senhoras. Mas elas não eram mulheres quaisquer. Eram aristocratas. E foi somente quando se recuperou dessa descoberta que Mara reparou no que devia ter notado assim que foi conduzida àquela sala, como um carneiro levado ao matadouro. Uma parede inteira daquela sala comprida, estreita e extraordinariamente misteriosa era de vidro – um vidro enorme e escuro com vista para um salão cheio de homens, todos com trajes de noite, amontoados e formando um grande U, parados no mesmo lugar, mas gesticulando constantemente, rindo, gritando e se divertindo, vibrando como as folhas de um grande carvalho em pleno verão. Essa multidão rodeava um grande espaço vazio, delimitado por cordas e coberto de serragem, do qual as mulheres tinham uma visão perfeita, sem obstáculos. O ringue.

Mara se aproximou do vidro, incapaz de se conter, e estendeu a mão para tocá-lo, fascinada pelo brilho do salão. Ainda bem que ela pensou, bem a tempo, que os homens ali a veriam caso ela se aproximasse demais do vidro. Então ela se deteve e retirou a mão, mesmo sem conseguir compreender por que nenhum daqueles homens parecia interessado no vidro ou nas mulheres dentro daquela saleta. Estariam eles tão acostumados com mulheres assistindo às lutas que não ficavam escandalizados com a presença delas? Que não quisessem controlá-las? Mantê-las longe? Que tipo de lugar era aquele? Que tipo de lugar maravilhoso e perfeito?

"Eles não podem te ver", explicou uma mulher que parou a seu lado, chamando a atenção de Mara para seus olhos, azuis e sérios, grandes e desconcertantes atrás de um par de lentes grossas. "Não é uma janela. É um espelho."

"Um espelho." Aquele vidro não parecia um espelho.

A confusão de Mara deve ter transparecido, porque a mulher continuou a explicação.

"Nós podemos vê-los... mas eles só veem o próprio reflexo."

Como se combinado, um cavalheiro passou em frente ao ringue, ao alcance da mão, antes de parar por um instante e se virar para Mara. Ela se inclinou para frente, e ele fez o mesmo do outro lado, erguendo o queixo para ajeitar a gravata. Ela acenou a mão diante do rosto comprido e pálido. Ele mostrou os dentes. Ela baixou a mão. O cavalheiro levantou um dedo enluvado e o esfregou sobre o sorriso torto, manchado de chá e tabaco, antes de se virar e se afastar. Várias mulheres na sala riram alto.

"Ora! Sem dúvida, o Lorde Houndswell ficaria terrivelmente constrangido se soubesse que todas nós observamos os restos de seu jantar." A mulher sorriu para Mara. "Você acredita agora?"

Mara sorriu.

"Isso deve lhes proporcionar horas de diversão."

"Quando não há uma luta para nos entreter", respondeu outra mulher. "Olhem! Drake entrou no ringue."

A conversa no interior da sala diminuiu quando as mulheres voltaram sua atenção para o jovem que passava por entre as cordas para chegar ao espaço coberto de serragem onde outros dois homens esperavam – o Marquês de Bourne e outro aristocrata, pálido e nervoso. A multidão na outra extremidade do ringue abriu caminho, revelando uma grande porta de aço, e a atmosfera da sala pareceu mudar, ficando densa de expectativa.

"A qualquer instante agora", um suspiro feminino veio de vários metros adiante, e o ambiente todo – dos dois lados do vidro – pareceu parar, esperando. Eles esperavam por Temple.

E Mara percebeu que ela também o esperava. Ainda que o odiasse. E então ele surgiu, preenchendo o vão da porta como se esta fosse feita sob medida para o corpo dele – largo e alto, grande como uma casa. Temple estava nu da cintura para cima, com as escandalosas tatuagens à mostra, vestindo apenas um calção de camurça, que ficava justo em suas coxas imensas, e as longas faixas de tecido com que ela tinha envolvido os vales e montes dos nós de seus dedos, os músculos dos polegares e dos punhos, enquanto tentava não reparar nas mãos dele. Não lembrar da sensação que elas despertavam em sua pele. Não lembrar que ele era uma arma. E quando ele a beijou, Mara lembrou da verdade nisso. Ele realmente era uma arma, que bombardeava desejo pelo seu corpo. Ferindo-a com a lascívia.

"Ele é o maior e o mais lindo garanhão que eu já vi", suspirou outra mulher, e Mara ficou imóvel, obrigando-se a não olhar. Obrigando-se a não se importar com a admiração e com o algo a mais que havia na voz dela – algo como experiência.

"É uma pena que ele nunca tenha se interessado por você, Harriet", rebateu outra delas, provocando uma sinfonia de risos na sala.

Obrigando-se a não ligar para a mentira que era a experiência na voz da mulher. E então ele veio andando na direção delas, e talvez a mente de Mara estivesse lhe pregando peças, mas parecia que Temple olhava diretamente para ela, como se o vidro mágico fosse um espelho para todos no salão, menos para ele. Como se ele se conhecesse bem o bastante para nunca mais ter de observar o próprio reflexo.

Ele cruzou as cordas, e Bourne – que agora parecia pequeno, em comparação a Temple – aproximou-se do Sr. Drake e disse palavras que Mara não conseguiu ouvir. Drake levantou os braços e o marquês passou as mãos pelas laterais do corpo dele, tateando o tecido de seus calções com movimentos clínicos e ao mesmo tempo chocantes. Mara não conseguiu ficar quieta.

"O que eles estão fazendo?"

"Estão procurando armas. Os lutadores podem trazer um padrinho para garantir que a luta seja limpa", explicou uma mulher que se aproximou dela.

"Temple nunca trapacearia", Mara declarou, sem conseguir se conter, o que chamou a atenção das mulheres à sua volta. Mara sentiu o calor subir-lhe às faces enquanto ela olhava de uma para outra, até se deter na mulher que tinha falado, excepcionalmente alta e loira, com olhos castanhos que brilhavam como ouro, refletindo o brilho do ringue.

"Não", concordou a mulher. "Ele não trapacearia."

Ali. Ali estava a experiência que Mara havia interpretado mal antes. Aquela mulher, sim, o conhecia. Ela era linda o bastante para tanto. Eles deviam ficar lindos juntos, combinando apenas na altura – com todo o resto em perfeito contraste. Ela imaginou os braços compridos daquela mulher em volta do pescoço dele, seus dedos longos enroscados no cabelo escuro de Temple. As mãos imensas dele na cintura dela. Possuindo-a. Amando-a. E ela o odiou outra vez, mas agora por outro motivo, mais confuso.

Um apito soou na outra extremidade da sala.

"O que eu não daria para ser o padrinho de Drake neste momento!", suspirou uma mulher.

Mara voltou sua atenção para o ringue, onde o aristocrata bem vestido se aproximou de Temple, indicando, meio sem jeito, que ele também devia levantar os braços. Foi o que Temple fez, e os músculos de seu peito e abdome se destacaram com o movimento. Mara sentiu a boca secar com essa imagem dele, esperando que o outro o revistasse à procura de armas, com um sorriso irônico nos lábios, como se tivesse o próprio diabo a seu lado e, portanto, não precisasse de truques. Ela o imaginou com os braços acima da cabeça, alongando-se na tira de couro em seus aposentos, onde ela mesma havia se pendurado, o couro frio machucando suas mãos, um contraste com o calor dele. Com seu toque. Com seu beijo. Mas ela o odiava.

"Vai logo, homem! Mete a mão nele!"

"Pega nele com gosto!"

"Reviste bem todas as saliências grandes!"

As mulheres competiam pelo incentivo mais indecente, rindo e gritando enquanto o aristocrata no ringue revistava o Duque de Lamont com uma agilidade produzida por medo, constrangimento ou as duas coisas.

"Não tão rápido!"

"Nem tão mole!"

"Aposto minha fortuna que Temple gosta de uma mão firme!"

"Você quer dizer a fortuna do seu marido, né?", veio a réplica, e a ruiva junto ao vidro se virou para a sala com um grande sorriso no rosto bonito.

"O que o conde não sabe, o coração dele não sente. Olhem só o tamanho do Temple!"

"Dez libras que ele é *todo* grande!"

"Ninguém vai aceitar essa aposta, Flora", alguém retrucou, o tom de voz divertido. "Nenhuma de nós quer que você esteja errada!"

"Eu arriscaria uma noite com o Duque Assassino para descobrir."

Gargalhadas fizeram a sala estremecer, e quase todas as mulheres se divertiram muito com aquela ideia – o que ficou evidente com as contribuições obscenas que fizeram. Mara deu uma boa olhada pela sala, analisando a longa fileira de sedas, cetins, maquiagens e penteados perfeitos, e percebeu como as mulheres praticamente salivavam por Temple, lembrando de sua alcunha, mas não da verdade que carregava – ele era um duque e merecia o respeito delas. Também não lembravam que, mesmo que ele não fosse um duque... ele não era um animal. *Que era como se referiam a ele. Que era como as ações de Mara as faziam se referir a ele.* Essa percepção veio inundada de arrependimento, e da convicção de que se pudesse voltar no tempo... e mudar tudo, ela teria encontrado outra forma de fugir daquela vida. Uma forma que a teria livrado dos grilhões de um pai cruel e um marido frio, sem manchar aquele homem com tamanha vergonha, tão perversa e desagradável. Mas ela não podia voltar no tempo. Essa era a vida deles. Sua dança. Sua batalha.

Graças aos céus, os padrinhos completaram a revista, e Temple traçou uma linha na serragem com a ponta do pé, no centro do ringue. Mesmo naquele momento, que devia ser bruto e despreocupado, ele foi gracioso.

"A linha de início", explicou a mulher a seu lado. "Os homens começam um de cada lado dessa linha. E se enfrentam por quantos assaltos forem necessários, até que um deles caia e não se levante mais."

"Apostas encerradas, senhoras", o homem de pele escura que acompanhou Mara até aquela sala falou pela primeira vez, lembrando-a de que estavam em um antro de jogatina – que mesmo aquele momento valia dinheiro para O Anjo Caído.

Temple esperava, imóvel, que Drake se aproximasse. A narração continuou.

"Temple sempre permite que o adversário dê o primeiro golpe."

"Por quê?", Mara perguntou, detestando a ansiedade que sua voz demonstrava. Afinal, ela foi arrastada até ali, contra sua vontade, para assistir àquela expressão de brutalidade pura. Então por que, de repente, ela se importava tanto com a resposta?

"Ele nunca perdeu", a mulher explicou. "Ele gosta de dar uma chance a seus adversários."

Uma chance. Algo que ele próprio nunca teve. Temple era um homem bom. Mesmo que ninguém enxergasse isso. Por mais que ela não desejasse acreditar nisso.

Mara olhou para os pés dele, para as tatuagens pretas nos braços imensos, para a miríade de cicatrizes no peito e no rosto, além da mais recente, no braço, ainda ostentando os pontos que ela tinha dado. Mas não conseguiu contemplar o olhar escuro, não conseguiu se forçar a enxergá-lo como um todo e encarar as coisas que ela fez para ele, que o colocaram ali, naquele ringue, sendo observado por metade de Londres. Por pessoas que apostavam nele. Que se maravilhavam com sua força, como se Temple fosse uma criatura engarrafada em uma exposição de curiosidades. Então Mara desviou o olhar para Drake, que era mais fácil de observar. E percebeu que ele inspirava fundo, preparando-se para o combate.

A luta começou, brutal e implacável. Drake atacou Temple com força inegável, mas Temple desviou o golpe, inclinando-se para trás e usando o impulso do outro para lhe tirar o equilíbrio e acertar um golpe poderoso em seu flanco. O soco foi forte e preciso, e Drake cambaleou, segurando-se nas cordas do ringue antes de se voltar para encarar Temple. O imenso duque continuava na linha de início, com a respiração praticamente inalterada. Ele esperava.

"Ihhh, a luta não vai ser grande coisa esta noite, garotas", comentou uma das mulheres. "Drake vai cair como uma pedra."

"Todos eles caem", disse outra.

"Seria tão bom se houvesse pelo menos algum adversário que conseguisse manter Temple por mais tempo no ringue", suspirou uma terceira, e Mara desejou que todas aquelas mulheres calassem a boca.

Drake atacou novamente, com os braços abertos como uma criança pedindo um abraço. Ele não teve chance. Temple se movimentou rápido como um relâmpago, desviando os braços estendidos que vinham em sua direção e desferindo um soco violento no maxilar de Drake e outro logo depois no tronco. Drake caiu de joelhos e Temple imediatamente recuou.

Mara observou o rosto dele, e não havia nenhum sinal de triunfo ou orgulho que se poderia esperar. Não havia emoção ali – nada que revelasse seus sentimentos em relação à luta. Temple esperou, com uma paciência de Jó, enquanto Drake se apoiava com as mãos abertas no chão coberto de serragem e o salão inteiro permanecia em silêncio.

"Será que ele vai conseguir se levantar?"

Mara viu o homem caído tentar respirar profundamente, seu peito subindo uma, duas vezes, até que ele ergueu a mão e fez o sinal universal de *chega*.

"Aaah", uma das mulheres suspirou e se queixou, decepcionada. "Uma desistência."

"Vamos lá, Drake! Lute como homem!"

As mulheres gemeram e choramingaram, como se tivessem perdido um brinquedo favorito. Mara se virou para a mulher que havia se tornado sua guia para os eventos no ringue.

"E agora?"

"Uma desistência é uma perda imediata."

Enquanto a mulher falava, Mara viu Temple dar um passo à frente e estender a mão para seu adversário. Drake aceitou a ajuda de Temple, e se pôs de pé, pouco firme. O idoso coletor de apostas na lateral do ringue apontou o dedo para a bandeira vermelha em um dos *corners*, e a multidão dos dois lados do vidro irrompeu em gritos e vaias.

"E Temple venceu", a mulher explicou para Mara, "mas não do modo que eles queriam."

"Vitória é vitória, ou não?"

A moça ergueu uma sobrancelha, divertindo-se.

"Diga isso para os homens que perderam horas de entretenimento em trinta segundos."

Ela voltou a observar o ringue, enquanto os homens no salão protestavam, abanando tiras de papel. Em seguida, prosseguiu:

"Esses homens apostam quantias absurdas nas lutas, nunca contra o Temple, mas apostam o número de assaltos que a luta vai durar, quantos socos Temple vai dar... até a maneira como Drake iria cair." A mulher fez uma pausa. "Eles não gostam de lutas curtas."

"Anna", o homem no canto da saleta a chamou e a moça se virou para ele.

Ele fez um sinal de cabeça e a moça voltou sua atenção para Mara.

"Com licença, creio que o dever me chama." Mara franziu o cenho e a mulher deu uma piscadinha. "Clientes infelizes precisam... se divertir."

Mara entendeu. A mulher era uma prostituta. Uma muito bem paga, se Mara tivesse que adivinhar.

"É claro."

A mulher acenou a cabeça, despedindo-se de Mara.

"Minha lady."

"Oh, eu não sou...", Mara tentou corrigir.

Anna sorriu.

"Nós que não somos temos que nos ajudar."

E então ela se retirou, e Mara ficou observando o que acontecia após a luta, consciente de que não merecia nenhum tipo de honorífico, considerando as consequências de suas ações passadas. Temple parecia não se importar com os gritos e as discussões dos homens ao seu redor, desesperados por um meio de recuperar suas apostas. Então ele se virou para o espelho, divisando toda sua extensão com aqueles os olhos negros e profundos.

"Estou aqui!", exclamou uma mulher perto de Mara.

Ele fez uma saudação com a cabeça, provocando risos e suspiros em toda a sala, e deixando Mara sem fôlego, pois ela sabia que, com o fim da luta, ele viria atrás dela. E, ao pensar nisso, Mara se lembrou da última conversa que tiveram. Das palavras que Temple usou. Do golpe que ela disparou. Da cama de gato que ela armou para os dois, em que eles eram inimigos. Na qual ela faria tudo que pudesse para recuperar seus fundos, e ele faria tudo ao seu alcance para conseguir sua vingança. Mara sentiu a raiva lhe inflamar novamente.

"Pobre Temple!", alguém gritou. "Ele praticamente não lutou!"

"Ah, eu bem que gostaria de lutar com ele", retrucou outra mulher, e a insinuação fez o resto da sala soltar risinhos.

Eu não luto com mulheres. Quantas vezes ele disse isso naquela primeira noite? Mas e se uma mulher o desafiasse assim mesmo? À vista de todos? E se uma mulher se dispusesse a enfrentá-lo pelo dinheiro que era dela por direito? E se ela o encurralasse naquele *corner* que ostentava sua bandeira vermelha com tanta arrogância? *Ele desistiria?* Ela poderia vencer? O coração bateu acelerado em seu peito. *Ela poderia.* Aquele momento e aquele lugar eram sua resposta. O Marquês de Bourne estava no ringue com ele, e os dois conversavam. A mente de Mara estava num turbilhão. *Se fosse assim tão fácil.*

Um homem de óculos, magro como um graveto, materializou-se ao seu lado.

"Temple solicita sua presença nos aposentos dele. Eu irei conduzi-la até lá."

Excelente.

"O que mais quero é me encontrar com o duque."

Mara pretendia colocá-lo em seu devido lugar. Provar que ele estava errado. Provar que ela era mais forte, inteligente e eficaz do que ele pensava. Ela ia fazer Temple se arrepender de suas palavras. Ia fazer com que as retirasse. Ele soube distraí-la muito bem com aqueles beijos. Com aquelas gentilezas estranhas, inesperadas, que haviam solapado sua atenção na guerra que eles travavam. Mas aí ele a chamou de prostituta. E ela se lembrou qual era o objetivo dele. E o seu também. Temple queria vingança; Mara queria a segurança do orfanato. E ela iria conseguir o que queria. Hoje à noite.

Mara sentiu a determinação redobrar dentro de si, e emergiu do corredor silencioso para um amontoado de corpos, sentindo-se grata pela máscara, pelo modo como ela focava seu olhar – tornando irrelevante a origem ou o destino de todos aqueles homens que atravessavam seu campo de visão. A máscara transformava aquela noite toda em um tipo de espetáculo – como se todos aqueles homens fossem meros figurantes que preparavam o palco para uma cena maior, mais importante. Para o ator principal. *Temple*.

Ela se deixou guiar de volta aos aposentos de Temple, onde o homem a deixou no ambiente mal iluminado, fechando a porta atrás dela, trancando-a sem hesitação. Mas Mara atravessou a sala imediatamente, dirigindo-se para a entrada que levava à porta de aço que observou do outro lado do ringue. Sabendo aonde ela levava. Ela a abriu com um empurrão, com um plano claro na cabeça – tão claro quanto o plano de doze anos atrás que a colocou nesse caminho. Que a levou até ali. Àquele momento. Àquele homem.

Mara ignorou os homens dos dois lados do corredor que marcava o caminho até o ringue, feliz por estar mascarada nesses poucos quinze metros, ainda que seu olhar não registrasse ninguém que não o homem enorme que continuava no ringue, de costas para ela enquanto apertava a mão dos que vinham lhe dar os parabéns. O coitado não tinha ideia do que estava prestes a acontecer. Mara estava tão concentrada em Temple que não viu o Marquês de Bourne até ele aparecer na sua frente, agarrando-a pelos braços.

"Acho que não", ele disse.

"Você não vai me segurar", ela o encarou.

"Acho que você não gostaria de me testar."

Mara riu ao ouvir aquilo.

"Diga-me, Lorde Bourne", disse Mara, estudando suas opções. "Você realmente acredita que tem algum papel nisso tudo? Minha vida inteira me trouxe até aqui."

"Não vou deixar você arruinar a vingança dele", Bourne retrucou. "Se quer saber o que penso, você merece tudo que lhe acontecer, pela destruição que provocou."

Pode ter sido a sugestão de que ele sabia do longo passado que havia entre Mara e Temple. Ou pode ter sido a pretensão ridícula nas palavras dele, como se o Marquês de Bourne pudesse fazer o planeta parar de girar em seu eixo, se assim quisesse. Ou pode ter sido o olhar convencido em seu rosto. Ela não saberia dizer. Mas Mara não hesitou, e empregou toda sua força e habilidade, e as lições que aprendeu vivendo doze anos sozinha, sem ninguém para cuidar dela, além da aula que teve com o homem no ringue. Bourne nem viu o soco chegar. O aristocrata convencido cambaleou, soltando uma exclamação de choque e surpresa junto com o filete de sangue que escorreu de seu nariz, mas Mara não teve tempo para se deleitar com seu feito.

Ela chegou ao ringue e atravessou as cordas em questão de segundos, e no momento em que pôs os pés ali, sobre a serragem, o salão inteiro se calou. Os homens que gritavam querendo ser pagos por suas apostas e exigiam uma segunda luta se viraram para ela, como camadas de cebola se soltando no cozido.

Temple demorou um instante para perceber o silêncio. Para perceber que era direcionado a ele. Ao ringue. Mara sentiu uma pontada de insegurança, e um arrepio frio lhe percorreu a espinha. Mas ela não permitiu que continuasse. O que estava para acontecer era escolha dela. Era seu próximo passo. Ela encarou os olhos pretos de Temple quando ele começou a vir na direção dela, e percebeu a surpresa neles. Irritação. Frustração. E algo mais. Algo que ela não conseguiu identificar antes que fosse suplantado por um olhar implacável.

Mara respirou fundo de anunciar, em alto e bom som, naquele salão enorme:

"Eu também tenho uma dívida com O Anjo Caído, duque."

Todos os olhos se arregalaram, impressionados, mas Temple não falou nada.

"Então me diga. Vai aceitar meu desafio?"

Capítulo Onze

Se tivessem lhe oferecido dez mil libras para adivinhar quem entraria no ringue a seguir, Temple nunca teria imaginado que seria ela. Mas quando o salão ficou em silêncio e ele deu as costas ao grupo de homens que estava atrás das cordas na sua frente, para ver o que os havia distraído, ele *soube* que seria Mara. Por mais que tivesse certeza de que não poderia ser. Mas lá estava ela, altaneira, orgulhosa e firme no centro do ringue, com o sangue de Drake espalhado a seus pés, como se estivesse em uma casa de chá. Ou em uma lojinha de miudezas. Como se fosse perfeitamente comum uma mulher mascarada entrar em um ringue de boxe, no meio de um clube para cavalheiros. Ela era louca de pedra!

E então Mara falou, lançando seu desafio com a voz calma, como se fosse seu direito fazê-lo. Como se o clube inteiro não fosse explodir com esse escândalo. E quando explodiu, foi em uma cacofonia de pigarros, gargalhadas e grunhidos ofendidos que rapidamente se transformou em uma algazarra indefinida. Sob o abrigo do ruído, Temple se recompôs e se aproximou dela, sua adversária em todos os aspectos, ao mesmo tempo em que não era sua adversária em sentido nenhum. Ele franziu o cenho.

Ela não se mexeu, e ele desejou arrancar aquela máscara para poder ler sua expressão. Bem, ele poderia arrancá-la, naquele instante, se quisesse. Temple poderia acusá-la de blefe, desmascará-la na frente dos homens mais poderosos de Londres, e retomar a vida que foi congelada no tempo por doze anos. E a que foi congelada no tempo há menos de uma semana. Mas assim ele não conseguiria ver até onde ela iria.

Temple se inclinou um pouco e falou de modo que só Mara pudesse ouvir.

"Que jogada corajosa."

Ela imitou o movimento, curvando os lábios delicadamente. Provocando-o. Tentando-o.

"Prostitutas devem ser corajosas, pelo que fiquei sabendo."

E com isso ele entendeu. Ela estava furiosa. E deveria estar mesmo. Ele a tinha chamado de prostituta. A culpa o inundou, acompanhada de frustração e fascinação. Mas Mara não lhe deu tempo de encontrar a resposta correta. E foi melhor assim, pois ele não tinha certeza de que encontraria.

"E a primeira jogada tem que ser corajosa, não acha?"

A culpa foi afastada pelas palavras dela. Pelo desafio que traziam. Pela emoção que pipocava nele todas as vezes que se enfrentavam. Uma sensação mais poderosa do que qualquer outra que ele já havia experimentado.

"E você acha que eu vou te deixar vencer?"

A curva nos lábios dela se transformou em um sorriso.

"Acho que você não tem escolha."

"Você calculou mal sua jogada."

"Como assim?"

Temple a encurralou.

"Meu ringue, minhas regras." Ele ergueu a mão para o salão, e a multidão de homens – duzentos, talvez mais – ficou quieta. Mara arregalou os olhos, atrás da máscara, ao perceber a facilidade com que ele controlava o espaço e seus habitantes.

"Cavalheiros!", Temple falou alto para todos. "Parece que a diversão ainda não terminou esta noite." Ele se aproximou dela e o aroma suave de limões o envolveu – algo limpo naquele espaço imundo. Luz onde havia escuridão. O lugar dela não era ali. Mas, de algum modo, era.

Talvez ele apenas não quisesse que ela fosse embora, mesmo sabendo que deveria. Mara estava ao alcance de sua mão, e ele a puxou para perto de si, encaixando sua perna entre as pernas dela, adorando sentir as saias de seda aderiram ao seu calção. Adorando senti-la, firme, em seu braço. Mas detestando, também, a maneira como ela consumia seus pensamentos quando estava perto dele. O modo como ela o distraía de seu objetivo. *Vingança.*

Temple a puxou mais para perto, e ela exclamou, apoiando as mãos em seu peito nu, seu toque frio e suave contra a pele suada dele. Temple baixou a voz, para que só ela escutasse.

"Você fez a fama, agora deite na cama."

Ela ficou paralisada ao ouvir aquilo, como se tais palavras tivessem um significado especial para ela, mas durou meio segundo. Talvez menos.

"Então, Alteza, eu vou deitar e rolar."

Mara o surpreendeu de novo, tecendo ousadia, provocação e algo mais em suas palavras. Temple se perguntou se as imagens que despontaram em sua cabeça também apareceram na dela – os dois na cama. Nus. Enrolados. Maravilhosos. *Iguais.*

Temple se voltou para a multidão, odiando aqueles olhares famintos fixados em Mara, mesmo sabendo que eram necessários.

"Será que eu devo revistar a moça?"

Um rugido de aprovação veio dos homens, e ele começou a revistá-la, sabendo que a faca que ela costumava carregar religiosamente não devia estar longe. Ela arfou quando ele deslizou as mãos por sua cintura e por seu quadril, e Temple reconheceu o som de prazer. Ele a fitou nos olhos.

"Nunca pensei que você fosse uma exibicionista."

Ela apertou os lábios.

"Eu não iria começar agora."

"Humm", ele deixou o som reverberar. "Suas ações desta noite sugerem o contrário." No bolso da saia, ele tateou a caderneta que catalogava a história deles em libras e xelins. Mara percebeu e o alertou:

"Cuidado, Alteza, para que esta noite não lhe custe mais do que pensa".

Ele não conseguiu segurar o sorriso quando encontrou o cabo da faca.

"Hebert lhe fez um bolso?"

Ela apertou os olhos para ele por trás da máscara.

"Eu achei que tinha deixado claro que sou bem hábil com agulha e linha."

Temple não conseguiu conter a risada que veio. Aquela mulher era admirável. Ela ganhou um vestido que custava mais que seu salário de um ano inteiro, e imediatamente instalou um bolso para manter sua arma por perto. Ele puxou a faca e a ergueu para a multidão.

"A moça está equipada com aço."

Em mais de uma maneira. Os homens rugiram de tanto rir e Temple arremessou a faca para o outro lado do ringue, ignorando aonde ela foi parar depois de deslizar pela serragem. Ele estava concentrado demais em Mara.

"Uma mulher não pode se descuidar, Alteza." Foi a vez de Mara erguer a voz. Atuar para a plateia. Fazer os homens rir. Ela sorriu para ele, brilhante e luminosa, e Temple desejou que eles estivessem em qualquer lugar, menos ali. "Mas e quanto ao meu desafio? Não estamos em pé de igualdade agora que você tomou minha faca?"

A multidão entrou em erupção, com gargalhadas e um coro de provocações, e Temple percebeu o que ela estava fazendo.

"Não no ringue, meu amor. Mas talvez nós possamos encontrar outro lugar para... discutir o assunto."

Os homens choraram de rir, mas ela ficou rígida em seus braços e suas palavras atravessaram o salão.

"Acho que não. Você é dono de um débito meu. Estou aqui para recuperá-lo. As coisas são assim no Anjo, não?"

Oooh, entoou a multidão. Temple balançou a cabeça lentamente, atuando para a plateia, ainda que falasse para ela, com a voz baixa e séria.

"Não luto com mulheres", ele respondeu, rememorando a primeira vez em que disse isso para ela. O homem que era então. Com dúvidas a respeito de si. Com dúvidas a respeito de suas ações. Agora, não mais.

Mara continuava com as mãos apoiadas no peito dele, e cerrou o punho de uma delas ao falar:

"Diga-me, Alteza, algum deles já desafiou você aqui? No ringue?"

"É um bom argumento, Temple!", alguém na multidão gritou.

"Eu lhe dou cem libras para me deixar aceitar o desafio por você, Temple!"

"Apenas cem? Eu dou quinhentos por uma garota assim! Aposto que ela é uma maravilha sobre os lençóis."

Temple se desvencilhou de Mara e se virou para ver quem falava. Oliver Densmore, o maior cretino de Londres, pendurado nas cordas, a língua praticamente pendurada na boca. O duque resistiu ao impulso de fazer o homem engolir os dentes.

"Bem, Alteza?", Mara chamou sua atenção. "Alguma vez já foi desafiado por alguém do meu sexo?"

A palavra *sexo* o agitou como um soco, e ele teve certeza de que ela era o oponente mais habilidoso que já tinha enfrentado naquele ringue.

"Não."

Ela se virou, lentamente, para mostrar o rosto mascarado para todo o salão, parando, enfim, para se observar no espelho atrás do qual, sem dúvida, as mulheres tagarelavam, fofocavam e se perguntavam quem era ela. Mara encontrou o olhar de Temple no espelho e sorriu, a expressão aberta e bem-vinda, e pela primeira vez desde que se encontraram naquela rua escura de Londres, Temple se flagrou pensando em como seria se aquele sorriso fosse algo comum em sua vida.

"Ah", ela disse, as palavras percorrendo o salão. "Então você desiste."

Ele hesitou, sem gostar do desconforto produzido por tais palavras.

"Não."

Mara se virou para o coletor de apostas, cujos olhos arregalados corriam o risco de cair de seu rosto.

"Não é assim que funcionam as lutas, meu senhor? A luta acontece, ou um lutador desiste?"

O homem abriu e fechou a boca, olhando para Temple à espera de orientação. *Homem esperto.* Temple cruzou os braços à frente do peito e salvou o coitado.

"Existem outros modos de luta. Outros modos para eu vencer."

Ela olhou para trás e viu aqueles lábios desenharem um sorriso calmo e desafiador. E insuportavelmente tentador.

"Outros modos para *eu* vencer, você quer dizer."

A multidão enlouqueceu. Eles a adoravam, a mulher misteriosa que parecia ter Temple e o resto do mundo na palma da sua mão. E de algum modo, naquele momento, ele também a adorou. Temple chegou ao lado dela em um instante e a pegou nos braços, puxando-a para si, e devorou seus lábios. Tomando-a para si na frente de Londres e de Deus. Deliciando-se com sua doçura. Seu tempero. O rugido da multidão começou a sumir enquanto ele a consumia em um beijo animalesco demais, escaldante demais, até perceber que ela acrescentou sua própria paixão. Seu próprio fervor. Ela sentia o mesmo. Ela o queria tanto quanto ele a desejava. *Que desastre!* Mas ele se preocuparia com isso mais tarde. Temple a beijou mais e mais, suas mãos subiram para envolver o rosto dela e a segurar enquanto ele a reivindicava com seus lábios, língua e dentes, até o mundo todo desaparecer e não restar mais nada além dela. E dele. E daquele momento. E da combinação perfeita de seus corpos. Do que ele sentia por ela. Do que ela sentia por ele.

Mas eles não estavam a sós, é claro. E ele estava perto de possuí-la bem ali, na frente de toda Londres. *Jesus.* Ele a estava beijando na frente de *toda Londres. Ele estava arruinando Mara.* Ele parou e tirou seus lábios dos lábios dela, adorando o modo como ela perseguiu sua boca, adorando o modo como ela ansiava por ele, assim como ele ansiava por ela. *Não.* Ela estava arruinada. Como se fosse a prostituta que ele a tinha acusado de ser. A prostituta que ele queria que todos pensassem que ela era. Só que naquele momento o plano pareceu imperfeito. *Jesus! O que ele estava fazendo?* Esse era o objetivo, não? Vingança? Mas aquilo parecia errado. O plano não incluía desejo. Nem paixão. Nem emoção. *O que aquela mulher tinha feito com ele?*

Mara ergueu uma sobrancelha ruiva.

"Bem, Alteza? O que vai ser, luta? Ou desistência?"

"Nenhuma das duas."

Temple não esperou que Mara respondesse, e simplesmente a pegou no colo, grato que a máscara continuasse no rosto dela, e a carregou para fora do ringue, sob os aplausos de Londres. Teria sido um plano excelente, não fosse pelo homem que bloqueava seu caminho.

Christopher Lowe..

Com o coração ecoando, Mara foi pega no colo por Temple, e estava distraída demais pela força dele, e pela empolgação com a luta verbal que travaram, com a euforia de conseguir perturbá-lo, para perceber que ele tinha parado. Ela não notou até ele a colocar novamente no chão, seu corpo deslizando pelo dele até seus pés tocarem o chão coberto de serragem.

"Lowe", ele rosnou, com a voz baixa e sombria, e Mara se virou na direção da palavra. Ele iria revelar sua identidade? Ela achou que era uma boa jogada. O xeque-mate do jogo que disputavam. Mas veio a decepção.

Ao perceber que Temple não olhava para ela. Que ele olhava para além de Mara, por cima de seu ombro direito, bem nos olhos de seu irmão, que estava a vários metros de distância, no limite do ringue, com frustração e algo pior estampado em sua expressão. Algo perturbador. Algo incalculável.

"Você acha que ganhou? Você acha que pode tomar tudo que tenho..." Ele fez uma pausa. "Até a minha irmã?"

O salão ficou em silêncio, e cada homem presente se empertigou para ouvir a conversa. Mara deu um passo na direção do irmão, sabendo que ele estava furioso. Ansiosa por acalmá-lo. Para mantê-lo longe de Temple. Para que ele não arruinasse seus planos. Para que não estragasse o que ela estava construindo. As coisas boas e as ruins.

Temple a deteve segurando seu braço, e imediatamente se colocou entre ela e o irmão. Christopher balançava a cabeça e ia na direção de Temple, guiado pela estupidez e pela fúria, berrando bem alto.

"Toda Londres pensa que você é um vencedor. Um herói! Mas o Duque Assassino não passa de um covarde." Então olhou para Mara e ela reconheceu o ódio ali, ódio que deixava Kit tão parecido com seu pai. "Covarde e cafetão."

O salão foi rasgado por uma exclamação em uníssono, de Mara e de todos os outros. As palavras foram um golpe, desferido pelo único homem ali que devia estar realmente preocupado com a reputação de Mara. Temple teria de lutar com ele. Ele não tinha escolha e Kit sabia disso. Não se podia chamar um homem de covarde sem ter de enfrentá-lo em uma luta. Mara foi na direção do irmão, querendo detê-lo. Querendo ela mesma lhe dar uma boa surra.

Temple colocou o braço à frente de seu peito. Então se virou para ela e falou baixinho, para que somente Mara o ouvisse.

"Não! Esta luta é minha."

Também havia raiva no olhar dele. Mas era diferente. *Era por ela.* Quem era esse homem?

Kit não percebeu a raiva, cego que estava por sua própria fanfarronice.

"Você se recusa a lutar com um homem que tem um motivo honesto para isso." Ele ergueu os punhos. "Mas agora eu estou aqui, e você não pode me ignorar. Você vai lutar comigo!"

Essas palavras despertaram os homens reunidos no salão. Eles começaram a se mover como um só organismo, bombardeando os coletores em todo o salão, ansiosos para fazer suas apostas.

"Essa é a Luta do Século!", alguém bradou.

"Duzentos no Temple em vitória imediata!" Outro gritou: "Um *round*... de novo!".

"Cinquenta libras que Temple quebra três costelas do Lowe!" Outra voz grave gritou.

"Setenta e cinco que o Duque Assassino vai fazer jus ao apelido!"

Londres esperava há uma década por essa luta. Mais tempo. O Duque Assassino contra o irmão da sua vítima. O verdadeiro Davi contra Golias. As palavras de Kit, ditas em seu encontro poucos dias atrás, ecoaram em Mara. *Eu não me livrei disso. E agora, nem você.* Ele iria arruinar tudo. Perderia tudo, de novo. E, ao mesmo tempo, destruiria tudo pelo que ela estava lutando. Temple teria sua vingança; ela ficaria sem nada. A esse pensamento, Mara deveria ter se resignado. Ou ficado devastada. Deveria ter tido impulso de fugir. Mas, em vez disso, ficou triste, pois houve um momento em que pensou que conseguiria conquistar tudo. O dinheiro, o orfanato... e o homem. Ela afastou esse pensamento. Temple não podia ser conquistado. Não por ela, pelo menos. *Ela não o merecia.*

Agora, depois disso, ele se livraria dela. Temple se virou para Mara, e a afastou para as cordas.

"Temple", ela disse em voz baixa, sem saber o que dizer em seguida.

Esse não era meu plano. Eu não sabia que ele estaria aqui. Vença. Ele não olhou para ela. Era como se Mara não existisse. E naquele momento, nada mais importava. Tudo que ela queria era que ele a visse. Tudo que ela queria fazer era voltar. Para a modista. Para a noite na rua em frente à casa dele. Para doze anos atrás. Tudo que ela queria era mudar o passado.

"Temple", ela chamou, de novo, desejando que apenas a menção do nome dele dissesse tudo que precisava ser dito. Mas ele a ignorou, passando-a por cima das cordas para o Marquês de Bourne, que estava do outro lado. Bourne a pegou e a segurou, mantendo-a a salvo da multidão ao redor.

"Ele deveria te matar por armar esta emboscada."

Meu Deus! Eles não podiam pensar que ela planejou isso. *Ele* não podia pensar. Só que isso seria exatamente o que ela pensaria se a situação fosse inversa. E ela e Temple eram dois lados da mesma moeda. Ela lhe diria tudo depois que ele vencesse Kit. Tudo. Desde o começo. Ela lhe contaria que o dinheiro pertencia ao orfanato. Que ela lutava pelos meninos e nada mais. Que ela não lhe queria mal. Que ela desejava que ele vencesse. Mas no momento ela não tinha escolha a não ser assistir à luta. Temple encarou Christopher – e a encarou – e ela percebeu que aquele combate não seria em nada igual à luta com Drake. Havia emoção nos olhos de Temple dessa vez. Raiva. Fúria. *Mais.*

Ele riscou a serragem com o pé, formalizando um início forte e inegável. Ou talvez fosse o fim. A luta começou, e mesmo naquela situação Temple seguiu suas regras, permitindo que Christopher desferisse o primeiro golpe. Seu irmão atacou Temple com uma intensidade feroz, disparando um soco no olho dele.

Mara não estava esperando o som do osso contra a carne, do impacto dos punhos quando atingem seus objetivos com baques surdos. Do impacto das juntas quando batem no osso. E aquilo revirou seu estômago enquanto ela observava Temple tomar o primeiro golpe, depois outro e então um terceiro. E, então, como se estivesse contando os socos, oferecendo-os de graça antes de obrigar seu irmão a pagar por eles, Temple atacou Christopher da maneira que ela sempre ouviu dizer que ele lutava. Os punhos o atingiam como trovões, socando o abdome e os flancos de Christopher, até ele se virar e dar as costas ao ataque, tentando arranjar um momento para recuperar o fôlego. Para reencontrar sua força. E atacar Temple outra vez.

Talvez Temple tivesse esse nome porque era constituído de pedra e fosse impenetrável. Invencível. Como se o mundo pudesse acabar e somente ele sobreviver. Seus punhos choveram sobre o irmão de Mara. Soltando *jabs*, cruzados e *uppers* até Christopher cair, indo parar nas cordas a poucos centímetros dela, um olho quase fechado, já inchado pelos golpes. Mara podia detestar o irmão às vezes. Ele podia não ser mais o garoto que ela conheceu – o que ela deixou para trás –, mas ele ainda era seu irmão. E ela não o queria morto. Ela implorou a ele:

"Kit! Pare com isso! Ele vai te matar!"

Christopher a fitou nos olhos e, embora esperasse ver dor, arrependimento ou surpresa ali... Mara viu algo inesperado. Ódio.

"Você o escolheu."

Por instinto, ela negou com a cabeça.

"Não."

Não era verdade. Ou era? Ela tinha escolhido os meninos. Ela tinha escolhido a segurança de suas crianças. E então... de algum modo, ela tinha escolhido Temple. A constatação foi chocante. Meu Deus! Ela o tinha escolhido? Ele aceitaria isso? Mara olhou para Temple, que vinha na direção deles. Para pegar Christopher. Mas os olhos de Temple a encontraram. Frios. Duros. Sentindo-se traído. Ela odiou aquele olhar. Não conseguiu encará-lo. E se virou para o irmão, que sorria, da maneira que fazia quando os dois eram crianças e ele estava prestes a fazer algo que divertiria os dois, mas que sem dúvida o faria levar uma surra do pai. E então ele estendeu a mão para algo no chão do ringue. *Para a faca dela.*

Mara viu o brilho metálico antes de qualquer um. E gritou.

"Não!"

Mas era tarde demais. Christopher atacou Temple sem refinamento – pura força bruta. Mara olhou para Temple, que não estava observando Christopher. *Ele estava olhando para ela.* Meu Deus!

"Ele vai te matar!", as mesmas palavras, agora com significado diferente. "Não!" Ela enlouqueceu e se soltou de Bourne, pulando na direção do ringue, agarrando as cordas, tentando chegar até Temple. Tentando salvá-lo.

Suas palavras se perderam em meio ao rugido dos espectadores, que ferviam, latiam e uivavam como cães atrás de sangue. E Christopher forneceu o sangue. A faca entrou firme e fundo no peito de Temple, e o sangue esguichou como uma fonte maligna. Ela ficou paralisada ao ver aquilo, parando no meio do caminho, e alguém a segurou pela cintura e a puxou para trás com uma força incomum. Ela não notou o próprio grito até ele sair com uma potência de furar os tímpanos. E, pela primeira vez desde que entrou no ringue, doze anos atrás, o Duque Assassino caiu.

Ela não conseguia parar de olhar, incapaz de tirar os olhos do ângulo desajeitado das pernas dele e do rio de sangue que jorrava de seu peito, espalhando-se escuro e agourento pela serragem no chão. Um homem alto, de cabelo ruivo, entrou correndo no ringue, tirou o casaco e se ajoelhou ao lado de Temple, disparando ordens, debruçando-se para avaliar a ferida.

E então Mara não viu mais nada, pois sua visão foi bloqueada pela dúzia de homens que subiu no ringue, todos tentando chegar até ele. Cada um mais ansioso que o outro para ser o primeiro a anunciar.

"Ele morreu!"

"Não", ela sussurrou, recusando-se a acreditar.

O que ela tinha feito?

Temple era forte demais, grande demais, *vivo demais* para que isso fosse verdade. Ela lutou contra os braços que a seguravam com um aperto férreo, desesperada para se soltar. Desesperada para chegar até ele. Para provar que aquelas palavras estavam erradas.

"Não! Não pode ser verdade."

Os braços em volta dela a apertaram até doer. A voz de Bourne, então, entoou uma promessa cruel em sua orelha.

"Você vai pagar caro se for verdade!"

Capítulo Doze

Os homens do Anjo Caído estavam de guarda sobre seu camarada abatido. Foram necessários três homens para carregar Temple – Bourne, Asriel e Cross, o diretor financeiro do clube. O trio já estava ofegante após passar pela grande porta de aço que dava acesso aos aposentos privados de Temple, o lugar que ele projetou para ser seu espaço de tranquilidade e paz. Eles tiraram todos os objetos de cima de uma grande mesa de centro e o deitaram sobre ela, antes de acender todas as velas da sala. Sem que precisassem lhe pedir, Asriel saiu em busca de água quente, bandagens e um médico, embora fosse claro para todos que um médico não conseguiria ajudar. Ninguém, a não ser Deus, poderia ajudá-lo naquele momento. E Deus raramente dava atenção a um canalha.

Cross se moveu com precisão e rapidez para averiguar o ferimento.

"Fique acordado, seu brutamontes. Você é grande demais para cair."

Temple se debatia.

"Eu não devia estar aqui", ele disse, com os pensamentos anuviados e a língua pesada. "Eu tenho uma luta." Cross abriu um dos braços de Temple para verificar a extensão do ferimento, e Temple arqueou as costas de dor, lutando contra o movimento.

"Você já lutou", disse Justin, o zelador do clube, em voz baixa. "Duas vezes."

Temple balançou a cabeça, o movimento foi desengonçado como um boneco quebrado. Ele estava delirando.

"Não. Ele exagerou com os dados desta vez. Foi longe demais. Eles são muitos."

Bourne se aproximou para segurá-lo, praguejando baixinho.

"Isso foi há muito tempo, amigo. Faz anos. Não jogamos mais dados nas ruas."

A porta da sala foi aberta em um rompente, mas nenhum dos dois olhou na direção do som. Aquela sala estava mais segura do que se o próprio Rei estivesse ali, lutando pela vida. Se alguém entrou, era porque tinha acesso aos segredos mais sombrios do clube.

"Justin, volte para o cassino." Chase havia chegado. "Nós não vamos parar de esfolar a aristocracia só porque Temple sofreu um arranhão."

Bourne fulminou Chase com o olhar.

"Demorou para você aparecer aqui."

"Será que só eu lembro de que nós temos um clube para administrar? O que vai acontecer com o Temple se falirmos enquanto ele se recupera?"

Cross não tirou os olhos da faca.

"Isto aqui é muito mais que um arranhão."

Temple se debateu contra as mãos que o seguravam.

"Eu tenho que lutar! Bourne não pode com eles!"

"Nós os vencemos juntos", disse Bourne em voz baixa, o rosto pálido de frustração e preocupação. "Nós os enfrentamos juntos."

Temple abriu os olhos e encontrou os de Bourne.

"Nós vamos perder."

"Não com o diabo do nosso lado", disse Bourne, balançando a cabeça. "Chase veio nos ajudar."

"Eu salvei você na época", disse Chase, debruçando-se sobre Temple, com um pouco de emoção na voz, algo que nunca sonharia em admitir. "Eu te salvei na época, e nós todos vamos salvá-lo agora."

Temple balançou a cabeça.

"Eu tenho que lutar...", as palavras foram sumindo, e ele ficou largado sobre a mesa.

Bourne se virou no mesmo instante para Cross.

"Ele...", começou Bourne, a voz áspera.

"Não", Cross negou com a cabeça. "Ele desmaiou", concluiu, e, em seguida, inspecionou o local em que a faca jazia enterrada no tronco de Temple, entre o ombro e o peito. "Pode não ser fatal."

Faltava convicção às suas palavras.

"Nenhum de nós é médico", disse Bourne, "desculpe, mas o seu diagnóstico não me tranquiliza."

"Pode ser só músculo. Nervo."

"Tire-a."

Cross balançou a cabeça.

"Nós não sabemos o que isso vai provocar. Não sabemos se isso

poderia..." Ele se interrompeu, mas as palavras não ditas ecoaram em todos os presentes. *Matá-lo com mais rapidez.*

Chase praguejou, a voz baixa e furiosa.

"Justin?", Cross chamou, e o chefe de apostas do cassino ajeitou os óculos no nariz, aguardando a ordem. "Chame o médico. E minha mulher." A Condessa de Harlow possuía um impressionante conhecimento de anatomia, e era o mais perto de um médico que eles teriam naquele momento.

"E me traga tudo que nós temos sobre Christopher Lowe", Chase falou, a voz sombria.

Bourne olhou para Chase.

"Imagino que ele tenha fugido?"

"O perderam em meio à multidão."

Bourne praguejou.

"Como?"

"Os seguranças estavam tão preocupados com Temple que esqueceram que seu trabalho é proteger as saídas. Vou acabar com eles. Com cada um deles."

"Bom, pelo menos eles se preocupam com Temple", disse Cross.

Uma sobrancelha dourada foi erguida.

"Interessante, isso. Considerando que poderiam ter capturado o agressor dele se não estivessem choramingando pelos cantos. Eles vão me prestar contas por se comportarem como crianças que perderam seus doces", disse Chase.

"Você é de uma frieza...", disse Cross.

Chase o ignorou e se voltou para Bourne.

"O que aconteceu com você?"

Um hematoma começava a surgir no rosto de Bourne, colorindo de preto a pálpebra de seu olho direito. Bourne fez uma careta.

"Prefiro não tocar nesse assunto", disse ele.

Chase pareceu não se importar.

"Onde está a garota?"

"Trancada em Prometeu, como deveria."

Chase aquiesceu.

"Ótimo. Deixe-a pensar no que fez."

"O que você pretende fazer com ela?"

Chase se debruçou sobre Temple, observando sua respiração entrecortada, o peito imenso subindo e descendo de modo quase imperceptível, a pele, normalmente morena, agora amarela diante da ameaça da morte.

"Eu vou matá-la com minhas próprias mãos se ele morrer. E terei prazer nisso."

"Lowe pensou que ela o traiu", disse Bourne.

"Ela enganou a todos nós", Chase não ergueu os olhos. "Eu não achei que ela fosse capaz disso tudo."

"Ela simulou a própria morte e deixou que Temple levasse a culpa", disse Cross.

A porta foi aberta novamente e Philippa, Lady Harlow, entrou ofegante, os óculos tortos no rosto, seguida por Asriel, que trazia água quente e bandagens. Pippa ignorou a todos na sala e foi diretamente para Cross, acariciando o ombro do marido em uma manifestação de consolo. Depois que Cross pegou sua mão e deu um beijo em seus dedos, ela voltou sua atenção para Temple, tocando seu ombro e deslizando os dedos até o local em que o cabo da faca de Lowe se sobressaía.

Ela apertou o músculo e Temple gemeu.

"Você o machucou", disse Chase.

Pippa não tirou os olhos de Temple.

"Se ele está sentindo dor, e consegue manifestar isso, é um bom sinal. Indica consciência." Ela se virou para o marido. "O médico foi embora assim que a primeira luta terminou. Mandaram vários homens atrás dele, mas temos que esperar. Você precisa tirar a faca. Com um movimento seguro. Precisamos tratar este ferimento antes que..."

Ela parou. Ninguém naquela sala precisava ouvir o resto.

"E se a faca, de algum modo, está impedindo uma hemorragia ainda pior?", perguntou Chase.

"Se esse for o caso", disse Pippa, suavizando a voz, "estamos apenas prolongando o inevitável."

"Lady Harlow, ainda que eu tenha certeza de que você é extremamente competente em todas as áreas da ciência", disse Chase, "perdoe-me se eu duvidar de sua capacidade enquanto médica."

Pippa olhou para Cross, esperando.

"À luz das circunstâncias atuais, vou ignorar o tom de voz que usou com a minha mulher", disse Cross. "Nós não podemos esperar pelo médico. Ele pode demorar horas."

Chase praguejou, e a manifestação emocionada de alguém tão estoico e duro foi perturbadora para todos naquela sala.

"Ele não vai morrer", disse Bourne, com palavras que eram ao mesmo tempo promessa e oração. "Ele é o Temple. Mais forte e robusto que todos nós. Jesus. Ele é grande como um touro. É imbatível."

Só que ele tinha sido abatido...

"Tragam-me a garota", disse Chase.

Cross foi simples e direto:

"*Não.*"

Bourne foi mais pitoresco:

"Nem sobre o meu cadáver apodrecido aquela vagabunda vai entrar nesta sala."

"Ela tem que *ver* o que fez com ele, Bourne", disse Chase sem se deixar levar pela raiva.

"Eu preferiria que ela *experimentasse* o mesmo que fez com ele."

"Traga a garota", vociferou Chase, olhando para Asriel.

Asriel não hesitou de novo. A vontade de Chase era uma ordem.

"Fique de olho nela", disse Bourne. "Assim como o irmão, ela também pode puxar uma faca para qualquer um de nós." Bourne levou a mão ao olho. "E ela tem um cruzado de direita surpreendente."

Pippa olhou para ele e arregalou os olhos por trás dos óculos. Bourne resistiu ao impulso de se remexer.

"Ela acertou você", disse Pippa.

"Eu não esperava pelo soco."

Cross não conseguiu resistir.

"Não imagino que esperasse."

Ele voltou sua atenção para o corpanzil de Temple, observando Pippa limpar a pele ao redor da faca em uma tarefa frustrante – mais sangue surgia a cada passada de pano.

Depois de longos segundos, ela disse, sem erguer os olhos.

"Você não pode estar planejando se revelar para ela", ela disse, depois de longos segundos, sem erguer os olhos do ferimento.

Chase encarou as costas de Pippa.

"Eu não tinha pensado nisso."

"Ela não pode saber quem você é", Cross concordou com a esposa. "Não podemos confiar nela."

Pippa encostou um pano limpo na testa de Temple, tirando o suor e a serragem que grudou ali no ringue.

"Se ela souber...", disse Bourne.

Ele não concluiu a frase, mas isso era desnecessário. Se Mara – se qualquer um além de umas poucas pessoas confiáveis – soubesse a verdadeira identidade de Chase, o Anjo correria perigo. E o perigo do Anjo ameaçava a todos eles.

Havia uma pintura pavorosa de Prometeu na parede da sala em que Mara estava aprisionada. Era uma cena de tortura. O herói jazia acorrentado de costas a uma pedra, seu rosto um retrato de agonia, enquanto Zeus, sob a forma de uma águia preta, cortava sua carne. Punindo-o por sua insolência.

Por roubar o fogo dos deuses. Por pensar que poderia vencê-los. Era uma pintura assustadora, enorme e ameaçadora, sem dúvida com o objetivo de amedrontar aqueles que desafiavam o Anjo, deixando-os cientes das consequências de suas ações e mais propensos à confissão. Uma visão passou diante dos olhos de Mara – Temple esparramado no chão do ringue, a vida jorrando de seu peito enquanto ela gritava. Christopher havia esfaqueado Temple. Com a faca *dela*. *Fogo dos deuses*.

A porta foi aberta e ela se virou, disparando a falar sem conseguir se conter.
"O duque está vivo?!"

O braço direito de Temple, o homem alto e forte, com a pele escura como a meia-noite, que ficou de vigia do lado de fora do orfanato, não respondeu. Ele apenas indicou silenciosamente que ela devia seguir à frente dele pelo corredor escuro, e o fez com uma seriedade que sugeria ser um erro insistir em uma resposta ou ignorar suas instruções. Era óbvio que ele havia sido muito bem treinado por Temple. Com o coração disparado, ela fez o que o homem mandou.

"Não tente nada", ele falou quando Mara passou, a voz baixa e áspera.

Ela quis dizer que não tentaria nada. Que detestava o que tinha acontecido. Que, se soubesse que aquilo poderia acontecer, teria feito tudo ao seu alcance para impedir. Que mesmo quando estava furiosa com ele, nunca teve a intenção de machucar Temple. Mas ela sabia que palavras seriam inúteis e seu significado tomado como mentira ou coisa pior. E assim ela simplesmente manteve as costas eretas e a cabeça erguida quando passou por ele e entrou na passagem mal iluminada.

No corredor havia uma fila de homens e mulheres, com todos os tipos de uniformes – de criados a damas da noite –, todos pálidos de preocupação. Os olhares ferviam de ódio. Ela desejou que ainda estivesse com a máscara que tomaram dela após a luta. Todos a fitavam com olhos irados enquanto Mara percorria caminhos que, vazios, já eram assustadores. Projetados para oprimir com seu tamanho e curvatura; projetados para deixar muito claro, para quem passasse por ali, quem é que detinha o poder. Projetados para dissuadir Prometeu de pensar que podia se dar bem em sua jornada.

"Espero que você a leve para os chefes", disse uma mulher loira, linda e carregada de rancor. "Espero que Chase acabe com ela."

Um murmúrio de concordância percorreu os presentes.

"Ela merece o mesmo que fez a Temple", acrescentou um homem ao lado.

"Ela merece mais!", veio um grito sinistro de trás dela, e Mara cruzou os braços bem apertados, e andou mais depressa, desesperada para escapar daquelas pessoas. De seu ódio.

Então seu acompanhante abriu uma porta e ela saiu do corredor para aquela câmara, detendo-se assim que percebeu onde estava. Desejando ter continuado na passagem escura. Mara estava nos aposentos de Temple, onde o assistiu tirar a camisa mais cedo, naquela mesma noite. Onde eles se enfrentaram. Onde ele a beijou nos lábios e em outras partes de seu corpo, dando-lhe uma prova da vasta quantidade de prazer que ele era capaz de provocar nela. Onde ela tentou permanecer firme e não reparar em seus músculos, tendões e ossos. Em seu calor. Sua vitalidade. Vitalidade era o que lhe faltava agora. Uma mulher e dois homens se debruçavam sobre ele, e a luz de velas o envolvia em seu brilho quente, destacando a palidez da pele, a quietude da morte. Ela fechou os olhos ao pensar nessa palavra, desejando não ter deixado que surgisse em sua cabeça. Desejando que a palavra *morte* fosse embora.

Ela deu um passo na direção dele, sentindo um nó na garganta.

"Meu Deus", ela sussurrou, sentindo o peito pesado de medo e aflição, incapaz de se segurar ao estender a mão para ele, antes que o guarda segurasse o seu braço e interrompesse seu movimento.

O Marquês de Bourne se virou ao ouvir sua voz, e ela notou o hematoma no canto inferior de seu olho, sentindo na mão direita a pontada relacionada àquele olho. Ele apontou para ela.

"Você não chegue perto dele."

Havia ódio nas palavras, e uma mulher diferente poderia não ter respondido. Mas ela não aguentaria nem mais um momento sem saber.

"Ele está morto?"

"Você gostaria disso, não é mesmo?"

"Não!", ela disparou, a verdade escapando em uma onda de alívio, sabendo que aquela palavra não significaria nada naquela sala, mas querendo dizê-la de qualquer modo. Querendo lembrar a si mesma que nunca teve a intenção de machucar Temple. Nunca. Desde o início. E com certeza não naquele momento. "Não."

Ele ergueu uma sobrancelha.

"Não acredito em você."

"Não espero que acredite", ela retrucou, encarando-o.

"Chega, Bourne." A mulher na mesa ergueu o rosto e Mara reconheceu a loira de óculos com quem conversou na sala misteriosa, onde assistiram à primeira luta. "Não podemos esperar mais. Temos que extrair a faca."

Fazia uma hora... mais do que isso. Mara não conseguiu ficar quieta.

"Um movimento rápido, do mesmo modo que entrou."

"Ela deve saber como entrou, pois foi como se ela mesmo a tivesse colocado", disse Bourne. "Admire seu trabalho, sua maldita harpia."

Como se Mara não estivesse vendo. Como se ela não tivesse visto seu irmão enterrar a faca no peito de Temple. Como se ela não desejasse que a arma não estivesse ali.

Ela encarou o olhar castanho de Bourne, cheio de ódio.

"*Eu não fiz isso.*"

"É claro que fez." Isso veio do outro aristocrata na sala – alto e ruivo que, quando Mara olhou para ele, acrescentou, "Você preparou isto no momento em que armou para Temple um assassinato que ele não cometeu. Doze anos terminam aqui. Com isto."

"Foi um..." Mara ficou quieta e balançou a cabeça. Eles não entendiam. Pouca gente entendia.

Foi um erro. Ela não falou, porque eles não queriam ouvir sua história, e também não mereciam ouvi-la. Com Temple era diferente. Ele merecia a verdade. Se ele sobrevivesse, ela lhe contaria. Tudo. Ela se ajoelharia a seus pés e lhe daria a chance de se vingar. E também lhe daria a verdade. *Se ele sobrevivesse.*

Ela andou na direção do corpo inerte, e foi detida mais uma vez pelo segurança dele. Ela olhou para a pilha de bandagens perto da cabeça de Temple, em cima da mesa.

"Você precisa retirar a faca rapidamente, e em seguida aplicar pressão", ela disse, evitando os olhares dos homens na sala, fitando apenas o rosto surpreso da condessa. "Você vai precisar de mais bandagens do que tem aí." Ela olhou para a faca. "O ferimento é profundo."

"Você é médica, agora?", as palavras transbordavam um desprezo desdenhoso.

Ela se aprumou e encarou os olhos do marquês.

"Já extraí facas antes."

"De quem?"

Ela olhou para Temple.

"De quem precisasse."

A condessa cansou de esperar.

"Asriel, você vai ter que largar a Srta. Lowe. Nós vamos precisar da sua força para segurar Temple."

"Ele está inconsciente", disse Bourne.

"Se nós tivermos sorte, ele não estará quando fizermos isto. Vai doer. Muito, eu imagino." Mara fechou os olhos ao ouvir aquelas palavras, desejando que se tornassem realidade. Desejando que ele despertasse. Desejando que ele não estivesse morto. Ela observou os homens se mexerem para segurar Temple – três deles para imobilizar aquele corpo imenso –, e tentou não reparar que a pele dele tinha ficado amarela enquanto a vida escorria em um rio de sangue.

Tanta vida. Ela sentiu a garganta fechar ao pensar isso. O que ela fez com aquele homem? O que ele fez para merecê-la em sua vida? Se ele sobrevivesse... Ela barganhava outra vez... Se Temple sobrevivesse, ela lhe daria tudo que ele queria e o deixaria em paz para ser feliz. Com alguma mulher linda e seus futuros filhos lindos em sua linda propriedade. Ela lhe daria tudo que lhe tirou. *Se apenas ele sobrevivesse.* Isso era o mais perto que ela chegava de um acordo com Deus em uma década. Mais tempo que isso. A condessa passou os olhos de um homem para outro, até parar em Mara.

"Você já fez isto antes?"

Mara assentiu, pensando em outra faca. Outra época. Outra pele pálida.

"Já fiz."

"Então você deve fazer agora."

Mara não hesitou e se aproximou dele. Querendo tocá-lo. Bourne a segurou.

"Se o machucar, eu vou matar você."

"Parece razoável", ela concordou.

Ela faria tudo que pudesse para salvá-lo. Ela o queria vivo. Ela queria lhe dar tudo que ele havia lhe pedido. Toda a verdade. Talvez ele a perdoasse. Talvez eles pudessem começar de novo. Caso contrário, pelo menos ela poderia lhe dar tudo que tinha. Tudo que ele merecia.

Bourne a soltou e ela se aproximou da pilha de bandagens, que dobrou, para depois trazer o balde de água fumegante para mais perto. Quando o conde e o marquês a olharam com ódio, ela os encarou, recusando-se a ser intimidada. *Danem-se, eles.*

Mara entregou as bandagens para a condessa antes de levantar as saias para ajoelhar na mesa ao lado da cabeça de Temple e colocar suas mãos firmes no cabo da faca ensanguentada.

"Espere a minha contagem." Todos os presentes ficaram imóveis. Ela olhou para o rosto pálido de Temple. "Não ouse morrer", ela sussurrou. "Tenho coisas para lhe contar."

Ele não se mexeu e ela tentou ignorar a dor no peito que a ausência de resposta dele provocava.

"Um...", ela contou. "Dois...", e não chegou ao três, arrancando a faca do peito dele com um movimento firme e seguro.

Ele gritou de dor, arqueando o corpo sobre a mesa, e Mara quase chorou de alívio ao ouvir o som. Então a condessa se debruçou sobre ele, inundando a ferida com água escaldante para limpar o sangue e, Mara esperava, mostrar uma incisão menos mortal. Esperança é um recurso dos tolos.

O grito de Temple foi renovado quando o líquido fervente queimou sua pele e fez sair mais um rio de sangue. Tentando ignorar o som da dor, Mara pegou uma pilha de bandagens, cobriu o ferimento e colocou todo seu peso ali, desejando que o fluxo parasse, mesmo enquanto tingia o tecido. Mesmo enquanto Temple sangrava. Mesmo enquanto ele morria em suas mãos.

"Você não vai morrer", ela sussurrou. E repetiu sem parar. "Não vai morrer."

Ela tinha que parar o sangramento. Ela só conseguia pensar nisso enquanto permanecia sobre ele, pressionando o mais forte que conseguia, tentando ignorar como ele pinoteava sob a força de todos, tentando se soltar. Mesmo naquele instante Mara ficou chocada com o tamanho dele. Com sua força e vontade enquanto ele rugia sua raiva e sua dor. E então Temple abriu os olhos, pretos como a meia-noite e cheios com seus demônios.

Ele olhou para ela e xingou, sem hesitar, contraindo os músculos do pescoço.

"Você o está machucando." O Marquês de Bourne deu voz ao olhar de Temple. "E está *gostando* disso."

"Eu não", ela sussurrou, apenas para ele, para seu grande duque. "Eu nunca quis machucar você." Ela apertou o ombro ainda mais forte, sentindo uma vaga gratidão pelo cavalheiro ruivo à sua frente ser forte o bastante para segurar o braço de Temple, pois ela não tinha dúvida que ele sentia uma vontade imensa de bater nela. "Eu quero o seu bem."

Temple resistiu ao toque dela, e Mara mudou sua abordagem.

"Pare de fazer força", ela disse em voz alta. E tão firme quanto a pressão que ela aplicava na ferida. "Quanto mais resistir, mais vai sangrar, e você não tem sangue para desperdiçar."

Ele não desviou o olhar, permaneceu com os dentes cerrados, mas parou de fazer força. Por vontade própria, desejou Mara. As bandagens ficaram encharcadas, como ela imaginava. Temple sangrava em profusão, e ela precisava de mais bandagens.

Ela se virou para a condessa.

"Minha lady... será que você..."

Pippa reagiu sem hesitação, sabendo o que Mara queria sem que ela precisasse concluir a frase. Ela segurou as bandagens enquanto Mara pegava a faca ensanguentada na mesa.

"Não..." Bourne soltou Temple no mesmo instante. "Largue isso."

Ela não escondeu sua irritação.

"Você acha que eu vou cortar a garganta dele com todos vocês aqui? Você acha que sinto tanto ódio que fiquei idiota?"

"Eu acho melhor não arriscar", disse Bourne, mas Mara já estava se virando para o outro lado, erguendo rapidamente suas saias – mesmo com o marquês se aproximando dela – e cortando uma camada da linda anágua cor de malva. Bourne se deteve, e Mara teria se divertido com a expressão chocada no rosto dele se não estivesse ocupada oferecendo o cabo da faca para ele.

"Faça alguma coisa de útil. Provavelmente vamos precisar também das camisas de todos." Mais tarde ela ficaria espantada com a rapidez com que

os homens reagiram à sua ordem, tirando os paletós e puxando as camisas pela cabeça, mas naquele momento ela só conseguiu acrescentar: "A camisa dele também está nesta sala. Encontre-a."

Em seguida ela tirou a condessa do caminho e pressionou suas anáguas no peito de Temple, detestando que os rugidos dele tivessem se transformado em protestos quietos, desarticulados, sob o toque firme dela. Detestando que ela não pudesse evitar que a vida escapasse dele.

"Você me fez arruinar meu vestido novo", ela disse, encarando seus olhos, tentando mantê-lo acordado. Alerta. "Você me deve outro."

Ele não respondeu e suas pálpebras começaram a pesar. Ela percebeu que a luta minguava ali. *Não*. Ela disse as únicas palavras que conseguiu pensar.

"Não ouse morrer."

Os olhos pretos dele rolaram por trás das pálpebras, e cílios longos e escuros descansaram sobre a pele clara. E Mara ficou sozinha mais uma vez, tendo como companhia apenas a dor em seu peito. Ela fechou os olhos e segurou a ameaça de lágrimas.

"Se ele morrer, você irá segui-lo até o inferno."

Mara demorou um instante para perceber que não foi o marquês, o homem que rapidamente se tornou seu inimigo, que falou. Foi o outro homem, o aristocrata ruivo, circunspecto, de rosto fino e queixo quadrado. Ela o fitou nos olhos, percebendo que seus olhos cinzentos brilhavam com emoção quase incontida. E ela soube, sem dúvida nenhuma, que a ameaça era real. Eles a matariam se Temple morresse. Não pensariam duas vezes. E talvez ela merecesse isso. Mas ele não merecia. Ela o manteria vivo mesmo que aquilo consumisse toda sua energia.

Mara inspirou fundo e trocou sua anágua pela camisa do homem.

"Então ele não vai morrer."

Ele não morreu naquela noite. Temple caiu em um sono agitado, que continuava quando o médico chegou e logo começou a analisar a ferida.

"Vocês deveriam ter esperado eu voltar antes de extrair a faca", ele disse, inspecionando a ferida, sem olhar, de propósito, para as mulheres na sala.

"Você não aparecia", disse Bourne, com raiva na voz, e Mara ficou feliz por ver que era dirigida a alguém que merecia. "O que nós iríamos fazer?"

"Eu tenho outros compromissos", o médico respondeu sem remorso, levantando a bandagem do ombro de Temple e inspecionando a ferida agora seca. "Teria sido melhor não fazer nada. Você poderiam ter causado um estrago maior. Com certeza, colocá-lo nas mãos de uma mulher foi uma decisão questionável."

A Condessa de Harlow franziu o cenho ao ouvir isso, e olhou para o aristocrata ruivo que Mara descobriu ser seu marido, mas não disse nada, sem dúvida para não espantar o médico depois que finalmente tinha aparecido. Mara não sentiu o mesmo. Ela já tinha visto muitos médicos chegarem, com poções mágicas e ferramentas nas mãos, para irem embora sem fazer nada além de piorar a situação. Temple teve muita sorte de o médico demorar oito horas.

"É melhor ser atendido por uma mulher do que por médico nenhum."

O médico, enfim, olhou para ela.

"*Você* não é médica."

Ela já havia enfrentado adversários mais fortes e melhores do que aquele médico. Incluindo o homem inconsciente sobre a mesa.

"Posso dizer o mesmo de você, por tudo que vi da sua perícia médica esta noite."

A Condessa de Harlow piscou por trás das lentes grossas dos óculos, e seus lábios se curvaram, esboçando um sorriso. Quando Mara olhou para ela, a condessa desviou o olhar, mas não sem antes perceber a admiração da outra. Uma aliada, talvez, em uma sala cheia de inimigos. O cirurgião se virou para o outro lado e logo falou com o Conde de Harlow.

"Ele precisa ser sangrado."

Mara estremeceu com a visão rápida e perturbadora de sanguessugas presas à pele, gordas com o sangue de sua mãe.

"Não."

Ninguém olhou para ela. Ninguém pareceu ouvi-la.

"Isso é necessário?" O conde não parecia convencido.

O médico olhou para a ferida.

"Sim."

"*Não!*" Ela repetiu, mais alto dessa vez. Sangrias matam. E isso acabaria com a vida de Temple, assim como acabou com a vida de sua mãe.

O médico continuou. "E quem sabe o que mais a mulher fez com ele. O que precisa ser revertido. Sangria é a resposta."

"Sangria não é resposta", disse Mara, colocando-se ao lado de Temple, entre ele e o médico, que agora tirava uma grande caixa quadrada de sua bolsa. Ninguém a escutava.Ninguém a não ser a Condessa de Harlow.

"Também não tenho certeza de que esse é o melhor tratamento", disse ela, muito séria, indo se colocar ao lado de Mara.

"A senhora também não é médica, minha lady."

"Podemos não ser médicas, senhor, mas éramos o melhor que ele tinha, não éramos?"

O médico apertou os lábios.

"Não vou tolerar que falem assim comigo. E por..." Ele acenou a mão para elas.

Cross deu um passo adiante, pronto para lutar por sua mulher.

"Por quem, exatamente?'

O médico percebeu seu erro.

"É claro que não estou falando de Lady Harlow, meu lorde, estou falando...", ele apontou para Mara, "...dessa *mulher*."

Ele falou *mulher* como se fosse uma palavra suja. Mara poderia se ofender se a vida de Temple não estivesse em jogo. Ela ignorou o insulto.

"Você já o sangrou antes?"

Houve uma pausa na conversa, e ela pensou que o médico não iria responder, até que a condessa ficou do seu lado.

"É uma pergunta excelente", Pippa acrescentou.

O médico hesitou, até Cross insistir.

"Doutor?"

"Não. Ele nunca precisou."

Mara olhou para Temple, imóvel como um cadáver sobre a mesa. É claro que não. Aquele homem era invencível. Ele nunca precisou de qualquer tratamento. Até agora. Até quase morrer.

Ela olhou para a condessa.

"Minha lady?" Ela pediu, deixando que seus sentimentos a respeito daquilo ecoassem em suas palavras. Aparecessem em seu rosto. *Não permita isso. Por favor, deixe-o viver.*

A condessa assentiu e se virou para o marido.

"Nós devemos esperar. Temple é saudável e forte. Eu prefiro lhe dar a oportunidade de se curar sozinho do que fazê-lo perder mais sangue."

Mara suspirou de alívio, e a emoção queimou em seus olhos.

"Mulheres não conseguem compreender nem o básico deste tipo de medicina. Suas mentes..." Ele abanou a mão no ar. "Elas não estão equipadas para tal conhecimento."

"Perdão?" A Condessa de Harlow estava obviamente contrariada.

Mara se manteve firme.

"Até as mulheres podem compreender que o sangue, normalmente, não deve sair do corpo", disse ela. "Não vejo motivo para acreditar que não precisamos de todo o sangue que temos."

Era uma teoria incomum. E impopular. Mas a maioria das pessoas não tinha assistido a morte da própria mãe, ver a mulher que te criou cada vez mais pálida e doente, coberta por sanguessugas e cortada por lâminas. Mara era testemunha de que sangria nunca era a solução.

O médico suspirou, percebendo que teria que lidar com as mulheres

na sala. Ele falou como se dirigisse a crianças, e Mara notou que o conde travou o maxilar de irritação.

"Nós precisamos restabelecer o equilíbrio. O que Temple perdeu no ombro deve ser tirado da perna."

"Isso é uma total idiotice!" Mara se virou para a condessa, sua única aliada. "Se um teto está com goteira, ninguém abre um segundo buraco no telhado para resolver o problema."

O médico não aguentava mais. Ele bufou e se virou para Bourne.

"Não vou receber aulas de mulheres na área de minha especialidade. Ou elas saem, ou eu vou embora."

"Então é melhor você ir, e nós procuramos outro médico", disse a condessa.

"Pippa", disse Cross, suave mas firme, e Mara pôde notar a preocupação em sua voz. Ele não queria que seu amigo morresse.

Se ele pudesse perceber que Mara também não queria isso.

"Dê a noite para ele se recuperar", ela pediu. "Doze horas para ver se há febre – algum tipo de infecção –, e então deixo seu barbeiro cuidar dele."

O médico arregalou os olhos com o insulto, e Mara teria rido se não estivesse tão desesperada para manter aquele homem e seu tratamento cruel longe de Temple.

"Eu não trataria dele agora nem se vocês triplicassem meus honorários."

Mara passou a odiar aquele homem, tão parecido com a miríade de médicos londrinos que cutucaram, furaram e declararam sua mãe incurável. Eles a deixaram morrer, mesmo quando Mara implorou ao pai que os afastasse. Que encontrasse alguém que usasse algo além de sanguessugas e láudano para tratar a mãe. Mas o pai a ignorou e não permitiu que interferisse.

Bourne falou, e Mara percebeu como era irônico que o marquês tentasse acalmar o médico.

"Doutor, por favor. Doze horas não é tanto tempo."

"Ele pode morrer em doze horas. E se morrer, será por culpa destas mulheres."

"Por minha culpa", disse Mara, fitando o marquês nos olhos, reparando no círculo em volta do olho direito, agora completamente preto e brilhante, algo que não a ajudaria a conquistar a simpatia do marquês. Mara ficou espantada quando ele não desviou seu olhar. "O sangue dele está nas minhas mãos. Deixe-me limpá-lo."

Isso era o mais próximo que ela chegaria de implorar. Próximo o bastante. Ela nunca entenderia o porquê, mas Bourne olhou para Cross, e depois se voltou para ela.

"Doze horas."

Mara sentiu o alívio em todo o corpo, e ela quase pediu desculpas ao marquês arrogante. Quase.

"Eu não voltarei", disse o médico, com a voz ácida.

Mara já estava tirando o excesso de água quente de um pano limpo.

"Não vamos precisar de você."

A porta se fechou atrás dele e o marquês tirou um relógio do bolso.

"Doze horas começam agora." Ele olhou para Cross. "Chase vai querer nos matar por deixar o médico ir embora."

Aquilo não fez muito sentido para Mara, mas ela estava concentrada demais em Temple para querer entender. Ela preferiu se dirigir à condessa.

"Precisamos fazer o possível para evitar uma febre."

Pippa concordou com um aceno de cabeça e se afastou, indo até a porta para pedir mais panos e água limpa.

Mara olhou para o rosto de Temple, observando os traços pretos das sobrancelhas, a ponta torta do nariz que um dia já foi aristocrático, as cicatrizes na sobrancelha e no lábio, o corte da primeira luta da noite, que agora riscava de preto uma face. O arrependimento cresceu, esmagando seu peito.

Ela havia feito isso com Temple, pensou Mara, colocando o tecido em sua testa, detestando a imobilidade dele.

Agora ela teria de salvá-lo.

Capítulo Treze

Elas mentiram. As pessoas que contam histórias sobre o momento da morte, recheadas de coros de anjos e uma sensação de paz absoluta e irresistível. Não havia anjos. Não havia paz. Pelo menos não para Temple. Não havia nada que o tentasse a ir na direção de uma luz brilhante e reconfortante. Nada que lhe oferecesse consolo diante da dor que o queimava, ameaçando seu pensamento e seu fôlego. E o calor. Era como se fogo queimasse seu peito e seu braço, chegando até a mão, como se estivesse em chamas. Ele não conseguia lutar contra isso – eles o seguravam e obrigavam a aguentar. Como se tivessem prazer nisso. Era o calor que o fazia perceber que estava à beira do inferno.

Seus anjos não vinham de cima; eles vinham de baixo, e o tentavam a se juntar a eles. Eram anjos caídos, e eles não falavam através de hinos melódicos. Pelo contrário, eles praguejavam, xingavam e o atraíam com tentações e ameaças. Prometiam-lhe tudo que ele amava em vida – mulheres, bom

scotch, comida boa e lutas melhores. Eles lhe prometiam que ele reinaria novamente caso se juntasse a eles. Suas vozes eram muitas e misturadas – sotaques londrinos grosseiros e aristocráticos, e também mulheres. Estas sussurravam para ele, prometendo-lhe o mais absoluto prazer se as seguisse. Por Deus, ele se sentiu tentado.

E então havia ela. A que parecia sussurrar com mais severidade. A mulher que praticamente o insultava. A que falava as palavras que iam além das belas promessas. Palavras como *vingança*. E *poder*. E *força*. E *duque*. Mas fazia muito tempo que ele não era um duque. Não desde que ele matou a noiva do seu pai.

Então alguma coisa avivou sua consciência, algo que começou a fluir quando ele ouviu os outros suspirando ao redor dele, *falando* com ele. *É só uma questão de tempo. Ele não pode nos ouvir. Ele não pode lutar. Ele perdeu muito...* E ele perdeu mesmo. Ele perdeu o nome, a família, a história e agora a vida. Ele perdeu o mundo no qual tinha nascido... o mundo de que ele tanto gostava. Mas sempre que se sentia tentado pela escuridão, ele a ouvia. *Ele vai lutar. Ele vai viver.* A voz dela não era gentil nem angelical. Era forte como aço, e lhe fez promessas melhores do que os outros. Ele não a ignoraria. *Danem-se eles. Metade de você já é mais forte que qualquer um deles. Seu trabalho ainda não terminou. Sua vida não terminou.* Mas tinha terminado, não tinha? Não fazia anos que tinha acabado? Não tinha acabado naquele dia em que acordou na cama ensanguentada, com a noiva de seu pai morta por suas mãos? Ele a matou. Ele a matou com seus punhos gigantescos, sua força sobrenatural e Deus sabe mais o quê. Ele a assassinou, e ao mesmo tempo assassinou tudo que sua vida poderia ter sido. Ele a matou, e agora estava ali, morrendo... finalmente recebendo o que merecia.

Dizem que, no momento da morte, a vida da pessoa passa diante de seus olhos. Temple sempre gostou dessa ideia, não para lembrar de sua infância na grande propriedade de Devonshire, mas para lembrar daquela noite. A noite em que tudo mudou. Em algum lugar, nos cantos obscuro de sua mente, ele sempre soube que nesse momento, pairando às portas da morte, ele se lembraria daquela noite. A noite que selou seu destino. A noite que lhe prometeu sua entrada no inferno. Mas mesmo naquele instante, Temple não conseguia se lembrar. Ele queria rugir de frustração.

"Por quê?"

Temple não ouviu seu sussurro ecoar na sala. Tudo que ele ouviu foi seu anjo caído irado, provocando-o com mentiras perversas, mesmo enquanto ele delirava. *Porque você vai sobreviver, Temple. Você vai sobreviver, e eu vou lhe contar tudo.* Ela estava lá, a garota daquela noite – a garota bonita, risonha, que fugiu dele dançando pelos jardins, e ficou sobre ele nos lençóis de algodão branco, com seus cabelos sedosos, pele macia e olhos que o assombravam. Ela estava lá, com uma fileira de garotos, todos de cabelos pretos e olhos cintilantes como joias. *Ela* estava lá, seu toque frio na escuridão, e suas promessas o fizeram evitar a luz. E voltar para ela. Voltar à vida. Ela o estava salvando.

Horas se passaram e Temple não acordou, mesmo ficando mais agitado em seu sono – lutando contra o tratamento cada vez que lavavam a ferida com água quente.

Mara foi retirada da sala e mas logo chamada novamente, os aristocratas só permitiam que ela se aproximasse de Temple quando era hora de limpar o ferimento ou trocar o curativo. Toda vez que ela entrava ali, havia pessoas diferentes de vigília. Bourne, Cross e Pippa permaneciam ali constantemente, e a eles se juntaram, depois que o último jogador foi embora do cassino, os homens que trabalhavam nas mesas do Anjo, crupiês e seguranças, e também as mulheres que atuavam no clube – um fluxo contínuo de empregadas e acompanhantes preocupadas e chorosas.

A mulher loira chamada Anna, que Mara conheceu na estranha sala envidraçada, chegou assim que terminou seu trabalho. Mara observou, de soslaio, como a prostituta manteve, durante longos minutos, uma vigília silenciosa na cabeceira de Temple, tocando a pele tatuada de seus braços, deslizando pelos feixes de seus músculos, segurando sua mão forte enquanto sussurrava em sua orelha. Ocorreu a Mara que aquela pudesse ser a amante de Temple, pelo modo como ela falou dele na sala escura e envidraçada. Todas as mulheres suspiravam e salivavam por ele. Sem dúvida ele tinha uma coleção de mulheres. E aquela ali era bonita o bastante para ser a general de seu exército de lingerie. Os dedos longos e delicados da mulher percorriam a pele macia de Temple, as unhas perfeitas penteavam os pelos dos braços dele em um gesto que não tinha como não ser malicioso. Aquela mulher conhecia Temple. Gostava dele. Sentia-se confortável tocando-o enquanto ele jazia imóvel e nu na sala escura.

Mara olhou para outro lado e a odiou. Mas acima de tudo odiou a si mesma pelo ciúme quente que sentiu. Por não contar tudo para Temple quando teve a chance. Por não confiar nele. Por atormentá-lo, quando ele não fez nada para merecer isso. Ela manteve a cabeça abaixada enquanto cuidava dele, lavando, limpando e fechando sua ferida. Enxugando sua testa e procurando sentir seus batimentos cardíacos, abençoados de tão fortes. Alguém havia coberto Temple e colocado um travesseiro debaixo de sua cabeça – uma concessão ao conforto, uma vez que temiam tirá-lo de cima da mesa, como se aquele carvalho maltratado tivesse algum tipo de propriedade curativa.

Mara foi ficando cada vez mais preocupada quando o dia deu lugar ao crepúsculo no mundo além do cassino, e Temple continuou imóvel. Bourne ameaçou chamar outro médico, mas, aparentemente, o tal Chase apoiou Pippa e concordou que deviam esperar toda a noite para que Temple recuperasse a consciência. Chase não estava mais lá quando Mara voltou à sala para mais uma rodada de limpeza do ferimento, mas suas palavras eram sagradas para os outros. Quando Mara estava junto a Temple, ela falava com ele, desesperada para acordá-lo, para trazê-lo de volta à consciência. Desesperada para que ele abrisse os olhos e a visse. *Às vezes eu acho que você me vê.* Palavras sussurradas na escuridão de uma rua londrina. Ela não o viu então. Não de verdade. Mas agora ela via. E agora ela queria que ele a visse. Ela precisava disso. Ela precisava explicar tudo para ele. Ela precisava fazer com que ele visse a verdade. *A verdade dela.*

Mas ele não acordou, a não ser, talvez, para lutar e se debater quando sua ferida foi lavada com água quase fervente. O desconforto grande o bastante para trazê-lo para algum nível de consciência, no qual ele parecia incapaz de fazer outra coisa que não perguntar, repetidas vezes, "Por quê?" Ela respondia em voz baixa, pois não queria que os outros ouvissem o que dizia. Ela prometia respostas, verdade e até mesmo vingança, esperando que algo que dissesse pudesse trazê-lo de volta do lugar em que sua mente estava, antes que os outros decidissem que ela e a condessa estavam loucas e mandassem buscar o homem cruel que se dizia médico. A condessa havia se tornado sua única aliada, pareceu entender, depois de várias horas de tratamento, que Mara tinha o mesmo objetivo que ela. Que todos eles. *E mais.*

A porta da sala se abriu e duas mulheres entraram, uma delas muito bem arrumada, evidentemente uma lady, e a outra era grande e usava um avental, trazendo uma chaleira. O olhar da lady encontrou Bourne do outro lado da sala, e ela correu até ele, caindo em seus braços fortes. Ele a apertou junto ao peito e enterrou o rosto na curva do pescoço dela, enquanto a moça envolvia a cabeça dele com os braços, acariciando os cachos escuros do cabelo de Bourne e sussurrando algo em seu ouvido.

Mara ficou dividida entre admirar aquela manifestação de afeto – tão incongruente com o homem com quem ela havia interagido – e desviar seu olhar daquele momento íntimo e comovente. Quando ele finalmente se afastou, sua personalidade desagradável voltou.

"Que diabos você está fazendo aqui?"

Ela pareceu não se incomodar com o tom de voz.

"Você mesmo deveria ter me chamado", disse ela. "Pippa me avisou." Ela fez uma pausa e seus dedos tocaram o rosto dele. "O que aconteceu com seu olho?"

"Nada." Ele desviou o olhar, assim como Mara, o olhar dela encontrou o de Pippa, que estava do outro lado de Temple e a observava.

"Não pode ser nada, Michael", disse a recém-chegada.

"Está tudo bem." Ele pegou a mão dela e beijou seus dedos.

"Quem bateu em você?"

Os lábios da condessa estremeceram. Mara desejou que ela ficasse quieta, mas a sorte não estava do seu lado.

"A Srta. Lowe bateu nele."

A mulher se empertigou e olhou para Pippa.

"Quem é a Srta. Lowe?"

Pippa apontou para Mara, que desejou poder desaparecer.

"Ela."

A mulher de Bourne olhou para ela, observando o vestido ensanguentado, o cabelo desalinhado e o rosto, sem dúvida, fatigado, antes de se deter na mão direita de Mara, que havia desferido o golpe.

"Imagino que ele fez por merecer?", ela perguntou, arqueando a sobrancelha.

O choque a fez arregalar os olhos e fitar a lady.

"Fez, sim."

"Isso acontece", ela aquiesceu e se virou para Bourne.

"É claro que eu não fiz por merecer."

Ela o encarou com o olhar perspicaz

"Você se desculpou?"

"Se eu me desculpei?!", ele exclamou. "Ela me bateu enquanto ia tentar matar o Temple!"

Mara abriu a boca para protestar, mas a mulher não lhe deu tempo de falar.

"Srta. Lowe, você tinha planos de matar o Temple?"

Foi a primeira vez que alguém pensou em lhe fazer essa pergunta. Mara disse a verdade.

"Não."

A mulher assentiu e voltou sua atenção para Bourne.

"Então, meu marido, sem dúvida, fez por merecer."

Bourne semicerrou os olhos enquanto Mara registrava o significado daquelas palavras. Aquela mulher era a Marquesa de Bourne, e enfrentava aquele homem horrível sem hesitar. Ela merecia ser canonizada.

"Você não devia estar aqui", Bourne resmungou.

"Por que não? Sou membro do clube e casada com um dos proprietários."

"Este não é lugar para uma mulher na sua condição."

"Oh, pelo amor de Deus. Só estou engordando, Michael, não estou

doente. Pippa está aqui." A marquesa indicou a condessa que, com certeza, estava grávida.

"Não é culpa minha que Cross não ame sua mulher tanto quanto eu amo a minha."

Cross arregalou os olhos ao ouvir a acusação e logo olhou nos olhos de Pippa, com a expressão séria.

"Eu amo muito você."

"Eu sei", disse Pippa. Mara ficou admirada com a simplicidade daquelas palavras. A compreensão absoluta, pela condessa, de que era amada.

Ela imaginou como seria ser amada com tanta certeza. Seu olhar buscou o homem deitado sobre a mesa. Observou o maxilar forte e os braços longos, e a mão que jazia sobre a mesa, com a palma curvada e vazia. Ela imaginou como seria deslizar sua mão sobre a dele, preenchendo aquele espaço. *Amar e ser amada.*

Mara voltou a observar a Marquesa de Bourne, cuja atenção permanecia fixa no marido.

"Michael", ela disse, com a voz suave. "Eu estimo o Temple quanto qualquer um de vocês."

A mulher se voltou para observar o corpo inerte de Temple, e a preocupação tomou seu rosto quando ela esticou a mão até ele, seus dedos roçando o ombro bom dele antes de afastar o cabelo preto de sua testa. Bourne se aproximou da mulher e a abraçou apertado, com raiva e dor marcando sua expressão.

"Meu Deus", ela sussurrou, entregando-se ao abraço do marido.

"Ele vai sobreviver." As palavras saíram rasgadas, como se arrancadas da garganta de Bourne, e traziam preocupação e súplica.

Alguma coisa apertou no peito de Mara enquanto ela observava aquela cena. Esse homem – cuja vida ela tinha brincado – não teve a vida arruinada por ela. Ele tinha dezenas de amigos que se preocupavam com ele, amigos que fariam de tudo para salvá-lo. Quanto tempo fazia desde que alguém se preocupou dessa maneira com ela? Há quanto tempo ela sonhava com isso? *Há quanto tempo ela não merecia isso?* Ela não gostou de pensar na provável resposta. Então, Mara se virou para a mulher que trazia a chaleira.

"Esse é o chá?"

A mulher assentiu e seus olhos ficaram úmidos enquanto ela observava Temple.

"*Oui.* Eu mesma fiz."

"Obrigada, Didier", Pippa agradeceu enquanto Mara pegava a chaleira e despejava o líquido marrom em um copo de uísque que encontrou no aparador ao lado.

"Espero que esse chá tenha algo de mágico. Deus sabe que ele está precisando de algo assim", disse a marquesa.

"Casca de salgueiro", respondeu a condessa. "Dizem que combate a febre."

"Que ele parece não ter, e seria bom se continuasse assim", acrescentou Mara, olhando para Cross. "Por favor, ajude-me a levantar a cabeça dele. Precisamos fazer com que ele beba."

Cross deu um passo à frente e, junto com Asriel, levantou o corpo inerte de Temple, deixando-o sentado. Mara endireitou a cabeça pendente e colocou o líquido em sua boca com uma colher de chá.

"Você precisa beber para ficar bom", ela disse com firmeza depois de várias tentativas malsucedidas.

Ao tentar outra vez, ela perdeu mais uma colher do líquido, que escorreu pelo queixo e peito, levando junto sua paciência. Ele iria beber nem que se tivesse que forçar o chá garganta abaixo. Ela despejou o líquido.

"Engula, maldição."

Temple abriu os olhos, alertas e vivos, e expeliu o chá, fazendo um borrifo tépido cobrir o rosto e o pescoço de Mara. Ela guinchou de surpresa e seus ajudantes praguejavam. Temple tossiu e seus olhos pretos encontraram os dela.

"Jesus", ele disse, empurrando o copo, as palavras ásperas. "Você já não tentou me matar o bastante?"

Aquilo evocou uma maldição reverente de Bourne e um amplo sorriso de Cross. O alívio percorreu o corpo de Mara... e ela fechou os olhos por um momento, para segurar lágrimas e a risada, recompondo-se antes de levar o copo mais uma vez aos lábios dele.

Ele balançou a cabeça, mantendo a mão dela à distância.

"Quem preparou isto?" Ele olhou para a mulher que levou a chaleira. "Didier?"

A francesa deu um passo à frente, com lágrimas de felicidade em seus olhos.

"*Oui*, Temple. *Je l'ai fait*." Ela aquiesceu novamente. "Sim, fui eu que fiz."

Ele olhou para Mara com prudência no olhar.

"E você não mexeu antes?"

Ela balançou a cabeça.

"Somente para servir", ela disse, quando encontrou a voz.

"Beba", ele disse, empurrando o copo para Mara.

Mara franziu a testa.

"Eu não..."

"Beba você primeiro."

Ela entendeu o receio dele e então riu, o som ligeiro, estranho e muito bem-vindo. Tão bem-vindo quanto o olhar Temple livre de alucinações.

Alguma coisa acendeu naqueles belos olhos, e ele empurrou de novo o copo para ela.

"Beba, Mara."

O nome dela era tão bonito nos lábios dele.

"O que está..." A Marquesa de Bourne deu um passo à frente, mas foi segurada por Bourne. Ela se virou para o marido. "Isso é um absurdo."

"É a escolha dele."

Ele não confiava nela. *Ele estava consciente o bastante para desconfiar dela.*

Mara levou o copo à boca e jogou o líquido para dentro antes de abrir a boca e mostrar a língua para ele.

"Não preciso envenenar você hoje."

"Ótimo", disse ele, observando-a atentamente.

Ela ignorou o prazer que sentiu ao ouvir a voz dele, virando-se para encher o copo.

"Isso não quer dizer que você não faz uma mulher ter vontade de fazê-lo."

A mão Temple encontrou a de Mara, guiando o chá até seus lábios.

"Fica para outro dia, então."

Ela queria sorrir. Queria dizer dezenas de coisas diferentes. Coisas que ele não ouviria. Coisas que ele não acreditaria. *Coisas que ela não poderia dizer.*

Então ela se conformou com:

"Beba, seu brutamontes."

E ele bebeu, o copo inteiro. Quando ela começou a se afastar, Temple segurou sua mão com firmeza, a pele um pouco mais quente depois da assustadora perda de sangue. Ela o fitou, surpresa.

"Você me fez uma promessa", Temple cobrou.

Ela enrijeceu ao ouvir aquilo.

"Eu fiz. Eu disse que voltaria à Sociedade e que provaria que você não é um assassino."

"Não estou falando dessa promessa."

"O que, então?", ela perguntou, olhando para ele.

"Você me prometeu respostas. Você me prometeu a verdade."

Ela sentiu o sangue ferver em seu rosto. Mara não havia imaginado que ele pudesse ouvir enquanto ela cuidava dele. Medo e esperança lutavam pelo controle de suas palavras.

"Você se lembra."

"Minha memória é sobrenatural quando se trata de você, eu sei." Ele bebeu mais um pouco. "Mas você vai me contar a verdade sobre aquela noite. Você vai cumprir suas promessas."

Promessas de vingança. De verdade. Desde que ele sobrevivesse. E ali estava ele, vivo.

Ela concordou.
"Eu vou cumprir o que prometi."
"Eu sei", ele disse.
E então Temple dormiu.

Três manhãs depois, Temple entrou na água escaldante da grande banheira de metal, construída sob medida para seus banhos pós-luta no Anjo Caído. Ele sibilou de dor quando ergueu o braço esquerdo, tomando cuidado para não molhar o curativo, não queria dar ao ferimento ainda em processo de cicatrização qualquer motivo para levá-lo de volta à enfermaria ou provocar uma febre. Ele mexeu o ombro, apreensivo, fazendo uma careta quando recostou o corpo para descansar a cabeça na borda da banheira. Temple soltou um longo suspiro e fechou os olhos, deixando que o vapor e calor do banho o envolvessem, aliviando-o de seus pensamentos.

Da *maioria* dos seus pensamentos. Pensamentos que não incluíam *ela*, com seu cabelo bonito e macio, e seus olhos estranhos, irresistíveis, e também sua força descomunal. Pensamentos que não o faziam questionar por que ela fez o que fez há tantos anos. O que ela fez naquela noite no ringue. Se ela ajudou o irmão na missão que ele levou a cabo. Se ela lhe passou a faca que terminou enterrada no peito de Temple. Pensamentos que não o faziam se lembrar da gentileza com que ela lavou seu ferimento na manhã em que ele recobrou a consciência. De como ela lhe serviu o chá. De como ela o curou... Pensamentos que não o faziam imaginar como seria dispor dessa gentileza outra vez. Com mais frequência. Ou pior, o que *significava* essa gentileza. Ele soltou um palavrão que ecoou no banheiro silencioso e cheio de vapor. Ele não queria a gentileza dela. Ele queria seu remorso. Seu arrependimento. Ou não?

Ele mexeu o braço com cuidado, detestando a pontada de dor que veio com o movimento. Detestando o modo como seu braço parecia estar atolado em areia quando tentava movimentá-lo. Detestando o medo que veio com a ideia de limitação. O sentimento iria voltar. A força também. Tinha que voltar. Veio uma lembrança recente, da noite da luta. Mara na borda do ringue, encarando-o com terror nos olhos arregalados. *Ele vai matar você!*, ela gritou para ele. Mara o alertou, mas ele estava tão perplexo com a preocupação no olhar dela – pelo pensamento de que ela podia se preocupar com ele –, que não entendeu o significado daquelas palavras até a faca estar em seu peito. Até depois. Até ele passear pelos limites da consciência e a voz dela sussurrar promessas em seu ouvido. *Você vai sobreviver. Você vai sobreviver e eu vou lhe contar tudo.* Ele sobreviveu. E ela iria lhe contar a verdade sobre aquela noite e sobre sua decisão de fugir. Ela iria lhe contar porque o havia escolhido. Por que o puniu. Por que ela roubou sua vida. E como ela faria para devolvê-la.

"Você sabe o que vai fazer?"

Ele não mostrou surpresa com a invasão, mesmo que seu coração tenha batido um pouco mais rápido quando percebeu que alguém tinha entrado nos seus aposentos sem que ele tivesse notado.

"Tenho certeza de que você irá me dizer", disse ele, abrindo os olhos para encontrar Chase na outra ponta da banheira. "Há quanto tempo está me olhando no banho?"

"Tempo bastante para deixar as mulheres de Londres com inveja." Chase se sentou em um banco ao lado e se inclinou para frente, as pernas abertas e os cotovelos sobre os joelhos. "Como está o braço?"

"Doendo", disse Temple, fechando o punho do braço ruim e soltando um *uppercut* lento no ar. "Duro."

Ele não pronunciou outros adjetivos. *Dormente. Fraco. Inútil.*

"Ainda não faz nem uma semana. Dê tempo ao tempo", disse Chase. "Você devia estar na cama."

Temple se remexeu na água e estremeceu quando o movimento provocou um choque de dor em seu corpo.

"Eu não preciso que me digam o que fazer."

"De qualquer modo, cada noite que você fica fora do ringue, é uma noite em que perdemos dinheiro."

"Eu devia saber que a sua preocupação não era com a minha saúde."

Os dois sabiam que aquilo não era verdade, Chase colocaria fogo em Londres se isso ajudasse na recuperação de Temple. Mas eles fingiam assim mesmo.

"Minha preocupação é com o seu bem-estar e como isso está relacionado aos meus lucros."

Temple riu.

"Os negócios em primeiro lugar, sempre."

Eles ficaram em silêncio por longos segundos antes de Chase falar outra vez.

"Temos que decidir sobre a garota."

"Que garota?", Temple indagou, irônico.

"Ela pediu para voltar para casa", acrescentou Chase, ignorando a pergunta idiota.

Ele não a via há dias – queria se recuperar antes de vê-la outra vez. Ele queria sua força de volta antes de enfrentá-la de novo. Antes de a encarar. Mas ele não a queria longe. Ele se recusava a refletir sobre seus motivos.

"E o irmão?"

Chase soltou um longo suspiro e olhou para o lado.

"Continua desaparecido."

"Ele não ficará assim para sempre. Ele não tem dinheiro."

"É possível que a garota tenha financiado o plano." Chase passou a mão pelo cabelo loiro. "Afinal, ela é uma especialista em se esconder e continuar à vista."

Não era possível. Ela estava muito preocupada com dinheiro.

"Ela não o ajudou."

"Você não pode afirmar isso."

Só que ele podia. Ele havia relembrado a luta continuamente em sua cabeça.

"Eu a vi na luta. Eu vi como ela tentou impedir o irmão." Ele fez uma pausa, ouvindo as promessas que ela sussurrou. "Ela me salvou. Ela cuidou de mim."

"Ela não tinha outra escolha." Chase e seu ceticismo.

Temple balançou a cabeça. Ela não havia tentado matá-lo. Ele não acreditava nisso. Não podia acreditar.

Chase arqueou as sobrancelhas.

"Você vai defender a garota?"

"Não." *Mentiroso.* "Eu só não quero que ela seja punida pelo irmão."

"E como vai ser a punição dela?"

"Eu preciso do West." Duncan West, um dos mais ricos membros do clube, proprietário de meia dúzia de jornais londrinos.

Chase aquiesceu e levantou, compreendendo o plano de Temple sem precisar ouvir mais nada.

"Isso é fácil."

Estava começando. Ele queria que fosse dessa maneira? Ele tinha tanta certeza. Imaginou noite após noite esse momento em que a revelaria para Londres e teria sua justiça. Ele a imaginou arruinada. Sem escolha, a não ser ir embora outra vez. Recomeçar. Saber o que tinha feito com ele. Mas agora...

"Eu vou ditar os termos, Chase."

Chase arregalou os olhos castanhos fingindo inocência.

"Quem mais?"

"Eu sei como você gosta de se intrometer."

"Bobagem." Chase ajeitou uma manga, arrancando um fiapo do punho. "Eu só quero lembrar você de como as mulheres são ótimas atrizes, Temple. A sua não é diferente." Temple resistiu ao surto de prazer que passou por ele ao ouvir o termo possessivo. "Ela estava escandalizando Londres e provocando a maior distração que o Anjo já viu minutos antes do irmão esfaquear você. A situação toda fede a conluio."

"Então por que ela também não fugiu? Por que decidiu ficar?" Essas perguntas o agitavam há dias, desde que ele acordou do sono induzido pela facada e a encontrou ao seu lado, parecendo grata. Feliz de vê-lo vivo.

Linda. *Dele.* Não. Não dele. Nunca dele.

"Bourne nunca a deixaria fugir", respondeu Chase. "A questão é que você não pode confiar nela. Seu ferimento ainda não cicatrizou, e você não é metade do homem que era há uma semana. Deixe-a ir embora. Asriel vai ficar de olho."

Temple ficou rígido ao ouvir aquilo, detestando a verdade que Chase falou. Detestando sua fraqueza. Detestando como a ideia de ter alguém observando Mara o perturbava. Ela era responsabilidade dele. Seu caminho para a verdade.

"Não posso me arriscar a perdê-la."

Chase lhe deu um olhar de incredulidade.

"Asriel nunca perdeu nada na vida..." Como Temple não respondeu, Chase se aproximou. "Jesus. Não me diga que está interessado nela."

"Não." Temple levantou, e a água da banheira respingou por toda parte, formando grandes poças no chão.

Ela não o interessava. *Não podia interessar.*

Chase lhe entregou uma toalha de algodão e jogou um pano sobre as poças.

"Ela roubou sua vida – metaforicamente, e depois quase literalmente. E agora você está interessado nela."

Temple se secou como podia, incapaz de usar o braço esquerdo.

"Ela lembra de tudo daquela noite. Eu não lembro de nada."

"O que há para lembrar? Ela drogou você, fugiu, e o deixou para pagar por um assassinato que você não cometeu."

Havia mais. Os porquês. O como. As repercussões. O garoto com seu cabelo e seus olhos.

Ele enrolou a toalha na cintura e passou por Chase, voltando ao seu quarto.

"Ela vai me contar tudo sobre aquela noite, e vai provar minha inocência para o resto do mundo. É por isso que ela – como você diz – me interessa. É por isso que temo que Asriel a perca."

Mas não é só por isso. Ele ignorou a noção de que deveria ter falado como Chase, mas acabou falando como ele mesmo. Ele não a queria. Não queria a força dela, nem sua garra ou bravura. Nem seu pescoço longo ou seus lábios cheios. Havia milhares de mulheres mais bonitas e mais acessíveis em Londres. Ele não se interessava pela Srta. Mara Lowe. Interessado parecia uma descrição muito fraca para o modo como ele se sentia a respeito dela. *Atraído. Tentado. Ele estava consumido por ela.*

Chase ficou em silêncio por um bom tempo, observando Temple se vestir, colocando calças, depois uma camisa branca e uma tipoia que haviam providenciado para o braço machucado.

Ele fez tudo com apenas um braço. Talvez Chase nem tivesse notado. Mas Chase não deixava passar nada.

"Como você está se sentindo?"

Não estou.

"Ainda posso derrubar você."

Chase arqueou as sobrancelhas.

"É fácil falar." Chase foi na direção da porta, e parou com uma mão na maçaneta quando lhe ocorreu uma ideia. "Eu quase esqueci. Estamos de olho no orfanato desde que Lowe atacou você."

Temple não ficou surpreso – Lowe não tinha dinheiro e estava sem aliados depois que atacou o Anjo. Ele não podia mostrar a cara em lugar nenhum de Londres sem correr riscos. Ele só tinha a irmã. Raiva consumiu o corpo de Temple quando ele pensou nisso.

"E?"

"Christopher enviou uma mensagem para ela. Nós a interceptamos."

Rapaz idiota.

"O que dizia?"

Chase deu um sorriso irônico.

"O que você acha? Ele precisa de dinheiro."

Lembranças afloraram: a governanta de Mara sugerindo que o orfanato precisava de uma doação; as saias puídas que ela vestia quando Temple apareceu inesperadamente; as mãos nuas, vermelhas de frio.

"Ela não tem o que ele precisa."

"Ela não tem nada."

"Nós ficamos com a mensagem?"

"Não. Lemos e deixamos passar."

Eles armaram para que ela ajudasse o irmão. E traísse Temple. *De novo.*

"Eu quero falar com ela."

Eu quero vê-la. Eu a quero.

Chase ficou em silêncio por um longo momento.

"Mande-a de volta para o Lar MacIntyre, Temple", disse Chase, então. "Asriel vai colocar meia dúzia de homens vigiando o lugar o dia todo."

Temple olhou para Chase.

"MacIntyre", ele disse.

Chase hesitou. Chase *nunca* hesitava. Temple atacou.

"MacIntyre. Você não costuma ligar para o nome de qualquer orfanato cheio de bastardos de aristocratas."

"Normalmente, não. Mas você está surpreso que eu sei a respeito desse? É claro que eu sei para onde nossos membros mandam seus bastardos."

Era o tipo de informação que Chase tinha que saber. Informação que dava poder ao Anjo. Era uma informação que Temple não podia se impedir de querer. Jesus, como ele queria gritar uma pergunta. *Um dos garotos é meu? Um dos garotos é dela? Nosso?*

Mas ele se conformou com:

"Você sabia que era ela quem tocava o orfanato?"

"Não."

Temple encarou Chase à procura da verdade. Mas não a encontrou em seus olhos.

"Você está mentindo."

Chase suspirou e olhou para o lado.

"Sra. Margaret MacIntyre. Nascida e criada nas docas de Bristol, casada com um soldado que morreu tragicamente em Nsamankow."

A raiva cresceu com a traição.

"Você sabia que ela estava lá e não me contou."

"De que adiantava você encontrá-la? Ela o drogou e esfaqueou."

E se transformou em fúria incontrolável.

"Saia."

Chase suspirou.

"Temple..."

"Não ouse tentar me acalmar!" Temple avançou, o punho cerrado, tentado a tirar a expressão de superioridade do rosto de Chase com as próprias mãos. "Você tem feito seus joguinhos conosco há tempo demais."

Os olhos de Chase faiscaram.

"Eu salvei sua pele de uma dúzia de homens que queriam te matar."

Temple estreitou os olhos.

"E você usou isso para me controlar por *anos*. Bourne e Cross também. Bancando guardião, confessor e *mãe* de todos nós. E agora acha que minha vingança é sua? Você sabia quem ela era. Você sabia que meu nome dependia da existência dela."

Veio uma lembrança. Chase nos aposentos de Temple no Anjo muitas noites atrás. *Não há prova de que você a matou.* A raiva cresceu.

"Você sempre soube. Desde o momento em que me pegou na rua e trouxe para o Anjo."

Chase não se mexeu.

"Maldição. *Você sabia. E nunca me contou.*"

Chase ergueu as duas mãos, tentando acalmá-lo.

"Temple..."

Mas Temple não queria se acalmar. Ele queria lutar. Mas sentiu uma pontada de dor no peito, que correu por seu braço esquerdo, quando os músculos ao redor do ferimento foram tensionados. Que correu para o nada no meio do antebraço. A dor da dormência não era nem de perto tão ruim quanto a dor da traição.

"Saia", ele disse. "Antes que eu faça algo de que você vai se arrepender."

As palavras foram tão suaves, tão ameaçadoras, que Chase percebeu que não deveria insistir, mas se virou.

"O que você teria feito se soubesse?"

A pergunta o atingiu como um golpe.

"Eu teria acabado com isso."

Chase o encarou com seriedade. "Você ainda pode."

Mas dessa vez Chase não tinha razão. Não havia como acabar com aquilo. Não naquele momento. Muita coisa tinha acontecido.

"Saia."

Capítulo Quatorze

Naquela manhã, ela acordou preparada para uma batalha. Mara estava pronta para lutar contra seu aprisionamento, pronta para negociar sua libertação. Ela havia passado três dias trancada no Anjo Caído, com liberdade apenas para circular pelas incontáveis passagens e salas secretas, mas sempre com um acompanhante. Às vezes era Asriel, o guarda calado e solene, às vezes era a Condessa de Harlow, quando ela chegava para verificar o ferimento de Temple, e às vezes era a linda Anna, que ao mesmo tempo tinha muito para falar e nada para dizer. Foi Anna que lhe enviaram como acompanhante naquela tarde. Ela mal bateu antes de abrir a porta do quarto de Mara e entrar, ajeitando as saias.

"Temple pediu para ver você", ela disse, apenas.

Mara ficou chocada ao ouvir aquilo. Ela não o via desde a manhã em que acordou, cuspindo chá e desconfiança sobre ela. Pensou que ele tivesse se esquecido dela. Ela desejou conseguir esquecê-lo – esquecer o modo como Temple permaneceu imóvel e pálido durante as horas que antecederam aquele momento em que ele recobrou a consciência e o temperamento. O modo como ela temeu por ele. O modo como ela desejou que Temple ficasse bem. Queria esquecer o modo como ela percebeu que aquele momento... aquela situação toda... tinha escapado totalmente do seu controle. O modo como ela sentia falta dele. Ela havia mandado recados aos outros homens – Bourne, Cross e o misterioso Chase – dizendo que queria ir embora. Que ela tinha afazeres a retomar no MacIntyre. Que ela tinha que cuidar dos garotos. Que ela tinha uma vida para viver. Mara não teve nenhuma resposta, até aquele momento. Até Anna chegar e tirar seu fôlego e fazer seu coração disparar com poucas palavras. *Temple pediu para ver você.* Ela iria vê-lo de novo. Ela iria vê-lo naquele momento. O entusiasmo lutava com o receio, e ela assentiu, levantando e alisando as saias. Nervosa. Ela endireitou a coluna.

"Como Ana Bolena indo para o cepo."

"Rainha da Inglaterra, é?" Anna sorriu, irônica.

"Temos que sonhar com alguma coisa", disse Mara, dando de ombros.

Elas começaram a andar pelo corredor comprido e curvo, e ficaram em silêncio por vários segundos até Anna falar.

"Sabe, ele não é um homem mau."

"Nunca pensei que fosse", replicou Mara, sem hesitar.

Verdade...

"Ninguém confia nele", disse Anna. "Ninguém que não seja próximo dele. Ninguém que não o conheça bem o suficiente para saber que ele não poderia..."

Ela parou de falar, mas Mara terminou a frase por ela.

"Ter me matado."

"Isso." Anna olhou de esguelha para ela.

"Mas você o conheceu bem o bastante?"

A bela loira encarou as próprias mãos.

"Conheço."

Mara notou o tempo presente. E odiou. Aquela mulher era amante do Temple, Mara não tinha dúvida. E por que não? Ela era perfeita para ele. Ela loira e ele moreno. A pele impecável, contrastando com as cicatrizes dele. E linda. Eles teriam filhos lindos, insuportavelmente lindos. Mas Temple tinha planos que não incluíam seu casamento com a amante. *Termina quando eu recuperar a vida para a qual fui criado*, ele lhe disse uma vez. *Com uma esposa. Um filho. Um legado.* Tudo como deve ser. Tudo perfeito. Tudo que um duque merece. Sem dúvida uma esposa linda, jovem e capaz de lhe dar filhos perfeitos. O ciúme flamejou dentro dela. Mara não gostava da ideia de uma mulher assim tendo os filhos dele. Ela não gostava da ideia de mulher alguma tendo os filhos dele. *Exceto...*

Ela interrompeu o pensamento antes de concluí-lo. Manteve a loucura à distância. Protegeu-se.

"Ele tem sorte de ter amigos tão bons", disse Mara.

"E você?" Anna olhou para ela.

"Eu?"

"Quem são seus amigos?"

Mara riu, mas sua risada não carregava humor.

"Eu ando escondida há doze anos. Amigos são um luxo que não posso ter."

"E seu irmão?"

Mara balançou a cabeça. Kit era sua família, não um amigo. Ele nunca mais seria, depois disso tudo. Ela soltou um suspiro longo.

"Ele quase matou Temple. Que tipo de amigo é esse?"

Anna se virou e colocou a mão na maçaneta de uma porta ao lado, destrancando-a.

"Tenha certeza de que Temple entenda isso."

Mara não teve tempo de pedir esclarecimento. Ela apenas entrou nos aposentos de Temple e a porta foi fechada depois do pronunciamento enigmático de Anna. Mara olhou para a porta aberta que, agora ela sabia, levava ao ringue. Ela andou naquela direção.

Temple estava no centro do salão vazio, no centro do próprio ringue. Forte, silencioso e lindo como sempre, mesmo usando uma tipoia improvisada para manter seu braço junto ao peito. Talvez tão lindo *por causa* dessas coisas. As calças pretas estavam impecavelmente passadas, e o olhar de Mara desceu por elas até o chão coberto de serragem, onde os pés descalços dele apareciam por baixo da bainha de lã. Ela ficou hipnotizada por aqueles pés descalços. Pela força deles. As curvas e os vales de músculos e ossos. Os dedos retos, perfeitos. As unhas limpas. *Até os pés daquele homem eram lindos.* Com esse pensamento ridículo, ela olhou para o rosto dele, e notando um sorriso curioso ali, se perguntou se ele teria lido sua mente.

Sem espectadores, a sala estava fria, e Mara abraçou o próprio corpo ao se aproximar dele. Temple era trinta centímetros mais alto, mas, de algum modo, estava muito mais longe que isso. Ele a observava atentamente, fazendo-a dar cada passo com cuidado, atenta ao modo como ele a encarava. Mara teve vontade de alisar o cabelo e as saias, mas resistiu à tentação.

Ela chegou ao ringue e olhou para Temple, que a encarava, a expressão reservada, como se não soubesse o que ela iria fazer. O que viria a seguir. Ela também não sabia. Mas Mara soube que ele esperaria uma eternidade até ela falar, então começou.

"Sinto muito."

Não era a primeira vez que ela pensava isso, mas era a primeira em que falava. Para ele.

Ele arqueou as sobrancelhas pretas com a surpresa.

"Por...?"

Ela estendeu o braço e pegou uma das cordas ásperas do ringue com a mão.

"Por tudo." Ela olhou para Temple, cujos olhos pretos viam tudo, mas não revelavam nada. "Pelas ações do meu irmão." Ela fez uma pausa. Tomou fôlego. E confessou seus pecados. "Pelas minhas."

Ele se aproximou dela, estendeu a mão ajudando-a a passar pelas cordas com uma mão áspera e calejada, quente e forte. Depois que ela estava dentro do ringue, ele recuou um passo, e Mara sentiu falta da proximidade.

"Você se arrepende?" Ele tinha lhe feito essa mesma pergunta há uma eternidade, na noite em que ela se aproximou dele em frente à sua casa.

"Eu me arrependo de ter prejudicado você." A resposta dela foi a mesma, mas diferente. De algum modo mais verdadeira. Ela não se arrependia de ter fugido. Mas se arrependia profundamente do papel que coube a ele naquela peça imbecil, temerária. "E eu me arrependo do que meu irmão fez, mais do que você jamais irá compreender." Ela parou de falar. Ele esperou. "Sim", ela dizia a verdade. "Eu me arrependo. De sua dor. Do modo como atrapalhei sua vida. Brinquei com ela. Eu voltaria atrás, se pudesse."

Ele se apoiou nas cordas, na extremidade do ringue.

"Então você não sabia do plano dele?"

"Não!" Ela arregalou os olhos com o choque causado pela pergunta. Como ele podia pensar que ela...

Como ele podia pensar isso?

Ela balançou a cabeça.

"Eu nunca machucaria você."

Os lábios dele se curvaram em um leve sorriso ao ouvir isso.

"Eu chamei você de prostituta. Você ficou bem brava."

Aquilo machucava, mesmo agora. Ela não desviou o olhar.

"Eu fiquei, é verdade. Mas estava lidando com a situação."

Isso o fez rir, e o som foi caloroso e acolhedor.

"Estava mesmo."

Ele ficou quieto por um bom tempo, até ela não resistir e olhar de novo para ele. Temple a observava, os olhos escuros enxergando tudo. Talvez tenha sido por causa daqueles olhos que ela falou:

"Fico feliz que tenha se recuperado, Alteza."

A verdade. Ou talvez uma terrível mentira. Porque *feliz* nem começava a descrever a torrente de emoções que passava por ela enquanto olhava para ele. Alívio. Gratidão. Arrebatamento. Ela soltou um longo suspiro, e ele saiu de perto das cordas, aproximando-se dela, fazendo um arrepio de expectativa percorrê-la. Ele estendeu a mão para ela, que não hesitou e procurou o toque, o polegar que acariciou seu rosto. Ela ergueu a mão, mantendo-o ali, pele contra pele.

"Você está vivo", ela sussurrou.

Alguma coisa brilhou no olhar dele.

"Assim como você."

Pela primeira vez em doze anos, ela se sentiu viva. Aquele homem a fazia se sentir assim. Aquele homem, que deveria ser seu maior inimigo. Que provavelmente continuava sendo seu inimigo. Que sem dúvida a queria ver destruída por tudo que havia feito. Por todos os pecados que havia cometido. E que, de algum modo, conseguia ver Mara como ela era.

"Eu pensei que você fosse morrer."

Ele sorriu.

"Você não admitiria isso. Não ousei contrariar você."

Ela tentou imitar o sorriso. Mas não conseguiu. Em vez disso, lembrou de outro paciente. Outra morte.

Ele viu no rosto dela. Tinha que ver.

"Conte para mim."

De repente, ela queria que ele soubesse.

"Não consegui salvá-la", sussurrou Mara.

Ele não se mexeu.

"Quem?"

"Minha mãe."

Ele enrugou a testa.

"Sua mãe morreu quando você era criança."

"Eu tinha doze anos."

"Uma criança", ele repetiu.

Ela olhou para baixo, para suas sapatilhas bobas de seda aparecendo por baixo de seu vestido emprestado, seus dedos quase tocando os dele. *Tão perto.*

"Eu tinha idade o bastante para saber que ela ia morrer."

"Ela teve uma febre", ele disse, e Mara percebeu que Temple queria consolá-la. *Você não podia fazer nada. Estava fora do seu alcance.* Uma dúzia de pessoas tinham lhe dito isso. Uma centena.

Todas acreditavam na mesma história. Só que ela não teve uma febre. Ou melhor, ela teve... só que não foi do modo que seu pai contou. Não veio com uma doença. Veio com uma infecção. De uma ferida que não sarava. E ela aguentou dores terríveis.

Temple ergueu seu queixo, fazendo seu olhar encontrar o dele. Ele era calor e força, tamanho e potência. E um homem honesto.

Ela olhou para ele, para seus olhos pretos como a meia-noite.

"Ele a matou", ela sussurrou.

"Quem a matou?"

"Meu pai." Mesmo naquele momento, anos depois, era difícil se referir a ele dessa forma. Difícil pensar nele assim.

Temple balançou a cabeça e ela soube o que ele pensava. Era impossível. Um marido não mata a esposa.

"Ele não gostava quando Kit e eu contrariávamos suas vontades, e ela fazia tudo que podia para nos proteger. Naquele dia...", Mara hesitou, sem querer dizer mais, mas incapaz de se conter. Perdida na lembrança. "Ele tinha comprado um novo busto. Algo grego, romano ou persa, já não me lembro.

"Kit e eu corríamos pela casa e eu tropecei na minha saia." Ela riu sem humor. "Eu tinha acabado de receber permissão para usar saias longas. Estava tão orgulhosa de mim mesma. Tão adulta. Eu caí sobre a estátua nova, que ficava em cima de uma mesa em um patamar da escada", ela disse, e Temple inspirou profundamente, como se pudesse ver o que estava para acontecer. O que ela foi incapaz de ver quando era uma criança.

Ela deu de ombros.

"A estátua caiu lá de cima. Caiu dois andares até o chão, na entrada de casa."

Ela conseguia visualizar como se tivesse acabado de acontecer, a estátua despedaçada e irreconhecível no que parecia ser um quilômetro abaixo.

"Ele ficou furioso. Subiu a escada correndo e me encontrou no patamar."

"Você não fugiu?"

As palavras a despertaram de sua lembrança.

"Fugir só teria piorado tudo."

"A surra."

"Eu aguentava. Não seria a primeira vez que ele nos castigaria. Nem a última." Ela hesitou. "Mas minha mãe decidiu que bastava."

"O que ela fez?"

"Ela foi para cima dele. Com uma faca."

Temple inspirou fundo.

"Jesus."

Mara relembrava aquela cena sem parar, praticamente todos os dias desde que aconteceu. Sua mãe linda, uma rainha vingadora, colocando-se entre os filhos e o pai deles. Recusando-se a permitir que o pai os castigasse.

"Ele riu dela", Mara continuou, odiando a suavidade de sua voz. Odiando a forma como fazia com que soasse igual à criança que foi um dia. Ela engoliu em seco. E buscou de novo o olhar dele. "Meu pai era forte demais para ela."

"Ele virou a faca para ela."

Outra ferida jorrando sangue. Dessa vez Mara não teve sorte.

"Os médicos vieram, mas não havia nada a ser feito. Ela estava condenada no momento em que sofreu o golpe. Foi apenas uma questão de tempo."

"Jesus", ele repetiu, dessa vez estendendo as mãos para ela, puxando-a apertado contra seu peito forte. "E você teve que viver com ele", Temple falou com os lábios colados ao cabelo dela.

Até que ele me ofereceu a outro homem, e eu não tive escolha a não ser fugir.

Ela guardou essas palavras para si mesma, em parte porque não desejava lembrar Temple que ele não gostava dela. Que ela era o motivo pelo qual sua vida tinha dado aquela virada. Ela gostava demais da força dele e do conforto que proporcionava.

Uma mentira por omissão.

Ela encostou seu rosto no corpo quente dele, inalando seu aroma, tomilho e cravo, permitindo-se ter esse momento, conquanto fugaz, antes que precisasse encarar mais uma vez o mundo. E Mara disse as palavras que nunca havia pronunciado.

"Se eu não tivesse quebrado aquela estátua..."

A mão dele foi até o queixo dela, erguendo seu rosto para a luz. Para seu olhar.

"Mara", ele disse, o nome ainda estranho ao seu entendimento após uma década sem ouvi-lo. "Não é culpa sua."

Ela sabia, embora não acreditasse.

"Ainda assim eu paguei por isso." Um canto da boca dele se torceu, a ameaça de um sorriso, e ela viu a ironia ali. "Pagar dívidas que não são suas. Você sabe muito bem o que é isso."

"Não tanto quanto você talvez pense", ele disse, deslizando o polegar como seda quente pela face dela, para frente e para trás, o toque ao mesmo tempo calmante e perturbador.

Ele observou o movimento de seu próprio dedo, e Mara aproveitou a oportunidade para estudá-lo; seu nariz quebrado, a cicatriz debaixo do olho, a que partia o lábio inferior. Por um longo momento ela esqueceu do que conversavam, seus pensamentos perdidos na continuidade do toque dele. Quando Temple falou, ela viu as palavras curvando seus lábios, a sombra de um sorriso novamente.

"Eu pensava que a dívida era minha."

Ele não procurou o olhar dela, nem mesmo quando ela sussurrou seu nome – o nome que ele assumiu quando se tornou um novo homem, forjado no exílio e na dúvida.

"Eu pensava que tinha matado você", ele disse, apenas. Como se estivessem discutindo algo absolutamente trivial. O jornal do dia. O tempo. Ele pigarreou e sua mão se afastou da face dela. "Mas não matei, é óbvio."

A perda do toque dele foi imensa.

Sinto muito, ela quis dizer.

Em vez disso, ela levou sua própria mão ao rosto dele, e a barba por fazer fez cócegas em sua palma. E a tentou. Ele então encontrou o olhar dela, e Mara viu arrependimento nos olhos dele, misturado a confusão, frustração e, sim... raiva, tão bem escondida que teria passado despercebida, se ela não estivesse olhando tão atentamente.

"Eu nunca quis fazer mal a você." Ela parou de falar e seu olhar passou por cima do ombro dele, chegando ao espelho atrás do qual as mulheres assistiram à luta. "Nunca me ocorreu que você fosse sofrer."

Ele não falou nada. Não precisava. A noção de que as ações dela não teriam consequências para ele eram de uma idiotice pura. Ela continuou falando, como se suas palavras pudessem manter o passado afastado.

"Mas quando eu as ouvi... enquanto elas assistiam à luta..."

"Quem?", ele perguntou.

Ela indicou o espelho com a cabeça.

"As mulheres. Eu odiei o modo como elas falavam de você", disse Mara, deixando os dedos escorregarem do queixo dele, chegando ao peito e desenhando as colinas e os vales dos músculos por baixo do tecido. "Eu detestei o modo como elas olhavam para você."

"Ficou com ciúme?"

Ela ficou, mas não era isso.

"Eu detestei o modo como elas devoraram você com os olhos, como se fosse um animal. Um doce. Algo para ser consumido. Algo menos do que... você é."

Ele pegou a mão dela e a afastou de si, e Mara detestou a perda.

"Eu não preciso da sua pena", disse Temple.

Ela arregalou os olhos.

"Pena?" Como ele podia pensar que essa emoção – o sentimento poderoso, perturbador, que corria em suas veias e virava tudo que conhecia de cabeça para baixo – era *pena*?

Não era nada assim tão simples.

"Eu queria que fosse pena", ela disse, soltando sua mão da dele. Colocando-a novamente em seu tronco, onde os músculos do abdome se mexiam e endureciam, atraindo o toque dela. "Se fosse pena, talvez eu conseguisse evitá-lo."

"O que é, então?", ele perguntou, tão baixo e sombrio que fez Mara sentir que aquele salão enorme era o menor em que já tinha estado. Um lugar quieto e reservado.

Ela balançou a cabeça, cada centímetro do seu ser ciente dele. Cada célula dela desesperada por seu toque. Por seu perdão. Por ele.

"Eu não sei. Você faz eu me sentir..."

Ela parou, incapaz de expressar a emoção em palavras.

Ele levou a mão ao pescoço de Mara, os dedos deslizando pela pulsação que vibrava ali, roçando de leve, como se ela pudesse fugir se ele não tivesse cuidado.

"Como?"

Ela entrelaçou os dedos no cabelo de Temple, regozijando-se em sua maciez. Ele interrompeu o carinho com a mão boa, empurrando-a para as

cordas, fazendo seus dedos envolverem uma corda grossa – primeiro uma mão, depois a outra. Quando ele terminou, Temple ergueu o rosto dela para fazer com que o encarasse.

"Como eu faço você se sentir, Mara?"

Depois que os dois se enfrentaram no ringue, toda Londres começou a pensar que ela era sua amante misteriosa. A disseminação dessa ideia não a tornava verdadeira? Importava que fosse apenas uma ilusão? Que ela o quisesse mais do que numa farsa? Que ela o quisesse de verdade? Mãos, lábios, corpo e... Ela hesitou para completar a frase. Quanto ao seu significado. Quanto ao modo que aquilo a arruinaria mais completamente do que qualquer castigo que o próprio Temple pudesse lhe impor. Mas a luta tinha começado, e ela sabia que era inútil lutar. Principalmente porque ela queria que ele vencesse.

Ela se agarrou nas cordas, seu porto em meio à tempestade dele.

"Você faz eu me sentir..." Ela parou, e os lábios dele encontraram os dela nessa hesitação, o beijo dele mais gentil do que nunca, sua língua atacando com força delicada e devastadora.

Ele se afastou antes que ela estivesse satisfeita.

"Continue", ele sussurrou, sem a tocar e assim a destruindo. Segurando-a sobre o abismo, com apenas as cordas do ringue para mantê-la sã.

"Você me deixa quente e, de algum modo, fria."

Ele recompensou a descrição dela com um beijo longo, delicioso, devotado, na base do pescoço dela.

"Como você se sente agora?"

"Quente", ela respondeu, ainda que um tremor a sacudisse. "Fria. Eu não sei."

Ele sorriu de encontro à pele dela, e Mara adorou sentir os lábios dele se curvando em seu corpo.

"O que mais?"

"Quando você olha para mim, faz eu me sentir a única mulher do mundo."

Os olhos dele estavam no decote do vestido emprestado que Mara usava, cujo corpete parecia terrivelmente apertado. Ele passou um dedo pela borda do tecido, mal tocando a pele dela, fazendo-a desejar que a roupa toda desaparecesse. E então ele puxou a pequena fita branca que prendia a frente, e depois, lentamente, o cordão que ziguezagueava pelo corpete, até conseguir o que queria, que o tecido ficasse frouxo. Instintivamente, Mara soltou as cordas, para segurar a roupa. Mas ele estava lá, tirando um braço do vestido de lã, depois o outro. E ela deixou. Quando terminou, ele disse apenas:

"Pegue as cordas."

Ela se abriu para ele, agarrando as cordas mais uma vez. O vestido ficou parado nos seios, ameaçando cair. Ele observou o modo como a peça de roupa ficou ali, presa por pouco, e ela imaginou se ele conseguiria removê-la com o olhar.

Temple passou um dedo por baixo da lã, delicadamente, e a roupa caiu aos pés dela. Ela arfou.

"Frio?", ele perguntou.

"Não." Quente como o sol.

Ele baixou a cabeça, tomando o bico de um seio na boca, por cima da roupa de baixo, estimulando-o através do tecido, deixando-o molhado e querendo mais. Querendo Temple. Ele ergueu a cabeça e fitou os olhos dela.

"O que mais, Mara?", ele perguntou. "O que mais eu faço você sentir?"

"Você me faz querer que tudo fosse diferente", ela disse.

Ele recompensou a confissão fazendo sua roupa de baixo cair, deixando-a nua, a não ser pelas meias de lã e pelas sapatilhas ridículas de seda que combinavam com o vestido que ela usava na noite em que chegou, mas que não condiziam com aquele lugar. Aquele momento. Ele a observou durante um longo momento, absorvendo-a, mantendo-a quente, mesmo enquanto soprava ar frio no bico de seu seio.

Ela suspirou de prazer e ele ergueu a cabeça, encontrando-a. Vendo-a. Assim como ela o viu. Viu o modo como ele a desejava. Como ele a queria. E quando ele passou as costas da mão pelos lábios, como um homem faminto, ela ficou fraca, e se sentiu grata pelas cordas atrás dela.

"Você me faz querer ser diferente", ela confessou. *Você me faz querer ser mais.*

Ele balançou a cabeça.

"Estranho. Eu não quero isso."

Essas palavras trouxeram uma cacofonia de pensamentos, embaralhados demais para que ela compreendesse. Tudo que Mara queria era dizer a coisa certa – a coisa que a levasse para perto dele. Que lhe daria o que ela queria. O que ela ansiava. A coisa que a faria dele.

"Tudo", ela sussurrou, afinal. "Você me faz sentir tudo."

E ali, no ringue que era seu castelo e seu reino, ele se ajoelhou diante dela, passou o braço forte pela cintura de Mara, e encostou seus lábios na pele macia de sua barriga antes de responder.

"Não tudo. Ainda não."

Ele criou uma trilha de beijos do umbigo até o centro dela, à borda sensual e feminina... e parou. Ficou ali.

"Mas vou fazer", ele prometeu, e deslizou a língua na pele macia e insuportavelmente sensível.

Ela suspirou e levou uma mão à cabeça dele, deslizando os dedos pelos fios de seu cabelo. Temple congelou, sua atenção capturada pelo toque, ele se virou instantaneamente e mordeu com delicadeza a base do polegar dela.

"As cordas."
Ela parou.
"Por quê?"
Ele encarou seus olhos e ela enxergou uma promessa sensual.
"As cordas", ele repetiu.

Ela fez o que ele mandou, e agarrou as cordas ásperas atrás de si, e ele a recompensou, subindo com a mão pelo tornozelo, por sua longa perna, passando em volta da curva do joelho, chegando até a pele intocada do lado de dentro de sua coxa, acima da meia. Ele afastou a perna do amontoado de saias e a apoiou em seu ombro bom, como se não pesasse nada. As faces dela queimaram de vergonha, enquanto o resto dela ardia de desejo. Mara ficou horrorizada e desesperada ao mesmo tempo. Uma contradição, como tudo que dizia respeito a Temple.

"Olhe."

Como se ela pudesse fazer outra coisa. Tudo que ela podia fazer era olhar para ele. Olhar para ele a admirando.

"O espelho", ele disse, e ela subiu os olhos para o enorme espelho à sua frente. Mara estava tão absorvida por Temple que havia se esquecido disso – esquecido que o espelho poderia lhe dar uma visão que ela não imaginava. Não sonhava.

Ela estava nua, exposta para ele, o ringue e o espelho, com as mãos enroscadas nas cordas. Ela era um escândalo completo, aberta como um sacrifício naquele altar estranho. Mas era ele que estava de joelhos, os ombros largos entre suas coxas nuas, uma perna jogada por cima do ombro em total e completo abandono. *Qualquer um poderia vê-los.* O conhecimento do que havia além daquele espelho deveria ter acabado com ela. Deveria tê-la assustado. Deveria tê-la escandalizado. Mas, ao contrário, fez com que quisesse mais. *O que ele tinha feito com ela?*

"Temple", ela disse com suavidade, fechando os olhos para aquela visão. Para seu poder. Aterrorizada pelo que ele faria a seguir.

Aterrorizada pelo que ele não faria a seguir. E então ele fez, e a abriu mais, olhando para ela, vendo-a de um modo que ninguém mais tinha visto. Um modo que ninguém mais deveria ver. E ela adorou. Aquela mão – mágica e magnífica – se mexeu de novo, e um dedo deslizou pela parte mais secreta dela, explorando dobras, vales e cumes, fazendo o prazer percorrer seu corpo. Ela fechou os olhos com aquela sensação, inclinando-se para trás, as cordas rangendo debaixo dela, a aspereza arranhando sua pele.

"Meu Deus", ele sussurrou, suas palavras ao mesmo tempo sacrilégio e bênção, enquanto seu dedo girava e acariciava, roubando o fôlego e a consciência dela. "Não sei como pensei que poderia resistir a você."

Um eco dos pensamentos dela. Isso era inevitável. Desde o instante em que ela se aproximou dele na rua. Desde antes. E então a boca de Temple estava nela, e Mara não pôde mais pensar, com a língua dele atacando em lambidas longas e lentas, provocadoras e tentadoras e torturadoras, extraindo um prazer que ela não conseguia acreditar.

"Temple", ela gemeu, erguendo-se, oferecendo-se para ele. Entregando-se para ele.

Confiando nele. Confiando em alguém pela primeira vez no que parecia ser uma vida. Ele a recompensou com sua boca maravilhosa, passando o braço por sua cintura e puxando-a para si, fechando seus lábios bem apertados em volta de um lugar sensível, impensável, e chupando mais fundo, lambendo com mais firmeza, tocando com uma pressão mínima, que a fez clamar por ele.

"William." Ela suspirou o nome em que pensou cem vezes na calada da noite. Mil vezes. Sem nunca acreditar que ele pudesse lhe proporcionar um prazer tão maravilhoso.

Ele parou ao ouvir seu nome nos lábios dela, e Mara olhou para ele, encontrando seus olhos negros em meio à vastidão de seu corpo nu, sabendo que isso era ao mesmo tempo terrivelmente errado e certo. Ele girou a língua no corpo dela da forma mais espetaculosa, e Mara fechou os olhos, incapaz de suportar a tortura do prazer. Ele ergueu a boca então, apenas o bastante para falar.

"Olhe."

Ela balançou a cabeça, e seu rosto ficou corado.

"Não posso."

"Você pode", ele garantiu, virando o rosto para colocar um beijo na curva alta de sua coxa. "Olhe enquanto eu lhe dou tudo que há para dar."

Temple recolocou a boca nela, e Mara assistiu, seu olhar deslizando do reflexo dos dois para o rosto lindo dele, sabendo que aquilo era obsceno e escandaloso, mas incapaz de parar de olhar. Incapaz de se impedir de soltar as cordas e deslizar sua mão naquele lindo cabelo preto e apertá-lo contra si. Incapaz de se impedir de mover o quadril na direção dele. Incapaz de ignorar a torrente poderosa de prazer que correu por ela quando esse movimento fez com que ele gemesse de encontro à sua pele. E fez com que ele redobrasse seus esforços, movendo língua, lábios e dentes em perfeita harmonia, mandando-a para o alto em uma onda de prazer insuportável; até que ela se desfez nele, gritando seu nome, agarrando seu cabelo com mais força, absorvendo cada grama da sensação gloriosa que ele lhe proporcionava.

Ela não desviou os olhos nenhuma vez, nem mesmo quando balançou os quadris contra ele, com as cordas atrás de si suspirando no movimento. Ele a segurou enquanto ela voltava para ele, enquanto seus pés encontravam

o chão mais uma vez e, incapaz de se manter erguida, ela ficou de joelhos com ele. Ele a puxou para seu colo, e eles ficaram ali, os corações acelerados, a respiração ofegante, por uma eternidade, sem falar, mas ambos sabendo que tudo tinha mudado. Para sempre...

Ela nunca havia sentido algo assim. Nem mesmo naquela noite distante em que ela o dominou, quando os dois deitaram em sua cama, beijando e tocando. Quando ele suspirou provocações em sua orelha e brincou com seu cabelo e fez promessas que nunca pretendeu cumprir. *Quando ela tirou dele seu mundo.* Ela não podia mais esconder dele. Ela não podia mentir para ele. Ela encontraria outro modo de salvar o orfanato. De manter os meninos em segurança. Devia haver outro modo. Um modo que não dependesse mais de usar aquele homem. Ela podia, pelo menos, dar isso para ele. Tristeza estampava o olhar dela o encarou, encontrando seu olhar inescrutável. Desejando poder escutar seus pensamentos. Desejando poder lhe contar tudo. Desejando que pudesse se abrir com ele. Desejando que o futuro deles não estivesse tão bem gravado em pedra.

"Eu prometi que ia lhe contar...", ela começou.

Ele balançou a cabeça, interrompendo-a.

"Agora não. Não por causa disto. Não estrague o momento. Foi a primeira vez que pareceu real desde..."

Ele parou de falar e as palavras ecoaram nela, levando-lhe esperança e confiança – duas coisas que ela não podia aceitar. Duas coisas que, Mara tinha aprendido, poderiam lhe destruir se ela lhes desse abrigo. Ela não lhes deu tempo para que se enraizassem.

"Nós nunca..." Ela se afastou do colo dele, deslizando para o chão. "Nós começamos, mas nunca chegamos até aqui..." Ele fechou os olhos ao ouvir isso e inspirou profundamente, e embora quisesse parar, ela continuou. "Eu nunca deveria ter feito você acreditar que tínhamos ido até o fim."

Ele a fitou nos olhos.

"Então foi outra mentira."

Ela assentiu, querendo lhe contar tudo. Querendo lhe contar que naquela noite, tanto tempo atrás, quando ela fez aquilo de que mais se arrependia, foi a noite também que ela fez aquilo de que menos se arrependia. Ele a fez rir e sorrir. Ele a fez se sentir linda. Pela primeira vez em sua vida. Pela única vez em sua vida. Ela abriu a boca para lhe dizer isso, para tentar explicar, mas ele começou a falar.

"Daniel."

O nome a confundiu.

"Daniel?"

"Ele não é meu."

Ela ficou espantada ao ouvir essas palavras. Espantada com seu significado. Ela balançou a cabeça.

"Não entendo..."

"Você disse que ele está com você desde sempre."

Daniel, com o cabelo escuro, os olhos azuis e a idade exatamente perfeita – caso eles tivessem ido até o fim. Se tivessem feito mais. Por um instante, ela deixou uma visão a dominar. Temple, forte, seguro, lindo e dela. E um filho moreno, sério e doce. E deles. Era a vida que ele queria. Uma esposa. Um filho. Um legado. Mas não era verdade. Ela balançou a cabeça, encontrando o olhar dele, vendo as emoções que se agitavam ali. Arrependimento. Raiva. Tristeza. Ela o havia machucado outra vez. Sem nem mesmo tentar. Mara balançou a cabeça, lágrimas nos olhos.

"Desde sempre... desde que eu fundei o orfanato. Ele não é..." Ela parou de falar, desejando que a verdade fosse diferente.

Ele riu então, uma risada dura e sem graça.

"É claro que ele não é. É claro que nós não fizemos."

Aquilo a devastou.

Ele levantou, em um movimento único e fluido, indo até o lado oposto do ringue, completamente gracioso com um braço na tipoia. Mesmo com um ferimento que teria matado um homem menos forte. De costas para ela, Temple passou a mão pelo cabelo.

"Só uma vez, eu queria a verdade de você." Ele olhou para ela por sobre o ombro. "Só uma vez, eu queria que você me desse uma razão para acreditar que você é mais do que parece. Mais do que uma mulher atrás de sangue e dinheiro." Ele riu e virou de novo para o outro lado. "E então você me deu."

Ela devia lhe contar. A história toda. O dinheiro, a dívida, o motivo pelo qual fugiu. Ela devia se colocar aos pés dele e lhe dar uma chance de perdoá-la. De acreditar nela. Talvez então eles pudessem recomeçar. Talvez então pudesse haver mais nesse relacionamento estranho, perturbador, admirável, que havia entre eles. Bom Deus, ela queria isso mais do que queria respirar.

"Eu nunca estive atrás de sangue", ela disse, se levantando com o vestido na mão, escondendo sua nudez dele. "Nem de dinheiro." Ela deu um passo na direção dele. "Por favor, deixe-me explicar..."

"Não." Ele se virou para ela, a mão cortando o ar.

Ela parou.

"Não", ele repetiu. "Estou cansado disso. De suas mentiras. De seus jogos. Estou cansado de querer acreditar em você. Chega."

Ela puxou o vestido à sua volta, sabendo que merecia aquilo. Sabendo que, por doze anos, sua vida caminhou para isso, para o dia em que ficaria frente a frente com esse homem e lhe diria a verdade – e aguentaria as consequências.

Mas ela nunca soube que a dor viria de perdê-lo. De machucá-lo. Que ela poderia gostar dele. *Gostar dele*. Que frase tola, tépida, se comparada à emoção que ela sentia naquele momento enquanto assistia àquele homem notável lutar com seus demônios. Demônios que ela havia colocado atrás dele.

"Não quero saber das suas razões, nem de como você as inventou. Estou farto. Quanto custou? Esta tarde?"

Aquilo foi um golpe. Ele não podia acreditar que ela pediria para ser paga por... *É claro que ele podia*. Assim era o acordo que tinham feito.

Ela balançou a cabeça.

"E agora você está acima do nosso acordo?"

Ela não queria mais o acordo. Ela não queria nada daquilo. Ela só o queria por inteiro. E, simples assim, como um soco bem dado, ela entendeu. *Ela amava Temple*. E se isso já não fosse ruim, ele jamais acreditaria. Ainda assim, ela tentou.

"William. Por favor. Se você apenas..."

"Não." A palavra cortou o ar, fria e assustadora. E ela percebeu que ali, naquele instante, estava enfrentando Temple, o maior lutador que Londres já viu. "Nunca mais me chame assim. Você não tem esse direito."

É claro que ela não tinha. Ela havia lhe roubado esse nome quando lhe roubou sua vida. Lágrimas ameaçaram rolar, e ela as segurou, pois não queria que ele pensasse que eram falsas. Não queria que ele pensasse que *ela* era falsa. Então, aquiesceu.

"É claro."

Ele estava frio e insensível, e ela não conseguia mais olhar para ele. Mara se abraçou quando ele deu seu último golpe. Quando ele encerrou a luta.

"Amanhã isto acaba. Você mostra seu rosto, restaura meu nome. Eu lhe dou seu dinheiro. E você some do meu mundo."

Ele a deixou ali, no centro do seu ringue, no coração do seu clube. Foi somente depois que a porta para os aposentos dele foi fechada, e a tranca passada, que ela se vestiu e permitiu que as lágrimas viessem.

Capítulo Quinze

Ele a tinha deixado nua no ringue. Em nenhum momento, em toda sua carreira de boxeador, Temple havia deixado um oponente tão despojado de honra. *Ele nunca havia permitido que um oponente o despojasse de seus sonhos*.

Quanta bobagem. Temple se debruçou sobre a mesa de bilhar em uma das salas no andar de cima do Anjo Caído e fez as bolas rolarem com força.

"Jesus, Temple", disse Bourne, ao ver duas bolas caírem nas caçapas da outra extremidade da mesa. "Quer que nós vamos embora, para você jogar sozinho?" Ele virou o resto do scotch. "E com um braço."

A menção ao braço, ainda dormente e fraco devido à facada, trouxe sua raiva de volta. O irmão dela tinha roubado sua força. Seu poder. Mas ela fez coisa pior. Ela roubou sua esperança. Ela o deixou acreditar que tudo daria certo. Que ela podia ser o que ele queria. Esposa. Família. E *mais*. Amor. A palavra ressoou em seu corpo, parte choque, parte frustração, parte desejo. Ele a ignorou e deu outra tacada com precisão furiosa. E mais uma.

Cross se endireitou, e apoiou um braço na ponta de seu taco.

"Tudo bem, está claro que você não tem interesse no jogo, só na vitória", ele disse. "Então qual é o seu problema?"

"É a mulher", disse Bourne enquanto atravessava a sala para se servir outra dose de scotch.

Claro que era a mulher. Temple ignorou esse pensamento e encaçapou mais uma bola.

Cross olhou para Bourne.

"Você acha?"

Bourne passou um copo para Cross.

"É sempre a mulher."

"Tem razão", Cross concordou.

"Ele não tem razão", disse Temple.

"Eu tenho razão", disse Bourne, erguendo uma sobrancelha.

É claro que ele tinha razão. Temple fez uma careta.

"Vocês dois podem ir para o inferno."

"Você ficaria com saudade se nós fôssemos", disse Cross, finalmente tendo a chance de dar uma tacada. "Além disso, eu gosto da mulher. Tudo bem, comigo, se ela for seu problema."

Bourne olhou de esguelha para Cross.

"Você *gosta* dela?"

"Pippa gosta dela. Acha que ela gosta de Temple. Eu acredito nela."

Veio uma lembrança. Os olhos de Mara nadando em lágrimas, ela sentada nua no ringue. Ele a tratou de modo abominável. Temple apertou os dentes. Ela roubou sua vida e depois mentiu para ele. Várias vezes. Ela não gostava dele. Era impossível.

Cross continuava falando com Bourne.

"Além disso, ela acertou um soco na sua cara."

"Não precisa mostrar tanta alegria", retrucou Bourne.

"Por que não? Você apanhou. De uma mulher."

"Você é um vagabundo", resmungou Bourne. "Além do mais, como eu ia saber que ela soca como o Temple?"

Mais uma lembrança – Mara no vestíbulo do Lar MacIntyre para Meninos, a mão espalmada em seu peito, forte e quente. *Eu não desejo machucar você*. Outra mentira.

Cross interrompeu seus pensamentos.

"Então, Temple. O que você fez de errado?"

Uma visão: Mara no centro do ringue, implorando para que ele a ouvisse. O que ela diria? O que teria contado para ele? Ele reprimiu a lembrança. Alguma vez ela lhe contou a verdade? *Minutos antes*.

"Nada."

"Ah, isso significa que você deve ter feito algo." Bourne desabou sobre uma cadeira ao lado.

"Quando vocês dois se transformaram em velhas tagarelas?"

Cross se apoiou na mesa de bilhar.

"Quando você perdeu seu senso de humor?"

A pergunta não era exagerada. Se fosse Bourne ou Cross que estivesse de tão mal humor, Temple teria sido o primeiro a fazer perguntas. Na verdade, no ano anterior Temple se divertiu muito assistindo aos dois amigos flertarem com a insanidade enquanto primeiro resistiam, depois cortejavam suas futuras mulheres. Ele riu muito dos dois, e ficou feliz por poder debochar do sofrimento deles. Mas enquanto sua situação podia mesmo envolver uma mulher, aquilo não dizia respeito a uma esposa. A questão era absolvição. Um objetivo muito mais importante.

"Eu a deixei ir", ele disse.

"Para onde?", perguntou Bourne.

"Para casa."

"Ah", fez Cross, como se aquela exclamação dissesse tudo. Só que não dizia.

Temple fez uma carranca para o ruivo irritante.

"Que diabo isso significa?"

"Só que, quando elas vão embora, não é tão bom como se imaginava."

"Humm", Bourne acrescentou. "Você acha que vai ficar em paz, mas em vez disso... não consegue parar de pensar nela."

Ele olhou de um amigo para o outro.

"Vocês dois viraram mulheres. Eu poderia parar de pensar nela com facilidade, se ela não fosse..." Ele hesitou.

Se ela não fosse tão irritante. Se ela não fosse tão obsessora. Se ela não estivesse tão linda quando ficou alterada e orgulhosa em seu ringue e absorveu os golpes que ele lhe deu como uma verdadeira campeã. Como se ela os merecesse. E ela merecia. *Mas e se ela não merecesse?*

"Se ela não fosse...?", cutucou Cross.

Temple se serviu um copo de uísque e bebeu um grande gole. Esperando que o álcool queimasse e apagasse a lembrança dela.

"Se ela não fosse minha ligação."

"Com?"

Com Lowe. Com o passado. Com a verdade. Com a vida que ele quis desesperadamente por tanto tempo. Mais do que isso. *Ela era sua ligação com tudo.* Ele afastou esse pensamento e se debruçou para outra tacada, ignorando a pontada de dor que fervilhou em seu braço e desapareceu como se nunca tivesse existido.

Ele errou. Bourne e Cross se entreolharam, surpresos. Ele os fuzilou com o olhar.

"Tentem fazer o mesmo só com um braço."

Eles ouviram uma batida na porta e se viraram ao mesmo tempo, e Temple se sentiu grato pela distração.

"Entre", falou Bourne.

Justin entrou, seguido por Duncan West, proprietário de nada menos que oito jornais e revistas de Londres, provavelmente o homem mais influente da Grã-Bretanha, aquele que iria recolocar Temple em seu lugar de direito na nobreza.

West passou os olhos pela sala.

"Tem lugar para mais um?"

Temple estendeu seu taco para o recém-chegado.

"Pode ficar com o meu." Ele foi até o aparador e encheu seu copo, além de servir mais um, enquanto West tirava o casaco e o arremessava em uma cadeira próxima.

"Quem está ganhando?"

"Temple", respondeu Bourne, dando sua tacada e errando.

West olhou para Temple e aceitou a bebida que o outro lhe oferecia.

"E você não quer continuar?"

Temple se apoiou nas costas de uma cadeira e bebeu.

"Prefiro falar sem estar ocupado."

O jornalista parou.

"Eu também devo estar desocupado?"

Temple acenou com o copo na direção da mesa de bilhar.

"Você pode jogar até eu dizer algo que valha a pena escutar."

A sugestão pareceu boa para West, que se voltou para analisar o jogo.

"Está bem. E o braço?"

"Ligado ao corpo", respondeu Temple.

West aquiesceu e pôs o copo na borda da mesa, inclinando-se e alinhando o taco. Quando ele puxou o taco para trás, preparando a tacada, Temple fez seu anúncio.

"Mara Lowe está viva."

West errou o lance, mas não ligou para isso, pois já estava se virando para Temple, os olhos arregalados.

"Você disse uma coisa que vale a pena escutar."

"Achei que você iria se interessar."

West deitou o taco na mesa.

"Como você pode imaginar, tenho dúzias de perguntas. Mais do que isso."

"E eu vou responder cada uma delas. O que eu não puder, ela vai responder."

"Você pode falar por ela?" West assobiou baixinho. "Essa *é* uma boa história. Onde ela está?"

"Isso não é importante", disse Temple, de repente perdendo o interesse em compartilhar dos detalhes particulares da vida de Mara. Ele bebeu mais um pouco. *Coragem líquida.* De onde veio aquele pensamento? "Você pretende ir ao Baile de Natal dos Leighton?"

West reconhecia uma boa história quando via, e ele soube que devia ir a esse baile.

"Imagino que a Srta. Lowe vai estar presente?"

"Ela vai estar."

"E você pretende me apresentar a ela?" Temple aquiesceu. Mas West era inteligente, e conseguiu juntar as peças. "Não é só isso."

"Será que existe alguma coisa simples?", disse Cross de seu lugar na mesa de bilhar.

"Você quer arruinar a garota", disse West.

Ele queria?

"Não culpo você", disse o jornalista. "Mas não vou ser manipulado por você. Eu vim porque Chase me chamou, e eu devo a ele. Vou ouvir sua história. Seu lado. Mas vou ouvir o lado dela também, e se eu achar que ela não merece o constrangimento, não serei eu quem irá envergonhá-la."

"Desde quando você é tão nobre?", interveio Bourne. "A história vai vender jornais, não vai?"

Uma sombra passou pelo rosto de West, mas sumiu com tanta rapidez que Temple não teria percebido se não estivesse olhando com atenção.

"Basta dizer que eu arruinei tanta gente com meus jornais que não estou mais disposto a atender aos desejos de todo aristocrata com uma vingança." Ele encarou Temple. "Ela merece?"

Era a pergunta que Temple esperava que o jornalista não fizesse. A pergunta que ele esperava nunca ter que responder. Porque há uma semana ele teria dito sim, sem dúvida. Uma semana atrás ele teria argumentado que a garota merecia tudo de ruim que lhe acontecesse – cada grama de justiça que ele pudesse lhe dispensar através de seu poder, sua força e sua influência. Mas agora, o que um dia foi evidente se tornava complexo. E ele não conseguia pensar nela com clareza. De repente, ele pensou na forma como ela o provocou quando se esqueceu de que eram inimigos. Na forma como ela o encarou como seu igual. Na forma como ela lidou habilmente com seus alunos e com os homens do clube. Na forma como ela se entregou ao seu beijo. Ao seu toque. A forma como ela aninhou aquela porca idiota em seus braços, como se fosse a melhor companhia que uma mulher podia querer. Na forma como pequenas ideias insidiosas entraram em sua cabeça, fazendo-o imaginar se ele não poderia ser um pouco melhor que a maldita porca.

Ele bebeu o resto do scotch e se virou para pegar mais. Jesus. Agora ele se comparava a uma porca. Então, ela merecia sua vingança? Ele não sabia mais. Mas quando pensou em seu passado – na vida que poderia ter tido, no prazer que seu título lhe dava, em seu papel, em seu potencial – ele não conseguiu impedir que a raiva crescesse. Se não fosse por ela, Temple estaria muito menos furioso. E muito menos machucado. Aquela cama foi feita há muitos anos. Não seria ele que a impediria de se deitar. Ela havia mentido para ele. Várias vezes. E quando ela finalmente lhe disse a verdade, lhe roubou o resto de esperança que possuía. A última promessa da vida que ele desejava nos recantos mais escondidos da sua alma. A esposa linda. O filho forte e feliz. A família. O nome. O legado. Ela lhe roubou tudo isso, como se nunca tivesse sido dele. A raiva cresceu, quente e bem-vinda, e Temple fitou Duncan West nos olhos.

"Ela merece."

West se virou para a mesa e deu sua tacada, encaçapando a bola. Ele se endireitou e levantou seu copo, brindando a Temple.

"Se isso for verdade, ficarei feliz em ajudar você", ele disse. "Vejo você na festa dos Leighton." Ele deu um gole grande antes de jogar o taco para Temple e se encaminhar à porta. Uma vez lá, ele se virou. "E o Chase?"

Temple não falava com Chase desde que se desentenderam, várias noites atrás.

"O que tem?"

"Onde ele está esta noite?"

"Ocupado", disse Bourne, e seu tom de voz não admitia que o assunto continuasse.

West fingiu não perceber a irritação na voz de Bourne.

"Sem dúvida. Mas quando ele vai se dar conta de que sou amigo o bastante para guardar seus segredos?"

Cross ergueu a sobrancelha.

"Quando seu meio de vida não depender de você contar os segredos dos outros."

West sorriu e terminou seu scotch antes de sair pela porta.

"Muito justo. Vou jogar vinte e um." Ele acenou para Temple. "Amanhã?"

Temple inclinou sua cabeça para West.

"Amanhã."

"E minhas perguntas vão ser respondidas?"

"Sim, e haverá mais", prometeu Temple.

West assentiu e se foi em segundos, pois as mesas no piso do cassino exerciam uma atração irresistível. A concordância dele devia ter aumentado a empolgação de Temple. Devia tê-lo feito se sentir vingado. Mas o que ele sentiu foi um nó na garganta e uma acidez desagradável na boca do estômago. Algo que ele não estava interessado em definir, mas também não seria capaz se tentasse.

Ele se virou para seus amigos, que o observavam com cuidado.

"Depois que West a expor, a reputação dela estará arruinada. Ele vai colocar o orfanato em risco", alertou Bourne.

"Não é boa ideia que o orfanato seja afetado por um escândalo", explicou Cross, como se Temple não entendesse.

Mas ele entendia. E ele não gostou da sensação desagradável que percorreu seu corpo quando Cross falou isso. Da sugestão que seu plano era um perigo para uma casa cheia de crianças inocentes. Do modo como Bourne facilmente classificou Mara como um escândalo. Ele não gostou de pensar em quais dessas coisas o desgostava mais.

"Se ele tiver acesso aos arquivos do orfanato, vai descobrir em minutos quem são os garotos", disse Bourne. "Ele vai expor os pais."

"A garota não vai sobreviver a isso. Ela nunca mais vai poder mostrar o rosto em Londres", acrescentou Cross. "Se ela não for expulsa pelos pais que mandaram seus filhos para lá, vai ser destruída pelas mulheres da sociedade. E ela irá culpar você. Está preparado para isso? Para perdê-la por completo?"

Temple semicerrou os olhos para Bourne.

"O que me importa se vou perdê-la? Vai tarde!"

Essa mentira doeu, ainda que ele se recusasse a reconhecer que era mentira. Seus amigos sabiam que não deviam insistir.

"West é nosso amigo", acrescentou Cross. "Mas ele também é um jornalista. E dos bons."

"Eu sei disso", falou Temple.

Ele não era um monstro. Depois que ela estivesse arruinada, ele protegeria os garotos. Ele construiria um palácio fora da cidade para eles. E encheria o lugar com doces e cachorros. E porcas. Ele a imaginou segurando

a maldita porca, com um sorriso em seus lábios vermelhos, e sentiu uma pontada de algo parecido com culpa. *Maldição.*

Ele fechou a mão do braço machucado, detestando a rigidez.

"Vou manter West longe do orfanato", Temple prometeu. "Ele é um homem decente. Não vai fazer nada que prejudique duas dúzias de crianças."

Cross baixou os olhos para a mão de Temple, que ainda abria e fechava em um ritmo cuidadoso.

"Como está o braço?"

"Você está ansioso para me ver de volta ao ringue, não é?" Temple brincou, sem se sentir bem-humorado.

Cross não sorriu.

"Estou ansioso para ver você de volta. Ponto final."

Temple olhou para o antebraço machucado, virando-o, refletindo. Imaginando se deveria lhes contar o que ele suspeitava durante a noite, quando o braço formigava e ardia. O que eles diriam se Temple lhes contasse que não sentia parte de seu braço? O que ele seria para os outros se não fosse mais o invencível Temple? O que ele seria para si mesmo? Não seria mais o amigo que fizeram, o homem com quem começaram um negócio. Não seria mais o legendário boxeador britânico. Não seria mais o homem que passava seus dias em Mayfair e as noite no oeste de Londres. Em vez disso, ele seria outra coisa. Uma identidade pervertida – nascido aristocrata, formado nas ruas. O Duque de Lamont, que não via sua propriedade nem sua família há doze longos anos. *Não seria mais o Duque Assassino.* Mas é claro que ele nunca foi. Ele teve uma visão – Mara de pé no ringue, orgulhosa e impassível. Mais forte do que qualquer um de seus adversários anteriores. Mais feroz. Muito mais envolvente. *O que ele seria para ela?* Ele passou a mão boa pelo rosto. O que ela tinha feito com ele? O que ele tinha feito consigo mesmo?

"Você não precisa fazer isso, sabia?", inquiriu Bourne em voz baixa.

Temple olhou para o amigo.

"Agora você a defende? Quer que eu pegue um espelho para que se lembre da mancha roxa em volta do seu olho?"

Bourne deu um sorriso irônico.

"Ela não é a primeira a me acertar um soco. E não vai ser a última." Isso era verdade. "Tudo que estou dizendo é que você pode parar isso. Pode mudar tudo."

"O que fez você ficar assim tão magnânimo?"

O marquês deu de ombros.

"Você gosta da garota, isso é óbvio, ou não estaria tão devastado pela situação. Eu sei como é isso. E eu sei o que significa desistir de uma vingança pela garota."

Por um instante ele considerou a ideia. Ele imaginou como seria se pudesse

mudar a história. Imaginou que vida criaria se tivesse a oportunidade. Imaginou uma fila de filhos morenos e filhas ruivas, cada um com olhos lindos e estranhos, além de uma determinação férrea. Imaginou a mãe deles liderando o ataque. Mas tudo foi só imaginação. A realidade era uma coisa totalmente diferente.

O Duque e a Duquesa de Leighton ofereciam seu baile de máscaras de Natal todo dezembro desde que se tornaram marido e mulher. A festa se tornou tão legendária que grande parte de Londres fazia questão de voltar à cidade para ir ao baile, apesar do clima gelado e sombrio nessa época.

De acordo com Lydia (que se revelava uma fofoqueira muito maior do que Mara tinha imaginado), a Duquesa de Leighton se orgulhava de encher a lista de convidados com dezenas de dignitários londrinos, aristocratas ou não. Lydia chegou até mesmo a usar a frase "todo mundo que for alguém" em meio à empolgação que seguiu ao recebimento, por Mara, do convite de Temple – se é que uma única linha de garranchos em tinta preta, informando o horário e o vestido que ele preferia que ela usasse, podia ser chamado de convite. Mara deduziu que não era coincidência que aquele era o evento em que ela seria desmascarada diante de Londres. Literal e figuradamente. Só que ontem, antes de a situação toda azedar, podia ter sido diferente. Ontem, antes de ela lembrar Temple do passado que compartilhavam – e das várias formas em que eram inimigos – eles podiam ter sido amigos. E ele poderia ter reconsiderado aquele momento. *Sonho*.

Ela soltou uma risada abafada quando pensou nisso. Era um sonho. Pois não havia nada que apagasse seu passado. Que apagasse o que ela tinha feito. Nenhum tipo de perdão iria mudar o desenrolar daquele enredo. Como aquela noite terminaria? Com sua ruína. Com toda honestidade, Mara estava feliz que a noite finalmente tinha chegado. Depois que sua ruína acontecesse, ela poderia, sem dúvida, voltar à sua vida comum, sendo esquecida pelo resto da Grã-Bretanha. *Esquecida por ele*. Era melhor assim. Uma bênção, talvez.

Ela dizia isso para si mesma enquanto passava o orfanato para Lydia naquele dia, desvendando os meandros do lugar – contando as histórias de todos os garotos, os arquivos onde guardavam os registros de seu trabalho e os resquícios do passado dos meninos: as certidões de nascimento. Ela dizia isso para si mesma enquanto prometia a Lydia os recursos que receberia de Temple, ainda que em Mara doesse a ideia de cobrar a parte dele no acordo. Ela não tinha escolha. Os garotos precisavam de carvão, e Lydia precisava de fundos para tocar o orfanato. Ela dizia isso a si mesma enquanto fazia sua mala de viagem e guardava dinheiro suficiente para levá-la a Yorkshire, o lugar de onde ela havia fugido doze anos atrás. Ao lugar em que ela havia se reinventado. Onde ela se tornou Margaret MacIntyre. Ela dizia isso a si mesma quando o vestido chegou em uma linda caixa branca, marcada por um H dourado em relevo, acompanhado de uma máscara dourada com uma filigrana delicada que ela teve que se controlar para não tocar.

Havia lingerie também – sedas, cetins e rendas –, meias bordadas e *chemises* perfeitas, ao mesmo tempo maravilhosas e absolutamente necessárias. Fazia mais de uma década que ela não punha algo tão macio em contato com sua pele, e ela se regalou com a sensação dos tecidos em sua pele, mesmo que o objetivo daquilo tudo ecoasse em seus pensamentos. Eram roupas de baixo feitas para serem vistas. Por homens. *Por Temple*. E a capa – um verde deslumbrante, entremeado por fios dourados para combinar com o resto da roupa, forrada de arminho, que devia custar mais do que um ano de todas as contas do orfanato. Mara ficou assustada ao encontrar tal capa na caixa, pois não falaram dela quando estiveram no ateliê de Madame Hebert para aquela noite de prova absolutamente constrangedora.

Suas faces ficaram quentes com a lembrança dos olhos dele em seu corpo naquela sala mal iluminada. E quando essa lembrança deu lugar a outra, daquela noite mesmo, quando os lábios dele desceram sobre os dela, suas faces queimaram. E ela dizia para si mesma que estava feliz por ir encontrar seu carrasco enquanto aguardava de pé no vestíbulo do Lar MacIntyre para Meninos, com uma mala aos seus pés e Lydia nos primeiros degraus da escada, com Lavanda no colo.

Naquele momento, enquanto esperava no vestíbulo daquele lugar que construiu com trabalho, lágrimas e amor, ela percebeu que não era mais Margaret MacIntyre nem Mara Lowe. Não era mais professora, nem irmã, nem cuidadora, nem amiga. Ela era de novo um vazio. Mara sentiu o coração apertar. E de algum modo, nada disso importava, a não ser uma verdade devastadora: ela também não era nada para Temple.

Ela se virou para Lydia.

"Se meu irmão aparecer, você diz para ele que eu fui embora? Entrega minha carta para ele?"

A mensagem de Christopher estava esperando por ela quando Mara retornou do Anjo, e pedia dinheiro para que ele pudesse deixar o país. E prometia que aquela seria a última vez que ele lhe pediria algo. Mara lhe escreveu uma carta dizendo a verdade – que ela não tinha recursos para dispor, e que os dois estavam em uma situação da qual teriam que fugir. Ela lhe agradeceu pelos anos em que ele escondeu sua verdade do mundo e se despediu.

Lydia apertou os lábios.

"Eu entrego sua carta, mas não gosto disso. E se ele for atrás de você?"

"Se ele for, que seja. Prefiro que venha atrás de mim do que de você. Ou deste lugar", disse Mara, acrescentando em voz baixa, "do que de Temple."

Suas palavras a fizeram lembrar daquela noite, de sua faca no alto do peito de Temple. Christopher desaparecendo em meio a uma multidão enquanto Mara entrava em pânico. Ali estava a solução. Terminaria com tudo. Libertaria Temple. Christopher nunca mais o incomodaria. E depois dessa noite, ela também não. Ela suspirou, desesperada para resistir às emoções que afloravam cada vez mais fortes quando ela pensava nele.

"E tudo o mais..."

Lydia aquiesceu e pôs Lavanda no chão, aproximando-se de Mara e pegando suas mãos.

"E tudo o mais." Elas ficaram assim por um longo tempo. Amigas. "Você não tem que fazer isso, sabe. Nós podemos lutar."

Lágrimas ameaçaram aflorar e Mara piscou para segurá-las.

"Mas eu tenho que fazer. Por você. Pelos meninos." Ela passou as mãos pela seda macia de sua saia, obrigando-se a lembrar que naquela noite ele cumpriria sua promessa. E Mara cumpriria a dela. Finalmente.

Naquela noite terminaria. Lydia sabia que não adiantava discutir.

"É um vestido lindo."

"Faz parecer que eu estou à venda", disse Mara.

"Não faz, não."

Lydia tinha razão. Sim, o decote era baixo, mas Madame Hebert tinha, de algum modo, atendido ao pedido de Temple sem fazer com que Mara parecesse indecente. Mas Mara não queria reconhecer que o vestido era deslumbrante.

"Ele faz você parecer uma princesa."

Mara puxou a capa ao seu redor.

"Não faz, não", foi a vez dela dizer.

Lydia sorriu.

"Uma duquesa, então." Mara olhou atravessado para ela, mas Lydia continuou falando, pegando Lavanda, que dançava aos pés delas. "Nossa. Imagine só. Você, casada com o pai dele."

"Prefiro não imaginar", disse Mara.

"Madrasta desse homem."

Ela fechou os olhos.

"Não diga isso", pediu Mara.

"Imagine uma vida assim – cheia de pensamentos impuros com seu próprio enteado."

"Lydia!" Mara protestou, feliz pela distração.

"Oh, grande coisa", disse Lydia. "Ele é mais velho que você."

"Não significa..."

Lydia abanou a mão.

"É claro que significa. Olhe para ele. É enorme. E lindo como o pecado. Você quer honestamente me dizer que não teve um único pensamento impuro com ele?"

"Quero."

"Mentirosa."

É claro que ela mentia. Ela teve mais que pensamentos impuros com ele. Ela teve atos impuros. E piores que isso. Ela o amava, de algum modo. Que virada infeliz a história teve. E então o objeto de seus pensamentos apareceu, poupando-a de ter que pensar demais nisso. Ela ficou com o coração na boca quando o viu, em suas calças e seus colete e paletó, perfeitamente sob medida, apesar da tipoia – também preta, como as roupas. Bom Deus, como os ombros dele eram largos. O preto era quebrado apenas pelo branco brilhante da camisa e da gravata, engomadas e ajustadas por aquele que devia ser o melhor camareiro de Londres. Ela não conseguia imaginá-lo com um camareiro. Ele não parecia ser o tipo de homem que precisava de ajuda para nada, muito menos para alguma coisa tão frívola como uma gravata com laço perfeito. Mas era assim que ele estava, de qualquer modo.

"Alteza", Lydia disse com um sorriso enorme. "Estávamos falando de você."

Ele inclinou a cabeça.

"Estavam? E o que diziam?" Ele se curvou sobre a mão de Lydia, perdendo o brilho em seu olhar enquanto Mara olhava feio para ela por cima de suas costas imensas, querendo que a outra não falasse mais nada.

"Estávamos discutindo as manipulações do destino."

Ele acariciou o focinho peludo de Lavanda e a leitoa se tornou uma traidora, entregando-se ao toque, fungando, antes que Temple voltasse sua atenção a Mara.

"Manipulações muito boas, de fato." Ele passou os olhos por ela, deixando-a quente e depois fria. Nervosa, ela agarrou o acabamento em arminho junto ao pescoço, sentindo como se ele pudesse enxergar através do tecido. A atenção dele caiu em sua mão, e Temple hesitou por um longo momento antes de falar.

"Você está pronta?"

"O máximo que posso estar", ela disse em voz baixa, mas ele já estava a caminho da porta, sem dúvida ansioso para começar a destruição dela. Sem dúvida cansado dela. Sem dúvida cansado de viver sua vida sem todos os privilégios com que tinha nascido.

Ela o seguiu, sabendo que cada passo que dava nessa noite mudava sua vida. Nessa noite ela perderia a capacidade de fugir do passado. Ela teria

que assumi-lo. E com isso, ela provavelmente perderia tudo pelo que tinha trabalhado. Por causa dele.

À porta, Lydia a deteve, jogando seus braços à sua volta e sussurrando em sua orelha.

"Coragem."

Mara anuiu, evitando o nó em sua garganta, e pegou Lavanda nos braços para um abraço demorado e um beijo na cabeça antes de entregar a porca para a nova proprietária do Lar MacIntyre para Meninos. A carruagem estava silenciosa como um túmulo, e Mara procurou não reparar nele. Ela tentou não reparar no modo como o peito dele subia e descia por baixo do tecido de sua camisa e da lã macia de seu paletó. No modo como a respiração dele acontecia em inspirações e expirações longas e lentas. No modo como suas coxas fortes se contraíam conforme a carruagem balançava ao longo das ruas de paralelepípedos. O aroma dele – cravo, tomilho e Temple. Ela tentou não reparar nele até Temple se inclinar para frente na escuridão, atravessando a linha tácita de demarcação que separava o lado dele na carruagem do dela.

"Eu trouxe um presente para você", ele disse com aspereza.

Afinal, seria indelicado não reparar em alguém com um presente. E, claro, ele confirmou suas palavras com uma caixa longa e fina que estendeu na direção dela. Mara reconheceu imediatamente o branco com o relevo dourado, a marca de Madame Hebert, e balançou a cabeça, confusa, enquanto pegava o pacote.

"Estou usando tudo que você mandou. E mais."

As palavras saíram antes que ela pudesse se conter – antes que ela pudesse evitar de lembrar a ambos que vestia roupas compradas por ele. Roupas que ele escolheu enquanto ela ficava seminua na sua frente, em uma sala escura. Ele podia ter aproveitado o momento para humilhá-la, obrigando-a a admitir que cada peça de roupa era dele antes de ser dela. Mas não. Ele apenas se recostou no assento e falou.

"Nem tudo."

Ela abriu a caixa e tirou o papel delicado para revelar um par lindo de luvas de cetim, que combinavam perfeitamente com seu vestido e eram maravilhosamente bordadas e possuíam dezenas de botõezinhos na parte interna. Ela as retirou com delicadeza da caixa, como se pudessem quebrar em suas mãos.

"Você nunca usa luvas", disse Temple. "Pensei que precisasse de um par."

Contudo, aquelas não eram luvas para o dia a dia; eram luvas para uma noite, para um conjunto. *Para um homem.* Ela arregaçou uma manga antes de se dar conta de que não conseguiria abotoar a luva com apenas uma mão. Mas antes que pudesse dizer qualquer coisa, ele se inclinou para frente de novo, tirando do bolso do casaco um gancho de botão, como se fosse a coisa mais comum do mundo que um homem carregasse aquilo. Ele a confinou naquele espaço pequeno e escuro, pegando sua mão. Temple soltou seu braço e dobrou para trás a manga da capa dela, usando o braço ruim para mantê-la firme enquanto se dedicava à tarefa de abotoar a fila interminável de botõezinhos verdes. Ela quis odiá-lo por tentar controlar até isso, até suas luvas. Mas ela o amou ainda mais por isso, e seu coração pesou no peito, pois Mara sabia que era a última noite em que os dois estariam juntos.

"Obrigada", ela disse suavemente, sem saber o que mais poderia fazer, sentada ali, remexendo no papel da caixa com a mão livre.

Ele estava quieto, concentrado na tarefa, e ela se conformou em observar o alto do cabelo preto dele, incapaz de inspirar fundo devido à proximidade de Temple, desejando que ele não estivesse tão perto de suas mãos imperfeitas, cheias de cicatrizes. Mas grata pelo fato de ter coberto os anos de história escritos em sua palma antes de entregar a mão para ele. E se sentiu profundamente perturbada pelo toque hábil e gentil dele. Ela podia sentir a delicadeza da respiração de Temple na pele de seu pulso que ele escondia sob a luva, e o toque suave de seus dedos no lado de dentro do seu antebraço foi a última coisa afugentada pelo toque da seda. Não. Não afugentada. Aprisionada por ela. Porque era assim que ela se sentia, como se a luva impedisse que o toque dele escapasse.

Ele terminou a primeira luva depois de uma eternidade, e com um suspiro longo ela soltou a respiração que não percebeu estar segurando, e notou então que ele pegou sua outra mão sem avisar. Ela a puxou, mas a mão dele estava firme.

"Obrigada, eu posso..."

"Permita-me", ele disse, pegando a segunda luva de sobre as pernas dela.

Não, ela queria dizer, *não olhe*. Calor tomou suas faces, e ela se sentiu grata pela escuridão da carruagem. Mas ele viu seu rubor assim mesmo.

"Você está com vergonha das suas mãos", ele disse, e com o polegar massageou com suavidade – de enlouquecer – sua palma.

Ela puxou novamente a mão. Inutilmente.

"Não precisa, sabia?", ele disse, continuando com aquele toque lento, circular – uma tortura sem fim. "Estas mãos ajudaram você a sobreviver por doze anos. Elas trabalharam para você. Elas conquistaram recursos, abrigo e segurança para você por mais de uma década."

Os olhos dela procuraram os dele, pretos como carvão na luz fraca.

"As mãos de mulheres não deveriam mostrar seu trabalho."

Ele continuou, sua voz pouco acima de um sussurro.

"Mas o que eu não consigo compreender, Mara, é por que você exigiu isso delas?"

Medo. Destino. *Insensatez*.

"Eu gostaria que elas fossem inexperientes. Macias. Do modo como devem ser as mãos de uma lady."

Do modo que você as prefere, sem dúvida. Não. Ela não ligava para como ele gostava de suas mãos. Das mãos dela. Ele deslizou a seda por sua mão, passando os dedos pelos tubos de tecido, pressionando seus dedos nos vales entre os dela. Quem poderia ter imaginado que a pele nesses lugares é tão sensível?

"Estas são suas mãos", ele disse, baixando a cabeça, sussurrando para a pele nua da palma dela. "São perfeitas."

"Não diga isso", ela sussurrou.

Não seja gentil comigo. Não me faça amar você mais do que eu já amo. Não me machuque mais do que você já planejou machucar.

Ele beijou o polegar da mão dela antes de fechar os botões e subir para o pulso, onde colocou outro beijo suave, e prendeu mais botões. E assim continuou, subindo, pelo lado de dentro do antebraço, com beijos leves, delicados, cada um disparando uma corrente de calor dentro dela, cada um fechado pela seda. Por ele. Cada um uma ruína completa, pois a fazia querer subir no colo dele para se entregar sem perguntas. Quando ele chegou ao último trecho de botões, o que iria fechar seu cotovelo, ele se deteve na pele nua desse local, pressionando seus lábios quentes àquele lugar sensível que Mara ainda não conhecia, demorando-se aí depois que ela arfou de prazer pela carícia. Temple abriu os lábios e traçou círculos longos com a língua, lânguidos com um calor úmido magnífico.

Ela não conseguiu evitar de enfiar sua mão livre no cabelo dele, segurando-o ali, naquele lugar sensual e maravilhoso. E odiando a maldita luva que a impedia de tocá-lo. Praguejando em voz alta. Ela sentiu os lábios dele se curvando em sua pele, e o sorriso foi afastado por uma passada de dentes – insuportável e indolor –, antes que ele concluísse sua tortura e, então, sua tarefa. Nesse momento ela teria lhe dado qualquer coisa que ele pedisse. Ela teria lhe dado com prazer profundo, irrevogável. Era isso que tornava aquele homem mais perigoso do que qualquer pessoa em Londres pensava. Ele conseguia controlá-la com um toque, e seu controle era mais sério, mais perigoso, do que o de qualquer um dos homens que a controlou antes. E era aterrorizador.

"Temple", ela sussurrou no escuro. "Eu..."

Ela perdeu a voz, ainda que quisesse dizer um milhão de coisas. *Eu sinto muito. Eu gostaria que pudesse ser diferente. Eu gostaria de poder ser a mulher perfeita que você quer. A mulher que vai apagar o passado. Eu amo você.*

Ele não lhe deu chance de dizer nada disso.

"Está na hora de você colocar sua máscara." Ele se recostou no assento da carruagem, parecendo absolutamente impassível depois de toda aquela experiência. "Nós chegamos."

Capítulo Dezesseis

As luvas foram um erro. Ele percebeu no instante em que começou a abotoar nela aquelas coisas malditas. Não que ele não tivesse se imaginado as colocando em Mara no momento em que chegaram à sua casa. Não que ele não tivesse se imaginado desabotoando todo o resto e deixando Mara apenas com aquelas longas luvas de seda. Só que a imaginação empalidecia se comparada à realidade, pelo menos quando se tratava de Mara Lowe, e ele não conseguiu se impedir de tocar nela. De beijá-la. De provar sua pele. De ficar, ele mesmo, impossivelmente distraído e insuportavelmente excitado ao fim do processo. Em sua vida toda ele nunca ficou tão empolgado e ao mesmo tempo furioso por chegar em algum lugar. Só que, ao descer da carruagem e estender a mão para ajudá-la a descer, com a luva de seda deslizando em meio a seus dedos, ele percebeu que havia cometido um erro enorme. Afinal, ele teria que tocá-la durante toda a noite, e cada toque da seda em sua pele seria igual o toque de uma chama. Um lembrete do que ele havia tocado.

Ele a guiou pelos degraus decorados com extravagância da Casa Leighton até a entrada, onde um criado retirou dos ombros dela a capa forrada de pele, revelando uma quantidade extraordinária de pele clara e macia. Uma quantidade nua demais. Merda. Ele nunca deveria ter obrigado Hebert a deixar o decote do vestido tão baixo. O que ele estava pensando? Todos os homens presentes ficariam de olho nela. O que sempre fez parte de seu plano. Só que naquele momento, em que ela ajustava a magnífica máscara dourada, que só fazia destacar seus lindos olhos peculiares, e olhava para ele com um sorriso discreto, Temple não gostava nada daquele plano. Mas era tarde demais. Ele entregou seu convite e logo os dois estavam dentro do salão de festas, fazendo parte da massa fervilhante de foliões, todos voltando à cidade especialmente para participar daquela festa. E foi por isso que ele escolheu aquele evento para a revelação de Mara. Para sua própria volta.

A mão dele encostou na base das costas dela, e ele a guiou através da multidão que se aglomerava junto à porta, resistindo ao impulso de esganar os homens por perto cujos olhos vagantes se perdiam na elevação dos seios de Mara. Temple olhou de lado para o busto em questão, considerando a pele rosada perfeita, as três sardas que montavam guarda logo acima da seda verde-jade. Sua boca ficou seca. E então se encheu de água. Ele pigarreou e ela o encarou, os olhos arregalados e inquisidores por trás da máscara.

"Bem, Alteza? Você me tem aqui, como queria. O que pretende fazer comigo?"

O que ele queria fazer com ela era levá-la para casa e a estender nua em sua cama, para retificar os eventos perdidos daquela noite, doze anos atrás. Mas não era essa a resposta que ela esperava. Então, ele apenas capturou sua mão enluvada na dele e a levou para o meio da multidão.

"Eu pretendo dançar com você."

Mara não precisou ficar meio segundo em seus braços para Temple perceber que essa ideia era quase tão ruim quanto dar luvas para ela, que estava quente e exalava um aroma suave e cítrico. Ela se encaixava com perfeição em seu braço bom, enquanto ele arriscava passos que não deveria mais lembrar. E então, ao pensar nos passos, ele hesitou. Temple se recompôs, mas ela notou o erro assim como tinha notado sua desenvoltura anterior. Ela o fitou e seus olhos brilharam dentro da filigrana dourada.

"Quando foi a última vez em que você esteve em algo deste tipo?"

"Você quer dizer um legítimo salão de festas aristocrático em um legítimo evento aristocrático?" Ela inclinou a cabeça, confirmando, enquanto ele executava uma volta elaborada para evitar outro casal. "Mais de uma década."

Ela concordou.

"Doze anos."

Ele não gostou da precisão da resposta, mas não soube dizer por quê. Quando Temple encontrava a elite da sociedade, geralmente era no cassino depois de uma luta, depois que ele tinha provado seu valor com músculos e força. Ele era o mais forte de todos. O mais poderoso. *Não mais.* Ele contraiu a mão ruim na tipoia, insensível e preocupante. E detestou a sensação, em parte por causa da mulher em seus braços. Porque ele talvez nunca sentisse a pele dela com aquela mão. Nem seu cabelo. E se Mara descobrisse seu novo defeito, ele poderia parecer menos homens aos seus olhos. Mas Temple não devia ligar para isso; afinal, ele nunca mais a veria depois daquela noite. Era o que ele queria. *Mentira.*

"Conte-me como foi", ela pediu, e ele desejou que ela não tivesse pedido. Ele desejou que ela não estivesse interessada nele. Desejou que ela não atraísse sua atenção – seu interesse – com tanta facilidade.

Desejou que ela não o fizesse se sentir tão sem controle.

"Agora não é a melhor hora para uma conversa."

O olhar lindo mostrou contrariedade e ela observou o salão e os casais que dançavam ao redor deles.

"Você tem que estar em algum outro lugar?", ela perguntou.

Ela estava completamente à mercê dele. Temple poderia lhe dizer, a qualquer instante, que retirasse a máscara. Ele segurava todas as cartas, enquanto ela não tinha nenhuma. Ainda assim, ela encontrava espaço para

provocá-lo. Mesmo naquele instante, a minutos de sua destruição, ela permanecia firme. Aquela mulher era admirável.

"Fui forçado a ir ao baile de debutante de uma vizinha", disse Temple.

Os lábios cor-de-rosa se curvaram sob a máscara, enfatizando o caráter provocativo de seu traje.

"Você deve ter apreciado. Ser forçado a dar os pequenos passos da quadrilha para equilibrar a proporção de garotas e rapazes no baile em questão."

"Meu pai deixou claro que eu não tinha escolha", ele disse. "Era o que faziam os futuros duques."

"E então você foi."

"Fui."

"E você odiou a experiência? Todas as moças jogando seus lenços aos seus pés, para que você tivesse que parar e pegá-los?"

Ele riu.

"É por isso que elas deixavam o lenço cair?"

"Um truque bem velho, Alteza."

"Eu pensava apenas que elas fossem desajeitadas."

Os dentes brancos dela brilharam.

"Você odiou."

"Na verdade, não", ele disse, observando o sorriso dela se transformar em sorriso de curiosidade. "Foi tolerável."

Era mentira. Ele tinha adorado. Ele adorou cada segundo em que foi um aristocrata. Temple ficava empolgado com todas as mesuras e formalidades e a noção de prazer e honra que ele tinha enquanto todas as mais belas jovens de Londres disputavam a sua atenção. Ele era rico, inteligente e nobre – todo privilégio e poder. O que havia para não adorar?

"E eu estou certa de que as jovens do reino ficaram gratas por você cumprir seu dever."

Dever. A palavra reverberou nele, tão apagada quanto a lembrança, que foi embora com seu título quando ele acordou naquela cama banhada de sangue. Ele a encarou.

"Por que o sangue?"

O olhar dela mostrou uma breve confusão, seguida pela compreensão. Ela hesitou. Não era o melhor lugar para aquela conversa, na casa de um dos homens mais poderosos de Londres, rodeados por centenas de convivas. Mas a conversa surgiu mesmo assim. E ele não conseguiu evitar de a pressionar.

"Por que você não fugiu, apenas? Por que fingir sua morte?"

Ele não sabia se ela iria responder. Mas ela respondeu.

"Eu nunca planejei para que você fosse acusado da minha morte."

Ele esperava uma variedade de respostas possíveis, mas não esperava que ela mentisse.

"Mesmo agora você não me diz a verdade."

"Eu entendo que você não acredite em mim, mas é a verdade", ela disse em voz baixa. "Não era para pensarem que eu estava morta, mas que tinha sido arruinada."

Ele não conseguiu evitar a risada chocada que soltou ao ouvir aquilo.

"Que tipo de atos perversos você esperava que pensassem que eu cometi?"

"Ouvi dizer que o ato envolvia sangue", ela disse, sem achar graça.

Ele ergueu as sobrancelhas por trás da máscara.

"Não tanto sangue."

"Sim, eu entendi isso depois que você foi acusado de assassinato", ela resmungou.

"Deve ter sido..." Ele se lembrou daquela manhã.

"Meio litro."

Ele riu com vontade.

"Meio litro de sangue de porco."

Ela sorriu, tímida e inesperadamente.

"Tenho procurado compensar tratando tão bem da Lavanda."

"Então deveria parecer que eu arruinei você." Ele fez uma pausa. "Só que não arruinei."

Ela ignorou o comentário.

"Eu também não esperava que você dormisse tanto. Eu o droguei apenas para que ficasse no quarto tempo suficiente para as empregadas notarem. Tomei cuidado para que você fosse visto por duas delas." Ela o encarou. "Mas eu juro que pensei que você teria acordado e fugido antes que o encontrassem."

"Você pensou em tudo."

"Eu exagerei." Ele percebeu o arrependimento na voz dela quando a orquestra parou de tocar e ela soltou suas mãos no mesmo instante. E ele se perguntou se o arrependimento era devido a suas ações no passado, por suas repercussões, ou pelo momento presente – pela vingança que ele havia prometido.

Imaginou se era por ela mesma ou por ele. Temple não teve chance de perguntar, pois ela recuou um passo e trombou com outro mascarado, que aproveitou para dar uma boa olhada nela.

"Ora, se não é a lutadora do Anjo Caído." Ele a comeu com os olhos.

"Encontre outra pessoa para admirar", disse Temple, sombrio.

"Ora, vamos, Temple", disse o homem, erguendo a máscara e revelando ser Oliver Densmore, rei dos idiotas vaidosos, o homem que havia feito uma oferta por Mara quando ela estava no ringue do Anjo. "Tenho certeza de que podemos chegar a um acordo. Você não pode ficar com ela para sempre." Ele se virou para Mara. "Eu lhe pago o dobro. O triplo."

Temple fechou a mão boa, mas ela falou antes que ele atacasse.

"O senhor não conseguiria pagar o meu preço."

Densmore soltou uma gargalhada e recolocou a máscara no rosto.

"Acho que você valeria o esforço." Ele puxou um dos cachos ruivos de Mara e desapareceu na multidão, deixando Temple fervendo de raiva. Ela havia se defendido bem.

Porque não confiava nele para protegê-la. Porque ele tinha jurado fazer exatamente o contrário. Como se a interrupção nem tivesse acontecido, Mara retomou a conversa.

"Eu sei que você não deseja ouvir isto, mas acho que vale a pena eu dizer assim mesmo. Eu realmente sinto muito."

"Você está agindo como se ele não fosse inconveniente."

Ela fez uma pausa.

"Aquele homem? É melhor ignorar, não acha?"

"Não." Ele pensou que o melhor, para Densmore, seria deixá-lo de bruços em alguma vala. Naquele momento Temple queria perseguir o homem em meio à multidão e acabar com ele.

Ela o estudou, os lindos olhos claros e honestos através da máscara.

"Ele me tratou como uma dama da noite."

"Isso mesmo."

Ela inclinou a cabeça.

"O objetivo não é esse?"

Jesus, ele se sentiu um canalha. Ele não podia fazer isso com ela.

"De qualquer modo", ela continuou, sem notar os pensamentos conflituosos de Temple, "eu sinto muito."

Ela estava se desculpando com ele, como se *ele* não tivesse lhe dado uma dúzia de razões para que o odiasse. Uma centena.

"Não é uma desculpa nem de perto aceitável", ela continuou, "mas eu era uma criança e cometi erros, e se eu soubesse então..."

Ela perdeu a voz. *Não teria feito*. Não, talvez ele não quisesse ouvir o pedido de desculpas, mas com certeza gostaria de ouvir que ela voltaria atrás, se pudesse. Que ela lhe restituiria sua vida. Temple não conseguiu se segurar.

"Se você soubesse então...?"

A voz dela ficou mais suave, e foi como se os dois estivessem sozinhos naquele salão, ainda que rodeados por metade de Londres.

"Eu não teria usado você, mas ainda assim teria me aproximado de você naquela noite. E ainda assim teria fugido."

Ele deveria estar bravo. Deveria ter se sentido vingado. As palavras dela

deveriam ter afastado todas as suas dúvidas quanto a seus planos para aquela noite. Mas não fizeram nada disso.

"Por quê?"

Ela olhou para as portas que davam para os jardins da Casa Leighton, com várias delas ligeiramente entreabertas para permitir que o ar abafado do salão saísse.

"Por quê?"

Ele a seguiu, como se estivesse amarrado a ela.

"Por que se aproximar de mim?"

Ela sorriu discretamente.

"Você era bonito. E nos jardins foi irreverente. E eu gostei de você. E de algum modo, mesmo com tudo isto, ainda gosto."

Gostar era a palavra mais tépida, inócua. Não ajudava em nada a descrever como ela se sentia em relação a ele. E não fazia nada para explicar como ele se sentia em relação a ela.

Ele não conseguiu se segurar.

"E por que fugir?"

Diga a verdade, ele desejou. *Confie em mim.*

Não que ela devesse.

"Porque eu tinha medo de que seu pai fosse como o meu."

As palavras vieram como um golpe, rápidas e em seu ponto cego. O tipo de golpe que faz um homem ver estrelas. Brilhantes e dolorosas, como a verdade. Ela tinha 16 anos e estava prometida para um homem três vezes mais velho. Um homem cujas últimas três mulheres tiveram destinos infelizes. Um homem que tinha o pai cruel dela entre seus amigos mais íntimos. Um homem cujo filho era um mulherengo inveterado, já aos dezoito anos.

"Eu nunca o teria deixado machucar você", ele disse.

Ela se virou ao ouvir isso, os olhos cintilando com as lágrimas. Ele a teria protegido a partir do momento em que a conheceu. Ele teria odiado seu pai por tê-la para si.

"Eu não sabia disso", ela disse com suavidade, a voz cheia de arrependimento.

Ela estava aterrorizada, na época. Mas, ainda assim, ela foi forte. Ela escolheu uma vida desconhecida em lugar da vida com um homem que poderia ser igual a seu pai. Temple foi apenas um dano colateral. Ela estava congelada, graciosa e esguia, na extremidade do salão, olhando para as portas que levavam à escuridão, e ele percebeu a metáfora. Era outro momento. Outra ameaça. Outro momento que revelou demais Mara Lowe. E ela já não tinha medo da escuridão. Ela tinha vivido doze anos na escuridão. Assim como ele. Jesus. Não importava como eles tinham chegado até ali. Como seus caminhos tinham sido diferentes. *Eles eram iguais.*

Ele estendeu a mão para ela, seu nome na ponta da língua dele, sem saber o que aconteceria a seguir. Sem saber o que diria ou faria. Sabendo apenas que ele desejava tocá-la. Seus dedos deslizaram pelo pulso coberto de seda quando ela puxou a mão, colocando-se em movimento fluido e gracioso. Já se dirigindo para as portas. Ele a deixou sair.

Estava muito frio, e ela desejou ter pensado em pegar sua capa antes de fugir do salão abafado, mas Mara não podia voltar para dentro. Ela abraçou o próprio peito, lembrando-se de que já tinha passado mais frio e em piores condições. Era verdade. Ela ficava à vontade com o frio. Ela o entendia e podia combatê-lo. O que ela nunca poderia combater era o calor de Temple. *Eu nunca o teria deixado machucar você.*

Ela inspirou profundamente e desceu correndo os degraus que levavam da colunata de pedra até os jardins da Casa Leighton, desaparecendo na paisagem e agradecendo aos céus pelas sombras. Recostando-se em um grande carvalho, ela fitou as estrelas, imaginando como tinha ido parar ali, naquele lugar, com aquele vestido e aquele homem. Um homem contra o qual foi jogada pelo destino. Com quem estava entrelaçada. *Para sempre.*

Lágrimas ameaçaram aflorar enquanto Mara expirava grandes nuvens de vapor na luz fraca do salão de festas, enquanto ela imaginava o que viria a seguir. Ela queria que ele andasse logo com aquilo e a desmascarasse, para que pudesse odiá-lo, culpá-lo e seguir com sua vida. E assim ela pudesse seguir sem ele.

Como Temple tinha se tornado tão vital para ela em tão pouco tempo? Por que ele se transformou tão de repente? Como foi que ele começou a dizer essas coisas para Mara, a ser tão gentil e delicado, uma vez que, após a recente reaproximação, ele jurou destruí-la? Como é que ela começou a confiar nele? *Como é que ele continuava sendo a única pessoa que ela havia traído?* Como se invocado pelo pensamento sobre traição, seu irmão saiu das sombras.

"Ora, isto foi imprevisto", disse ele.

Mara recuou um passo, afastando-se dele.

"Como você sabia que eu estaria aqui?"

"Eu segui você desde o orfanato. Eu o vi pegar você", disse Kit, os olhos agitados, o rosto sem barbear. "Vocês formam um belo casal."

"Não formamos nada."

Ele ficou quieto por um instante.

"E se você tivesse ficado noiva dele, em vez do pai?", disse ele, então. "Talvez não estivéssemos nesta confusão."

A pergunta a incomodou. *E se*: se ela ganhasse um xelim por cada vez que essas palavras passaram por sua cabeça, Mara seria a mulher mais rica de Londres. Mas as palavras não ajudavam. Tudo que faziam era encher a cabeça de sonhos vazios. Ainda assim, as palavras reverberaram. *E se...* E se ela tivesse casado com ele, o jovem e atraente marquês com o sorriso malandro, que a beijou como se fosse a única mulher no mundo? E se eles tivessem casado e construído uma vida juntos, com filhos, animais de estimação e beijos que descem por seu braço, e brincadeiras bobas que provavam que os dois pertenciam um ao outro? *E se eles se amassem?* Amor. Ela revirou a ideia em sua cabeça, considerando seus ângulos e suas curvas.

Mesmo naquele momento ela não entendia esse conceito da mesma forma que as outras pessoas. Da forma como ela sonhava quando era criança. Da forma como ela lamentava a falta de amor entre ela e seu noivo velho naquele mês perverso que antecedeu seu casamento, quando ela chorava em seu travesseiro. Mas agora... agora ela amava. E era difícil. E era doloroso. E ela desejou que o amor sumisse. Ela desejou que o amor parasse de tentá-la com ideias de uma vida diferente. Imaginar outra vida era perigoso – o caminho mais rápido para a dor, o sofrimento e a decepção. Ela vivia na realidade. Nunca nos sonhos. Ainda assim, pensar naquele garoto há doze anos... do homem que era agora... Na vida que poderiam ter tido... se tudo tivesse sido diferente.

"Você recebeu minha carta?"

Ela assentiu, sentindo o calor da culpa se espalhar por seu corpo. Kit estava ali. Temple a poucos metros de distância. Até mesmo conversar com seu irmão parecia uma traição ao homem que havia adquirido uma importância tão grande para ela.

"Você entende por que eu preciso da sua ajuda", disse Christopher, aproximando-se, a voz toda gentil, destituída da raiva que, sem dúvida, fervia sob a superfície. "Eu tenho que ir embora de Londres. Se aqueles malditos me acharem..."

Mas eles não eram malditos. Eram os homens mais leais que ela havia conhecido. E Temple – ele tinha o direito de estar furioso. Ela roubou sua vida muitos anos atrás, e Kit quase a tomou dele novamente.

"Mara", disse o irmão, um eco de seu pai. "Eu fiz isso por você."

Ela o odiou então, o irmão mais novo que ela havia amado tanto. Odiou-o por sua impulsividade, sua imprudência e sua estupidez. Odiou-o por sua ira. Sua frieza. As escolhas que ele fez e mudaram a vida dos dois. Que havia tornado a vida dela uma confusão complexa e insuportável.

"Você não percebe que ele fez isso com você?", disse Kit, as palavras suaves como seda. "O Duque Assassino. Ele transformou você nessa prostituta, e a virou contra mim."

No começo disso tudo ela poderia ter aceitado aquelas palavras, mas naquele momento ela sabia que não era nada disso. Em algum momento, enquanto ele ensinava os garotos do Lar MacIntyre que vingança nem sempre era a resposta, e protegia Lavanda da morte certa, e salvava Mara de agressores, Temple fez com que ela o amasse. E fazendo isso, ele a libertou.

"Você acha que eu não vejo? O que você acha dele?" Kit se aproximou dela, e suas palavras revelaram seu nojo. "Eu vejo como você olha para ele. O modo como ele domina você, manipula você como uma marionete. Você não liga que ele tomou tudo de mim."

Ela não ligava. Ela queria apenas que Temple se vingasse. Que ele, finalmente, tivesse a vida para a qual estava destinado – a mulher perfeita, os filhos perfeitos, o mundo perfeito que ele merecia desde o nascimento, e que ela tinha roubado dele. A única coisa que ela precisava dar para Temple. Lágrimas arderam.

"Vá embora, Christopher." Ela escolheu o nome de propósito, pois ele não era mais uma criança. E ela não aceitaria mais ser culpada por ele. "Se você for pego, eles irão castigá-lo."

"E você não irá impedi-los?"

Nem se ela pudesse.

"Não."

Ele a odiava; Mara pôde ver em seus olhos.

"Eu preciso de dinheiro."

Sempre dinheiro. Era só o que importava. Ela balançou a cabeça.

"Eu não tenho nada para lhe dar."

"É mentira", ele disse, andando na direção dela. "Você está escondendo de mim."

Ela balançou a cabeça e disse a verdade.

"Eu não tenho nada para você." Tudo que ela tinha era para o orfanato. E o resto... era para Temple.

Ela não tinha lugar para esse homem.

"Você me deve. Pelo que eu sofri. Pelo que eu ainda sofro."

Ela balançou a cabeça.

"Não devo nada. Passei doze anos tentando me convencer de que fiz o que era certo. Pensando que eu fiz mal a você. Que fiz você se tornar o que é." Ela balançou a cabeça. "Mas não fiz nada disso. Garotos crescem. Homens fazem suas escolhas. E você deveria se considerar com sorte por eu não começar a gritar até que metade de Londres venha correndo e encontre você."

Ele congelou.

"Você não faria isso."

Ela pensou em Temple, imóvel e machucado sobre a mesa em seus aposentos no Anjo. Pensou no modo com o peito dela doeu e seu coração ribombou enquanto ela permanecia aterrorizada pela ideia de que ele talvez não acordasse. Um centímetro para a esquerda ou a direita e Kit teria matado o homem que ela amava.

"Eu não vou hesitar."

A raiva dele transbordou.

"Então você é a prostituta dele, afinal."

Se fosse assim tão fácil... Ela se manteve firme, recusando-se a recuar. Quando Kit percebeu a força dela, sua voz se tornou um lamento esganiçado.

"Você também errou, sabia?"

"Eu pago pelos meus erros todos os dias."

"Estou vendo. Com seu belo vestido de seda e sua capa forrada de pele e sua máscara feita de ouro", ele disse. "Que dureza."

Ele parecia ter esquecido do que iria acontecer com ela. Como ela assumiria a punição pelos crimes dele.

"Eu tenho pago por meus erros desde o dia em que fui embora. E pago mais desde que voltei. Você tem sorte por eu ter assumido o castigo pelos nossos crimes. E pelos que você cometeu sozinho."

"Não preciso da sua proteção."

"Não", ela retrucou. "Você só precisa do meu dinheiro." Ele ficou rígido ao ouvir isso. Ela sabia que não tinha escolha a não ser ir até o fim. "Eu deveria entregar você para ele. Você quase o matou."

"Queria ter matado."

Ela balançou a cabeça.

"Por quê? Ele nunca nos fez mal. Ele era inocente nisso tudo." Ele era o único inocente.

"Inocente?" Kit vociferou. "Ele arruinou você."

"Nós o arruinamos!", ela exclamou.

"Ele fez por merecer!" A voz de Kit cresceu até um tom febril. "E o resto deles tomou cada moeda que eu tinha!"

Vinte e seis anos e continuava uma criança.

"Cada moeda que eu tinha também, irmãozinho." Ele congelou. "Eles não o forçaram a apostar."

"Também não me impediram. Eles merecem o que tiveram."

"Não. Eles não merecem. *Ele* não merece."

"Ele virou você contra mim – eu, que guardei seu segredo por todos esses anos. E agora você o escolhe, em vez do seu irmão."

Bom Deus, ela escolhia mesmo. Ela escolhia Temple no lugar de qualquer coisa. *Mas isso não significava que ela poderia tê-lo.* Ela sentiu pena de Kit naquele instante, pena que ele tivesse vivido a vida que viveu – que eles não haviam tido a capacidade de proteger um ao outro. De apoiar um ao outro. E Mara chorou por ele, por aquele garoto amoroso e risonho que Kit havia sido, que lhe arrumou meio litro de sangue de porco e mandou as empregadas atravessarem Whitefawn Abbey para garantir que ela e Temple fossem vistos antes que ela simulasse sua própria ruína. Antes que ela arruinasse um homem que nunca mereceu isso.

Ela estremeceu na noite gelada, e passou as luvas de seda pelos braços, incapaz de manter o frio longe, talvez porque viesse de dentro. E então, destruída pela tristeza, ela enfiou a mão em sua bolsa e pegou o único dinheiro que possuía. O fim das suas economias, que deveriam levá-la até Yorkshire. Para recomeçar.

Ela entregou as moedas para o irmão.

"Aqui. É o bastante para tirar você da Grã-Bretanha." Ele olhou com escárnio para a quantia insignificante, e ela o odiou ainda mais. "Fique à vontade para recusar."

Kit ficou quieto por um longo momento antes de falar.

"Então é isso?"

Ela engoliu suas lágrimas, cansada dessa vida que vivia, de ter fugido e se escondido por tanto tempo. De ter que viver à sombra de seu passado. Uma parte dela pensava que o dinheiro poderia comprar sua liberdade. Poderia mandar Kit embora e lhe dar uma chance de tentar algo diferente. Algo mais. *Temple.*

"É isso."

Ele desapareceu na escuridão, da mesma maneira que surgiu. A culpa cresceu dentro dela, mas não por Kit. Não pelo futuro do irmão. Ela lhe deu dinheiro e uma chance de recomeçar. E ao fazer isso, roubou Temple de sua justiça. De algum modo, isso foi pior que todo o resto. Ela o havia traído. A sensação foi mesmo de uma traição, ainda que ela estivesse junto ao lugar onde Temple planejava executar sua vingança. Ainda que ela soubesse que deveria odiá-lo e querer-lhe mal por fazer da vingança o mais importante, mesmo quando a tratava com a gentileza que ela nunca recebeu de mais ninguém. Se aquilo era amor, ela não queria.

Muito tempo depois que o irmão partiu, Mara sentou em um banco baixo de madeira, sentindo-se mais solitária do que jamais se sentiu em toda sua vida. Nessa noite ela iria perder o irmão, o orfanato e a vida que construiu para si. Margaret MacIntyre iria se juntar a Mara Lowe, exilada da Sociedade. Do mundo que conhecia. Mas nada disso parecia importar. Tudo que ela conseguia pensar era que naquela noite perderia Temple. Ela iria lhe dar a vida para a qual ele tinha nascido – a mulher bem-nascida, os filhos aristocratas, o legado perfeito. Ela lhe daria a vida que ele sempre quis. Com a qual sempre sonhou. Mas ela o perderia.

E isso teria que ser suficiente.

Ela estava linda.

Temple ficou parado na escuridão, observando-a sentada, ereta e autêntica, em um banco baixo de madeira esculpido a partir de um único tronco de árvore, com a aparência de alguém que tinha perdido seu amigo mais querido. E talvez tivesse mesmo perdido. Afinal, no momento em que ela deu a Christopher Lowe os restos da sua bolsa e o mandou embora da Inglaterra, ela perdeu o irmão que sempre amou, e a única pessoa que conhecia sua história. Uma história pela qual Temple arrasaria Londres. Ele deveria odiá-la. Ele deveria estar furioso por ela ter ajudado Lowe a escapar. Que ela o tivesse feito fugir na noite em vez de o entregar para Temple. Afinal, aquele homem tentou matá-lo. Ainda assim, enquanto ele a observava, passando frio e sozinha nos jardins da Casa Leighton, Temple não conseguiu odiar Mara. Porque, de algum modo, em meio a toda aquela loucura, ele a entendia. Ele via isso no modo como ela se mantinha, imóvel e rígida, perdida em pensamentos e no passado. No modo como ela assumia cada uma de suas ações. No modo como ela nunca se acovardou diante dele, desde aquela noite escura que mudou a vida dos dois.

Ela pensou que merecia a tristeza. A solidão. Ela pensou que era a responsável por tudo isso. *Assim como ele.* Jesus. Não é que ele *apenas* a entendia. Ele a amava. Aquela compreensão veio como um golpe; surpreendente, forte e real. Ele a amava. Toda ela – a garota que o arruinou e, ao mesmo tempo, o libertou, e a mulher que tinha diante de si naquele momento, forte como aço, tudo que ele sempre quis. Durante todos esses anos ele imaginou a vida que poderia ter tido. A esposa. Os filhos. O legado. Todos esses anos, ele imaginou fazer parte da aristocracia – poderoso, com seu título e incontestado. E ele nunca imaginou que tudo isso empalideceria em comparação com essa mulher e a vida que ele poderia ter com ela. Ele a teria salvado de seu pai. Teria amado mais. Com mais intensidade. Mais paixão. Ele a teria protegido. E a teria esperado. Ele sabia que seria errado. Escandaloso. Mas Temple teria esperado até o dia em que seu pai morresse, e então a pegaria para si. E lhe daria o tipo de vida que ela merecia. A vida que eles dois mereciam.

Ela suspirou na escuridão, e Temple ouviu a tristeza no som. O arrependimento profundo e duradouro. Era arrependimento por não ter ido com o irmão? Por não ter aproveitado a chance de fugir sem ser arruinada? Ruína.

De algum modo, esse objetivo se perdeu na escuridão. Ele esperou demais. E a conheceu. Compreendeu. Viu. E agora, tudo que ele queria fazer era levar Mara para casa e fazer amor com ela até os dois esquecerem o passado. Até que tudo em que pudessem pensar fosse o futuro. Até ela confiar nele e compartilhar seus pensamentos, seus sorrisos e seu mundo. Até que ela fosse dele. Estava na hora de começar de novo.

Ele saiu da escuridão. Para a luz dela.

"Você deve estar congelando."

Ela arfou, erguendo o queixo, seus olhos encontrando os dele na pequena abertura. Ela se pôs de pé.

"Há quanto tempo você está aí?"

"Tempo suficiente."

Para ver você me traindo. E, de algum modo, para perceber que a amo.

Ela aquiesceu e protegeu o peito com os braços. Mara estava com frio. Ele tirou o casaco e o estendeu para ela, que balançou a cabeça.

"Não, obrigada."

"Pegue. Estou cansado de ficar aqui vendo você tremer de frio."

Ela sacudiu a cabeça. Ele jogou o casaco no banco.

"Então nenhum de nós irá usá-lo."

Por um longo momento ele pensou que ela não o pegaria. Mas ela estava com frio e não era idiota. Mara pegou o casaco e ele aproveitou o movimento para se aproximar, envolvendo-a com o enorme casaco, adorando a forma como ela se aninhou no calor da peça. No calor dele. Ele queria envolver Mara com seu calor para sempre. Eles ficaram em silêncio por um bom tempo, e o aroma de limões o envolveu, pura tentação.

"Eu gostaria que você fizesse logo isso", ela disse, quebrando o silêncio com raiva e frustração.

Ele inclinou a cabeça.

"Fizesse o quê?"

"Tirar minha máscara. É por isso que estou aqui, não é?"

Tinha sido por isso, claro. Mas agora...

"Ainda não é meia noite."

Ela soltou um risinho.

"Com certeza você não precisa de tanta cerimônia. Se me desmascarar cedo, eu posso ir embora, e você pode reassumir logo sua posição de duque. Você já esperou o bastante."

"Doze anos", ele disse, observando-a com cuidado, vendo o desespero em seus olhos. "Mais uma hora não representa nada."

"E se eu lhe dissesse que representa algo para mim?"

Os olhos dele percorreram seu rosto.

"Eu perguntaria por que, de repente, você está tão ansiosa para ser revelada."

"Estou cansada de esperar. Cansada de andar sobre ovos até você decidir meu destino. Estou cansada de ser controlada."

Ele quis rir disso. A ideia de ele ter algum controle sobre ela era pura loucura. Na verdade, era ela que consumia os pensamentos dele. Que ameaçava sua vida sossegada e lógica. Que a colocava em desordem.

"Eu controlo você?"

"É claro que sim. Você me vigia. Compra minhas roupas. Inseriu-se na minha vida. Na vida dos meus garotos. E você me fez..." Ela parou de falar.

"Fiz você...", ele a estimulou a continuar.

Por um momento ele pensou que ela poderia dizer que o amava. E ele percebeu que queria, desesperadamente, essas palavras. Mara continuou em silêncio. É claro. Porque ela não o amava. Ele era um meio para seus fins. Como ela era para ele. Ou melhor, como ela foi no início. A raiva cresceu. Frustração. Como ele deixou aquilo acontecer? Como ele podia gostar de Mara mesmo quando ela o enfrentava? Como ele tinha esquecido da verdade sobre o tempo que passaram juntos? Do que ela fez? Como ele podia não se importar mais? O lutador dentro dele emergiu.

"Eu sei que ele estava aqui, Mara", disse Temple, vendo o choque no rosto dela. Ele aguardou um instante para continuar. "Você não vai negar?"

"Não."

"Ótimo. Pelo menos isso."

Diga-me a verdade, ele desejou. *Pelo menos uma vez, enquanto estamos juntos, diga-me algo em que eu possa acreditar.* Como se o tivesse ouvido, ela falou.

"Na noite em que nos reencontramos", ela disse, "eu procurei você por causa de Kit."

Ele olhou para o céu, frustrado.

"Eu sei disso", disse Temple. "Para recuperar o dinheiro dele."

Ela balançou a cabeça com firmeza.

"Não do modo que você está pensando. Quando eu abri o orfanato, fingir ser Margaret MacIntyre pareceu a solução mais fácil. A viúva de um soldado era respeitável, evitava perguntas." Ela fez uma pausa. "Mas nenhum banco me permitiria administrar meus próprios recursos, não sem um marido."

"Existem mulheres com acesso a operações bancárias."

Ela sorriu, irônica.

"Não mulheres com identidade falsa. Eu não podia arriscar perguntas."

Ele compreendeu.

"Então Kit foi seu administrador."

"Ele ficou com todos os meus recursos. As doações iniciais, e o dinheiro que vinha de cada pai aristocrata que deixava seu filho indesejado conosco. Tudo."

Temple exalou sua frustração.

"E ele apostou esse dinheiro."

Ela aquiesceu.

"Cada moeda."

"E você estava desesperada para recuperá-lo."

Ela encolheu um ombro.

"Os meninos precisavam dele."

Por que ela não havia lhe dito?

"Você acha que eu deixaria que passassem fome?"

"Eu não sabia." Ela hesitou. "Você ficou muito bravo."

Ele andava de um lado para outro sob as árvores, até finalmente parar e espalmar uma mão em um tronco, de costas para ela. Mara tinha razão, é claro, mas ainda assim aquelas palavras doeram.

"Eu não sou um maldito monstro!"

"Eu não sabia disso!", ela tentou explicar, e ele se virou para encará-la.

"Até você achava que eu era o Duque Assassino. Até você." A decepção o arrasou. Ela deveria conhecê-lo. Entendê-lo. Melhor do que ninguém. Ela devia saber que ele não era nenhum assassino. Ela devia saber que isso era mentira.

Mas ela também duvidou dele. Temple quis gritar de frustração. Ela percebeu. E ergueu uma mão para impedi-lo.

"Não. Temple."

Mais mentiras. Mas ele não pôde se impedir de perguntar.

"Então por quê?"

Ela abriu as mãos.

"Você me disse que nada que eu falasse poderia..."

Veio a lembrança – entrelaçados na plataforma do ateliê da Hebert. Ele estava furioso com ela.

"Jesus. Eu lhe disse que nada que você pudesse dizer me faria perdoá-la."

Ela assentiu.

"Eu acreditei em você."

Ele soltou um longo suspiro, uma nuvem no ar frio.

"Eu também."

"E uma parte de mim acreditava que eu merecia pagar pelos erros dele. Eu transformei ele nisso tanto quanto transformei você no que é hoje", disse ela. "Eu abandonei vocês dois naquela noite, e meu pai sem dúvida o castigou da mesma forma brutal que Londres puniu você." A voz dela ficou mais baixa. "Meus erros parecem nunca acabar."

Ele ficou quieto por um longo tempo.

"Quanta bobagem."

A surpresa a estremeceu.

"Desculpe?"

"Você não o transformou em nada. Você se salvou. O garoto fez as escolhas dele."

Ela balançou a cabeça.

"Meu pai..."

"Seu pai é o maior canalha que já existiu, e se ele não estivesse morto, eu teria um prazer enorme em matá-lo", disse Temple. "Mas o homem não era Deus. Ele não moldou seu irmão com barro e soprou a vida nele. Os erros do seu irmão são só dele." Ele fez uma pausa, suas palavras reverberando na escuridão, e depois continuou, em voz baixa. "Assim como meus erros são só meus."

Ela balançou a cabeça e se aproximou dele.

"Não mesmo. Se eu não tivesse drogado você. Abandonado. Se tivesse voltado..."

"Você também não é Deus. É só uma mulher. Como eu sou apenas um homem." Ele exalou com força na escuridão. "Você não me fez. E nós criamos esta confusão juntos."

Os olhos dela estavam marejados, e ele quis abraçá-la. Tocá-la. Levá-la para casa e torná-la sua. Mas não...

"Eu só queria que isso acabasse", foi só o que ele disse.

Ela aquiesceu.

"Pode acabar", ela disse. "Está na hora."

Mara falava de sua revelação para a sociedade. E talvez estivesse mesmo na hora. Deus sabia que ele havia esperado muito para reaver sua vida – a que tinham lhe prometido. A que ele amava e sentia falta com uma dor que ardia. Mas enquanto ele olhava para ela, tudo sumiu – desapareceu devido àquela mulher, que o possuía de uma forma notável, insuportável. Ele ergueu a mão para acariciar a face dela com um movimento demorado. Mara se encostou no toque, e o polegar dele traçou a curva de seus lábios, arrastando-se. Algo tinha acontecido. Ele sussurrou seu nome, que na escuridão soou como uma prece.

"Não posso."

Lágrimas afloraram aos olhos dela, traindo sua confusão. Sua frustração.

"Por que não?"

Porque eu amo você. Ele balançou a cabeça.

"Porque eu não tenho mais vontade de vingança. Não se isso machucar você."

Ela ficou imóvel frente a seu toque, e ele viu a miríade de emoções que a agitavam antes de ela tentar pegar sua mão. Ele a retirou antes que Mara a alcançasse e a enfiou no bolso do paletó. Dali, ele tirou um documento bancário – que ele planejava entregar para Mara depois da revelação, naquela noite. E que estava lhe entregando naquele momento. Que libertaria os dois daquele mundo estranho e doloroso. Temple o entregou a ela. Mara franziu a testa ao pegar o papel e olhar para ele.

"O que é isto?"

"A dívida do seu irmão. Zerada."

Ela balançou a cabeça.

"Não foi o que nós negociamos."

"Mas eu estou lhe dando assim mesmo."

Ela olhou para ele, então, com tristeza e algo mais na expressão. Algo que ele não esperava. Orgulho. Ela balançou a cabeça.

"Não."

"Pegue, Mara", ele insistiu. "É seu."

Ela balançou a cabeça mais uma vez.

"Não", ela repetiu, e então dobrou cuidadosamente o documento e o rasgou ao meio, depois ao meio de novo e ainda outra vez.

Que diabos ela estava fazendo? Aquele dinheiro poderia salvar o orfanato uma dúzia de vezes. Uma centena. Ele ficou observando enquanto ela continuava a rasgá-lo, até ficar com pedacinhos de papel, que largou no chão coberto de neve. O coração dele ribombava dentro de seu peito enquanto Temple observava os quadradinhos de papel caindo sobre seus sapatos.

"Por que você fez isso?"

Ela sorriu, triste e acanhada na escuridão.

"Você não percebe? Cansei de receber coisas de você."

O coração dele acelerou ao ouvir aquilo e Temple estendeu a mão para ela, querendo-a junto de si. Querendo amá-la como ela merecia. Como os dois mereciam. Ela deixou que ele a pegasse, e colou seus lábios nos dele em um beijo longo e apaixonado, que tirou o fôlego de Temple e o inundou de desejo. Ele queria pegá-la nos braços e carregá-la para longe, e amaldiçoou seu braço machucado por dificultar a realização desse desejo. Então ele apenas a segurou perto e se deleitou na sensação dos lábios dela nos seus, no aroma de limões que o consumia, na promessa delicada que os dedos dela faziam em seu cabelo. Ele se deliciou com seus lábios até Mara suspirar de prazer e se derreter em seu abraço. Só nesse momento ele a soltou, adorando o modo como ela levou a ponta dos dedos à boca, como se nunca tivesse sido beijada dessa forma antes. Como se não soubesse que ele iria beijá-la assim para sempre. Ele estendeu o braço para ela mais uma vez, já com seu nome nos lábios, querendo lhe dizer o que ela poderia esperar de seus beijos no futuro, mas Mara recuou, saindo de seu alcance.

"Não", ela disse.

Ele havia esperado doze anos. Não queria esperar mais.

"Venha para casa comigo", ele disse, tentando segurá-la. Querendo-a. "Está na hora de conversarmos."

Estava na hora de fazerem mais do que conversar. Ele tinha se cansado de conversar. Ela se afastou do toque dele, balançando a cabeça.

"Não."

Ele percebeu algo firme na negativa. Algo inflexível. Algo de que ele não gostou.

"Mara", ele disse.

Mas ela já estava se virando.

"Não."

A palavra veio como um sussurro na escuridão, enquanto ela desaparecia pela segunda vez naquela noite. Deixando-o sozinho e machucado.

Capítulo Dezessete

"Parece que você perdeu o casaco."

Temple esvaziou sua terceira taça de champanha e a trocou por uma quarta com o criado que passava carregando uma bandeja, e ignorou a companhia inoportuna. Ele se limitou a observar a multidão de convivas que rodopiava percorrendo o salão de festas, cuja empolgação havia se transformado em uma agitação febril enquanto o tempo passava e o vinho fluía.

"Parece também que você perdeu sua acompanhante", acrescentou Chase.

Temple bebeu mais.

"Eu sei que você não está aqui."

"Receio que eu não seja uma alucinação."

"Eu lhe disse para não se intrometer nos meus problemas."

Chase arregalou os olhos atrás de sua máscara preta, idêntica à de Temple.

"Eu recebi um convite."

"Isso nunca impediu você de evitar eventos deste tipo antes. O que diabos está fazendo aqui?"

"Eu não poderia perder seu grande momento."

Temple se virou para o lado, voltando os olhos para o salão.

"Se virem você comigo, as pessoas vão começar a fazer perguntas."

Chase se retraiu.

"Estamos mascarados. E além disso, dentro de alguns minutos você não será mais um escândalo. Esta é a noite, não? O retorno do Duque de Lamont?"

Deveria ser. Mas de algum modo tudo tinha azedado, e ele se viu no jardim, olhando para a mulher sobre a qual depositou doze anos de raiva... sem ter estômago para continuar com sua vingança. Se fosse só isso... Se ele não tivesse olhado para aquela mulher e visto alguém totalmente diferente. Alguém de quem ele gostava demais. E gostava tanto que não se importou de ver que ela deixou o irmão desaparecer na escuridão, livre. Tudo que lhe importava era que ela também havia partido. Porque ele a queria de volta. Ele a queria. Ponto final. *Jesus.*

"Eu lhe disse para me deixar em paz."

"Quanto drama", disse Chase, as palavras transbordando sarcasmo. "Você não pode me evitar para sempre e sabe disso."

"Eu posso tentar."

"Ajudaria se eu pedisse desculpas?"

Que surpresa. Pedidos de desculpas por parte de Chase eram incomuns.

"Você pretende se desculpar?"

"Não gosto muito da ideia, na verdade."

"Não estou nem aí."

Chase suspirou.

"Tudo bem. Eu peço desculpas."

"Por que, mesmo?"

Chase apertou os lábios.

"Agora você está sendo um cretino."

"Eu acho melhor combater fogo com fogo."

"Eu deveria ter lhe dito que ela estava em Londres."

"Tem toda razão que deveria. Se eu soubesse..." Ele parou. Se ele soubesse, teria ido atrás dela.

Ele a teria encontrado. Antes. Poderia ter sido diferente. *Como?*

"Se eu soubesse, poderia ter evitado esta confusão."

"Se você soubesse, esta confusão poderia ter sido pior."

Ele olhou atravessado para Chase.

"Eu pensei que você estivesse se desculpando."

Chase sorriu.

"Ainda estou aprendendo como se faz isso." O sorriso sumiu. "E a garota?"

Ele imaginou que Mara estivesse no meio do caminho para o orfanato, desesperada para retomar sua liberdade. Pior, ele imaginou que não teria motivo para vê-la novamente. O que não deveria doer tanto quanto estava doendo.

"Eu a deixei ir embora."

Não houve surpresa no olhar de Chase.

"Entendo. West vai ficar contrariado, sem dúvida."

Temple havia se esquecido do jornalista. Ele se esqueceu de tudo quando

Mara o encarou com seus lindos olhos azul e verde e confessou o temor que havia colocado tudo aquilo em movimento.

"Ninguém merece a humilhação que eu tinha planejado."

Muito menos Mara. Não nas mãos dele.

"Então. O Duque Assassino persiste."

Ele viveu sob a sombra daquele nome por doze anos. Ele se tornou mais forte e mais poderoso que o resto de Londres. Ele construiu uma fortuna que rivalizava com o ducado que ele não tocava. E, talvez, agora que sabia que Mara estava viva, que ele não era um assassino, o nome não machucaria tanto. *Ela estava viva.* Ela deveria ter lhe dito a verdade naquela noite em que tudo começou. Ele a teria ajudado. Ele a teria mantido em segurança. Ele a teria tomado para si. Esse pensamento o devastou, junto com as imagens que evocou. Mara em seus braços, Mara em sua cama, Mara à sua mesa. Um fila de crianças com cabelo ruivo e olhos azul e verde. Dela. Deles. *Jesus.*

Ele passou a mão boa pelo cabelo, tentando apagar o pensamento tresloucado. O pensamento *impossível.* Ele fitou os olhos de Chase.

"O Duque Assassino persiste."

Com um aceno quase imperceptível, Chase olhou por cima do ombro de Temple, sua atenção chamada por algo do outro lado do salão de festas.

"Será mesmo?"

A pergunta fez um fio de insegurança percorrer Temple, que se virou para acompanhar o olhar de Chase. Ela não foi embora. Mara estava na outra extremidade do salão, no alto da escada que descia até os convivas, com a capa pendurada em sua mão, linda e alta naquele vestido deslumbrante. Vários cachos haviam escapado de seu penteado, e se estendiam, longos e lindos, sobre a pele clara. Ele quis pegar aqueles cachos em sua mão e correr seus lábios por eles. Mas primeiro... Ele deu um passo na direção dela.

"Que diabos ela está fazendo aqui?"

Chase o deteve com a mão em seu braço.

"Espere. Ela está magnífica."

Estava mesmo. Mais que isso. *Ela era dele.* Temple se voltou para Chase.

"O que você fez?"

"Juro, não tenho nada com isso. É coisa da garota." Chase, exibindo um sorriso de surpresa, voltou sua atenção para Mara. "Mas gostaria de ter participado, sério. Ela vai mudar tudo."

"Eu não quero que ela mude nada."

"Eu não acredito que você possa impedi-la", disse Chase.

A música da orquestra parou e Temple buscou com os olhos o relógio enorme em uma das paredes do salão. Era meia-noite. A Duquesa de Leighton começou a subir os degraus na direção de Mara, sem dúvida para liderar os convivas na hora de tirarem as máscaras. Mara a encontrou no meio da escada e sussurrou algo na orelha da duquesa. Algo que a fez parar. A Duquesa de Leighton recuou, surpresa, e fez uma pergunta. Mara respondeu e a duquesa fez mais uma, toda séria e chocada. E toda Londres assistia a esse diálogo inaudível. Afinal, a anfitriã assentiu, satisfeita, e se virou para a multidão com um sorriso nos lábios. E Temple soube o que ia acontecer.

"Ela deve ser a mulher mais forte que eu já conheci", disse Chase, admirando-a.

"Eu disse que não queria que ela fizesse isso. Eu disse para ela que eu não ia fazer", disse Temple, bravo. Assombrado.

"Parece que ela não escuta muito bem."

Temple não respondeu. Ele estava ocupado demais tirando sua própria máscara, já abrindo caminho em meio à multidão, sabendo que estava longe demais. Sabendo que não a conseguiria impedir.

"Meus lordes e minhas ladies!" A duquesa se dirigia ao mundo abaixo dela enquanto pegava a mão do marido e começava os procedimentos. "Como vocês sabem, sou uma grande fã de escândalos!"

O salão riu, empolgado com os acontecimentos misteriosos, e Temple continuou em movimento, desesperado para chegar até Mara. Para impedir que ela fizesse algo temerário.

"Assim", continuou a duquesa, "eu acabo de saber que teremos um anúncio verdadeiramente escandaloso esta noite! Antes de tirarmos as máscaras...". Ela fez uma pausa, sem dúvida adorando o clima de mistério e agitação, e acenou uma mão para Mara. "Eu lhes apresento... uma convidada cuja identidade nem eu mesma conhecia!"

Temple tentou andar mais rápido, mas toda Londres parecia estar naquele salão, e ninguém estava disposto a ceder um lugar perto do escândalo prometido. Ele ergueu uma mulher com seu braço bom, para tirá-la do caminho, ignorando o guincho de surpresa. O acompanhante dela se voltou para ele, vociferando, mas Temple continuou seu caminho, seguido por sussurros de O Duque Assassino. Ótimo. Talvez assim as pessoas saíssem do caminho. Mara se adiantou e começou a falar, a voz clara e firme.

"Por tempo demais, eu me escondi de vocês. Por tempo demais, eu deixei que vocês pensassem que eu estava morta. Por tempo demais, eu deixei que vocês culpassem um inocente."

O relógio começou a badalar meia-noite, e Temple se apressou. *Não faça isso*, ele lhe pediu em pensamento. *Não faça isso com você mesma.*

"Por tempo demais, eu deixei vocês acreditarem que William Harrow, o Duque de Lamont, era um assassino."

Ele parou ao ouvir essas palavras, ao som de seu nome e título nos lábios dela, às exclamações de choque emanadas pela multidão como se fossem trovões. Ainda assim, o relógio badalava. Ela levou as mãos à máscara e desfez os laços. E concluiu seu anúncio.

"Mas como podem ver, ele não é um assassino. Pois eu estou viva."

Ele não conseguiria alcançá-la. Ela retirou a máscara e fez uma reverência completa aos pés da Duquesa de Leighton.

"Minha lady, perdoe-me por não me apresentar. Eu sou Mara Lowe, filha de Marcus Lowe. Irmã de Christopher Lowe. Por doze anos, todos pensaram que eu estava morta."

Por que ela fez aquilo? Os olhos dela encontraram os de Temple no meio da multidão. Ela o viu. Ela não o viu antes?

"Não estou morta. Nunca estive", disse ela, com tristeza no olhar. "Na verdade, sou a vilã desse enredo."

O último badalar da meia-noite ecoou no silêncio que se seguiu ao anúncio, e então, como se tivesse sido libertada, a multidão explodiu de empolgação, escândalo e loucura. Ela se virou e correu, e Temple não a conseguiu alcançar. Fofoca e especulação explodiram ao redor dele. Temple ouvia apenas pedaços.

"Ela o arruinou..."

"...como teve a ousadia!"

"Usar um de nós!"

"Arruinar um de nós!"

Era isso... que ele pensou querer para ela. O que ele desejou na calada da noite, na rua em frente à sua casa algumas noites atrás. Antes de perceber que a ruína dela era a última coisa que ele queria. Antes de perceber que ele a queria. Que a amava.

"Aquele pobre homem..."

"Eu sempre disse que ele era aristocrático demais para fazer algo assim..."

"É mesmo, e bonito demais, também..."

"E a garota!"

"O diabo em pessoa."

"Ela nunca mais vai poder mostrar o rosto."

Ela havia se arruinado. Por ele. Só que naquele momento, em que havia conseguido sua vingança, em que ouvia o ódio na voz das pessoas, ele detestou. E detestou as pessoas. E teve vontade de lutar contra todo o salão. Ele lutaria contra toda a Inglaterra por ela, se precisasse.

Uma mão pousou em seu ombro.

"Alteza..." Ele se virou para encontrar um homem que não conhecia, todo bem educado, com postura aristocrática. E Temple odiou ouvir seu título na boca do outro. "Eu sempre disse que você não tinha feito nada daquilo. Quer se juntar a nós para um jogo?" Ele indicou um grupo de homens ao seu redor e acenou com a cabeça para a sala de carteado ao lado do salão.

Era isso... o objetivo que ele tanto almejou. Aceitação. *Absolvição*. Como ela prometeu. Como se nada daquilo tivesse acontecido. Ele não era mais o Duque Assassino. Mas ela não estava ali, e isso era errado. Ele deu as costas ao título. Ao seu passado. À única coisa que sempre quis. E foi atrás da única coisa que precisava.

Ela deveria ter saído imediatamente. Temple estava preso no salão de festas com toda Londres querendo se reconciliar com ele, e Mara deveria ter aproveitado para escapar dele. Essa era a intenção dela. Mas não conseguiu suportar a ideia de nunca mais vê-lo. Então ela se esgueirou pelas sombras do lado de fora da casa dele, na zona oeste de Londres, escondida na escuridão, prometendo a si mesma que só iria olhar. Que não se aproximaria dele. Que o deixaria, redimido. Ela lhe dera tudo o que podia. Porque o amava. E isso, só mais um breve olhar para ele naquela noite, sobre os paralelepípedos reluzentes, seria o bastante. Só que não foi. A carruagem veio rangendo pela rua em velocidade vertiginosa, e Temple pulou de dentro antes que o veículo parasse, ainda passando instruções para o condutor.

"Vá até o Anjo! Diga-lhes o que aconteceu. E trate de encontrá-la."

A carruagem partiu antes de Temple entrar em casa, e Mara prendeu a respiração ali no escuro, prometendo a si mesma que não falaria, e o admirou – a altura e o tamanho descomunal. O modo como o cabelo caía em fios desregrados sobre a testa dele. O modo como o corpo todo parecia estar em movimento contido enquanto ele pegava a chave e abria a porta. Mas ele não entrou; Temple ficou imóvel. E virou o rosto para ela, encarando as sombras. Ele não conseguia ver Mara. Ela sabia disso. Ainda assim, parecia saber que ela estava lá. Ele foi para o meio da rua.

"Apareça."

Ela não podia negar um pedido dele. Recusou-se a isso. Ela veio para a luz.

"Mara...", Temple suspirou o nome dela no ar frio.

"Eu não pretendia vir. Não devia ter vindo", ela meneou a cabeça.

"Por que você fez isso?", ele se aproximou dela.

Para lhe devolver sua vida. Tudo o que você queria. Ela odiou esse pensamento ainda que fosse verdade. Mara odiou que ele representasse algo que ela não era. Perfeição.

"Já era hora", foi o que ela se contentou em dizer.

Temple estava na frente dela, alto, grande e lindo. E Mara fechou os olhos enquanto ele levava a mão boa até seu rosto e passava os dedos por sua face.

"Entre", ele sussurrou.

O convite era tentador demais para ser recusado. Depois que a porta foi fechada atrás deles e ela se colocou no pé da escada, ele voltou a falar.

"Na última vez em que esteve aqui, você me drogou."

Parecia fazer uma vida. Quando ela pensou que poderia fazer um acordo idiota sem consequências. Quando ela pensou que poderia passar semanas com ele sem o conhecer. Sem gostar dele.

"Na última vez em que estive aqui, eu tinha medo de você."

Ele começou a subir a escada que levava à biblioteca onde ela o deixou inconsciente.

"Está com medo agora?"

Estou.

"Como eu estou sem meu láudano, não acho que isso seja relevante."

Ele parou e se virou para olhar para ela.

"É relevante."

"Você gostaria que eu estivesse com medo?"

"Não."

A resposta foi tão firme, tão honesta, que ela teve de acreditar. Mara o seguiu escada acima como se estivesse presa por uma corda. Ele não parou na biblioteca, continuou subindo o próximo lance de escada, até a escuridão. Ela hesitou antes de continuar, tomada pela sensação de que, se o seguisse, qualquer coisa poderia acontecer. E então ela percebeu que não se importava. Ou melhor, que talvez ela quisesse que isso acontecesse. Como aquele homem a tinha consumido tão rapidamente? Como ela deixou de considerá-lo inimigo para considerá-lo algo muito mais aterrorizador em questão de semanas? *Como ela tinha passado a amá-lo?* Mara não conseguiu se segurar. Ela o seguiu até a escuridão. Até o desconhecido. No alto da escada, ele acendeu uma vela e foi até uma grande porta de mogno. Ela devia falar algo.

"Eu acho que seria melhor se eu conversasse com seu jornalista", ela recomeçou. "Contar a história toda para ele – como era nosso acordo – e então deixar você em paz, absolvido de todas as culpas que lhe são atribuídas. De fato", ela matraqueou, "eu deveria ir embora. Meu lugar não é aqui."

Ele segurou a maçaneta e se voltou para ela, a luz dourada da vela tremeluzindo no belo rosto dele.

"Você não vai a lugar algum até nós conversarmos."

Ele abriu a porta e a deixou entrar na sua frente. Mara parou assim que entrou.

"Este é um quarto de dormir."

"Sim, é mesmo", ele confirmou e apoiou a vela.

E que quarto era aquele, totalmente masculino com piso de carvalho e revestimento escuro nas paredes; e livros em toda parte – empilhados sobre a mesa e uma das poltronas junto à lareira, além de montes em volta das vigas da cama... A cama imensa.

"Essa é a *sua* cama." Ela disse o óbvio.

"Isso."

É claro que ele tinha que ter uma cama imensa. Ele precisava caber nela. Mas aquela cama podia acomodar uns quatro casais. Mara não conseguia tirar os olhos dela, de suas grandes vigas de madeira e da cabeceira toda em carvalho trabalhado, tão varonil, além da colcha exuberante, que prometia o Paraíso embora fosse tecida, sem dúvida, no Inferno.

"Nós vamos conversar aqui?", suas palavras saíram em um guincho.

"Vamos."

Ela conseguiria fazer isso. Ela passou doze anos sozinha e já tinha enfrentado momentos muito mais assustadores que aquele. Mas ela não sabia se já tinha enfrentado algum momento mais tentador. Mara se virou para ele.

"Por que aqui?"

Temple deixou a vela sobre uma mesa e se aproximou, o rosto oculto pelas sombras. O coração de Mara disparou, e talvez ela devesse estar com medo. Mas não estava. Pois não havia ameaça na movimentação dele. Apenas promessa.

"Porque depois que nós conversarmos, eu vou fazer amor com você."

A declaração franca, honesta, deixou Mara sem chão, e o coração dela começou a ribombar tão alto que ela tinha certeza de que Temple podia ouvir.

"Você vai?", ela perguntou.

Ele aquiesceu. Muito sério.

"Vou."

Meu Deus! O que uma mulher deveria pensar, sabendo disso?

"E então eu vou me casar com você", ele acrescentou.

Mara sentiu que sua audição estava falhando.

"Você não pode."

Não era possível. Ela estava arruinada. E ele era um duque.

Duques não se casam com escândalos arruinados.

"Claro que eu posso."

"Por quê?", ela balançou a cabeça.

"Porque eu quero", ele respondeu simplesmente, indo atiçar o fogo na lareira. "E porque eu acho que você também quer."

Ele estava louco!

Ela o observou agachado sob o brilho das chamas, a silhueta máscula contra a luz alaranjada. Prometeu, esgueirando-se no Olimpo para roubar o fogo dos deuses. Ele era magnífico. Temple se levantou e tirou o braço machucado da tipoia antes de se sentar na grande poltrona junto à lareira, e tirou do pescoço o tecido preto que mantinha o braço machucado imobilizado antes de estender o outro braço na direção dela.

"Venha cá." As palavras deveriam ter soado como uma ordem, mas foram um pedido.

Ela poderia ter recusado. Mas não queria recusar. Mara se aproximou, dirigindo-se à outra cadeira, que estava ocupada com uma pilha alta de livros, preparada para retirá-los e abrir espaço para se sentar, mas Temple pegou sua mão.

"Não aí. Aqui."

Ele queria que ela se sentasse na mesma poltrona que ele. Que sentasse em seu colo.

"Eu não posso...", ela se opôs.

Temple sorriu e os dentes brancos brilharam à luz do fogo.

"Não conto para ninguém."

Mara queria desesperadamente ficar perto dele, mas sabia que não devia. Ela sabia que, se aceitasse sentar-se em seu colo e ficasse em contato com ele, não conseguiria resistir. Ela hesitou, ansiosa para desanuviar as ideias.

"Pensei que você estivesse bravo comigo."

"E estou! Bastante. Muito, até."

"Por quê? Eu fiz o que você queria. Eu restituí seu nome."

Ele a observou por um bom tempo com aqueles olhos negros que viam tudo.

"Mara", ele disse com suavidade, virando a palma da mão dela para si, deslizando os dedos pela seda da luva que cobria a pele, desencadeando uma onda de calor que percorreu todo o corpo dela, como se não estivesse usando nada. Como se fosse pele sobre pele. "E se nós não vestíssemos o manto do nosso passado? E se nós não fôssemos o Duque Assassino e Mara Lowe?"

"Não se chame assim", ela pediu.

Ele a puxou para mais perto.

"Acho que não posso mais usar esse nome. Você acabou com a minha fama."

Ela ficou imóvel.

"Pensei que você quisesse acabar com *essa* fama."

Ele a puxou de novo, afastando as coxas, e acomodando Mara entre elas. Fitando-a com aqueles olhos negros sérios que parecia lhe prometer tudo o que ela sempre quis, se Mara se entregasse a ele.

"Eu também pensei", ele concordou.

Ela ficou confusa.

"Mas não queria?"

Temple a puxou com o braço bom, trazendo-a para perto, e encostou o rosto no vestido de Mara, passando as mãos pelas pernas dela, deixando um rastro de calor e confusão. Ela não conseguiu se impedir de passar os dedos pelo cabelo dele, detestando as luvas que a impediam de sentir aquela maciez. De tocá-lo. Ele também deslizou o rosto pela maciez dela.

"Você desistiu de muita coisa", ele sussurrou.

"Eu corrigi um erro", ela meneou a cabeça. "Você era inocente."

Temple riu com a boca encostada na seda do vestido, o som saiu abafado e o hálito quente fez um arrepio de prazer percorrer o corpo de Mara.

"Eu não sou inocente. As coisas que eu fiz..."

"Você só fez essas coisas por causa do que eu fiz com você", ela interrompeu, adorando a sensação das mãos dele alisando o corpo dela, do rosto dele em seu ventre. Dele.

"Não", ele rebateu. "Chega dessa mentira! Eu já a contei o bastante por nós dois. As coisas que eu fiz são minha responsabilidade. São quem eu sou. Quem eu era." Ele olhou para ela. "E eu não era nenhum santo."

Ele não podia estar falando sério.

"Bobagem. Você era..."

"Eu era um canalha privilegiado e arrogante. A noite em que nos encontramos. Da primeira vez?"

Mara se recordou dele na época, o rosto jovial, o sorriso fácil.

"O que tem?"

"Eu segui você até seu quarto. Posso lhe garantir que na ocasião eu não estava procurando um amor para toda a eternidade."

Ela sorriu.

"Posso lhe garantir, Alteza, que eu também não estava pensando nisso."

"Fui indelicado com você?"

"Não", ela balançou a cabeça.

Ele não procurou o olhar de Mara, apenas afundou o rosto no ventre dela.

"Você me diria se eu tivesse sido?"

As mãos dela deslizaram pelo rosto de Temple e o levantaram.

"Eu sei que poucos homens se preocupariam com algo assim", ela disse, sem conseguir evitar o tom de surpresa na voz. "Poucos homens se importariam com isso, considerando que na noite em questão eu deixei você inconsciente e pensando que era responsável por um assassinato que não cometeu. Um assassinato que não aconteceu."

Ele continuou calado por um momento, pensando no que ela disse, e Mara resistiu ao impulso de instá-lo a falar.

"Fico muito feliz que não tenha acontecido", ele disse, afinal.

Temple a puxou para si outra vez e Mara caiu em seu colo. Em seus braços, e ela deveria ter protestado, mas os dois pareciam ter enlouquecido, e ela percebeu que não se importava. Ele passou os braços ao redor dela e Mara não conseguiu evitar de dizer:

"Não entendo por que você desistiu de sua vingança."

Temple enfiou a mão no cabelo dela e começou a mexer nas presilhas que seguravam o penteado. Mara sentiu os cabelos se libertando dos grampos que ele habilidosamente removia.

"E eu não entendo por que mesmo assim você me deu a vingança."

A mão dele trabalhava de modo magnífico no cabelo dela, massageando a cabeça, fazendo cada centímetro dela se arrepiar de prazer enquanto o cabelo se soltava e caía sobre os ombros de Mara. Talvez tenha sido a carícia deliciosa que a fez dizer a verdade.

"Você me libertou, mas isso não era liberdade."

Temple interrompeu o toque enquanto refletia sobre essas palavras, e então recomeçou quando perguntou:

"O que você quer dizer?"

Mara fechou os olhos e se entregou ao carinho. Disse uma meia verdade.

"Minhas ações me deixaram presa a você. Por causa de tudo o que eu te fiz." Ela fez uma pausa, mas o carinho continuou, arrancando mais palavras dela. "Não só há doze anos. Mas também na noite em que o meu irmão te encontrou no ringue. Hoje à noite." Ela soltou um longo suspiro, detestando a culpa que a consumia pelo que havia feito na festa. Ela pegou a mão do braço machucado dele e a segurou, bem apertado, entre as suas. "Hoje à noite eu traí você, e mesmo assim você me libertou."

E eu te amo. E eu poderia te dar aquilo que você queria. Mas isso ela não falou. Não podia. Tinha medo do que aconteceria se falasse. Medo de que ele risse. Medo de que não risse. Mara abriu os olhos, encontrou os dele, ternos e focados nela.

"Você pensa muito em mim. Quando foi a última vez que alguém pensou em você, Mara?", Temple perguntou, e seus dedos deslizaram, livres, pela cabeça dela, acompanhando a elevação das maçãs do rosto, a linha do pescoço, os ombros. "Quando foi a última vez que alguém cuidou de você? Quando foi que você deixou isso acontecer?"

Aquele homem era fascinante. O toque que flutuava sobre sua pele, o carinho macio de sua respiração enquanto falava. Ela balançou a cabeça.

"Quando foi que você confiou em alguém?"

Eu nunca o teria deixado machucar você. As palavras que quase a destruíram no salão de festas, naquela mesma noite, ecoaram em Mara. A promessa de que mesmo naquela época, doze anos atrás, sem saber nada a seu respeito, ele a teria protegido. O pensamento a devastou com tamanha tentação. Ela balançou a cabeça.

"Eu não consigo me lembrar."

Temple suspirou e a puxou para perto, colando seus lábios à testa e à face, à curva do maxilar, à linha do pescoço e ao canto da boca. Ela se virou para ele, querendo um beijo de verdade. Querendo se esconder dos pensamentos irresistíveis que ele plantou em sua cabeça. Querendo se esconder dele. *Dentro dele.* Mas ele não permitiria.

"Uma vez você me perguntou como eu escolhi o nome Temple."

Ela ficou paralisada, sem saber se queria a verdade agora. Sem saber se conseguiria encarar a verdade.

"Perguntei."

"Foi onde eu dormi na noite em que cheguei a Londres. Depois do meu exílio."

Ela franziu o cenho.

"Não entendi. Você dormiu em um templo?"

Ele negou com a cabeça.

"Eu dormi embaixo do Temple Bar, o portal de entrada em Londres."

Ela conhecia o monumento, a poucos quarteirões dali, na zona leste da cidade, que marcava o lugar onde os infelizes de Londres labutavam e viviam, e Mara pensou naquele jovem de rosto animado – o que havia lhe mostrado gentileza e prazer – sozinho naquele lugar. Infeliz. *Aterrorizado.*

"Você foi..." Ela tentou encontrar as palavras que concluíssem a pergunta sem ofendê-lo.

Ele retorceu os lábios em um sorriso melancólico.

"Seja lá o que você está pensando... a resposta provavelmente é sim."

Era um milagre que ele pudesse olhar para ela. Era um milagre que ele pudesse estar perto dela. *Ela não o merecia.*

"O que aconteceu depois da primeira noite?", Mara perguntou.

"Houve uma segunda e uma terceira", ele respondeu, dedicando-se aos botões da luva com uma mão habilidosa, tirando a peça com a mesma eficiência com que a colocou. "E então eu aprendi a me virar."

Temple puxou a seda dos dedos dela e imediatamente Mara colocou a mão no braço dele, sentindo os músculos que se contraídos e relaxavam sob seu toque.

"Você aprendeu a lutar."

Ele voltou a atenção para a outra luva.

"Eu era grande. E forte. Tudo que eu precisava fazer era esquecer das regras de boxe que aprendi na escola."

Mara concordou. Ela também precisou esquecer de todas as regras que aprendeu quando criança para conseguir sobreviver depois que fugiu.

"Elas já não faziam sentido."

Temple a fitou nos olhos quando a segunda luva saiu.

"Funcionou para mim. Eu estava furioso, e as regras dos cavalheiros não ajudavam muito a aplacar minha fúria. Eu lutei nas ruas por dois anos, aceitando qualquer briga que pagasse algum dinheiro." Ele fez uma pausa, então sorriu. "E também qualquer briga que não pagasse nada."

"Como você foi parar no Anjo?"

Temple franziu o cenho.

"Bourne e eu éramos amigos de escola. Quando ele perdeu tudo que não estava vinculado por nascimento, ele se viu por conta própria, e nós decidimos formar uma aliança. Ele organizava jogos de dados e eu garantia que os perdedores pagassem." Mara ficou surpresa pela virada nos acontecimentos e Temple percebeu. "Está vendo? Não sou tão honrado, afinal."

"E depois?", ela encorajou, ansiosa para conhecer a história dele.

"Uma noite nós fomos longe demais. Exageramos. E encurralamos um grupo de homens."

"Quantos eram?", ela tentava imaginar a cena.

Temple deu de ombros, deslizando a mão pela coxa dela, distraindo-a.

"Uma dúzia. Talvez mais."

Mara o encarou, perplexa.

"Contra você?",

"E Bourne."

"Impossível!"

"Você não bota muita fé em mim", ele riu.

"Estou errada?", ela perguntou surpresa.

"Não."

"O que aconteceu?"

"Chase aconteceu."

O misterioso Chase.

"Ele estava lá?"

"De certo modo. Nós já estávamos lutando pelo que parecia ser uma eternidade e eles continuavam vindo pra cima da gente – aquele dia eu realmente pensei que nós estávamos acabados." Ele apontou para a cicatriz no canto do olho. "Eu não conseguia mais enxergar com este olho por causa do sangue." Mara estremeceu e ele parou no mesmo instante. "Desculpe. Eu não devia..."

"Tudo bem", ela atalhou, levando a mão até a fina linha branca, traçando-a com os dedos, imaginando o que ele faria se ela beijasse a cicatriz. "Eu só não gosto de pensar em você machucado."

Ele sorriu, pegou a mão dela e a levou aos lábios, beijando a ponta dos seus dedos.

"Mas drogado tudo bem?"

Ela também abriu um sorriso.

"Nas minhas mãos é diferente."

"Entendo", Temple disse e ela adorou o bom humor na voz dele. "Bem... basta dizer que eu pensei que nós estávamos acabados. Foi quando uma carruagem parou e um grupo de homens saiu dela – e então eu pensei que aquele era mesmo o fim", ele acrescentou. "Mas eles lutaram do nosso lado. E não me importava para quem eles trabalhavam, desde que Bourne e eu sobrevivêssemos."

"Eles trabalhavam para Chase."

"Isso mesmo", Temple acenou com a cabeça.

"E então você foi trabalhar para ele."

Ele balançou a cabeça negativamente.

"Com ele. Nunca para ele. Desde o começo a proposta foi essa. Chase tinha uma ideia de fazer um cassino que iria mudar a cara do jogo para aristocratas. Mas essa ideia precisava de um lutador. E um jogador. Bourne e eu éramos exatamente essa combinação."

Mara soltou um longo suspiro.

"Chase te salvou."

"Sem dúvida." Temple parou de falar, perdido em pensamentos. "E jamais acreditou que eu fosse um assassino."

"Porque você não era", ela disse com veemência, dessa vez não tendo escolha a não ser se aproximar e dar um beijo na têmpora dele. Mara se demorou no carinho e ele a apertou bem junto de si. Quando ela se afastou, Temple correu para beijar os lábios dela. Eles permaneceram assim, enrolados um no outro por um longo tempo, até Mara se afastar.

"Eu quero saber o resto da história. Como você se tornou invencível."

Temple contraiu a mão ferida no quadril dela.

"Eu sempre fui bom quando o assunto era violência."

As mãos dela se moveram por vontade própria, deslizando pelo peito amplo e caloroso dele. Temple tinha uma constituição magnífica, ela sabia, produto de anos de luta. Não apenas por esporte, mas por segurança.

"Era meu destino", disse ele.

Ela negou com a cabeça.

"Não", disse Mara. "Não era!"

Ele era inteligente, engraçado e gentil. E tão lindo. Mas não era violento. Temple pegou o queixo dela com a mão firme.

"Escute, Mara. Você não me transformou nesse homem. Se eu não tivesse a semente da violência em mim... eu nunca teria obtido sucesso. O Anjo nunca seria um sucesso."

Ela se recusou a acreditar.

"Quando alguém é forçado a assumir uma função, acaba assumindo. Você foi forçado. As circunstâncias te forçaram." Ela fez uma pausa. "*Eu* te forcei."

"E quem forçou você?", ele perguntou, entrelaçando seus dedos aos dela, segurando a mão dela junto a seu peito, onde ela pôde sentir as batidas fortes do coração dele. "Quem roubou você do mundo?"

A conversa inteira deles os levou até ali. Temple havia contado sua história com precisão e objetividade, trazendo-a lentamente até esse momento, quando chegou a vez dela. Quando Mara poderia lhe contar a verdade, ou então não lhe contar nada. De um modo ela estaria a salvo. De outro, ela correria um perigo terrível. O perigo de se tornar dele. Que tentação perversa e maravilhosa. Mara olhou para o nó da gravata perfeita de Temple.

"Você tem um camareiro?"

"Não."

Ela assentiu.

"Não parece ter, mesmo."

Ele ergueu a mão e soltou a tira de pano, desvencilhando-se dela e revelando assim um triângulo perfeito de pele morena e quente, salpicada de pelos pretos. Ele era lindo! Essa era uma palavra estranha para descrever um homem como ele – grande e forte e constituído com perfeição. A maioria provavelmente o chamaria de *atraente* ou *impressionante*, algo que exsudasse masculinidade. Mas ele era lindo! Cheio de cicatrizes e músculos e, por baixo disso tudo, uma delicadeza à qual Mara não conseguia resistir. As palavras vieram com facilidade.

"Eu sempre tive medo. Desde garotinha. Medo do meu pai, depois do seu. Depois medo de ser encontrada. Então, quando eu soube do meu erro – do que eu fiz com você ao fugir –, tive medo de não ser encontrada." Ela olhou para ele, deparando-se com aqueles lindos olhos pretos. "Eu devia ter voltado no instante em que descobri que você tinha sido acusado do meu assassinato. Mas os dados haviam sido lançados, e eu não sabia como pegá-los de volta."

Ele balançou a cabeça.

"Eu tenho um cassino. Sei melhor do que ninguém que a jogada é definitiva depois que os dados saem da mão do jogador."

"Fiquei sem saber o que aconteceu com você durante meses. Eu fui para Yorkshire, e as notícias lá eram no mínimo escassas. Eu só fiquei sabendo que o Duque Assassino era você depois..."

Ele aquiesceu.

"Que era tarde demais."

"Você não percebe? Não era tarde demais. Nunca era tarde demais. Mas eu estava aterrorizada quando voltei..." Ela fez uma pausa e se recompôs. "Meu pai teria ficado furioso. E eu continuava prometida ao seu. E tinha medo."

"Você era muito nova."

Ela procurou o olhar compreensivo dele.

"Eu também não voltei quando eles morreram." Mara pensou em

voltar. Ela queria voltar. Ela sabia que era a coisa certa a fazer. Mas... "Eu continuava com medo."

"Você é a pessoa menos medrosa que eu conheço", ele se opôs.

Ela resistiu ao elogio.

"Você está enganado. Durante toda minha vida eu tive pavor de que alguém me controlasse. De entregar minha vida para outra pessoa. Meu pai. O seu. Kit. Você..."

Ele a encarou.

"Eu não quero te controlar!"

"Não sei por quê", disse confessou.

"Porque eu sei como é ser controlado. E não quero isso para você."

"Pare", ela pediu com delicadeza. "Pare de ser tão gentil."

"Você prefere grosseria? Será que já não fui grosso o bastante?" Ele se mexeu debaixo dela e acariciou seu rosto. "Por que você fez isso, Mara? Por que hoje à noite?"

Ela não fingiu que não entendia. Ele perguntava por que ela se desmascarou diante de toda Londres. Por que ela voltou quando ele deixou claro que não era necessário.

"Porque tive medo de quem eu poderia me tornar se não fizesse o que era certo."

Ele aquiesceu.

"E o que mais?"

"Porque tive medo de que, se continuasse escondida, seria só uma questão de tempo até que alguém me achasse."

"Que mais?", ele perguntou de novo.

"Porque estou cansada de viver nas sombras. Arruinada ou não, a partir desta noite eu vivo na luz."

Então, ele a beijou, tomando seus lábios em um carinho longo, demorado, deslizando suas mãos pela lateral do corpo dela, puxando-a para bem perto, deixando uma trilha de calor em seu rastro. Quando interrompeu o beijo, Temple encostou sua testa na dela e sussurrou, quase baixo demais para ser ouvido.

"Que mais?"

Mara fechou os olhos, adorando a sensação de tê-lo tão perto, desejando que ela pudesse viver ali, nos braços dele, para sempre.

"Porque você não merecia isso."

Ele meneou a cabeça.

"Mas não foi por isso."

Ela inspirou profundamente.

"Porque eu não queria te perder."

Ele aquiesceu.

"E o que mais?"

Ele sabia. Ele enxergava a verdade, escancarando-se debaixo deles. Tudo que ele queria era que ela dissesse em voz alta. Que acreditasse. E com isso, na última noite dos dois juntos – a *única* noite juntos, ela acreditou, com seu olhar no dele, seu corpo entrelaçado ao dele.

"Porque, de algum modo, em tudo isso..." Mara resistiu à verdade, um pouco, sabendo que se fosse dita, mudaria tudo. Tornaria tudo mais difícil. "...você, sua felicidade, seus desejos... era só o que importava!"

Mas o que ela disse em sua cabeça foi: *Eu te amo! Eu te amo! Eu te amo!* E talvez ele tenha ouvido, porque se levantou e, com um movimento fluido, levantou-a em seus braços e a levou para sua cama.

Capítulo Dezoito

Mara nunca tinha se sentido tão desejada como se sentiu naquele momento, vestindo seda, ainda quente do toque dele e da promessa do que viria a seguir. Os dedos dele deslizaram por seu rosto e seu maxilar, desceram pelo pescoço e sentiram sua pulsação.

Temple traçou a linha de sua clavícula e então a curva dos seios, demorando-se aí quando ela inspirou de modo pesado e entrecortado. Os olhos pretos dele encontraram os seus.

"Você quer que eu pare?"

"Não", ela respondeu no mesmo instante, querendo que ele recomeçasse. Desejando que continuasse. Para sempre.

"Não vou te machucar", ele garantiu.

Mara refletiu sobre aquelas palavras, notando como aquela promessa vinha do âmago dele. E se perguntou quantas vezes ele teve de fazer a mesma promessa para outras mulheres. Para acalmá-las quando ficavam ao alcance – e mais perto – do Duque Assassino.

"Eu sei", Mara afirmou, , e pegou a mão ferida dele, sentindo a pressão dos dedos em sua pele, segurando o toque dele no seu. Ela levantou a outra mão, entrelaçando seus dedos ao cabelo dele, puxando a boca de Temple para a sua. "Você nunca me machucaria", ela sussurrou de encontro àqueles lábios que ela queria tanto.

Ele gemeu de desejo, e passou seu braço livre em volta da cintura dela, apertando-a contra si. Ele sussurrou o nome dela e tomou sua boca em um beijo poderoso, mais devastador do que qualquer um até então. Enquanto os anteriores tinham sido rios de tentação, estremecendo suas defesas, este era um mar aberto, cheio de promessas sensuais. Era um maremoto. Era maravilhoso. A mão dele passeou por todo o corpo dela – uma carícia inebriante – e ela o imitou, deslizando pela lã macia do paletó até o cabelo dele, puxando-o para perto, correspondendo ao beijo dele com o seu, sem parar até que ele gemesse de prazer e a afastasse, deixando que ela arfasse, desesperada por mais Temple.

"Não", ele sussurrou, virando-a de costas para ele, e Mara ficou de frente para a cama imensa, ao mesmo tempo ameaçadora e irresistível. As mãos dele alcançaram os fechos do vestido, soltando botões e desfazendo laços.

"Mais rápido", ela gemeu enquanto ele remexia no tecido. "Depressa!"

Os botões estavam teimosos diante dele. Ou, talvez, fosse escolha de Temple agir com lentidão.

"Não vou permitir que você me tente com rapidez", ele sussurrou na orelha dela enquanto se dedicava ao vestido, e a respiração que acompanhou as palavras provocaram deliciosos arrepios de expectativa nela. "Eu quero a noite toda." Temple colou um beijo na curva do ombro de Mara, e ela sentiu a língua dele acariciando a pele que ficou exposta quando o tecido do corpete ficou mais folgado e ela o segurou junto ao peito.

Temple pegou a mão dela e beijou a palma, e depois mordiscou de leve as pontas dos dedos. O vestido caiu no chão, e o olhar dele recaiu sobre a *chemise* fina e o corpete lindamente estruturado que ainda a cobriam, fazendo seu desejo inflamar, quente e espantoso.

"Eu quero que dure."

Mara suspirou ao ouvir aquelas palavras. Ela sabia, claro, que não podia durar. Mas eles tinham aquela noite, e Temple podia fazê-la esquecer de todo o resto. Amanhã eles poderiam retomar suas vidas – ele a vida com que há muito sonhava, e ela a vida que há muito merecia. Temple conduziu as mãos dela para a viga da cama, apoiando-as ali enquanto soltava os laços do espartilho, puxando as tiras de seda, afrouxando a peça até que ela caísse aos pés de Mara, para em seguida mandar a *chemise* de seda se juntar a ele com seu toque forte. Ela estava nua, usando apenas as meias bordadas que ele lhe comprou, as meias que ela vestiu sonhando que fossem tiradas por ele – mesmo enquanto tentava desesperadamente ignorar esse pensamento. E as mãos dele – aquelas mãos fortes, maravilhosas, que ela amava tanto por sua delicadeza como por sua força, deslizaram por sua pele nua enquanto os lábios beijavam seu ombro. Mãos, não. Mão. Sempre uma única mão. Sempre a mão boa.

"Espere.", Mara se virou para ele.

Ele esperou. Porque ela havia lhe pedido. E ela o amou ainda mais por isso. Mara levou a mão machucada dele até seus lábios e beijou os nós dos dedos, deixando sua língua deslizar pelos vales entre eles. Temple observava, os olhos escuros de paixão, mas faltava alguma coisa. Algo que ela poderia não ter visto se não estivesse prestando atenção. Ele não podia senti-la. Mara virou a mão para cima e beijou a palma.

"O que nós fizemos com você?", ela sussurrou.

Temple recolheu a mão, mas ela não deixaria que ele fugisse. Então, ela puxou a outra mão e repetiu suas carícias até ele perder o fôlego e se remexer com luxúria, necessidade e uns doze tipos de desejo. O choque reverberou nela. A mão dele! Ela e o irmão a roubaram.

"Temple", ela disse em voz baixa, sentindo que o amava ainda mais.

"Não", ele a virou de costas mais uma vez, recolocando suas mãos na coluna da cama. E beijou atrás da orelha, beijou seu pescoço. Beijou a curva entre o ombro e o pescoço. Começou a beijar a linha de sua coluna. Distraindo-a com prazer e malícia.

"Você está trêmula", ele observou.

E ela estava mesmo, abalada demais pelo toque dele, por sua proximidade, para que conseguisse parar. Para retomar a conversa sobre a mão dele.

"Eu não consigo...", ela arfou. "É demais..."

Ele rugiu baixinho, sombrio, e prometeu junto à sua orelha:

"Não está nem perto de ser suficiente."

Ele foi descendo pelas costas dela com uma trilha de beijos, lambendo, rodopiando a ponta da língua enquanto marcava o caminho. Enquanto marcava Mara, com tanta precisão e clareza como se a estivesse marcando com agulha e tinta. E quando chegou à curva que assinala o encontro entre a coluna e as nádegas, ele acariciou a pele macia e intocada até ela arfar de prazer. Somente então, depois que ela havia se entregado ao seu toque, ao seu beijo, ele a virou para si. Mara não devia ficar surpresa por encontrar Temple ali, de joelhos olhando para cima, mas ela ficou, e sentiu um fio de pânico e desespero percorrer sua espinha. Um desejo desesperado de repetir o que fizeram na manhã anterior, no ringue. Um desejo desesperado de não repetir.

"Temple...", ela sussurrou, tocando-o, deixando que ele pegasse sua mão e a levasse até o rosto.

"William", ele a corrigiu.

O olhar dela procurou o dele.

"Mas você..."

"Você é a única que pensa em mim assim. A única que me viu como eu sou."

A verdade doeu. Fez ela se lembrar de tudo o que tinha feito. De tudo que aquela noite poderia ser. De tudo que não poderia ser.

"Eu sinto muito", ela murmurou, com lágrimas nos olhos. "Eu nunca..."

Ele se pôs de pé com graça espantosa e a abraçou.

"Não. Você não deve se arrepender. Você ter me visto mudou tudo. Mudou minha vida. Mudou o que eu sou." Ele a beijou, longa e intensamente, e acrescentou: "Jesus, Mara, é claro que é você. Sempre foi você. Sempre será!".

Aquilo a abalou demais.

"Não consigo mais ficar de pé."

"Então não fique. Eu te seguro."

Mara se abandonou à força dele, e Temple a deitou na cama, afastando suas pernas enquanto mergulhava entre elas, puxando-as por cima de seus ombros, deleitando-se com beijos demorados e lascivos na pele macia das coxas, aproximando-se cada vez mais de cumprir sua promessa enquanto ela se contorcia de prazer sobre a colcha de seda e se perguntava como tinha ido parar ali. O que tinha feito para merecê-lo. *Ela não fez.* Ela não fez, e esse seria seu maior erro – aceitar aquela noite. Roubá-la de alguém que talvez a merecesse. Que pudesse ser mais importante para ele. Que pudesse ser melhor para ele. Aceitando-a sem arrependimentos. Aceitando-a como uma lembrança. Para toda sua vida. Para a dele. E então os lábios dele chegaram aonde ela ardia de desejo, e ela enterrou os dedos no cabelo dele, que começou a lhe dar tudo o que ela desejava, e Mara não conseguiu se segurar e se moveu ao encontro dele, ergueu os quadris e lhe implorou que... Temple parou e levantou a cabeça.

"O que foi, meu amor?"

A palavra foi suficiente para fazer uma torrente de prazer correr por ela, mas também havia o movimento lento dos dedos, o modo como mergulhavam e provocavam, o modo como acariciavam, mas sem irem fundo o bastante para lhe dar tudo que queria. Mara levantou os quadris para ele.

"Ora, essa é uma bela vista!", Temple elogiou, e Mara não se cansava de admirá-lo, de ver como ele a devorava com os olhos e passava a língua sobre o maravilhoso lábio inferior, como se ele mal pudesse esperar para prová-la outra vez. "Toda rosa e perfeita." O olhar dele encontrou o dela. "Diga-me, quando eu fiz isso no ringue... você viu? Você ficou excitada? Rosa? Molhadinha?"

Mara fechou os olhos com aquelas palavras safadas. E concordou.

"E você gostou."

Ela admitiu que sim

"Um dia, quando eu tiver mais paciência, vamos fazer de novo, mas com um espelho menor. Mais perto. Mais íntimo. Vou deixar você me dizer o que fazer. Vou deixar você se ver gozando."

Tais palavras a deixaram completamente arrepiada, por mais que ela resistisse à ideia de se entregar a algo tão inesperado. Tão incerto. Tão estranho e perfeito. Temple percebeu – a hesitação – e a encarou com um ar desconfiado e divertido, um desafio sensual, antes de soprar uma longa corrente de ar frio no centro quente e desesperado de Mara.

"Você não acha que gostaria de ver?"

Ela exalou um suspiro trêmulo.

"Eu..."

"Você é tão perfeita..." Ele passou a língua sobre o calor dela, despertando um choque de sensações por todo seu corpo, que de algum modo já não pertencia mais a ela quando ele estava envolvido. "Tão molhada!" Mara arfou enquanto Temple lambia e chupava, proporcionando-lhe tanto prazer, que chegava ao limite do insuportável, lançando-a em um turbilhão de emoções cada vez mais forte, cada vez mais intenso, até que os dedos dele se juntaram à língua em uma sinfonia perfeita, explorando e se movendo em círculos fantásticos, provocando e tocando. "Eu quero você assim, bem aberta para mim, ansiando por mim, para sempre."

Para pontuar a palavra *sempre*, e toda sua tentação, ele enfiou o dedo médio bem fundo, e ela não conseguiu segurar um gemido.

"Agora, *esse* som", ele disse, a voz sombria como seu olhar, "deve ser o mais lindo que eu já ouvi na vida." Aquele dedo safado saiu dela, e Mara mordeu o lábio, com o rosto ardendo em chamas de constrangimento, ainda que ela quisesse agarrá-lo e exigir que repetisse a experiência. Mas não foi preciso. "Vamos ver se conseguimos fazer de novo!"

Um segundo dedo se juntou ao primeiro em uma estocada longa e irresistível. *Meu Deus, ele estava acabando com ela!* Temple a tocava habilmente, como se ela fosse um instrumento que ele praticava a vida toda. Mara gemeu de novo, mais alto, por mais tempo, e ele recompensou o som com sua boca, dedicando-se àquele lugar escuro e secreto que, de repente, era o órgão mais importante do corpo dela. Mara nunca mais pensaria em prazer da mesma forma. O prazer agora estava para sempre atrelado a Temple. Mara perdeu todas as suas forças, completamente rendida aos lábios, ao toque, ao aroma e aos sons daquele homem. Entregue à certeza de que ele era tudo o que ela sempre sonhou, desejou e imaginou. Perdida para o prazer. Perdida para ele. E, de algum modo, encontrada. Ela voltou à terra amparada pelos braços deles, fortes, musculosos, que a seguravam junto ao peito, apoiando a cabeça dela em seu ombro bom, e Mara se perdia facilmente naquele calor e aroma. Eles ficaram ali, deitados, e Temple acariciava os cabelos dela, espalhando-os pela cama imensa, e depois a beijou na testa, sussurrando contra sua pele, quase num ato de adoração.

"Você é a coisa mais linda que eu já vi!"

Ela estremeceu ao ouvir essas palavras e se aninhou no corpo quente dele, abraçando-o, sentindo a maciez do tecido da camisa branca dele. Ela falou com o rosto encostado no tecido.

"Você me assusta."

Ele interrompeu o carinho.

"Como?"

Mara alisava o peito dele por cima da camisa.

"Eu nunca pensei que ficaria tão atraída por você. Tão ligada. Nunca pensei que você fosse me conquistar tão intensamente. Que você teria tanto...", ela hesitou antes de falar, "...tanto controle sobre mim."

Ele pegou a mão dela e se ergueu para encará-la. Para olhar melhor para Mara. Ela se sentou e tentou explicar.

"Mesmo agora... com você a poucos centímetros de distância... não consigo deixar de lamentar a dor de perder você."

Temple esticou a mão para ela ao ouvir essa confissão, mas parou antes de tocá-la, como se não soubesse como continuar o movimento.

"Mara", ele disse com suavidade, como se receasse assustá-la. "Eu não quero que você pense nunca que eu me divirto com..."

Os dedos dela pousaram sobre os lábios dele, impedindo o fluxo de palavras.

"Não", ela interrompeu, lágrimas aflorando aos olhos. "Você não entende. Dói quando você não está comigo." Os olhos dele ficaram enegrecidos pelo desejo, e ela prendeu a respiração quando percebeu. Com sua promessa. "Estou sob seu domínio", ela confessou. "Sob o domínio do seu toque, do seu beijo e desses seus olhos lindos! Desesperadamente."

E isso vai tornar tudo mais difícil. Mas ela não disse isso.

"Você me controla", foi o que ela disse.

Temple a encarou demoradamente, e Mara desejou que ele a tocasse. Em vez disso, ele se levantou da cama, e ela pensou que tinha estragado tudo. Mas ele voltou poucos segundos depois, sem camisa e descalço, com nada além da calça preta, das tatuagens nos braços, e o curativo branco no ombro. Mara admirou cada centímetro dele banhado pela luz dourada da vela e ficou perdida em pensamentos. Como aquele homem divino, constituído como uma estátua grega ou uma escultura de Michelangelo, veio de uma das melhores linhagens aristocráticas da Inglaterra? Não havia nenhum traço de afetação nele. Temple era a coisa mais masculina que ela já tinha visto, todo força, elegância e potência. O olhar de Mara se deteve na mão boa dele, que recolhia a gravata que ele mesmo tinha jogado longe, e a tira comprida de tecido parecia ao mesmo tempo uma promessa e uma ameaça.

"Você se preocupa com controle...", ele começou.

O coração dela acelerou.

"Sim."

Temple estendeu a gravata para ela. Depois de um momento, Mara a pegou, e ele se deitou na cama, estendendo os braços até suas mãos alcançarem e se agarrarem ao gradil da cabeceira. Mara ficou com a boca seca olhando para ele, estendido diante dela, grande e lindo. E como ele era lindo! Temple era perfeito de todas as formas.

E então ele falou:

"Assuma! Fique no controle", e ela estremeceu de tanto desejo – uma ânsia abrasadora, pesada e poderosa demais para que resistisse.

Ela enrolou a gravata nas mãos, com os olhos arregalados.

"Tem certeza?", ela confirmou.

Ele anuiu e se segurou com mais força na cabeceira da cama.

"Confie em mim, Mara."

Ela engatinhou pela cama, nua a não ser pelas meias de seda, observando o olhar dele sobre ela, adorando tudo.

"Você quer que eu te amarre com isso?", ela perguntou, ajoelhando-se ao lado dele.

Ele sorriu.

"Eu quero que você faça o que quiser comigo."

Temple estava se entregando para ela. Para o seu prazer. E tudo que ela podia pensar era que seu prazer estava, de algum modo, inexoravelmente ligado ao dele. Esse pensamento lhe deu coragem, força para fazer o impensável, e Mara montou sobre ele, ajeitando-se sobre seu tronco, pressionando o calor da área mais secreta de seu corpo contra a pele nua dele. Temple gemeu e fechou os olhos, erguendo os quadris da cama, pressionando-se contra ela, seu corpo fazendo promessas que, ela esperava, cumprisse. Os olhos dele faiscaram.

"Mas se você planeja me vendar, querida, faça isso logo. E pare de me torturar com essa visão!"

Vendá-lo. Meu Deus! As pessoas fazem mesmo esse tipo de coisa? *Ela queria. Desesperadamente.* Mara não conseguiu deixar de sorrir quando pensou nisso, e adorou a forma como ele riu do seu sorriso.

"Sua atrevida! Você gosta disso, né?!"

"Você me quer?"

"Querer nem começa a descrever o que eu sinto a seu respeito", ele confessou com a voz grave. "Querer não é nada comparado ao meu nível de desejo. Ao meu desespero. Ao tanto que eu anseio por você."

Ela se debruçou, incapaz de resistir aos lábios dele, tomando-lhe a boca com um beijo intenso e profundo, que ela havia aprendido com ele – com estocadas compridas e suculentas que deixaram os dois sem fôlego. Quando ela ergueu a cabeça, respirou fundo e tomou coragem. Ela passou a gravata pelos olhos dele e, quando Temple ergueu a cabeça do travesseiro, Mara passou a tira por trás de sua cabeça e a amarrou apertado, adorando sentir o corpo dele se tensionando debaixo dela, deliciando-se com o som de sua respiração – baixo, forte e perfeito. Mara se inclinou para frente, apertando os seios contra o peito dele, tomando cuidado com o ferimento enquanto sussurrava em sua orelha.

"Você é meu!"

Ele rosnou.

"Sempre."

Nem sempre, porém. Ela não o poderia ter para sempre. Não seria a vida que ele merecia – casamento com um escândalo, com a mulher que ninguém jamais aceitaria, com a mulher que Londres nunca esqueceria. Enquanto ela estivesse com ele, Temple seria o Duque Assassino. E ele merecia ser muito mais que isso. Mas nessa noite ela podia fingir. Mara cobriu a pele quente dele com beijos demorados, passando por um ombro e subindo pelo braço bom, no qual os músculos tatuados estavam contraídos. Ela não resistiu à tentação de passar a língua pelo contorno do desenho, traçando os vales e as curvas até ele gemer de prazer. Então ela continuou, descendo, passando pelo flanco e depois cruzando o peito, dando atenção especial às cicatrizes que marcavam o peito e o estômago. Beijando, chupando, delineando as superfícies elevadas com a língua. Temple sibilou com a sensação e Mara ergueu a cabeça.

"Elas doem?"

"Não. É só que..." Ela esperou que ele terminasse. "Ninguém nunca quis tocar nelas antes. Não assim."

Mara queria tocá-las. Ela queria tocar cada centímetro dele e, ao se dar conta disso, se encheu de coragem. Ela se ergueu e deslizou pelo corpo dele, para em seguida se dedicar ao fecho da calça, abrindo os botões – instinto e desejo superando a inexperiência. Temple ergueu os quadris da cama, permitindo que ela puxasse a calça para baixo, revelando-o, grande, duro e perfeito. *E dela!* Mara se sentou sobre os calcanhares, admirando-o, deitado na cama, segurando-se com a mão boa na cabeceira, os nós dos dedos já esbranquiçados pelo esforço de se manter ali. Ansioso para se entregar a ela. Dedicar-se a ela. Entregar o controle. Para ela. Mara estendeu a mão trêmula para o membro maravilhoso, insegura. Ela parou, a um centímetro dele. Mais perto. Temple sentiu.

"Mara", ele gemeu com os dentes cerrados, angústia e desejo tornando as palavras arrastadas e encantadoras.

Ela queria dar para Temple tudo o que ele desejava. Mas...

"Eu não sei o que fazer...", ela confessou com facilidade, talvez porque ele estivesse vendado. "Eu nunca... eu quero fazer do jeito certo."

A respiração dele veio em uma risada curta, ofegante.

"Você não tem como errar, querida, eu prometo. Eu te quero demais."
Mara se inclinou para a frente, levando sua confissão até ele.
"Eu só sonhei com isso", ela lhe disse. "Na calada da noite. Eu imaginei como isso seria."
Ele balançou a cabeça.
"Não me conte. Não quero pensar em você sonhando com outro."
Aquilo a chocou.
"Nunca houve outro", ela protestou. "Sempre foi você!"
E então ela não se conteve mais, pegando a extensão dele com vontade, sentindo-o pulsar e endurecer ainda mais – se isso fosse possível. Ele gemeu de prazer, em alto e bom som, e ela se deleitou com o som puro e masculino.
"Você está tão duro!"
"Estou! Por você."
"E macio, também", ela comentou. "Como veludo sobre aço."
Ele soltou a mão da cabeceira, levando-a na direção dela por uma fração de segundo antes de se lembrar de sua promessa. Antes de se forçar a voltar para sua posição.
"Não tão macio quanto você."
"Você parece estar com problemas", ela disse, subindo e descendo a mão por todo o comprimento quente dele, adorando como os quadris dele se movimentavam de acordo com o ritmo dela.
"Você está me provocando?", Temple ergueu a cabeça.
"Talvez...", ela sorriu.
Temple fez uma careta.
"Lembre-se, Srta. Lowe, aqui se faz, aqui se paga!"
Um arrepio percorreu o corpo de Mara.
"Que bela promessa!"
Novamente um gemido que parecia um rugido. Ele não conseguia se segurar, aquele homem maravilhoso!
"Mais forte!", ele pediu.
"Achei que eu estava no controle."
"Meu amor, se você acha que não está no controle, está louca!"
Ela sorriu de novo, aumentando a pressão do seu toque.
"Como eu posso saber que estou no comando?"
"Porque se eu estivesse no comando, não estaríamos fazendo esses joguinhos bobos."
Mara riu disso.
"Adoro o som da sua risada", ele admitiu e ela parou. "É tão raro. Eu quero ouvi-la todos os dias."

Aquela foi a coisa mais linda que já tinham dito para ela. Mara o recompensou com movimentos intensos, fortes, rápidos, para baixo e para cima, até a respiração dele acelerar e ficar mais difícil.

"Conta para mim...", ela pediu.

"Qualquer coisa...", ele prometeu.

"Diga para mim como você gosta."

Temple soltou um gemido longo e baixo ao ouvir aquilo.

"Eu gosto do jeito que você quiser fazer!"

Mara se inclinou para frente e beijou sua boca, surpreendendo-o antes que ele correspondesse, um beijo louco, desesperado e maravilhoso. Ela se afastou e sussurrou.

"Você gostaria que eu usasse minha boca?"

Temple praguejou, bruto e ameaçador, e ela entendeu o palavrão como um sim, deslizando para trás sobre o corpo dele e avaliando seu membro... imaginando o que provocaria a sensação mais gostosa. Ela hesitou por muito tempo, é claro, porque ele resmungou seu nome, que soou como uma súplica agonizante. Mara, então, deu um beijo na extremidade do pau duro, adorando os espasmos de prazer do corpo dele em suas mãos, contra seus lábios.

"Diga para mim", ela sussurrou junto à parte mais íntima dele.

Ele fez o que lhe foi pedido.

"Chupe!"

A instrução era escandalosa, absolutamente indecorosa. E tudo que ela queria. Mara fez exatamente o que ele pediu, seguindo a orientação grosseira, experimentando e aprendendo o que fazer com a língua e pressionando os lábios até Temple suplicar, xingar e gemer o nome dela, balançando a cabeça para frente e para trás, segurando-se desesperadamente na cabeceira enquanto Mara lhe dava tudo que ele havia pedido. Enquanto ela o adorava. Enquanto ela o amava. Até Mara perceber que isso não bastava. Que ela queria tudo. Então parou.

"Não..." Temple ofegou seu protesto e Mara deu um beijo final na extremidade do membro vermelho e latejante. "Por quê?"

Mara se levantou sobre ele, abrindo bem as pernas sobre os quadris de Temple. Segurando seu membro, mantendo-o reto até senti-lo entre os pelos que protegiam a parte mais íntima dela. A parte que ela lhe daria. A parte que ela nunca daria para outro. Temple estremeceu debaixo dela. Literalmente tremeu.

"Você está... Oh, meu Deus, Mara." Ela sorriu, abrindo-se toda, deixando que o membro dele começasse a penetrar sua fenda secreta. "Meu amor, você está tão molhada!" Ele gemeu as palavras cheias de ânsia e desejo. "Tão quente. Tão linda."

Mara sorriu, acomodando-se sobre o órgão rígido e ereto dele.

"Você não pode me ver, como pode saber isso?"

"Eu posso te ver sempre", ele disse. "Você está gravada em mim. Posso ficar cego pelo resto da minha vida, e ainda assim vou conseguir te ver."

Aquelas palavras a preencheram do mesmo modo que o corpo dele a preencheu, enquanto Mara deslizava pela extensão dura de Temple, que encaixou dentro dela com tanta perfeição que os dois suspiraram, metade oração, metade blasfêmia. Ele tentou se conter diante do gemido de prazer dela.

"Não está doendo?"

"Não!" Ela meneou a cabeça. Estava maravilhoso. "Está doendo em você?"

"De jeito nenhum", ele sorriu.

"Vou me mexer, então, se você não se importar."

Temple riu.

"Você está no controle, querida."

Ela estava no controle, levantando e baixando seu corpo sobre ele, testando a pressão e a velocidade, parando de vez em quando para se deliciar com algum ângulo especial. Com algum prazer específico. Temple deixou que ela conduzisse o momento, sussurrando palavras de encorajamento, erguendo os quadris para acompanhá-la quando Mara encontrava uma cadência ou ritmo que ele apreciava. Então Mara memorizava os movimentos preferidos dele, e os repetia e repetia, adorando ver Temple rendido pelo desejo e pelas sensações. Era maravilhoso! Mas estava faltando alguma coisa. *Ele*. Seu toque. Seu olhar. A parte dele que ela queria desesperadamente. Mara não queria controlá-lo. Ela não queria tomar aquele momento apenas para si. Ela queria dividir. E foi o que fez, inclinando-se para retirar a venda, puxando-a por cima da cabeça dele e jogando para o outro lado do quarto, sem se importar onde cairia. Os olhos dele pairaram quentes e intensos sobre ela, e Mara quase desmaiou de luxúria quando ele, no mesmo instante, capturou o bico de um dos seus seios com a boca, chupando-o com vontade. Amando-o. Mesmo assim, Temple manteve as mãos presas na cabeceira. Até que ela o liberasse com palavras simples e honestas.

"Eu sou sua!"

Livres, as mãos dele desceram pela cintura dela até chegar aos quadris e apertar a bunda com um toque forte e gentil, orientando Mara em um ritmo perfeito, mudando o ângulo, mostrando para ela como encontrar o movimento que lhe proporcionava um prazer imenso, e então Mara começou a se mover com rapidez e intensidade colada nele, gritando, absurdamente excitada, quando Temple também começou a acariciar sua fenda com a ponta dos dedos, apertando e alisando aquele lugar secreto até ela não aguentar mais. Ele estava com o olhar fixo no dela, as pálpebras pesadas de desejo, e então Mara apoiou as mãos na cama, ao lado da cabeça dele, e implorou num sussurro.

"Não pare!"

Não pare de olhar para mim! Não pare de se mexer dentro de mim! Não pare de me amar!

Temple ouviu tudo.

"Nunca!", ele prometeu.

Ela se entregou ao êxtase. Ela se entregou a Temple. E somente depois que Mara chegou ao auge de seu prazer, Temple procurou satisfazer o dele, com uma, duas, três estocadas fortes dentro da fenda apertada, e gritando o nome dela, libertando-se dentro dela, segurando-a junto a si – ainda unidos – até que seus corações se acalmassem, batendo como um só. E depois de um bom tempo Mara se mexeu. O frio do quarto a fez estremecer nos braços dele, e ele puxou a grande colcha sobre ela, recusando-se a deixar que ela saísse de seus braços. Ele enterrou o nariz no pescoço dela antes de falar.

"Eu não me canso de você. Desse aroma. Você me faz querer comprar todos os limões de Londres para que ninguém mais sinta o seu perfume. Mas não é só de limão. Tem mais alguma coisa. Tem você."

Aquilo aqueceu o coração dela.

"Você reparou no meu cheiro?"

Ele sorriu com a pergunta que ele próprio tinha feito para ela há tanto tempo. E repetiu a resposta dela.

"É impossível não reparar."

Eles ficaram deitados ali, em silêncio, Temple fazia carinho nela, deslizando a mão boa pela coluna dela, subindo e descendo despreocupadamente na pele macia como uma bênção. Mara se perguntou o que ele estaria pensando, e estava pensando em perguntar quando ele quebrou o silêncio.

"E se eu não puder mais lutar?"

O braço. Ela se moveu para beijar o peito extenso dele.

"Você vai conseguir."

Ele ignorou o otimismo dela.

"E se eu não recuperar a sensibilidade? Quem eu vou ser, então? O que eu posso ser, se não for invencível? Se não for um lutador? Se não for o Duque Assassino? Qual vai ser o meu valor?"

Mara sentiu o coração doer com aquelas perguntas. Ele seria tudo que ela sempre quis. Ele seria tudo com que ela sempre sonhou. Mara ergueu a cabeça.

"Você não consegue perceber?"

"O quê?"

"Que você é muito mais que isso!"

Ele beijou aquelas palavras nos lábios dela, e Mara ficou desesperada para que ele acreditasse nela, então colocou todo seu amor, toda sua fé no beijo. E quando ele terminou, ela sussurrou.

"Temple, você é tudo."

"William", ele a corrigiu. "Quero que me chame de William."

"William", ela sussurrou o nome no peito dele. "William."

William Harrow, Duque de Lamont. O homem que ela destruiu. O homem que ela podia reabilitar. Ela podia lhe devolver a vida que havia tomado. Ela podia lhe devolver sua antiga glória – e o mundo que amava, as mulheres e os bailes e a aristocracia. O mundo que ele não poderia ter se fizesse uma coisa nobre e estúpida que seria casar com ela. Não. Esse era o maior presente que ela poderia lhe dar, mesmo que para tanto fosse necessário o maior sacrifício que ela faria em sua vida. O sacrifício pelo qual ela desistiria de tudo o que mais queria. Da única coisa que queria. *Ele*. Ela não era o sonho dele. Ela não era seu objetivo. Ela não podia ser a esposa, a mãe, o legado.

"Nós não podemos nos casar", ela disse, com suavidade.

Ele beijou o alto da cabeça dela.

"Durma comigo esta noite, e deixe que amanhã te convença por que esta é a melhor de todas as minhas ideias."

Ela não devia. Mara devia abandoná-lo naquele instante, enquanto ainda tinha forças.

"Não posso..."

Temple a interrompeu com um beijo demorado e sensual, carregado de algo mais do que paixão. Com algo que ela não quis identificar, pois se o fizesse, poderia não conseguir fazer o que precisava ser feito.

"Fique."

Esse pedido, sombrio e áspero nos lábios dele, partiu o coração dela. Por causa do desejo que continha. A promessa. A consciência de que, se ficasse, ele faria tudo ao seu alcance para mantê-la segura. Para protegê-la. Porque ela sabia que, se ficasse, ele nunca teria a vida que merecia. Uma vida livre de escândalo e ruína. Livre das lembranças do passado e de sua destruição. Ele era perfeito demais. Correto demais. E ela era toda errada. Ela só o arruinaria novamente. Destruiria tudo o que ele sempre quis. Ela tinha de ir embora. Ela tinha de sair dali antes que a tentação de ficar fosse grande demais. Então ela proferiu sua mentira final. A mais importante que falaria na vida.

"Eu fico."

Então ele adormeceu, e depois que sua respiração já estava profunda e regular, ela falou a verdade.

"Eu amo você."

Capítulo Dezenove

Pela primeira vez em doze anos, ele acordou se sentindo em paz, já estendendo a mão para Mara, ávido para puxá-la para seus braços e fazer amor com ela. Ávido para lhe mostrar porque era certo que eles se casassem. Ávido para lhe mostrar todas as formas pelas quais ele poderia lhe fazer feliz. Todas as formas de amor que ele poderia lhe dedicar. E ele a amaria, por mais que essa resolução pudesse parecer estranha e etérea. Ainda que William nunca tivesse pensado que o amor teria lugar em sua vida. Ele a amaria. Começando nesse dia. Só que ela não estava na cama. Ele se deparou com um punhado de lençóis frios na mão, frios demais para terem sido abandonados há pouco. Maldição! Ela tinha fugido.

Ele se levantou da cama de um salto, já vestindo as calças que ela havia tirado dele na noite anterior, fazendo seu melhor para bloquear a lembrança em sua cabeça. Sem querer que sua razão ou seu bom senso fossem afetados pelas coisas que ela o fez sentir. Paixão. Prazer. Pura e autêntica frustração. Temple se vestiu e desceu as escadas em segundos, saiu para o estábulo, selou seu cavalo e chegou ao número 9 da Rua Cursitor em menos de trinta minutos. Ele subiu a escada para o orfanato pulando três degraus por vez, chegando lá dentro em menos tempo do que a maioria das pessoas levaria para bater na porta. Foi bom que a porta estivesse destrancada, ou ele mesmo a teria posto abaixo.

Lydia passava pelo vestíbulo quando ele entrou, detendo-a no meio de um passo. Ele não hesitou. Não havia tempo para amenidades.

"Onde ela está?"

A mulher tinha aprendido com sua mestra.

"Perdão, Alteza, onde está quem?"

Ele tinha passado mais de trinta anos sem esganar uma mulher, e não iria começar naquele momento. Mas ele não deixaria de usar seu tamanho para intimidação.

"Srta. Baker, não estou com disposição para joguinhos."

Lydia inspirou profundamente.

"Ela não está aqui."

No fundo, ele sabia que era verdade, mas não queria acreditar. Então, em vez de continuar com aquela conversa inútil, ele foi até o escritório de Mara e abriu a porta, esperando encontrá-la ali, atrás de sua escrivaninha, com o cabelo ruivo puxado em um coque apertado. Mas ela não estava ali. A escrivaninha estava impecável, como se estivesse sobre o palco de um teatro, e não para ser usada de verdade. Ele se virou, triste e franco, e encarou os olhos de Lydia.

"O quarto dela. Leve-me até lá."

Lydia pensou em se recusar. William percebeu isso. Mas alguma coisa mudou nela, e Lydia se virou para subir dois lances de escada, e percorrer um longo corredor, até parar diante de uma porta de carvalho fechada. Ele não esperou pela permissão. Abriu e entrou. O quarto cheirava a limões. Limões e Mara. O quartinho estava limpo e arrumado, como ele esperava. Havia um guarda-roupa, pequeno demais para guardar qualquer coisa além do básico, e uma mesinha sobre a qual descansava uma vela pela metade e uma pilha de livros. Ele se aproximou para examiná-los. Romances. Bem usados e amados.

Havia também uma cama minúscula, na qual Mara, sem dúvida, ficava com os pés para fora ao dormir. Esse era o único detalhe imperfeito no quarto, porque estava coberta por seda verde. O vestido que ela usou na noite anterior, quando se revelou para o mundo, e ao lado dele jazia a capa de arminho. Alinhadas ao lado, as luvas que ele havia lhe dado. Ela estava solta no mundo, e não tinha luvas. Ele as pegou na cama e as levou até o nariz, odiando o toque da seda, desejando que fosse a pele dela. Seu calor. Ele se virou para Lydia.

"Onde ela está?"

"Ela foi embora", ela respondeu com tristeza nos olhos.

Não. Ele estava perdendo a paciência.

"Para onde?"

"Eu não sei", ela balançou a cabeça. "Ela não disse."

"Quando ela vai voltar?"

Lydia olhou para o chão e Temple ouviu a resposta antes que ela falasse. "Nunca."

Temple queria gritar. Queria vociferar contra as mulheres idiotas e o destino cruel. Mas ele se conformou com uma pergunta.

"Por quê?"

"Por nossa causa", Lydia sustentou o olhar do duque.

Que bobagem absurda. Ele estava quase falando isso quando Lydia continuou.

"Ela acha que vamos todos ficar melhor sem ela."

"Os garotos precisam dela. Você precisa dela. Este lugar precisa dela."

Lydia abriu um sorriso tímido e triste.

"Você não entende. Ela acha que você também vai ficar melhor sem ela."

"Ela está errada!" Ele ficava melhor com ela. Infinitamente melhor.

"Eu concordo. Mas Mara acredita que nenhum aristocrata vai deixar seu filho aos cuidados de alguém com um passado tão sombrio quanto o dela. Nenhum doador fará caridade para um orfanato administrado por uma mentirosa. E nenhum duque conseguirá voltar à sociedade com um escândalo como ela ao seu lado."

"Foda-se a sociedade!"

A palavra grosseira deveria ter chocado Lydia, mas ela apenas sorriu.

"Apoiado!"

"Como você a conheceu?", perguntou Temple, sem saber de onde saiu aquela pergunta, mas desesperado para saber mais a respeito daquela mulher que ele amava tanto.

Jesus. Ele devia ter dito para ela que a amava. Talvez assim ela tivesse ficado.

"A história é um pouco longa", Lydia sorriu.

"Pode me contar."

"Tem uma casa no norte do país. Um lugar seguro para mulheres que querem mudar seu destino. Filhas e irmãs. Mulheres. Prostitutas. Nessa casa, as mulheres conseguem uma segunda chance."

Temple aquiesceu. A existência de lugares assim não era mistério. Mulheres nem sempre eram valorizadas como mereciam. Ele pensou na mãe de Mara, esfaqueada pelo marido. E nela, espancada e forçada a se casar com um homem com o triplo da sua idade. *Ele a teria protegido.* Mas na verdade ele sabia que não teria conseguido. Não depois que ela estivesse casada. Não depois que ele voltasse à escola. E ele teria odiado seu pai para sempre, por casar com a mulher dos seus sonhos.

Lydia continuava falando.

"Mara ficou lá durante vários anos antes de receber a oportunidade de voltar a Londres para fundar o Lar MacIntyre. Eu estava lá há um ano. Talvez menos. Mas ela falava deste lugar como mais do que um simples lar para meninos. Acho que era mais do que isso para ela. Era tudo." Ela fitou Temple nos olhos. "Acho que, ajudando dezenas de filhos de aristocratas, ela estava tentando compensar o castigo que havia imposto ao filho de um."

É claro que sim. A verdade naquelas palavras o deixou arrasado. E aqueles meninos eram a coisa mais importante da vida dela. Quando ele a encontrasse, compraria uma propriedade no interior, com cavalos, brinquedos e uma área enorme para eles brincarem e crescerem. Ele daria a cada um dos garotos uma chance na vida, como Mara sonhava. Mas primeiro ele daria essa chance a ela.

"Eu a pedi em casamento."

Lydia arregalou os olhos.

"Ora..."

"Eu propus que ela fosse minha duquesa, ofereci-lhe tudo o que ela queria. E ela fugiu!" Ele apertou a luva em sua mão. "Ela não levou nem mesmo as malditas luvas!"

"Ela não levou nada."

Ele se virou para ela.

"Como assim?"

"Ela disse que não podia pegar mais nada de você. Ela deixou tudo. Não quis levar as roupas nem a capa."

Ele ficou paralisado, lembrando-se do modo como ela tinha rasgado o documento bancário que ele lhe ofereceu. Os recursos que ela conquistou com aquele acordo idiota que fizeram.

"Ela não tem dinheiro."

Lydia balançou a cabeça.

"Tem alguns xelins, mas nada substancial."

"Eu lhe ofereci o suficiente para ela se manter durante anos. Uma fortuna!"

Lydia meneou a cabeça.

"Ela não aceitaria seu dinheiro. Ela não queria tirar mais nada de você. Não agora."

"Por que não?"

"Você não entende como são mulheres apaixonadas, não é?"

Apaixonada.

"Para começar, se ela estivesse apaixonada, não teria me abandonado."

"Você não vê, Alteza", Lydia começou a explicar, "é justamente porque te ama que ela te abandonou. Algo a respeito de um legado."

Uma mulher. Filhos. Um legado. Ele havia lhe dito que era isso que queria. E ela acreditou nele.

"Tudo o que eu quero é ela...", ele choramingou.

"Bem, isso já é alguma coisa", Lydia sorriu.

Temple não conseguia conceber Mara o amando. Isso o deixaria louco. E ele tinha de manter a sanidade se quisesse encontrá-la. E então ele a trancaria em um quarto, sem nunca mais a deixar partir, dane-se a sanidade.

"Ela foi embora no meio do inverno, sem luvas nem dinheiro."

"Não entendo muito bem por que as luvas têm tanta importância..."

"Elas são importantes."

"É claro." Lydia sabia que não devia discutir. "Então você entende por que eu estava torcendo para você aparecer. Eu espero que você a encontre."

"Eu vou encontrar Mara."

Lydia soltou um longo suspiro de alívio.

"Ótimo!"

"E então vou me casar com ela."

Lydia sorriu, feliz.

"Excelente!"

"Não fique tão animada. Talvez eu a esgane depois disso."

Lydia aquiesceu, muito séria.

"Totalmente compreensível."

Ele fez uma reverência, breve e superficial, girou nos calcanhares e saiu

do quarto, descendo pela escada rumo à saída. Quando estava na metade do último lance, uma vozinha veio das sombras, detendo seu movimento.

"Ela foi embora."

Temple se virou para encontrar uma coleção de meninos no patamar acima dele, cada um parecendo mais preocupado que o outro. Daniel segurava Lavanda debaixo de um braço. Temple aquiesceu.

"É verdade."

Daniel olhou para ele com uma expressão muito brava.

"Ela estava chorando quando foi embora."

Temple sentiu o peito apertar ao ouvir isso.

"Você a viu?"

O garoto acenou com a cabeça.

"A Sra. MacIntyre não chora."

Temple se lembrou das lágrimas nos olhos dela naquela tarde em que a deixou nua no ringue de boxe, e uma sensação de vergonha o fez estremecer.

"*Você* fez a Sra. MacIntyre chorar!"

A acusação era dura e honesta. Temple não a negou.

"Estou indo buscá-la. Para acertar tudo."

Henry decidiu falar, com frustração e raiva estampadas em seu rostinho, como se estivesse preparado para vingar sua senhora.

"O que você fez com ela?"

Ele tinha feito mil coisas. *Eu não acreditei nela. Eu não confiei nela. Eu não demonstrei o quanto eu a amava. Eu não a protegi.*

"Eu cometi um erro", foi só o que ele disse.

George aquiesceu.

"Você deveria pedir desculpas."

Os outros garotos pareceram concordar com essa sugestão.

"Garotas gostam de pedidos de desculpas", acrescentou Henry.

Temple concordou.

"Eu vou fazer isso mesmo. Mas primeiro eu preciso encontrar a Sra. MacIntyre."

"Ela é muito boa em se esconder", disse Henry.

Outro garoto aquiesceu.

"É a melhor de todas nisso."

Temple não teve dúvida.

"Eu, também, sou bom em me esconder. E quem é bom em se esconder é excelente para procurar."

George pareceu cético.

"Tão bom quanto ela?"

"Melhor", respondeu Temple, esperando que fosse mesmo.

Mas Daniel não acreditou.

"Ela nos deixou. Eu acho que não vai voltar."

O medo nos olhos do garoto espelhava o que Temple sentia no peito, e ele se lembrou que havia pensado que Daniel era seu filho.

O garoto olhou para a porca em seus braços.

"Ela deixou Lavanda."

Ela havia deixado todo mundo. Deixou os garotos, pensando que seria melhor para eles. Deixou Lydia, pensando que seria mais fácil administrar um orfanato sem o peso de um escândalo pairando sobre eles. E deixou Lavanda, porque não podia levar um porco para onde estava indo, onde quer que fosse.

Mais um dos meninos falou, repetindo o sentimento.

"Ela se esqueceu de Lavanda."

Temple subiu a escada, agachando-se para encarar de frente os meninos reunidos, finalmente estendendo os braços para pegar Lavanda. Ela se esqueceu de Lavanda. Temple sabia como a porquinha rosa se sentia. E os garotos, também. Ela também havia se esquecido dele.

"Posso pegar Lavanda emprestada, só por hoje?"

Os garotos refletiram sobre a pergunta, reunindo-se para chegar a uma decisão unânime antes de Henry se virar para encarar Temple.

"Pode. Mas você tem que trazer Lavanda de volta."

Daniel deu um passo à frente e estendeu a porca.

"Você tem que trazer as duas de volta."

O coração de Temple acelerou dentro de seu peito e ele aquiesceu solenemente para os garotos.

"Eu vou fazer isso."

Se ele pudesse.

"Ela não está aqui."

Temple andava de um lado para outro no escritório de Duncan West na Rua Fleet, recusando-se a acreditar nisso.

"Ela tem que estar aqui."

Temple acreditava que a entendia. Ela não iria embora de Londres antes de cumprir sua parte no acordo e limpar o nome dele. Ele acreditava nisso com todas as fibras do seu ser. Ele tinha que acreditar. Porque se não acreditasse, teria que considerar a possibilidade de ela já ter partido, e isso exigiria dele tempo para encontrá-la. Ele não tinha o menor interesse em gastar tempo para encontrar Mara. Ele a queria imediatamente. Em seus braços. Em sua cama. Em sua vida. Ele queria começar a vida que os dois deveriam ter iniciado doze anos antes. A vida que foi arrancada deles. Ele queria felicidade para os dois. E prazer. E amor. Jesus, ela podia estar grávida. De um filho dele. E maldito fosse ele se não quisesse aquela criança – uma linda garotinha com olhos estranhos e cabelo ruivo. Maldito fosse ele se não quisesse estar com as duas em todos os minutos possíveis. *Ela tinha que estar ali*. Ele se virou para West, que estava sentado ereto e empertigado atrás de uma escrivaninha coberta de papéis, com anotações, artigos e Deus sabe o que mais.

"Ela deveria ter vindo até aqui. Para falar com você. Para lhe dar a versão dela."

West se recostou na poltrona e abriu as mãos.

"Temple, juro para você que eu não queria outra coisa senão que aquela porta se abrisse e Mara Lowe entrasse, com uma década de artigos para me contar." Ele fez uma pausa, e seu olhar dourado correu para o braço bom de Temple. "Mas tudo que eu tenho é um duque com um porco."

Temple olhou para Lavanda, que dormia.

"Por que você está carregando um porco?"

Temple fez uma expressão de escárnio diante do meio sorriso no rosto de West.

"Não é da sua conta."

O jornalista inclinou a cabeça.

"Isso é estranho o bastante para gerar uma interessante historinha paralela."

"Eu vou transformar *você* em uma interessante historinha paralela se não me contar a verdade."

West pareceu não se impressionar com a ameaça.

"Você está planejando alguma refeição?"

Temple agarrou Lavanda junto a si, não gostando nem um pouco da sugestão de que ela poderia virar o jantar.

"Não. Eu... só estou cuidando dela para alguém."

West inclinou a cabeça.

"Cuidando dela."

Temple balançou a cabeça.

"Esqueça da maldita porca. Você não viu Mara."

"Não vi."

"Se você vir..."

West ergueu as sobrancelhas.

"Posso lhe garantir, toda Londres vai saber quando eu tiver a oportunidade de conversar com essa mulher."

Temple o encarou, sem paciência.

"Você não vai fazer chacota dela."

"Para ser honesto, ela realmente destruiu sua vida. Ela bem que merece ser alvo de chacota. Os ilustradores já estão trabalhando para recontar a noite passada."

Temple se debruçou sobre a mesa, fervendo de fúria.

"Você. Não. Vai. Debochar. Dela."

West o observou por um longo tempo antes de falar.

"Entendo."

Temple não gostou do que o outro quis dizer.

"O que você entende?"

"Você gosta da garota."

Não era todo dia que Temple era exposto. Por um jornalista.

"É claro que eu gosto dela. Eu vou me casar com ela."

West agitou uma mão no ar.

"Ninguém dá a mínima para casamento. Se você jogar uma pedra em qualquer lugar de Londres, vai atingir alguém infeliz no casamento. A questão é que você *gosta* da garota."

Temple olhou para Lavanda, que dormia em seus braços. A única criatura da terra que não o estava aborrecendo naquele momento.

"Jesus. O imbatível e invencível Temple. Batido. Vencido. Por uma mulher."

Ele encarou o jornalista, colocando todo seu assombro no olhar.

"Se ela aparecer aqui, mande me chamar. Imediatamente."

"E eu vou manter a mulher trancada até você chegar?"

"Se for necessário."

Ela estava sozinha, sem recursos, nas ruas de Londres. E ele a queria em segurança. Ele a queria consigo. E ele não descansaria até a encontrar. Temple se virou para ir embora.

"Eu faço isso, com uma condição."

Ele devia esperar por isso, é claro. Devia saber que West iria querer a parte dele. Temple se voltou para o jornalista. Esperou que ele concluísse.

"Diga-me por que ela é tão importante. Afinal, ela já restaurou seu nome. O mundo acredita que ela está viva. Encontrei meia dúzia de mulheres, naquele salão de festas, que a reconheceram. Ela está mais velha, mas continua linda. E todo mundo se lembra daqueles olhos."

Uma fúria irracional o sacudiu quando West mencionou os olhos de Mara. Ele não queria que as pessoas reparassem nos olhos dela. Ele não queria que pensassem nisso. Eles não eram para ser admirados. Eles eram de Temple. Ele era o único que olhava para eles e via além das cores estranhas, diferentes. Ele olhou dentro deles e enxergou Mara.

West insistiu.

"Por que você se importa se ela vai ficar ou ir embora?"

Temple encarou West.

"Um dia, a mulher que você ama vai escorregar por entre seus dedos, e eu vou lhe fazer a mesma pergunta."

Ele saiu da sala, deixando que West refletisse sobre as implicações

daquela declaração. O jornalista esperou longos minutos, até ouvir o som da porta que dava para a rua sendo fechada, marcando a saída de Temple, antes de se virar para a janela e ver o Duque Assassino montar em seu cavalo e partir para seu próximo destino – em busca de seu amor. Depois que o tropel de cascos se distanciou, ele falou para a sala vazia.

"Você pode sair agora."

A porta de um armário pequeno foi aberta e Mara saiu de dentro dele, as faces cobertas de lágrimas.

"Ele já foi?"

"Está procurando por você."

Mara concordou, contemplando seus próprios pés, e uma tristeza como nunca havia sentido tomou conta dela. Um desejo como nunca havia sentido. *Ele a amava.* Ele disse isso. Ele veio à procura dela e confessou seu amor.

"Ele vai encontrar você."

Como isso, ela ergueu os olhos.

"Talvez não."

Enquanto dizia isso, ela ouviu o eco da promessa de Temple. *Se você fugir, vou encontrá-la.* West balançou a cabeça.

"Ele vai encontrar você, não vai parar até conseguir."

"Talvez ele pare", ela disse, esperando que fosse verdade. Esperando que ele pudesse decidir que ela não valia tanto trabalho. Esperando que ele pudesse encontrar outra vida. Outra mulher. Alguém que o merecesse.

West sorriu ao ouvir isso.

"Você acha que um homem simplesmente desiste de procurar a mulher que ele ama?"

A mulher que ele ama. Lágrimas quentes e ardidas afloraram com essas palavras, e Mara não conseguiu contê-las. Ele a amava.

"Essa é a parte que não estou conseguindo entender", disse West, mais para si mesmo do que para ela. "Você também o ama."

Ela aquiesceu.

"Desesperadamente."

"Então, qual é o problema?"

Ela não conseguiu evitar. E riu.

"Qual é o problema? Tudo é o problema. Eu o arruinei. Eu destruí tudo que deveria ser dele. Eu roubei a vida dele. E ele merece uma mulher aristocrata e filhos perfeitos e um legado que não esteja manchado por mim."

West apoiou o queixo na ponta dos dedos.

"Ele não parece se importar nem um pouco com isso tudo."

Mara sacudiu a cabeça.

"Mas eu me importo! E Londres também! Ele nunca irá recuperar o respeito como Duque de Lamont se estiver enroscado com a mulher responsável por todas as manchas em sua reputação."

"Reputação", repetiu West, em tom de pouco caso.

Ela arregalou os olhos.

"Você ganha a vida com isso."

Ele sorriu.

"E isso significa que eu sei exatamente como isso é arbitrário."

Ela sacudiu a cabeça.

"Você está errado."

"Eu acho que você esteve longe da sociedade por muito tempo", disse West. "Está se esquecendo que duques – com ou sem mulheres escandalosas – são perdoados o mais rápido possível. Eles são, afinal, os únicos que podem gerar outros duques. A aristocracia precisa deles, para que a civilização não desmorone à nossa volta."

Talvez ele tivesse razão. Talvez Temple pudesse aguentar o escândalo que sem dúvida viria com a exposição dela a toda Londres. Mas ele seria capaz de esquecer o que Mara havia feito com ele?

Ela sacudiu a cabeça.

"Você tem tudo que precisa de mim, Sr. West?"

Duncan West sabia reconhecer o fim de uma conversa.

"Tenho."

"E você não vai dizer para ele que eu estive aqui?"

"Não até a história ser publicada."

"Quando vai ser isso?"

Ele consultou o calendário.

"Em três dias."

Mara sentiu o coração apertar. Três dias para sair de Londres. Para ir o mais longe, o mais rápida e secretamente que puder. Três dias para dar a liberdade a ele. E então, ela teria que começar a esquecer Temple. Pelo bem dos dois.

Ela saiu do escritório de Duncan West, tomando o cuidado de fechar bem a capa ao seu redor e baixar o capuz sobre o rosto antes de sair para a rua, onde uma neblina fria e úmida tomava conta de Londres – o que havia de pior no inverno inglês. Ela começou a congelar, desejando que tivesse botas mais quentes. Uma capa mais quente. Um clima mais quente. Desejando Temple, que estava sempre quente. Como uma lareira. Ela ansiou por ele. E o desejou dolorosamente. Mara caminhou por quase um quilômetro antes de perceber que uma carruagem a seguia, quase ao seu lado, deslocando-se no mesmo ritmo que ela – acelerando quando ela apertava o passo, diminuindo quando ela ia mais devagar. Ela parou e se virou para o grande veículo preto, que não ostentava brasões ou qualquer marca de identificação. A carruagem também parou. O criado que vinha na parte de trás desceu e abriu a porta, baixando os degraus de acesso antes de lhe oferecer uma mão para ajudá-la a subir. Mas ela negou com a cabeça.

"Não vou entrar aí."

O jovem pareceu confuso, e então seda cor de violeta apareceu à porta.

"Depressa, Srta. Lowe", pediu, lá de dentro, uma voz feminina conhecida, e Mara se aproximou. "O calor está saindo da carruagem."

Mara enfiou a cabeça na abertura da porta. Anna – a mulher que ela conheceu no Anjo – estava lá dentro. Mara arregalou os olhos.

"Você!"

"Eu mesma", Anna sorriu. "Não vou machucar você, mas prefiro conversar em um ambiente quente e não no frio."

Mara hesitou.

"Você não está aqui para me levar para o Temple."

A outra sacudiu a cabeça.

"Não, a menos que você decida que quer ser levada para ele."

"Não vou decidir isso."

"Está certo, então." Ela puxou a capa ao seu redor e tremeu. "Então, por favor, entre e feche a porta."

Foi o que ela fez. Os tijolos quentes no chão da carruagem estavam convidativos demais para serem ignorados. Anna bateu no teto da cabine e o grande veículo preto começou a se movimentar pela rua.

"Como você sabia onde me encontrar?", Mara começou com a pergunta mais óbvia.

A mulher curvou os lábios em um sorriso encantador.

"Eu não sabia, mas o Temple sim."

"Você o seguiu."

"Ele pode conhecer bem você, mas eu conheço as mulheres." Ela fez uma pausa. "Além disso, eu duvido que qualquer mulher deixasse escapar uma oportunidade de passar a manhã com Duncan West."

Mara sacudiu a cabeça.

"Eu não entendo."

Anna revirou os olhos e olhou para cima.

"Qualquer mulher que não esteja loucamente apaixonada por Temple."

"Eu não...", ela começou, mas parou antes de completar sua negativa. Ela estava, afinal, loucamente apaixonada por Temple.

"Eu sei que você está", disse Anna. "É por isso que estou aqui." Mara franziu a testa e Anna fez um gesto no ar com a mão. "Alguém tem colocar

você nos eixos. Nós pensamos que Temple conseguiria fazer isso, mas ele parece emotivo demais para pensar com inteligência."

Mara esperou, desesperada para ouvir o que iria sair da boca de Anna. Ela não sabia o que esperar, mas sabia que não esperava que ela dissesse:

"Você não arruinou a vida do Temple."

Mara começava a se sentir cansada de ouvir uma série de estranhos dizendo que ela estava errada.

"Imagino que você seja especialista quando o assunto é ruína?"

Anna contorceu os lábios.

"Na verdade, sou sim."

"Você não estava lá."

"Não, não estava. Nem quando você jogou sangue na cama e o deixou com a responsabilidade pela sua morte. Nem quando o pai dele o expulsou de casa e o resto da aristocracia lhe deu as costas.

"Eu também não estava lá quando ele passou sua primeira noite debaixo do Temple Bar, nem quando ele teve suas primeiras lutas, nem quando ele e Bourne tramaram aquele plano idiota de fazer jogos de dados com o que há de pior em Londres."

Mara se retraiu com aquelas palavras, odiando que aquela mulher soubesse tanto do passado de Temple. Mas Anna não pareceu se importar. Pelo contrário, ela continuou.

"Mas eu estava lá quando eles começaram com o Anjo. Quando ele começou a vida que tem agora, como o melhor lutador que a Inglaterra já viu. Eu estava lá quando ele ganhou a primeira luta no ringue do Anjo. E eu estava lá enquanto ele conquistava importância, respeito e dinheiro de toda Londres."

"Não é respeito", Mara a corrigiu, as palavras afiadas em sua língua. "É medo. E medo não merecido, porque pensam que ele é o Duque Assassino, que foi no que eu o transformei."

Anna sorriu.

"Eu acho um charme você pensar que ele nunca fez nada na vida que fizesse por merecer esse apelido."

Mara franziu a testa.

"Nada igual ao que todos pensaram que ele tinha feito."

Anna encolheu o ombro.

"Tanto faz. É respeito. E medo. E um sem o outro não vale a tinta que escreve um dos dois sozinho." Ela fez uma pausa enquanto a carruagem balançava com elas, e a garoa fria escorria pela janela. "De qualquer modo, Temple gosta disso."

Talvez fosse verdade.

"Ele tem dinheiro, amigos e um clube no qual os homens se matam para entrar. E a metade de Londres que importa – a metade que julga um homem por seu trabalho, não sua linhagem –, está do lado dele. E ele gosta disso tudo."

Será que ela estava certa, aquela mulher estranha e misteriosa? Será que Temple gostava da vida que tinha? Ou lamentava cada momento que perdeu por não ter a vida que Mara roubou dele?

"A única coisa que está faltando é você." Mara congelou ao ouvir aquilo e Anna percebeu. E continuou. "Volte para o Anjo. Pergunte você mesma a ele." Ela se inclinou para frente. "Volte, e deixe que ele lhe mostre o quanto a ama."

Aquelas palavras doeram, de tão tentador que era o convite. Ela não queria fugir.

"Eu devo a ele ir embora", disse Mara. "Eu tenho que devolver para ele tudo que tirei. Limpar a bagunça que eu fiz."

"Mesmo que você tenha razão, mesmo que isso seja possível", disse a outra, "você não acha que lhe deve a chance de ser feliz?"

Ele havia dito que Mara era a mulher que amava. E ele era o homem que ela amava. Isso era tudo que a felicidade exigia? Deus do céu, se ela achasse que poderia tornar Temple feliz, correria para seus braços. Ela procurou o olhar de Anna na luz fraca.

"Às vezes amor não basta."

Anna aquiesceu.

"Deus sabe que isso é verdade. Mas neste caso, vocês não têm só o amor, certo?"

Era difícil de imaginar que eles tinham isso. Após uma década de ódio, mentiras e escândalo. Mais do que uma década. Mas os dois eram fortes. E um passado maior do que eles.

Anna colocou a mão enluvada sobre as mãos de Mara, entrelaçadas sobre as pernas.

"Uma vez você me disse que não tinha amigas."

Mara sacudiu a cabeça.

"Não tenho. De verdade."

"Mas você tem ele."

As palavras invocaram lágrimas outra vez. Ela bateu no teto da cabine, como tinha visto Anna fazer. A carruagem diminuiu de velocidade até parar, e o criado veio abrir a porta e baixar o degrau. Mara desceu, prometendo a si mesma que não olharia para trás.

Nem mesmo quando Anna falou.

"Pense no que eu disse, Srta. Lowe. Você é bem-vinda no clube a qualquer momento."

Capítulo Vinte

O cassino do Anjo Caído estava lotado de jogadores. Durante a recuperação de Temple, na ausência de lutas em que pudessem apostar, os membros do clube se satisfaziam em torrar seu dinheiro em dados e cartas. E quando a questão era apostas, O Anjo acomodava alegremente os desejos de seus frequentadores, e toda a equipe – dos criados aos crupiês, das acompanhantes às cozinheiras – estava de prontidão para ajudar.

Temple abriu caminho pela entrada dos proprietários, com Lavanda deitada em seu braço, até chegar ao piso principal do cassino, e passou os olhos pela multidão de cavalheiros vestindo ternos perfeitamente sob medida, todos correndo o risco de perder suas fortunas para a casa, e todos adorando cada minuto que passavam ali. Em qualquer outra noite ele teria apreciado aquela cena. Teria procurado Cross e lhe perguntado a respeito do faturamento da noite. Teria jogado uma ou duas rodadas de vinte e um. Mas nessa noite ele perambulou pelas bordas do salão, silencioso, frustrado. Furioso porque o resto da aristocracia parecia aceitá-lo, com cumprimentos de cabeça e tapinhas no ombro. Temple era um deles novamente, como se os últimos doze anos não tivessem acontecido. Mas isso não importava. Nada importava se ele não conseguisse encontrar Mara. Ele estava dolorido por passar um dia inteiro cavalgando na chuva, em sua busca fútil por ela, uma linda agulha no palheiro cheio de lixo que era Londres em dezembro. Ele foi ao orfanato, foi falar com West, pagou uma fortuna ao agente postal para saber qual era a carga humana que a carruagem dos correios transportou naquele dia, preocupado que ela pudesse já ter saído da cidade.

Um casal em fuga e dois cavalheiros haviam pegado a Estrada do Norte, a caminho da Escócia. Mas, embora a mulher em fuga fosse bem atraente, o agente postal lhe garantiu que ela não era ruiva, e que seus olhos eram totalmente comuns. Não era Mara. Ele deveria estar feliz por saber que ela continuava na cidade. Mas em vez disso, ele estava furioso por ela ter desaparecido com aquela facilidade. Não havia sinal dela. Era como se ela tivesse desaparecido como fumaça. Ele poderia até pensar que ela não existia, se não soubesse o contrário. Ela havia deixado suas luvas. E sua porca... E um buraco no peito dele. Temple torceu os lábios com escárnio enquanto sua ferida latejava. Dois buracos, ele conjecturou – um sarando, outro ameaçando sua vida.

Ele mexeu o ombro ruim sob o paletó, e a dor do ferimento radiou pelo braço, parando no cotovelo. Ele mexeu os dedos na tipoia. Nada. A exaustão não ajudava muito a curar os danos à sensibilidade no antebraço, ele sabia, mas não conseguia descansar. Não enquanto não a encontrasse. Se ele ficasse aleijado ao fim da busca, não tinha importância. Pelo menos ele a teria. A frustração cresceu com esse pensamento. Onde diabos ela estaria?

Ele olhou para o teto e seu olhar pousou no grande vitral que dominava o centro do piso principal do Anjo Caído – Lúcifer caindo do céu. Em uma combinação impressionante de vidros coloridos, o Príncipe das Trevas estava retratado em queda livre, a meio caminho do paraíso para o inferno, com uma corrente no tornozelo, seu cetro em uma mão e as asas abertas e inúteis atrás dele enquanto desmoronava no chão do cassino. Temple nunca pensou muito no vitral, a não ser que gostava da mensagem que passava para os membros do clube – a aristocracia podia bani-los: ele, Bourne, Cross e Chase, os canalhas proprietários do antro de jogatina mais legendário de Londres, que reinavam com mais poder e temeridade exatamente por causa de seu banimento.

Chase gostava de tudo que era dramático. Mas naquele momento, enquanto observava o enorme vitral, vendo Lúcifer cair, Temple percebeu como aquilo era grande. E forte. De algum modo, o artesão que fez aquele vitral havia capturado de modo dramático a ascensão e a queda do anjo nos painéis de vidros coloridos. E a força de Lúcifer era inútil naquele momento. Ele não podia segurar a si mesmo. Não podia evitar que caísse onde quer que Deus o havia jogado. Parado ali com o braço doente e a sensação absoluta de inutilidade que tomou conta dele, enquanto percebia que não era capaz de encontrar a mulher que amava, Temple ficou com pena do Príncipe das Trevas. Toda aquela beleza, todo aquele poder, toda aquela força. E ainda assim foi parar no Inferno. *Jesus*. O que ele tinha feito?

"Você trouxe um porco para o meu cassino."

Temple olhou para Chase.

"Alguém a viu?"

O olhar de Chase ficou sério.

"Não."

Temple quis gritar sua fúria para todo o salão. Ele quis virar a mesa de dados mais próxima e arrancar as cortinas das janelas. Mas ele se contentou em dar voz à sua frustração.

"Ela desapareceu."

Eles ficaram, lado a lado, observando o movimento no cassino.

"Ainda temos gente procurando. Talvez ela apareça por conta própria."

Temple olhou de soslaio para Chase, sabendo que algo assim era praticamente impossível.

"Talvez."

"Nós vamos encontrar Mara Lowe."

Temple aquiesceu.

"Nem que isso tome o resto da minha vida."

Chase assentiu e olhou para o outro lado, sentindo incômodo pela emoção na voz do amigo. Não que Temple ligasse.

"Mas você encontrou um porco."

Temple olhou para o rosto sonolento de Lavanda.

"Uma porca..."

Chase ergueu as sobrancelhas loiras.

"Ela possui uma porca?"

"É ridículo", disse Temple. Mas era mais ridículo ainda que ele tivesse começado a se importar com a criaturinha. Sua única ligação com ela.

"Eu acho charmoso. Ela é uma mulher intrigante, sua Srta. Lowe."

Só que ela não era dele. Temple entregou Lavanda para Chase.

"Ela precisa comer. Leve-a para a cozinha e veja se Didier consegue arrumar alguma coisa para ela." Ele já estava voltando a atenção para a multidão, em busca de alguém que pudesse conhecer Mara. Talvez ela tivesse algum amigo de infância, alguém que pudesse ter lhe oferecido abrigo.

Mas e se ninguém tivesse oferecido abrigo a ela? E se ela estivesse nas ruas naquele instante, com frio e sem um lugar para ficar? Ele próprio havia dormido nas ruas frias de Londres. Pensar nela sozinha... congelando... Ela não tinha nem mesmo luvas. O coração dele ribombou com pânico e ele sacudiu a cabeça para clareá-la. Mara não era boba. Ela encontraria algum lugar para dormir. *Mas com quem?* O sentimento de pânico veio mais uma vez. Chase continuava falando, e Temple prestava atenção, mesmo que fosse apenas para ter algo mais em que pensar.

"Didier é francesa. A porca vai acabar em um ensopado."

Temple olhou para trás.

"Não ouse deixar Didier cozinhar minha porca."

"Pensei que a porca fosse da Srta. Lowe?" Temple se sentiu tentado a tirar o sorriso irônico do rosto de Chase.

"Já que vamos nos casar, prefiro pensar nela como *nossa* porca."

Chase sorriu.

"Excelente. Vou fazer meu melhor para ajudar."

"Não ajude. Estou cansado da sua interferência. Alimente a porca. Só isso."

"Mas..."

"Alimente a porca."

Por um instante Temple achou que Chase fosse ignorar as instruções e interferir assim mesmo, mas o zelador do clube apareceu atrás deles.

"Vocês têm visita."

Por um instante Temple pensou que pudesse ser Mara.

"Quem?"

"Christopher Lowe. Ele veio para lutar com Temple."

Chase estreitou os olhos.

"Leve-o ao meu escritório. E encontre Asriel e Bruno. Ele vai ter uma luta. Mas não será com Temple. E não será justa."

"Não", disse Temple.

Chase olhou para ele.

"Seu braço não está bom."

"Tragam Lowe para mim", disse Temple, ignorando Chase. "Agora."

Em poucos minutos, Lowe estava dentro do cassino, com Bruno e Asriel ao seu lado.

"Você cometeu um erro aparecendo aqui."

"Você transformou minha irmã em uma prostituta."

Temple fechou a mão boa, querendo desesperadamente destruir aquele sujeito.

"Sua irmã vai ser a minha duquesa."

"Não me importa o que ela vai ser. Ela não me serve para nada." Sua voz estava arrastada e furiosa. Lowe tinha bebido, possivelmente desde que se separou da irmã, na noite anterior. "Você a arruinou há doze anos. Você possuiu tudo que ela tinha de valor antes de desmaiar."

Temple ficou furioso.

"Você não deveria poder respirar o mesmo ar que ela."

Lowe apertou os olhos.

"Ela me mandou embora, sabe. Com alguns xelins. Mal dava para eu sair da cidade."

"E você perdeu isso também."

Lowe não precisou admitir. Temple pode ver isso no rosto do rapaz antes de ele choramingar.

"E o que eu devia fazer? Ir embora para ganhar minha fortuna com três xelins? Ela queria que eu apostasse. Queria que eu perdesse." Seus olhos faiscaram de ódio. "Por *sua* causa. Porque você a transformou em sua *prostituta*."

O desejo de Temple destruir Lowe crescia com cada palavra.

"Chame-a de prostituta outra vez e vou garantir que a pobreza seja o menor dos seus problemas."

A bebida e o desespero tornaram Lowe idiota o bastante para rir disso.

"Então você irá lutar comigo? Vou ter uma chance de limpar minha dívida, uma chance de defender a honra da minha irmã?" Ele parou. "Onde está a vagabunda, afinal?"

A fúria veio, ardente e instantânea, e Temple agarrou a gravata torta de Lowe com a mão boa, levantando-o do chão antes de falar.

"Você devia ter aproveitado a chance que ela lhe deu. Você devia ter

fugido, pois eu lhe prometo; qualquer coisa que você tivesse que enfrentar lá fora, não é nada se comparado ao que vou fazer com você no ringue."

Temple derrubou o outro no chão, ignorando a tosse e as exclamações do outro, abaixando-se para acompanhá-lo, pegando o queixo de Lowe e forçando sua cabeça para que o rapaz o encarasse.

"Arrume um padrinho. Encontro você no ringue em meia hora." Se não podia ter Mara, ele teria uma luta. Temple levantou, acrescentando, "Você tem sorte que eu não acabe com sua raça aqui mesmo. Isso o ensinaria a não falar mal da mulher que eu amo."

"Nossa! Escutem isso! Você a ama", debochou Lowe. "Que conversa mole."

Temple não olhou para trás. Ele se afastou lentamente, a caminho de seus aposentos, já retirando a gravata. O cassino ficou silencioso como um cemitério, pois todos os jogadores interromperam suas apostas para assistir a fúria de Temple.

Por causa disso, ele ouviu quando Chase falou em voz baixa.

"Bem..."

Sem se virar, Temple falou por sobre o ombro.

"Alimente a droga da porca."

Quando Mara chegou ao Anjo Caído, a rua estava praticamente livre de pessoas ou barulho, o oposto de como ela imaginava que seria o exterior de um dos cassinos mais exclusivos de Londres. Ela imaginou, por um instante, se estava muito atrasada. Se Temple teria fechado o clube e partido. Se ele teria decidido encerrar aquela vida sombria e voltar à luz. Voltar ao seu ducado. Voltar ao que era seu por direito. Foi quando ela entrou em pânico. Porque naquele dia escuro e úmido, enquanto não tinha nada para fazer a não ser andar e pensar, ela percebeu que amava aquele homem mais que tudo. E que ela faria tudo que pudesse, durante o tempo que pudesse, para tornar a vida dele melhor do que jamais foi sem ela. É claro que, no momento em que se deu conta disso, Mara percebeu que estava muito longe do Anjo. Mas ela estava lá, e ao chegar bateu na porta, ficando empolgada quando uma pequena fenda foi aberta na porta de aço. Ela deu um passo à frente e falou.

"Olá. Eu sou..."

A fenda foi fechada. Ela hesitou, pensando no que fazer em seguida. Ela bateu novamente. A fenda abriu.

"Eu estou aqui..."

A fenda fechou outra vez.

Sério? Será que toda pessoa daquele clube tinha que ser tão obstinada? Ela bateu de novo. A fenda abriu.

"Senha."

Ela parou ao ouvir isso.

"Eu não tenho... uma. Mas..."

A fenda foi fechada com estrépito. E foi então que Mara ficou brava. Ela começou a esmurrar a porta. Bem alto. Depois de um longo momento, a pequena fenda foi aberta, e os olhos pretos que a espiaram demonstravam irritação.

"Agora escute aqui, você!", ela anunciou com sua melhor voz de governanta, enfatizando suas palavras com pancadas na porta.

Os olhos na abertura ficaram arregalados de surpresa.

"Eu passei o dia inteiro nas ruas de Londres, nesse frio de amargar!"

Ela pontuou a última frase com *bangue-bangue-bangue!*

"E eu decidi, finalmente, que está na hora de eu encarar meus desejos, meu passado, meu futuro e o homem que eu amo! Então, você vai me!" *Bangue!* "Deixar!" *Bangue!* "Entrar!"

Ela completou a invectiva tamborilando com os dois punhos na porta de aço. E ainda acrescentou um chute, só para completar. Ela teve que admitir que a sensação foi boa. Os olhos desapareceram, e foram substituídos por um par mais leve, mais feminino. Bom Deus. Eles estavam *rindo* dela?

"Srta. Lowe?"

Ela ergueu um dedo.

"Eu pensaria com cuidado na expressão que vai apresentar para mim quando abrir essa porta."

As trancas da porta foram finalmente abertas e ela foi admitida no clube, onde encontrou uma sorridente Anna e um porteiro muito mais sisudo. Na verdade, ele se mostrou muito respeitoso quando falou.

"Estivemos à sua procura", disse o homem.

Mara sacudiu a capa molhada e aceitou a máscara que o homem lhe estendia, colocando-a em seu rosto antes de dizer, toda educada:

"Bem, vocês me acharam." Ela se virou para Anna. "Por favor, me leve até o Temple."

Anna fez o que lhe era pedido, com uma expressão de satisfação em seu lindo rosto enquanto se virava para conduzir Mara pelas passagens secretas do clube, e ficou em silêncio por longos minutos antes de falar novamente.

"Estou feliz que você tenha decidido voltar", disse Anna, afinal.

"Você não contou para ele que me viu?"

"Não contei", disse Anna, balançando a cabeça. "Eu sei como é não poder decidir o próprio futuro. Eu não faria isso com a vida de ninguém."

Mara pensou nessas palavras por um longo momento.

"Não me importa o futuro, desde que eu esteja com ele."

A outra mulher sorriu.

"Que seja longo e feliz. Deus sabe que vocês dois merecem."

Mara se sentiu aquecida por aquelas palavras, até se lembrar que Temple precisava aceitá-la; era Temple que precisava perdoá-la. Por fugir. E por muita coisa mais. Se apenas alguém pudesse levá-la até ele, para que pudesse consertar tudo que havia quebrado. Mas Anna não levou Mara até Temple. Ela a levou até a comprida sala das mulheres, com o vidro espelhado, ao lado do ringue de boxe, onde pareciam estar reunidas todas as pessoas que Mara esperava encontrar no cassino.

Ela adentrou o espaço mal iluminado, lotado de mulheres, com o coração na garganta. "Vai acontecer uma luta?", ela perguntou para Anna.

"Vai." A mulher a guiou até à frente da sala, até um lugar em que duas cadeiras vazias estavam junto ao vidro.

Em outro momento Mara podia estar curiosa o bastante para assistir, curiosa o bastante para demonstrar interesse nos lutadores – quaisquer que fossem. Mas nenhum deles seria Temple, que estava machucado demais para lutar, e era só isso que lhe importava. Ela sacudiu a cabeça.

"Não. Não tenho tempo para isto. Eu quero ver o Temple", ela sussurrou. "Já esperei demais. Eu quero que ele veja que mudei de ideia. Eu quero que ele saiba..."

Que eu o amo. Que quero estar com ele. Que quero recomeçar. Do zero. Para sempre.

Anna aquiesceu.

"E você irá ver o Temple. Mas primeiro precisa ver isto."

A porta dos aposentos de Temple se abriu, na outra extremidade do salão, e Mara se pôs de pé para vê-lo se dirigindo ao centro do salão, no mesmo instante colocando as mãos no vidro.

"Não", ela sussurrou.

Ele estava nu da cintura para cima, diabolicamente lindo e, por um momento, Mara só conseguiu pensar em como foi bom deslizar naquela pele, tocá-lo. Ser tocada por ele. Querer de novo, a proximidade. O prazer. O homem. E então sua atenção foi para o curativo no ombro, protegendo o ferimento que ele recebeu nesse mesmo ringue há uma semana. Ela se virou para Anna.

"Não", Mara repetiu.

Anna não estava olhando para ela. Ela observava Temple se aquecer no ringue.

"Ele está favorecendo o lado direito", ela comentou, em tom de repreensão.

"É claro que sim!", exclamou Mara. "Ele está machucado! Não vai ser uma luta justa!"

Ela devia dizer para alguém que o braço de Temple estava ferido. Devia exigir falar com o Marquês de Bourne. Com o misterioso Chase. Ela

devia forçar a interrupção da luta. As mulheres ao redor delas faziam uma verdadeira algazarra, gritando seus comentários lascivos.

"Nossa! Não se pode tirar o título do homem, mas com certeza dá para tirar o homem do título."

"Ele não se parece com nenhum duque que eu já vi."

"Eu ficaria feliz de me entregar a ele!"

"Não acredito que ela esteja realmente viva, sabe", alguém falou. "Eu acho que ele apenas pagou alguma prostituta para aparecer e afirmar que é Mara Lowe."

"É ela. Meu debute foi na mesma temporada em que ela devia se casar com o duque falecido. Todo mundo falava daqueles olhos."

"Bem, seja como for, sinto-me agradecida a ela, que reabilitou o Duque de Lamont para o casamento."

Mara queimava de raiva, e sentia vontade de lutar com cada uma daquelas mulheres. Alguém riu.

"Você acha que consegue agarrar o duque?"

"Ouvi dizer que ele a ama", disse Anna com os olhos em Mara, sua voz enganadora de tão casual.

Do mesmo modo que ela o ama. Desesperadamente.

"Bobagem", replicou uma das mulheres. "Quem poderia amar alguém que fez algo assim? Tenho certeza que ele odeia essa mulher."

Ele devia odiar. Mas de algum modo – por algum milagre – ele não odeia. Mara começou a se remexer. Ela queria que tudo aquilo terminasse. Ela queria Temple. Naquele instante.

"Além disso", disse a primeira, "eu sou uma marquesa terrivelmente jovem para continuar viúva."

Como se tudo que Temple estivesse procurando para sua felicidade no futuro fosse um título. Mara odiou essa ideia.

"Eu imagino que exista uma fila e tanto para o cargo de Duquesa de Lamont", disse outra, toda alegre. "E não composta apenas de viúvas. Minha irmã tem uma filha de quase dezoito anos, e ela mataria para ter um duque como genro." As mulheres na sala riram, e ela continuou. "Não é piada. Algumas das mães que estão procurando marido para as filhas não hesitariam em recorrer a assassinato."

Mara engoliu as palavras que chegaram à ponta de sua língua, desesperadas para serem ouvidas. Ele não precisava de título. Ele precisava de uma mulher que o compreendesse. Que o amasse. Que passasse o restante de seus dias fazendo Temple feliz. Uma mulher que o mantivesse a salvo dessas outras. Do ringue.

Ela se virou para Anna.

"Você precisa impedir isso."

Anna balançou a cabeça.

"O desafio foi lançado. As apostas foram feitas."

"Danem-se as apostas!", exclamou Mara.

Os olhos de Anna mostraram respeito.

"Você falou como o Temple."

"Você tem toda razão que eu falei como ele." Preocupação, irritação e frustração lutavam por uma posição dominante entre as emoções de Mara. Ela insistiu: "Leve-me ao Chase. Ele vai me escutar."

Os olhos de Anna traíram sua surpresa.

"Acredite em mim, Srta. Lowe, Chase não vai impedir nada nesta noite. Há muito dinheiro envolvido nesta luta."

"Então ele não é um bom amigo. Temple não está pronto para lutar de novo. O ferimento ainda não está curado. Sua recuperação pode retroceder vários dias. Semanas. Pode acontecer coisa pior." Ela se voltou para Anna. "Ele foi forçado a fazer isso?"

Anna riu.

"Temple nunca foi forçado a nada em sua vida."

"Então por quê?" Mara procurou o ringue com o olhar, o lugar em que ele estava seminu, altivo e lindo. Ela foi até a porta, mas o segurança enorme que estava lá bloqueou seu caminho. Ela se voltou para Anna. "Por quê?"

Ela sorriu, delicada e triste, com a pergunta.

"Por você."

"Por mim!" Que insanidade.

"Ele quer vingar você."

Mesmo naquele momento. Depois de tudo que ela tinha feito. Mara olhou para ele, admirando o contorno de seus músculos, a firmeza de seu maxilar. O modo como o olhar dele procurava o oponente. Mas havia algo de diferente nesse Temple. Algo que ela não tinha visto nas outras noites. Raiva. Desespero. Frustração. *Tristeza. Ele a amava.* Assim como ela o amava. Mara fechou os olhos. Talvez ela não o merecesse, mas Mara o queria mesmo assim.

Ela colocou as mãos no vidro.

"Ele acha que eu fui embora."

"Acha", confirmou Anna.

"Leve-me até ele."

"Ainda não."

Foi então que o segundo lutador entrou no ringue. Seu irmão.

"O que ele está fazendo aqui?"

"Mostrando como é idiota", disse Anna. "Ele veio até o clube e desafiou Temple."

Ela havia lhe dado dinheiro. Uma chance para escapar. Ainda assim, ele tinha aparecido ali – por ganância, insolência e infantilidade. Ela sacudiu a cabeça.

"Seu irmão insultou você", disse Anna.

Mara não duvidava que Kit tivesse feito isso de forma espetacular.

"Seja como for, você precisa impedir isso."

Anna olhou para ela, uma desconfiança repentina no olhar.

"Por quê?"

"Por quê?" Aquela mulher estava louca? "Porque ele vai se machucar!"

"Quem? Seu irmão? Ou Temple?"

Será que o mundo inteiro tinha enlouquecido? Mara encarou Anna.

"Você acha que eu não o amo."

"Eu acho que ele é um homem que merece ser amado, mais do que a maioria. E eu acho que você é o motivo. Então, sim, eu receio que você não o ame o bastante. Eu receio que, neste momento, você quer impedir a luta por um motivo diferente."

Ela queria impedir a luta para que pudesse ficar com ele. Para que pudesse amá-lo. Para que ela, finalmente, pudesse colocar o passado para trás. Mas a luta começou antes que ela pudesse falar, e esse Temple novo e furioso iniciou o ataque, rápido e decidido, atacando primeiro com vários golpes. Um gancho de direita. Um jabe de direita. Um cruzado de direita. *Sempre de direita.* Kit se recuperou e contra-atacou com um golpe, e mais um, fazendo Temple recuar pelo ringue. Mara olhou para o curativo, viu como afrouxavam os nós de tecido que o mantinham no lugar. Ela se virou para Anna.

"Por favor. Leve-me até o Chase. Nós temos que acabar com isso."

A prostituta sacudiu a cabeça.

"Esta luta é dele. Para você."

"Eu não a quero."

"Mas vai tê-la mesmo assim."

Outro gancho de direita. Um jabe de direita. Foi quando Kit enxergou o padrão. Mara olhou para o outro lado. Uma criança enxergaria o padrão. *Ele iria perder.* Quantas vezes ele tinha lhe dito que nunca perdia? Quantas vezes ela ouviu falar dele, o grande Temple, o maior boxeador da Grã-Bretanha. De todo o mundo. Invencível. Invicto. Indestrutível. Kit podia estar bêbado, mas não era bobo. Ele percebeu que Temple estava fraco do lado esquerdo, então atacou por ali, disparando golpes que teriam marcado sua derrota dez dias antes. Mas nessa noite, os golpes eram fortes o bastante para infligir dor. Fortes o bastante para fazer Temple recuar. Ele não era invencível. Não nessa noite. Mas Kit havia insultado Mara, e ele preferiria perder a deixar o insulto passar.

"Jesus, por que ele não usa a esquerda? Por que ele não bloqueia os golpes?", alguém perguntou, e Mara percebeu a frustração na voz da mulher.

"Ele não pode", Mara sussurrou, com a mão no vidro espelhado, assistindo ao seu amor receber outro golpe e mais um. Por ela. De novo e de novo.

O braço dele não estava funcionando corretamente. Ele iria perder. Kit acertou outro golpe e Temple caiu de joelhos, com a multidão contando os segundos que ele passou no chão do ringue até olhar para o adversário e falar. Kit se afastou e Temple se colocou de pé novamente, com sangue escorrendo pela face. Ele lutaria até estar destruído. Ele não desistiria. Não quando o nome de Mara estava em jogo. Ele a amava. As palavras dele na noite anterior ecoaram. *O que eu posso ser, se não for invencível? Se não for um lutador? Se não for o Duque Assassino? Qual vai ser o meu valor?* Ele não iria parar. Não até que seu irmão o matasse. Anna viu, então, o final inevitável.

"Vai acabar antes que possamos interromper", disse Anna olhando para Mara.

Mara não aceitaria isso. O homem que ela amava estava a três metros de distância. Menos que isso. E ele precisava dela. Droga, se Mara era a única disposta a salvá-lo, era o que ela faria. Ela se movimentou sem pensar, erguendo a cadeira com as mãos antes que qualquer uma das mulheres na sala pudesse prever o que faria. Quando Anna tentou segurá-la, era tarde demais.

"Não!", gritou ela.

Mas Mara só tinha um objetivo: *Temple*.

Ele iria perder. Seu lado esquerdo gritava de dor; os músculos protestavam contra a luta – pouco tempo depois da facada. Isso para não falar dos nervos, sacolejando em surtos e tremores por todo o braço, causando tanta dor por dentro quanto Lowe causava por fora. Ele iria perder. Ele não conseguiria vingar Mara. Não que isso importasse; ela o tinha abandonado. Ela havia fugido dele. Outra vez.

Lowe acertou dois golpes poderosos no lado esquerdo de Temple, fazendo-o cair de joelhos. Ali, sobre a serragem, ele se perguntou que outra pessoa o deixou de joelhos no ringue. *Só Mara*. Na tarde em que ficaram a sós ali. Na tarde em que ele a afastou pela primeira vez. Na tarde em que ele deveria ter pegado Mara em seus braços e a levado para sua cama, para nunca mais a soltar. Temple ergueu os olhos para Lowe.

"Talvez você ganhe hoje", ele disse, "mas vou arruinar sua vida se falar mal dela outra vez."

Lowe recuou, dançando, e o provocou.

"Isso se eu deixar você vivo."

Temple se pôs de pé para o que, ele sabia, seria a última parte da luta, desde que Lowe tivesse estômago para tanto. Mas antes que quaisquer outros golpes fossem desfechados, a sala explodiu. O espelho que escondia a plateia de mulheres, na sala reservada, foi estilhaçado com um estrondo ensurdecedor, e cada centímetro dele desabou no chão do salão, igual a açúcar de confeiteiro. O barulho foi diferente de tudo que Temple já tinha ouvido, e ele e Lowe – e toda a plateia no salão – se viraram para olhar a chuva de vidro, enquanto as mulheres lá dentro corriam e gritavam para se esconder na escuridão, sem quererem ser vistas ou identificadas. Os homens amontoados em volta do ringue ficaram petrificados, apertando os comprovantes das apostas em suas mãos, e com as bocas abertas, congeladas em seus gritos perversos, mas Temple não se importava com nada disso. Ele só se importava com a mulher que havia provocado aquela devastação. A mulher que estava de pé, sozinha, no centro do espelho quebrado, altiva, orgulhosa e forte como uma rainha, ainda segurando a cadeira que havia utilizado para despedaçar o vidro.

Mara. Seu amor. Ela estava ali. Finalmente. Ela pôs a cadeira no chão e a usou para passar por cima da mureta que apoiava o vidro e entrar no ringue, sem se importar nem um pouco com os homens à sua volta. Olhando apenas para ele. Temple andava na direção dela enquanto os últimos cacos de vidro tilintavam no chão, ligando apenas para ela. Querendo ficar perto dela. E abraçá-la. Para acreditar que ela estava ali. Mara ergueu a mão e retirou a máscara, deixando que toda Londres a visse pela segunda vez em dois dias. Um murmúrio de reconhecimento se moveu como uma onda pelo salão.

"Fiquei cansada de esperar que viesse me encontrar, Alteza", ela disse, alto o bastante para que os espectadores perto dela a ouvissem. Mas as palavras eram dirigidas a ele. Apenas a ele.

Temple sorriu.

"Eu iria encontrar você."

"Não sei, não", ela respondeu. "Você parece um pouco ocupado."

Temple olhou por sobre o ombro.

"O que, ele?"

Mara observou o rosto ensanguentado dele, e Temple percebeu a preocupação nos olhos dela. Viu como ela ergueu a mão para tocá-lo. Para confortá-lo.

"Eu pensei que poderia ajudar."

Ele ergueu as sobrancelhas quando Mara entrou no ringue e encarou o irmão.

"Você, Christopher, é um imbecil, e continua a mesma criança que eu deixei quando parti, doze anos atrás."

O olhar de Kit ficou sombrio e ominoso.

"Bem, esta criança teria destruído seu duque se você não tivesse nos interrompido."

Ela ignorou a alegria nas palavras do irmão.

"Que infelicidade, então, que eu o interrompi." Ela passou os olhos pelo salão, observando as centenas de homens que estavam ali para ver a luta. Que se divertiam assistindo à queda de Temple. "Vamos facilitar isto, que tal?"

Kit sorriu, irônico.

"Por favor."

"Um golpe final. Quem acertar, vence."

O olhar de seu irmão procurou Temple, espancado e ensanguentado.

"Eu acho que é justo. Se eu ganhar, fico livre. E recebo meu dinheiro."

Com algo de caloroso e fantástico no olhar, Mara se virou para Temple, que queria mais do que tudo terminar com aquela luta. Porque ele a queria. Naquele instante. Para sempre.

"Temple?", ela perguntou.

Ele já não ligava para o que aconteceria com Lowe, desde que Mara fosse dele. Ele aquiesceu.

"Eu digo sempre que você é uma excelente negociadora."

Ela sorriu ao ouvir isso.

"Ótimo."

E então a mulher que ele amava se virou para o irmão e o derrubou no chão. Com um soco. Ela era uma ótima aluna.

Kit ficou de joelhos, gemendo de dor.

"Você quebrou meu nariz!"

"Você mereceu." Ela o encarou. "E perdeu." Asriel e Bruno já entravam no ringue para garantir que Lowe não fugisse do clube. "Agora eu digo quais são meus termos. Você vai ser julgado. Pela tentativa de assassinato de um duque." Ela olhou para Temple. "Meu duque."

O duque dela. Era ele. Ele seria o que ela quisesse. Temple disfarçou sua surpresa fingindo pouco caso.

"Já estava quase terminando, mesmo."

Ela assentiu e se aproximou dele, sem parecer se importar que ele estivesse machucado e sangrando.

"Eu não tenho dúvida que você teria vencido. Mas fiquei cansada de esperar por isso também."

"Você está impaciente, hoje."

"Doze anos é bastante tempo para se esperar."

Ele aguardou um pouco para falar.
"Para esperar o quê?"
"O amor."
Jesus. Ela o amava. Ele se aproximou dela e a pegou nos braços.
"Diga isso outra vez."
E ela disse, no ringue. Na frente de todos os membros do Anjo Caído.
"Eu amo você, William Harrow, Duque de Lamont."
Sua rainha vingadora, audaciosa. Ele tomou os lábios de Mara em um beijo longo e exuberante, desejando que ela entendesse, ali e para sempre, o quanto ele a amava, e Mara aproveitou para derramar seu amor naquele beijo. Quando ele ergueu a cabeça, foi para encostar sua testa à dela.
"Diga outra vez."
Ela entendeu.
"Eu amo você." Mara franziu o cenho ao olhar para ele, erguendo a mão para tocar o local em que o olho dele fechou de tão inchado. "Ele o machucou tanto."
"Vai sarar." Temple pegou os dedos dela e os beijou. "Tudo isso vai sarar. Diga mais uma vez."
Ela corou.
"Eu amo você."
Ele recompensou a honestidade com outro beijo profundo, de arrebatar a alma.
"Ótimo", ele disse quando se afastou.
Mara apoiou as mãos no peito dele, delicadamente, e suas palavras seguintes combinaram com o toque.
"Eu não consegui deixar você. Pensei que conseguiria. Pensei que seria melhor assim, que isso lhe permitiria ter a vida que você queria. Com uma esposa. Filhos. Seu..."
Ele a interrompeu com um beijo.
"Não. Você é meu legado."
"Eu pensei que isso ajudaria você a começar de novo. Que você poderia ser mais uma vez o Duque de Lamont, e eu desapareceria – e nunca mais incomodaria você. Mas não consegui." Ela sacudiu a cabeça. "Eu preciso de você."
O coração dele acelerou com a ideia de Mara desaparecendo, e ele ergueu o rosto dela para si.
"Escute, Mara Lowe. Só existe um lugar para você. Aqui. Nos meus braços. Na minha vida. Na minha casa. Na minha cama. Se você fosse embora, não estaria me dando a vida que eu quero. Você estaria deixando minha vida com um enorme vazio, bem no centro dela."
Ele a beijou novamente.

"Eu amo você", disse ele com delicadeza. "Eu acho que a amo desde o momento em que te salvei em uma rua escura de Londres. Eu amo sua força, sua beleza e seu jeito com crianças e leitoas." Ela sorriu, e lágrimas afloraram aos seus olhos. "Você deixou suas luvas no lar."

"Minhas luvas?"

Ele ergueu as mãos dela, dando beijos em cada um dos nós dos dedos.

"O fato de você não as usar me deixa ao mesmo tempo louco de frustração e louco de desejo."

Ela olhou para as mãos.

"Minhas mãos nuas deixam você louco de desejo?"

"Tudo em você me deixa louco de desejo", ele disse. "A propósito, Lavanda está com Chase."

Os lindos olhos dela mostraram sua confusão.

"Por que Lavanda está com Chase?"

"É uma história um pouco longa, mas a versão curta é que eu não aguentei ficar longe dela. Longe de alguma coisa sua."

Ela riu e ele percebeu que poderia carregar aquela porca pelo resto da vida se isso a mantivesse rindo.

"Eu adoro sua risada. Quero escutar você rindo todos os dias. Quero deixar para trás toda essa tristeza e devastação. Agora quero felicidade. Quero o que é nosso. Quero o que nós merecemos desde o início." Ele fez uma pausa e fitou no fundo dos olhos dela, desejando que Mara compreendesse o quanto ele a amava. "Eu quero você."

Ela aquiesceu.

"Sim."

Ele sorriu.

"Sim?"

"Sim! Para tudo isso. Para felicidade, vida e amor." Ela hesitou e Temple percebeu o pensamento sombrio se espalhar por ela. Percebeu nos olhos dela quando Mara ergueu o rosto para ele. "Eu fiz tanta coisa para arruinar você. Para machucar você."

"Chega." Ele a silenciou com um beijo, afastando seus lábios dos dela apenas quando ela se abandonou em seus braços. "Não me machuque novamente."

As lágrimas transbordaram.

"Nunca."

Ele as enxugou com o polegar.

"Nunca mais me abandone."

"Nunca." Ela suspirou. "Eu queria recomeçar do zero."

Ele negou com a cabeça.

"Eu não quero. Sem passado nós não teríamos o presente. Nem o futuro.

Não me arrependo de nenhum momento disso tudo. Foi esse passado que nos trouxe até aqui. A este lugar. A este momento. A este amor."

Eles se beijaram outra vez, e desejaram estar em qualquer outro lugar que não ali, na frente de toda Londres. Ela interrompeu o beijo e sorriu para ele, destemida e linda.

"Eu ganhei."

Ele também sorriu.

"Você ganhou. Foi a primeira vez que alguém, que não eu, ganhou neste ringue." Ele apontou para o coletor de apostas. "Anote isso no livro. A vitória vai para Srta. Mara Lowe."

A multidão rugiu de decepção, afirmando trapaça e apostas inválidas. Ele não ligou. Que Chase resolvesse isso. Ele tinha certeza que mesmo os mais descontentes estariam jogando de novo em menos de uma hora.

"E o que eu ganho?", ela sussurrou a pergunta na orelha dele.

Temple sorriu.

"O que você quer ganhar?"

"Você." Tão simples. Tão perfeita.

"Eu sou seu", ele disse, beijando-a. "Assim como você é minha."

Mara riu.

"Para sempre."

E era verdade.

Epílogo

Na véspera de seu casamento, a Srta. Mara Lowe, junto à janela da ala íntima de Whitefawn Abbey, no terceiro andar, olhava para os jardins escuros abaixo. Ela encostou a mão no vidro frio, e observou como a superfície embaçava com seu toque. Depois Mara retirou a mão, revelando o negrume além, pontilhado por reflexos das velas acesas no quarto atrás de si. Com um sorriso absorto, ela passou o dedo pelo vidro, conectando os pontos luminosos, que tremeluziam como estrelas, e ficou distraída com a tarefa o suficiente para não ouvir seu futuro marido se aproximar, só notando sua presença quando seu reflexo apareceu na janela, emoldurado pelas marcas que ela fez no vidro. E então os braços dele a envolveram, com as mãos abertas sobre seu corpo, puxando-a de encontro a ele, que colou os lábios no lugar em que o pescoço encontra o ombro, produzindo uma carícia demorada.

"Você cheira a limões."

Ela sorriu e suspirou, encostando-se nele, tocando-o onde ele a segurava, entrelaçando seus dedos aos dele.

"Em que você está pensando?", Temple perguntou quando finalmente ergueu a cabeça.

Ela se virou no abraço para lhe dizer a verdade, algo encantador e libertador.

"Em outro momento, aqui em Whitefawn. Outro momento aqui, neste quarto."

Ele não fingiu desconhecer onde estavam. Em vez disso, olhou para a cama onde ela o deixou há doze anos.

"Você acha que alguém dormiu aí desde aquela manhã?", Temple perguntou.

Ela riu da réplica inesperada.

"Acredito que não."

Ele concordou, todo sério.

"É uma pena."

"Era de se esperar, não acha? Afinal, acreditavam que eu tinha morrido ali."

Ele a puxou para perto mais uma vez, e colocou os braços dela ao redor de seu pescoço.

"Mas você não morreu", ele disse suavemente, e o prazer contido nas palavras fizeram um fio de empolgação percorrer o corpo dela.

Mara procurou o olhar dele.

"Não morri."

"Também não se casou na manhã seguinte."

Ela sacudiu a cabeça.

"Não casei."

Ele a apertou contra si, alinhando seus corpos sem deixar sequer um centímetro entre eles, e o calor se espalhou por ela como se estivessem falando de outra coisa que não aquela manhã, doze anos atrás.

"Que sorte a minha", ele disse antes de tomar seus lábios em um beijo demorado e maravilhoso, uma promessa do prazer que viria.

De novo e de novo. Daquele dia em diante. Mara estava tão enlevada com a carícia que só notou que Temple a conduziu através do quarto quando a parte de trás de suas pernas tocou na cama. Ela suspirou de surpresa quando ele a jogou sobre as cobertas quase sem nenhum esforço, acompanhando-a em seguida.

"Você vê que pena?", ele provocou, dando uma série de beijos quentes e arrepiantes em seu queixo. "Esta é uma cama muito confortável."

As mãos dela se mexeram sozinhas e foram parar no cabelo dele. E trouxeram a boca dele até ela.

"Temple", ela disse, delicada.

Ele ergueu o rosto, os olhos pretos focados apenas nela. Havia uma dúzia de coisas para serem ditas. Uma centena. Ele sacudiu a cabeça.

"Não. Chega de demônios. Chega de lembranças."

Lágrimas afloraram aos olhos dela.

"Como você pode dizer isso? Ainda mais aqui?"

Ele sorriu e subiu a mão para acariciar o rosto dela.

"Porque o passado é passado. Estou muito mais interessado no presente."

Ele era um homem magnífico.

"Eu amo você", ela disse, querendo se certificar de que ele sabia disso. Querendo garantir que ele nunca duvidaria disso.

Ele a beijou apaixonadamente, e ali, naquela carícia, Mara encontrou contentamento. Quando Temple interrompeu o beijo, foi para passar o braço ruim por cima da cabeça dela e falar:

"Já que estamos falando do presente..."

Ela se espantou com a facilidade com que ele se movia, tão pouco tempo depois de ter sido ferido. Ele estava voltando a ter sensibilidade no braço, e ainda que ele talvez nunca mais pudesse lutar com a antiga precisão, era esperado que ele ficasse bom. *Graças a Deus.* Sem saber no que ela pensava, Temple apareceu com um pacote que ela não tinha visto sobre a cama.

"Feliz Natal, meu amor."

Ela sorriu.

"O Natal é amanhã."

Ele sacudiu a cabeça.

"Não, amanhã é nosso casamento. O Natal tem que acontecer antes." Ele sorriu para ela. "Abra."

Ela riu.

"Parece que você é um dos meninos."

Os meninos tinham todos ido para Whitefawn passar as festas de fim de ano – e provavelmente todos permaneceriam na enorme propriedade pelos próximos anos, já não como órfãos, mas protegidos do Duque de Lamont. Ele era o protetor deles. Assim como era o dela. Mara acariciou o rosto quente e áspero de Temple, devido à barba por fazer.

"Obrigada."

Ele ergueu a sobrancelha.

"Você ainda não sabe o que é."

Ela sorriu.

"Não pelo presente. Bem, por este presente também, mas principalmente por todos os outros. Por amar os garotos. Por me amar. Por casar comigo. Por..."

Ele baixou a cabeça e interrompeu o fluxo de palavras, distraindo-a com um beijo demorado e encantador.

"Mara", ele pronunciou suavemente quando finalmente descolou seus lábios dos dela. "Sou eu que devo lhe agradecer, meu amor. Por sua força. E seu brilho. E seus meninos. E por casar comigo." Ele lhe deu outro beijo rápido. "Agora abra seu presente."

Ela obedeceu, e o empurrou para o lado, para conseguir se sentar na cama e desembrulhar o pacote, abrindo o papel pardo para revelar uma conhecida caixa branca, timbrada com um elaborado H dourado. Ela ergueu a tampa da caixa e afastou o papel vermelho para revelar... Luvas. Ele havia lhe trazido luvas. Uma dúzia de luvas. Em mais cores, tecidos, comprimentos e texturas do que ela imaginava ser possível. Pelica amarela, camurça lavanda, seda preta e couro verde. Mara as retirou da caixa, rindo, e as espalhou sobre as pernas dos dois e a colcha da cama.

"Você é louco."

Ele pegou uma luva branca comprida, para ópera, e a deslizou pelos dedos.

"Eu quero que você tenha tantos pares quantos são os dias do ano."

Ela sorriu para ele.

"Por quê?"

Temple levou as mãos dela até seus lábios, beijando os nós calejados um de cada vez, pontuando suas palavras.

"Porque eu não quero mais que você sinta frio. Nunca mais"

Aquilo era estranho, frívolo e completamente incompreensível. Mas era a coisa mais linda que alguém já tinha dito para ela. E as luvas eram lindas. Mara pegou um par de luvas curtas de cetim prateado e começou a vesti-las. Ele a deteve.

"Não."

"Não?", Mara sorriu para ele.

Temple sacudiu a cabeça.

"Quando estivermos a sós, quero você sem luvas."

Ela franziu a testa.

"Temple, você não está fazendo sentido."

Ele sorriu e deu um beijo no pescoço dela antes de erguer a cabeça e sussurrar, quente e sensual, em sua orelha.

"Quando estivermos a sós, vou manter você aquecida de outro jeito."

E então ele começou a fazer exatamente isso. E ela teria que concordar completamente com ele.

Quase uma semana depois, seguindo a tradição sagrada entre os cavalheiros da Grã-Bretanha, o fundador do Anjo Caído sentou-se para tomar café da manhã e ler o jornal do dia. Nesse dia em especial, contudo, Chase quebrou a tradição e começou pela coluna social:

O Duque de Lamont e a Srta. Mara Lowe se casaram no Natal, na capela de Whitefawn Abbey, lugar em que se encontraram pela primeira vez, em uma noite fatídica, há doze anos.

As núpcias atraíram uma grande variedade de convidados, incluindo vários dos canalhas mais conhecidos de Londres e suas esposas, duas dúzias de garotos com idades entre 3 e 11 anos, uma cozinheira francesa, uma governanta e uma porca. Sem dúvida, quando essa caravana excêntrica marchou pela longa entrada de Whitefawn Abbey, os criados da residência temeram por sua segurança. E por sua sanidade.

Deve ser dito, contudo, que esse grupo, embora às vezes lascivo, e com frequência barulhento, comportou-se tremendamente bem durante a cerimônia, testemunhando o rito com a solenidade feliz que se pede nessas ocasiões.

Todo o grupo menos a porca, pelo que apuramos. Aparentemente, ela dormiu durante a coisa toda.

Diário da Grã-Bretanha
30 de dezembro de 1831

Com um sorriso satisfeito, Chase fechou o jornal e terminou o café da manhã, para então se levantar e alisar a saia antes de sair de casa. Afinal, ela tinha um cassino para comandar.

Observações da autora

A Medicina, na década de 1830, deixava muito a desejar. Sem praticamente nenhum conhecimento da teoria dos micro-organismos, um homem podia morrer por muito menos que um ferimento de faca, e uma facada apresentava um risco bastante real de morte, mesmo que a lâmina não acertasse nenhum órgão vital. É claro que, quando você está escrevendo um livro, nada disso lhe ocorre – principalmente quando está escrevendo sobre um herói que é um ímã de violência.

Portanto, escritores como eu têm muita sorte quando tem um médico talentoso como amigo. Meus enormes agradecimentos ao Dr. Daniel Medel, que aguentou minhas mensagens malucas e telefonemas no meio da noite sobre ferimentos produzidos por facas, sangria, nervos danificados e nunca me disse que a sobrevivência de Temple seria impossível, desde que, de algum modo, a faca estivesse meticulosamente limpa. E estava. Eu juro. Nem preciso dizer que quaisquer erros médicos no livro são da minha exclusiva responsabilidade.

Assim como todos os meus livros, este não poderia ter sido escrito sem os comentários sempre acertados da minha xerpa literária, Carrie Feron, e o trabalho árduo de Tessa Woodward, Nicole Fischer, Pam Spengler-Jaffee, Jessie Edwards, Caroline Perny, Shawn Nicholls, Tom Egner, Gail Dubov, Carla Parker, Brian Grogan, Eleanor Mikuck e o resto da equipe incomparável da Avon Books.

Como sempre, meus agradecimentos a Sabrina Darby, Carrie Ryan, Sophie Jordan, Melissa Walker, Lily Everett e Randi Silberman Klett pela ajuda na história de Temple e Mara, e para Aprilynne Pike e Sarah Rees Brennan por um almoço de emergência que terminou com ideias novas e a heterocromia de Mara.

Deixei você para o final! Obrigada por me acompanhar nessa jornada com meus canalhas, por amá-los tanto quanto eu, e pelo interminável incentivo online e pelos correios. Eu espero que você continue me acompanhando no quarto livro da série O Clube dos Canalhas – a história de Chase.

LEIA TAMBÉM

Entre o amor e a vingança
Sarah MacLean
Tradução de Cássia Zanon

Uma década atrás, o marquês de Bourne perdeu tudo o que possuía em uma mesa de jogo e foi expulso do lugar onde vivia com nada além de seu título. Agora, sócio da mais exclusiva casa de jogos de Londres, o frio e cruel Bourne quer vingança e vai fazer o que for preciso para recuperar sua herança, mesmo que para isso tenha que se casar com a perfeita e respeitável Lady Penélope Marbury.

Após um noivado rompido e vários pretendentes decepcionantes, Penélope ficou pouco interessada em um casamento tranquilo e confortável, e passou a desejar algo *mais* em sua vida. Sua sorte é que seu novo marido, o marquês de Bourne, pode proporcionar a ela o acesso a um mundo inexplorado de prazeres.

Apesar de Bourne ser um príncipe do submundo de Londres, sua intenção é manter Penélope intocada por sua sede de vingança – o que parece ser um desafio cada vez maior, pois a esposa começa a mostrar seus próprios desejos e está disposta a apostar qualquer coisa por eles... Até mesmo seu coração.

Entre a culpa e o desejo
Sarah MacLean
Tradução de A C Reis

Seu próximo experimento científico? Entregar-se a um canalha!
Lady Philippa Marbury não é como as jovens de sua época. A brilhante filha do marquês de Needham e Dolby se preocupa mais com seus livros e experimentos do que com vestidos e bailes. Para ela, um laboratório é muito mais atraente que uma proposta de casamento, e é por isso que, ao ser prometida a um noivo com quem não tem nada em comum, Pippa tem apenas duas semanas para empreender seu último experimento: descobrir todos os prazeres e todas as delícias da vida antes de passar o resto de seus dias ao lado de alguém que mal conhece.
Como boa cientista que é, Pippa investiga a vida do homem que parece ser a cobaia ideal para realizar suas experiências: Sr. Cross, o atraente sócio do cassino mais famoso e cobiçado de Londres, um libertino cuja má-fama foi cuidadosamente construída sobre o vício e a devassidão. Um canalha perfeito para explorar suas fantasias e satisfazer sua curiosidade sem manchar sua reputação de moça de família.
Mas o que Pippa não sabe é que, por baixo das aparências, Cross esconde segredos obscuros e que, ao receber a proposta da garota, ele está diante de uma oferta que pode destruir tudo aquilo que durante anos ele se esforçou para proteger.
Terrivelmente tentado a se envolver nessa aventura que promete o mais puro prazer sem qualquer outra emoção, tudo o que Cross deseja é dar a Pippa exatamente o que ela quer, mas ele sabe que ninguém sai ileso do caminho da satisfação e, assim, Cross terá de usar cada miligrama de sua força de vontade para não perder o controle e resistir à tentação de entregar à jovem muito mais do que ela ousa imaginar.

Nunca julgue uma dama pela aparência
Sarah MacLean
Tradução de A C Reis

Duncan West, assim como todos os homens, enxerga apenas o que quer... Mas ele estava prestes a ver o que não queria.

Para a aristocracia, Lady Georgiana é a pobre irmã de um duque, rejeitada pela família após ter sido arruinada no pior tipo de escândalo possível: uma mulher que fez escolhas infelizes ao entregar-se de corpo e alma para um rapaz que todos desconhecem.

Mas a verdade é sempre muito mais chocante! Nos recônditos mais obscuros de Londres, Lady Georgiana é a mulher mais poderosa da Grã-Bretanha, a rainha do submundo londrino, e atende pelo nome de Chase, o lendário e temido fundador do cassino mais exclusivo da cidade, o Anjo Caído.

Circulando disfarçada pelos corredores de seu império, Chase sabe dos piores segredos dos figurões da sociedade e tem todos os poderosos na palma de sua mão, mas durante anos os seus próprios mistérios nunca foram descobertos... Até agora!

Brilhante, inteligente e bonito como o pecado, o jornalista Duncan West está intrigado com a linda mulher – que de alguma forma está ligada a um mundo de trevas e perdição. Ele sabe que Georgiana é muito mais do que parece e promete desvendar todos os seus segredos, expondo seu passado, ameaçando seu presente e arriscando tudo o que ela tem de mais precioso. Inclusive seu coração.

Este livro foi composto com tipografia Electra Std e impresso
em papel Off-White 70 g/m² na Gráfica Rede.